Stephanie Grace Whitson
EIN GARTEN IN PARIS

Stephanie Grace Whitson

Ein Garten in Paris

francke

Über die Autorin:
Stephanie Grace Whitson hat vier Kinder großgezogen, ihren ersten Mann durch Krebs verloren und ist nun neu verheiratet. Neben viel Lebensweisheit fließt ihre Liebe zu Italien und Frankreich in ihre Bücher ein. Sie lebt mit ihrer Familie in Nebraska und widmet sich der Schriftstellerei.

Bibliografische Information Der Deutschen Bibliothek
Die Deutsche Bibliothek verzeichnet diese Publikation in der Deutschen Nationalbibliografie; detaillierte bibliografische Daten sind im Internet über
http://dnb.ddb.de abrufbar.

ISBN 978-3-86827-143-0

originally published in English under the title
A Garden in Paris
by Bethany House Publishers, a division of Baker Publishing Group, Grand Rapids, Michigan, 49516, USA

35037 Marburg an der Lahn
Deutsch von Dorothee Dziewas
Umschlagbilder: iStockphoto / Jhaviv
iStockphoto / Matthew Dixon
Umschlaggestaltung: Verlag der Francke-Buchhandlung / Christian Heinritz
Satz: Verlag der Francke-Buchhandlung GmbH
Druck: Koninklijke Wöhrmann, Niederlande

www.francke-buch.de

Prolog

Winter 2003
Omaha, Nebraska

Das einzige Problem mit ihrem Leben war, dachte Mary, dass sie keines hatte. Sam war seit zwei Jahren nicht mehr da, aber sie spielte immer noch nach seinen Regeln. Die Last dieses Theaterspielens war einfach zu viel. Sie würde die Tabletten nehmen.

An dem Tag, als Sam gestorben war, hatten die Krankenschwester und der Sheriff jedes rezeptpflichtige Medikament registriert. Sie hatten das Oxygesic und die anderen Schmerzmittel im Wert von mehreren Hundert Dollar mitgenommen, um sie zu vernichten. Nur die Schlaftabletten nicht. Die Hospiz-Krankenschwester hatte sie Mary anvertraut und sie sogar gedrängt, welche davon zu nehmen, bis sie einen Termin bei ihrem eigenen Arzt machen konnte. Hätte sie einen Blick in die Flasche geworfen, hätte die Schwester es sich wohl anders überlegt. Mary sammelte schon lange Tabletten. Sie verstand genug von Computern, um eine Suchmaschine zu benutzen und verschiedene Internetseiten aufzurufen. Nun war sie überzeugt, dass sie genug zusammenhatte, um es ohne Schmerzen zu tun – selbst wenn man berücksichtigte, dass manche der Pillen im Laufe der Zeit an Wirkung verloren haben mochten.

Sie hatte nicht erwartet, dass ihre Hände beim Öffnen der Flasche so zittern würden. Und sie hatte auch nicht damit gerechnet, dass sie das Wasser in dem Glas auf ihrem Nachttisch verschütten würde. Während das Wasser über die Tischplatte lief und auf den reliefartigen Teppich tropfte, wurde Mary klar, dass sie zwar glaubte, ein Mensch wie sie würde im Ernstfall vom heiligen Petrus an der Himmelspforte herzlich begrüßt, letztendlich aber gar nicht sicher sein konnte, was geschah, nachdem man ins Gras gebissen hatte, wie Sam es respektlos genannt hatte. Sie schraubte den Deckel wieder auf das Medikamentenfläschchen, schob es unter den Kissenberg, der am Kopfende ihres Bettes aufgetürmt war, und lehnte sich zurück. Dann starrte sie zur Decke hinauf und schimpfte mit sich selbst. *Mary Elisabeth McKibbin Davis, du bist fünfzig Jahre alt. Du hast kein eigenes Leben, keine Pläne für die Zukunft und nicht den Mumm, etwas dagegen zu unternehmen. Kein Wunder, dass Sam Elizabeths Namen mit z statt mit* s *schreiben wollte. Kein Wunder, dass er deine Tochter nach seiner Mutter nannte. Elizabeth Davis hatte ein Rückgrat. Mary Elisabeth McKibbin hat keins.* Und mit dieser bitteren Erkenntnis schlief sie ein.

Am nächsten Abend war Mary froh, dass sie die Tabletten weggetan hatte. Am Nachmittag war sie in ein Geschäft gegangen und hatte unter lauter Gerümpel etwas gefunden, dessen Aufschrift Hoffnung versprach. Das ging ihr nicht mehr aus dem Sinn. Und dann war da noch das Deckblatt der Zeitschrift, auf dem die *Sea Cloud* abgebildet war, wie sie durch die Wellen glitt, ihre Segel vor dem leuchtend blauen Himmel gebläht. Aus dem Artikel hatte sie erfahren, dass das Schiff in einer kleinen Hafenstadt in Südfrankreich namens Arcachon zu Hause war. Ihr Herz klopfte ungestüm, als sie den Artikel ein zweites Mal las und nach dem Namen des Kapitäns suchte.

Und anstatt die Tabletten zu nehmen, schrieb sie in der Dämmerung des anbrechenden Tages einen Brief.

Kapitel 1

Lieber Jean-Marc,

wenn dich dieser Brief erreicht, wird es ein Wunder aus der Hand des Gottes sein, dessen Existenz du vor so vielen Jahren geleugnet hast. Viel Zeit ist vergangen seit jenem Abend, als Sam dem Bandleader das Mikrofon aus der Hand nahm und alle überraschte, indem er unsere Verlobung verkündete. Du standest an der Tür und blicktest quer durch den zum Bersten vollen Speisesaal zu unserem Tisch herüber. Den Blick, mit dem du mich ansahst, bevor du dich umdrehtest und gingst, werde ich nie vergessen.
Das ist beinahe dreißig Jahre her. Mir ist, als wäre es gestern gewesen.
Ich ging am nächsten Tag zu deinem Hotel. Aber du warst nicht mehr dort.
Ich habe eine erwachsene Tochter. Meine Haare sind jetzt kurz geschnitten, und ich versuche nicht mehr, die Locken zu bändigen oder das Grau zu verstecken. Wenn wir einander auf der Straße begegnen würden, könntest du glatt an mir vorbeigehen, ohne zu wissen, dass ich es bin.
Spielst du noch Chopin? Bist du in jenem Sommer um das Mittelmeer gesegelt? Ich habe oft an dich gedacht, auch wenn ich mein Versprechen, dich zu begleiten, nicht gehalten habe.
Erinnerst du dich noch an das erste Mal, als du mich zum Segeln mitnahmst? Als wir anlegten, um eine

Mittagspause zu machen, hast du ein Stück von dem Baguette abgebrochen, das deine Mutter in den alten Korb gepackt hatte, und Brie daraufgetan. Du hast darauf bestanden, dass es mir besser gehen würde, wenn ich etwas aß. Und du hattest recht. Anschließend war ich nicht mehr so schrecklich seekrank. Ich esse noch immer gerne Brie.

Bald ist Weihnachten, und ich habe beschlossen, nach Paris zurückzukehren. Vielleicht kommt meine Tochter mit. Sam wird nicht dabei sein. Er hat immer gesagt, dass er zuerst sterben würde, und im Gegensatz zu mir hat Sam seine Versprechen immer gehalten.

Ich nehme an, dieser absurde Brief ist ein Zeichen dafür, dass ich alt werde. Es heißt ja, dass alte Leute oft ihre Vergangenheit noch einmal erleben wollen. Und dass sie Dinge vergessen. Neulich fiel mir meine eigene Telefonnummer nicht mehr ein. Aber nach all den Jahren erinnere ich mich noch immer an deine Adresse.

Ich habe immer versucht mir vorzustellen, dass du auf der Sea Cloud *bist. Und jetzt habe ich sie in einer Segelzeitschrift gesehen und erfahren, dass dein Traum wahr geworden ist – sie gehört dir. Wenn ich in den vergangenen Jahren an dich dachte, stellte ich mir auch vor, dass du mit der hübschen Sängerin verheiratet warst, die so unverschämt mit dir geflirtet hat, als wir zusammen waren. Ich hatte den Eindruck, dass sie dich störte, aber sie war wirklich in dich verliebt, und ich habe immer gehofft, dass sie schließlich doch den Mann sehen durfte, den ich kannte. Manchmal habe ich dich sogar mit Kindern und Enkeln vor mir gesehen. Ein Mann, der Geschichten erzählen kann,*

wie du es tust, sollte unbedingt Enkel haben. Aber der Artikel erwähnt keine Familie – nur ein humorvolles Zitat von dir, dass die Sea Cloud *noch immer deine beste Ehefrau sei.*
Ich kenne nicht alle Gründe, die mich dazu bewegen, diesen Brief abzuschicken. Wahrscheinlich hoffe ich auf irgendeine Mitteilung von dir, dass du mir verziehen hast. Mein Leben besteht nicht nur aus gebrochenen Versprechen.
Heiligabend werde ich in Paris an dich denken. Solltest du auch an mich denken, dann stell dir vor, wie ich ... Ach, du weißt schon, wo ich sein werde.

Sie hatte fieberhaft geschrieben, aber als sie unter die Notiz, die plötzlich ein Brief geworden war, ihren Namen setzen sollte, zögerte Mary. Sie lehnte sich in dem Ohrensessel zurück, der ihr als Schreibtischstuhl diente. Die Sonne begann über den Horizont zu kriechen und versah den Himmel mit rosa- und orangefarbenen Streifen, während sie zugleich den Baumbestand hinter Sams Garten von hinten beschien. Mary legte den Stift nieder, um den Sonnenaufgang durch das große Erkerfenster auf der anderen Seite des Schreibtisches zu beobachten. Während der Himmel sich aufhellte, strich sie geistesabwesend über den verschlissenen Saum des alten seidenen Bademantels, den sie in der Dunkelheit des frühen Morgens übergeworfen hatte. Sam hatte die Farbe nie leiden können. Sie erinnerte ihn an das Wasser des schlammigen Baches, der durch das südliche Ende seines Anwesens verlief. Der glatte Seidenstoff machte ihr bewusst, dass sie an diesem Morgen noch keine Handcreme aufgetragen hatte. Trockene Haut. Ein weiterer Vorbote des Alters. Noch eine Sache, der sie nachtrauern konnte.

Sie las den Brief noch einmal, noch immer unsicher, wie sie ihn unterschreiben sollte. *In Freundschaft?* Kaum eine zutreffende Bezeichnung, weder was ihre Beziehung noch was ihre Trennung betraf. *Alles Liebe?* Das ließ den nötigen Ernst vermissen. *Mit freundlichen Grüßen?* Zu förmlich.

Als sie sich vorbeugte und die Ellenbogen auf den Schreibtisch stützte, um ihr Kinn auf die gefalteten Hände zu legen, rutschte der weite Ärmel ihres Bademantels hinunter und der fadenscheinige Saum kitzelte sie am Arm. Sam hatte sie schon vor langer Zeit gedrängt, das Kleidungsstück wegzuwerfen.

„Du siehst aus wie eine von diesen obdachlosen Frauen, die bei der Heilsarmee in den Kleidersäcken wühlen", hatte er sich beschwert, als sie den Bademantel aus einem Kleiderhaufen auf dem Boden des Ankleidezimmers gezogen hatte.

„Er ist aber bequem", hatte sie gemurmelt. „Warum kann ich in meinem eigenen Haus keine bequemen Sachen tragen?"

Sam war von hinten an sie herangetreten und hatte die Arme um sie geschlungen. Das Kinn auf ihren Kopf gelegt, betrachtete er sie im Spiegel. „Die Hausangestellten werden nie Respekt vor dir haben, wenn du in so etwas herumläufst." Er trug ihren gelben Seidenmorgenrock überm Arm. „So etwas sollte die Dame des Hauses tragen." Mit der freien Hand streichelte er ihren Unterkiefer entlang und fuhr spielerisch das Revers des schlammfarbenen Bademantels hinunter. Er knabberte zärtlich an ihrem Ohr. „Wenn Madame sich umziehen wollen?"

Komisch, dass Erinnerungen wie diese in letzter Zeit häufiger hochkamen. Dieser kleine Zwischenfall hatte sich am ersten Morgen nach ihren Flitterwochen ereignet, obwohl Sam sie immer ermahnt hatte, es ihre *Hochzeitsreise* zu nennen. An jenem Morgen vor so langer Zeit hatte die junge Mary Elisabeth Davis den alten Bademantel abgestreift und den neuen Morgenrock ohne weitere Einwände angezogen. Jetzt, als sie auf das Kleidungsstück hinuntersah und die abgewetzte Seide zwischen den Fingern fühlte, wurde ihr klar, wie symbolisch jene Begebenheit für den Rest ihres Lebens gewesen war. Sie hatte sich in den vergangenen dreißig Jahren oft umziehen müssen.

Mit einem Seufzer griff Mary nach dem gerahmten Spruch, der neben der Lampe stand. Sie fuhr mit dem Finger über den verkratzten Metallrahmen und las leise die Worte: *Es ist nie zu spät, das zu werden, was du hättest sein können.* Sie hatte den Spruch am Tag zuvor in einem Laden beim Alten Markt gefunden. Es war ein Ort, wie Sam ihn verachtet hatte und Mary ihn liebte – eine Ansammlung muffiger hoher Räume voller Regale, die mit Krimskrams, alten Gardinenstangen und Kleidung mit der Bezeichnung *Vintage* vollgestopft waren.

Mary drehte den Rahmen um und lächelte, als sie sah, dass der Aufkleber mit dem Preis von 50 Cents noch auf der Rückseite klebte. Dieses Bild war das Einzige gewesen, was sie auf ihrem Bummel gestern erstanden hatte – an einem Tag, an dem sie eigentlich bei der Druckerei die Einladungen für Elizabeths und

Jeffreys Hochzeitsempfang hätte bestellen sollen. Sie würde das also heute machen müssen. Obwohl die Hochzeit erst im nächsten Mai war, wurde Liz schon jetzt nervös. Wenn Mary es sich recht überlegte, kränkte sie die Sorge ihrer Tochter. Liz schien überzeugt, dass ohne ihren Vater alles auseinanderfallen würde, ihre Hochzeitspläne eingeschlossen. Als wenn es Sam gewesen wäre, der in all den Jahren den Durchblick gehabt hätte.

Die rote Sonne lugte hinter den Hügeln am Horizont hervor, und purpurnes Licht durchflutete den Raum. Mary stellte den Spruch wieder neben ihre Tiffanylampe und dachte an Sams Protest, als sie darauf bestanden hatte, ihren Schreibtisch genau gegenüber von dem großen Erkerfenster aufzustellen.

„Es wird dich von der Arbeit ablenken“, hatte er gesagt. „Niemand stellt seinen Schreibtisch direkt vors Fenster.“

„Ich schon“, hatte Mary beharrt. „Ich will hinaussehen.“ Sam hatte bei der Position des Schreibtisches nachgegeben. Aber als es darum ging, welche Arbeit sie tun sollte, hatte er sich durchgesetzt. Seine Definition des Wortes „Arbeit“ war so weit von Marys Ansichten entfernt wie die englischen Ländereien in seiner Familiengeschichte von den irischen Baracken in der ihren.

Mary merkte bald, dass ihr Vater über das, was Samuel Davis Marys „Arbeit“ nannte, nur verächtlich den Kopf geschüttelt hätte. Andererseits besaß Michael McKibbin nur das Geld in seiner Hosentasche und hatte keine Erfahrung damit, ein Vermögen zu verwalten, das die vorige Generation verdient hatte. An einem Schreibtisch zu sitzen und Einladungen zu Wohltätigkeitsveranstaltungen zu beantworten, würde ein McKibbin niemals als Arbeit bezeichnen. Und obwohl Mary es ein Vierteljahrhundert lang getan hatte, war es auch für sie nie wirklich Arbeit gewesen. Gott sei Dank tat Elizabeth jetzt all das. Endlich hatte Mary die Freiheit, zu tun, was ihr gefiel. Wenn sie nur herausfinden könnte, was genau sie eigentlich tun wollte. Sie blickte auf den Brief hinab und strich mit dem Finger über seinen Namen. *Monsieur Jean-Marc David.* Drei Vornamen. Sie hatte ihn immer damit aufgezogen.

Während das Licht im Zimmer einen goldenen Ton annahm, griff Mary nach dem alten Kugelschreiber, den sie aus ihrer Schreibtischschublade hervorgekramt hatte, und unterschrieb den Brief. *Herzlich, Mary.* Sie hörte noch, wie Jean-Marcs wundervolle Stimme ihren Namen flüsterte. Sie hatte drei Jahre lang üben müssen, aber sie glaubte zu wissen, wie man ein richtiges französisches *r* aussprach. Doch als Jean-Marc ihren Namen sagte, wurde ihr klar, dass sie sich geirrt hatte. Das *r* war nicht gerollt, und man bildete es auch nicht hinten in der Kehle, wie die Deutschen es taten. Es war ... also, wenn Jean-Marc es als Teil ihres Namens aussprach, war es einfach wunderschön.

Ihre Hand zitterte, als sie die Adresse auf den Briefumschlag schrieb. *Er wird wahrscheinlich ganz unten in einem Postsack in Arcachon landen. Bestimmt ist die Gegend inzwischen ein großer Parkplatz. Das macht man doch in Urlaubsorten so. Sie bauen neu und zerstören dafür die alten Viertel. Mit ihrem Blick auf die Bucht haben die Davids wahrscheinlich schon vor langer Zeit den Ausverkauf mitgemacht. Und selbst wenn nicht – wenn Jean-Marc wie geplant zur See gefahren ist, hat er das*

Haus bestimmt verkauft, als seine Eltern starben. Und sie leben sicher nicht mehr.

Mary stand auf. Sie ging um den Schreibtisch herum zu der Wand mit den bleiverglasten Fenstern und ließ sich auf dem Sitzpolster im Erker nieder. Dann zog sie ein Kissen zu sich heran und schlang die Arme darum. Unten, jenseits der niedrigen Hecke, beleuchtete die Sonne die Wipfel der hundert Jahre alten Pinien, die als Grenze zwischen dem gepflegten Rasen und der Prärie dahinter dienten. Mehrere der Pinien waren von jahrzehntealten Schlingpflanzen umrankt, die sich um die Stämme wanden und in jedem Herbst für Girlanden voller orangefarbener Früchte an den fünf Kaminsimsen im Haus sorgten. Im Morgenlicht leuchteten die Beeren kräftig. Mary bemerkte, dass der erste Frost schon vorbei war und niemand die Ranken geschnitten hatte. Auch gut. Hätte jemand es erwähnt, wäre Cecil Baxter trotz seiner Arthrose in den Knien sicher noch einmal geklettert, und Cecil war viel zu alt, um auf Bäume zu steigen. Sie würde noch vor dem nächsten Frühjahr eine Hilfe für den Garten einstellen müssen, und sie hatte noch keine Ahnung, wie sie das Thema ansprechen sollte, ohne Cecils Gefühle zu verletzen.

Mary reckte sich, stand auf und ging hinüber zur anderen Seite des Raumes und in das halb leere Ankleidezimmer. Sie hatte sich noch nie genug aus Kleidern gemacht, um all die Kleiderstangen zu füllen, von den Regalen und Schubladen ganz zu schweigen.

„Geht es Ihnen gut, Madam?“ Ein zartes Klopfen an der zweiflügeligen Schlafzimmertür begleitete die tiefe Stimme.

„Ich bin heute nur ein bisschen langsam, Irene. Kommen Sie rein!“

Sie öffnete die Wäscheschublade, zog sich dann aber schnell wieder zu ihrem Schreibtisch zurück, packte den Briefumschlag und steckte ihn in die Tasche ihres Morgenmantels, während Irene ein Frühstückstablett auf der Bank am Fuße des Bettes abstellte.

Die ältere Frau legte die Stirn in Falten. „Sie brüten doch wohl nichts aus, hoffe ich? Jetzt, wo die Feiertage vor der Tür stehen.“

Mary deutete mit dem Kopf auf die großflächigen Fenster. „Ein wunderbarer Morgen.“ Sie wandte sich ab und steuerte wieder auf das Ankleidezimmer zu, während sie über die Schulter zurückrief: „Ich fahre heute Morgen in die Stadt. Wahrscheinlich esse ich zu Mittag einen Happen bei Val.“ Nachdem sie in ihre ausgeblichene Jeans geschlüpft war, steckte sie die Füße in perlenbestickte Mokassins, bevor sie einen Pullover aus einer Schublade zerrte.

Sie erschrak, als sie an der Tür hinter sich Irenes Stimme hörte. „Wie viel haben Sie abgenommen?“

„19 Kilo“, erwiderte Mary, während sie den Pullover über den Kopf zog. „Und fünf muss ich noch.“ Sie drehte sich um und tätschelte ihren Bauch. „Nicht schlecht für ein altes Mädchen, was?“ Sie griff nach einem elfenbeinfarbenen Leinenblazer. „Kann ich Ihnen irgendetwas aus der Stadt mitbringen?“

Irene schüttelte den Kopf. „Sagen Sie Val, sie soll Ihnen einen ihrer Milchshakes zubereiten. Damit Sie mal ein bisschen was auf die Rippen kriegen.“

Mary gluckste amüsiert. „Keine Sorge, meine Gute. Ich falle schon nicht vom Fleisch.“ Wieder drehte sie sich weg und zog eine lederne Mappe von einem der Regale. Schnell nahm sie den Umschlag aus der Tasche ihres Bademantels und schob ihn in die Mappe. Sie blinzelte prüfend in den Standspiegel. Dann hob sie die Brille und spitzte die Lippen, die Stirn in kritische Falten gelegt. Diese beiden Fältchen an den Mundwinkeln waren mit jedem Tag deutlicher zu sehen. Vielleicht Antifaltencreme. Vielleicht Botox. Meredith im Club ließ es sich regelmäßig spritzen und schwor auf ihren Arzt. Und sie sah tatsächlich ein bisschen jünger aus.

Irene räusperte sich. „Sie gehen zur Post?"

Mary richtete sich auf. „Warum?"

„Ich habe gerade gesehen, dass Sie einen Brief eingesteckt haben." Irene deutete mit dem Kopf auf die Ledermappe. „Wenn Sie zur Post gehen, würde ich Sie bitten, Briefmarken mitzubringen."

„Kein Problem." Mary rauschte an ihr vorbei. „Vergessen Sie nicht, dass ich zum Mittagessen nicht zu Hause bin!" Sie eilte ins Schlafzimmer, wobei sie lange genug bei dem Frühstückstablett stehen blieb, um einen Schluck Kaffee zu trinken. „Bis später." Mary zögerte. „Und vielen Dank noch mal für die Hilfe gestern beim Abendessen." Ihre Hand lag auf dem Türknauf. „Ich glaube, ich habe Ihnen noch nie gesagt, wie viel Sie mir bedeuten, Irene. Sie haben mich in all den Jahren vor so mancher gesellschaftlichen Katastrophe bewahrt. Und das war gestern Abend auch wieder so."

Irene schnaubte verächtlich und schüttelte den Kopf. „Ach was. Sie hätten es verstanden."

„Das glauben *Sie*. Aber sie hätten nur so getan, als ob sie es verstehen. Und heute im Club hätten sie sich die Mäuler zerrissen, wenn Sie nicht gekommen wären und mich daran erinnert hätten, nach Hause zu gehen. Wie konnte ich nur vergessen, dass ich die Goldenhirsches eingeladen hatte?“ Mary sah nachdenklich drein. „Ich *mag* Maude. Wirklich!“

„Wahrscheinlich hat sie selbst in ihrer Karriere das eine oder andere Abendessen vergessen“, vermutete Irene, während sie sich über Marys Bett beugte, um die Kissen zu richten. „Und Elizabeth war da. Es wäre nicht so schlimm gewesen.“

„Okay, vielleicht hätte Maude nichts gesagt. Aber Elizabeth wäre es schrecklich peinlich gewesen. Ich weiß, dass sie mit der Unterstützung der Goldenhirsches für den Klinikanbau und die neue Onkologiestation rechnet.“

Irene richtete sich auf. „Elizabeth hätte es überlebt. Es ist schließlich nicht so, dass sie selbst noch nie etwas vergessen hätte. Und der Geburtstag ihrer eigenen Mutter ist ja wohl wesentlich wichtiger als ein Essen mit reichen Freunden!“

„Ach, kommen Sie, Irene“, sagte Mary. „Das war letztes Jahr. Sie hatte eine Menge Stress, als sie ohne Sam die Geschäfte führen musste. Und ich hatte gesagt, dass sie keinen Aufstand machen sollte.“

„Na, dann haben Sie ja Ihren Willen gekriegt“, sagte Irene.

Mary lächelte. „Wissen Sie, dass Sie mich bei meiner ersten und meiner letzten Essenseinladung gerettet haben? Ich verdanke Ihnen wirklich eine Menge. Für alles, was Sie getan haben, habe ich Sie unheimlich gern. Und jetzt machen Sie es gut. Ich kann nicht hier stehen und zusehen, wie Sie mein Bett machen.“

„Ihr Bett zu machen ist Teil meiner *Arbeit*, Mrs Davis“, erwiderte Irene.

Mary zögerte an der Tür und blickte zurück. „Wenn Sie heute Vormittag ein Erdbeben spüren, dann ist das meine Schuld. Ich werde bei der Vorstandssitzung der Stiftung reinschauen.“

Irenes Augenbrauen schnellten nach oben. „Wirklich?“

Mary nickte. „Elizabeth hat gestern etwas gesagt – na ja, eigentlich waren es mehrere Dinge –, und das hat mich auf die Idee gebracht.“

„Die Sache mit George Kincaid“, vermutete Irene.

Mary seufzte. „Sam hätte etwas dagegen. Ich will mich ja auch gar nicht einmischen, aber nachdem ich den ganzen Morgen hin und her überlegt habe, bin ich zu dem Schluss gekommen, dass ich es ihm schulde, die Sache in Ordnung zu bringen.“

„Viel Glück“, sagte Irene, während sie die Kissen aufschüttelte.

„Danke. Das kann ich gebrauchen.“ Mary warf ihr ein Lächeln zu und ging dann über den Flur auf die Hintertreppe zu. *Die Hintertreppe.* Sam hatte nie gewollt, dass sie die benutzte. *„Das ist der Dienstboteneingang“*, hatte er immer gesagt. Die Treppe war schmal und steil, und die Wände waren immer weiß gestrichen gewesen. Als sie an diesem Morgen die Stufen hinabstieg, zögerte Mary und blickte über das Geländer bis zum Eichenboden auf dem Treppenabsatz hinunter. *Gelb. Wir werden die Wände gelb streichen. Und ein paar von diesen Schwarzweißfotografien von Paris aufhängen, die ich bei Target gesehen habe.* Sie konnte beinahe Sams verächtliches Schnauben hören, mit dem er sein Missfallen ausgedrückt hätte. *Gut. Dann kaufe ich mir eine Digitalkamera und mache meine eigenen Fotos.*

* * *

Irene schlurfte zu dem zerwühlten Bett, während sie sich Sorgen über die George-Kincaid-Sache machte und mürrisch das unberührte Frühstück auf Marys Tablett betrachtete. Sie strich die Laken glatt und schlug die Steppdecken unter, wobei sie sorgfältig darauf achtete, den empfindlichen Stoff der oberen Decke nicht zu dehnen. Mrs Davis hatte sie vor einem Monat aus einem Antiquitätengeschäft angeschleppt, voller Begeisterung über den Chintz und den Saumstoff, den sie als „Säulendruck" bezeichnete – was immer das bedeutete. Sie hatte die Decke am Fußende ihres Bettes zusammengefaltet und gesagt, sie sei zu brüchig, um sie zu benutzen. Sie wolle sich nur eine Weile daran erfreuen, bis sie eine Entscheidung treffe, wo sie sie aufbewahren wollte.

Als sie mit dem Bett fertig war, hielt Irene inne und blickte aus dem Fenster auf die Auffahrt hinaus, von der aus in diesem Augenblick der silberne Austin Healey auf die Straße bog. Das war ein gutes Zeichen. Mrs Davis hatte den Wagen nicht oft gefahren, seit ihr Mann gestorben war. Und sie fuhr zu einer Sitzung ins Büro. Sie zeigte Interesse. Auch das war gut. Vielleicht hatte sie es geschafft.

Irene bewegte sich durch das Zimmer und summte bei der Arbeit, während sie die zarten Stoffrollos vor den Fenstern rechts und links im Erker herabließ, den Schreibtisch aufräumte und einen Faden vom Teppich aufhob. Als sie die Kaffeetasse nahm, die Mary auf dem Weg hinaus auf ihrem Nachttisch abgestellt hatte, stieß sie mit dem Fuß gegen einen Gegenstand, der daraufhin unters Bett rollte. Mit einem Seufzer beugte Irene sich hinunter, um ihn wieder hervorzuholen. Eine Flasche mit Tabletten lag auf der Seite, kaum von dem Bettvolant aus Damast verborgen. Irene streckte die Hand danach aus, hob ihre Brille an und betrachtete mit zusammengekniffenen Augen das Etikett. *Bei Einschlafbeschwerden abends eine oder zwei Kapseln schlucken. Kann Benommenheit verursachen. Die gleichzeitige Einnahme von Alkohol kann die Wirkung verstärken. Beim Betreiben von Fahrzeugen oder gefährlichen Maschinen ist Vorsicht geboten.* Irene öffnete die Flasche. Sie enthielt eine Sammlung verschiedener Tabletten. Unterschiedliche Größen. Unterschiedliche Farben. Jede Menge Tabletten. *Damit kann man ein Pferd umbringen*, dachte sie. Sie sank auf das Sitzkissen im Fenster und schloss die Augen.

O mein Gott. Nein, Herr! Irene saß ein paar Minuten reglos da und sah aus dem Fenster. Sie sah ihren Mann, der in diesem Moment auf seinem Aufsitzmäher in den Blick kam. Seine spindeldürren Beine ragten auf beiden Seiten hervor. Er lenkte den Mäher an den Beeten der mehrjährigen Pflanzen vorüber, dann hielt er neben dem Swimmingpool an und stieg ab. Er sah zum Haus herüber. Irene wusste, dass er nach ihr Ausschau hielt. Sie sollten heute den späten Holunder ernten, der an der Rückseite dieser Beete wuchs. Mrs Davis hatte Cecil gebeten, sie vor dem Frost in Sicherheit zu bringen.

Irene betrachtete erneut die Tabletten in ihrer Hand. Dann stand sie auf und steckte die Flasche in ihre

Schürzentasche. *Und gerade dachte ich, sie hätte ins Leben zurückgefunden.*

Ihr fiel etwas ein, das sie bei einer Talkshow gehört hatte. Menschen taten das manchmal. Dinge in Ordnung bringen. Kurz bevor sie ... *Jetzt hör aber auf, Irene Baxter. Das ist doch Unsinn!* Aber war es das wirklich? Mrs Davis und Elizabeth kamen in letzter Zeit nicht gut miteinander aus. Ehrlich gesagt, kam Liz kaum noch vorbei. Und was hatte Mrs Davis über den gestrigen Abend gesagt? Irgendetwas davon, dass es ihre *letzte* Essenseinladung gewesen sei? Und warum hatte sie plötzlich beschlossen, zu dieser langweiligen Stiftungssitzung zu gehen? *George Kincaid.* Sie wollte die Sache in Ordnung bringen. Was würde geschehen, fragte Irene sich, wenn das alles geregelt war? Und was stand überhaupt in dem Brief, den Mrs Davis in ihrer Tasche versteckt hatte?

Irene nahm das Frühstückstablett und ging in Richtung Flur. An der Schlafzimmertür ließ sie ihre Blicke noch einmal durch den Raum schweifen, während sie sich für ihren Hang zur Dramatik schalt. Mrs Davis übernahm allmählich wieder die Kontrolle über ihr Leben. War die Patchworkdecke am Fußende des Bettes nicht ein klares Zeichen dafür? Sie beschäftigte sich mit neuen Dingen. Und dann war da die Tatsache, dass sie so schlank geworden war. Sie sah zehn Jahre jünger aus. Und sie fuhr wieder mit dem Austin Healey.

Noch immer hin und her gerissen, ging Irene auf die Hintertreppe zu. Am oberen Treppenabsatz warf sie einen Blick zurück zur Suite. Das Morgenlicht strömte durch die offenen Türen in die Diele.

Zu groß für eine einsame Frau. Zu groß, Herr. Die

Pillenflasche in ihrer Tasche schlug gegen den Handlauf des Treppengeländers. Beim Klang der rasselnden Tabletten seufzte Irene. *Bitte sag mir, was ich tun soll!*

Kapitel 2

Hätte irgendjemand ihr gesagt, was passieren würde, als sie durch die massiven Türen des Sitzungssaales von *Davis Enterprises* trat, dann wäre Mary Davis anstatt nach rechts wahrscheinlich nach links abgebogen, als sie aus dem Aufzug kam. Sie wäre die Treppe zum ersten Stock hinuntergestiegen, zur Hintertür hinaus in die schmale Gasse auf der Rückseite des alten Backsteingebäudes gegangen, hätte den Austin Healey gestartet und wäre geflohen. Es tat nichts zur Sache, dass sie nach fast einem Vierteljahrhundert der Übung eine Expertin darin war, jemand zu sein, den sie nicht kannte. Es war gleichgültig, dass sie gelernt hatte, einen Großteil ihres Lebens an Orten zu verbringen, die sie nicht mochte. Denn hätte sie gewusst, was zwischen ihr und Elizabeth vorfallen würde, dann hätte sie einen Bogen um die Sitzung gemacht. Sie hätte das Thema eines Architekten für den Bau der onkologischen Abteilung – des Samuel-F.-Davis-Trakts an der Universitätsklinik – beim Essen im *Vivace* angesprochen. Dann wäre Jeffrey Scott dabei gewesen, um seine Verlobte zu besänftigen.

Doch es hatte sie niemand gewarnt. Deshalb erschien sie so rechtzeitig, dass sie noch Zeit für ein wenig Smalltalk hatte. Sie tat so, als bemerkte sie das Erstaunen der Ausschussmitglieder über ihre Anwesenheit gar nicht. Sie fragte Derrick Miller, wie es seinem Sohn gehe, erkundigte sich nach Harvey Fagans alterndem Dachshund und beschwichtigte Millie Pattons Sorge darüber, was es bei der nächsten Festgala der Stiftung zu essen geben sollte.

Und dann kam Elizabeth.

„Sieh mal, wer hier ist!“ Harvey Fagan legte den Arm um Marys Schultern und drückte sie kurz, bevor er den Ledersessel am Kopfende des Sitzungstisches für sie zurückzog.

Dankbar, dass Harvey mit dem Rücken zu Liz stand und den Blick nicht sehen konnte, mit dem diese schweigend die Jeans und Mokassins ihrer Mutter betrachtete, schob Mary sich in den gepolsterten Stuhl neben dem Sessel des Vorsitzenden. „Ich will nur zuhören“, sagte sie.

Die Stimme ihrer Tochter klang gereizt, als sie die Anwesenden zur Ordnung rief. Mary fragte sich, ob Elizabeth und Jeff sich gestritten hatten. Das kam in letzter Zeit viel zu häufig vor. Zu diesem Zeitpunkt die Verlobung zu lösen, wäre nicht nur ein logistischer Albtraum, sondern auch ein Fehler. Jeffrey James Scott war das Beste, das Elizabeth Davis seit langem passiert war, und Mary hoffte, dass Liz sich dessen bewusst war.

„Das Streichquartett hat zugesagt“, sagte Millie Patton gerade, „aber ihre Gage ist seit dem letzten Jahr deutlich gestiegen.“

Elizabeth runzelte die Stirn. „Gestiegen? Um wie viel?“

„Nun ja ...“ Millie blickte in die Runde. „Es geht um mehrere Hundert Dollar, fürchte ich. Aber Sie hatten gesagt, Sie wollten sie unbedingt haben. Deshalb habe ich es festgemacht.“ Sie zögerte. „Ich nehme an, ich hätte Sie anrufen müssen.“

„Nein“, sagte Elizabeth mit einem Kopfschütteln.

„Das ist schon in Ordnung. Ein Anruf wäre nett gewesen, aber ich habe die Entscheidung Ihnen überlassen." Sie blickte auf ihre Tagesordnung hinunter und machte einen Haken hinter den entsprechenden Punkt auf der Liste.

Während sie ihre Tochter beobachtete, wunderte Mary sich wieder einmal über Liz' erstaunliche Fähigkeit, vollkommen höflich zu sein und gleichzeitig deutlich zu machen, dass sie genau das Gegenteil von dem meinte, was sie sagte. Bei Sitzungen war Elizabeth Davis ein nahezu perfektes Abbild ihres Vaters. Was nicht unbedingt gut war, dachte Mary – weder für die freiwilligen Mitglieder der Stiftung, die an diesem Morgen um den Tisch versammelt waren, noch für Liz selbst.

Mary versuchte sich wieder auf die Tagesordnung zu konzentrieren. Die Gruppe diskutierte verschiedene Fragen, und je länger die Sitzung dauerte, umso mehr ärgerte Mary sich darüber, wie systematisch ihre Tochter die Ausschussmitglieder tyrannisierte. Sie bemühte sich, so gut es ging, zu vermitteln und die Schläge, die Elizabeth austeilte, etwas abzumildern.

„Gut", sagte Elizabeth und legte die Tagesordnung zur Seite. „Das wäre also geklärt." Sie nahm einen schmalen Ordner zur Hand. „Aber da ist noch die Frage des Architekten." Sie schlug die Mappe auf und zog ein Blatt Papier heraus.

„Wir haben uns geeinigt." Harvey Fagan sprach stellvertretend für alle, während er in die Runde blickte. Die anderen lächelten und nickten zustimmend.

„Das habe ich in der Mappe gelesen", sagte Elizabeth. „Aber ich kann dem nicht zustimmen."

Die Spannung im Raum stieg spürbar an. Mary setzte sich kerzengerade auf. Reihum sah sie die anderen Mitglieder des Komitees an. Millie Patton hatte die Lippen zu einer dünnen Linie zusammengekniffen, was die Falten, die von den Mundwinkeln zu ihrem Kinn verliefen, noch betonte. Derrick Miller spielte mit seinem Füllfederhalter und vermied es, irgendjemanden anzusehen. Erst als Mary das Wort ergriff, sah er auf.

„Wir waren uns doch einig, dass wir das Ergebnis des Komitees akzeptieren", sagte sie.

Elizabeth schüttelte den Kopf. „George Kincaid hätte nie auf der Liste stehen dürfen. Er hat sich mehr als einmal zum Gespött von ganz Omaha gemacht, und ihn für dieses Projekt auszuwählen, ist ..."

„Mitfühlend", sagte Mary. „Die Publicity wird ihm guttun."

„Die Samuel-Davis-Stiftung ist keine Reha-Einrichtung", widersprach Liz.

„Das hat auch niemand der hier Anwesenden behauptet", erwiderte Mary. „Sie ist allerdings nach einem Mann benannt, der einer von Georges besten Freunden war." Sie beugte sich vor und legte die Hände zu beiden Seiten der vor ihr liegenden Mappe flach auf den Tisch. „Dein Vater würde dem Ausschuss zustimmen. Und George könnte die gute Presse, die dieses Projekt ihm bieten würde, wirklich gebrauchen."

Liz zog beinahe unmerklich die linke Augenbraue nach oben. Ihre Nasenflügel bebten bedrohlich, als sie aufstand. „Kann ich dich bitte kurz in meinem Büro sprechen, Mutter?"

Mary lachte. „Ich glaube nicht, dass das notwendig ist, Liebes."

„Ich bitte darum." Liz verließ den Raum, ohne sich noch einmal umzuschauen.

Mary blickte in die Runde. Millie war in die Tagesordnung vertieft und tat so, als würde sie sich Notizen machen. Auch Derrick und Harvey erwiderten ihren Blick nicht. Sie holte tief Luft. „Hört zu, Leute, wir sind ja ansonsten fertig. Millie, Sie haben gute Arbeit geleistet." Als Millie aufsah, lächelte Mary freundlich und fügte hinzu: „Die Entscheidung mit der Musik für die Eröffnungsfeier war genau richtig, danke." Dann wandte sie sich an die Männer. „Derrick, Harvey", sagte sie, „genießen Sie beide Ihr Golfturnier heute Nachmittag. Und grüßen Sie Ihre Frauen doch bitte von mir." Sie erhob sich. „Und danke noch einmal für Ihren selbstlosen Einsatz für die Stiftung. Sie alle haben viel Arbeit in dieses Projekt gesteckt, obwohl Sie tausend andere Dinge hätten tun können. Bestimmt kann ich mich irgendwann einmal revanchieren." Mary klopfte Derrick Miller auf die Schulter. „Sagen Sie Ihrem Jungen, er soll nächste Woche vorbeikommen und Liz wegen eines Praktikums im Sommer ansprechen." Sie ging auf die Tür zu.

* * *

Als Mary die Bürotür ihrer Tochter hinter sich schloss, hob Liz sofort die Hand. „Es ist die letzte. Versprochen." Sie drückte die Zigarette aus, drehte sich um und sah aus dem großflächigen Fenster hinter ihrem Schreibtisch. Die Arme vor der Brust verschränkt, wartete sie. Die Spannung war in jeder Faser ihres elegant gekleideten Körpers zu spüren, von den Füßen auf dem teuren Teppich bis hin zu ihrem kerzengeraden Rücken und den kantigen Schultern. „Würdest du mir bitte erklären, was hier los ist?"

Mary ließ sich in einen der ledernen Sessel in der Sitzecke fallen. Während sie mit dem Zeigefinger die Maserung des Leders entlangfuhr, sagte sie: „Wir planen gerade den Empfang anlässlich der bahnbrechenden Eröffnung des neuen Samuel-F.-Davis-Trakts. Und dazu diskutieren wir letzte Einzelheiten."

Liz fuhr herum und sah ihre Mutter an. „Das meine ich nicht. Und das weißt du ganz genau."

„George?", fragte Mary mit einem Blick von unten herauf.

„George Kincaid ist ein Säufer", platzte Liz heraus, „und ich will nicht, dass sein Name mit diesem Projekt in Zusammenhang gebracht wird. Außerdem wäre ich dir dankbar, wenn du mich nicht vor dem Stiftungsvorstand bloßstellen würdest. Du warst seit ewigen Zeiten nicht mehr bei einer Sitzung, und dass du unangemeldet auftauchst und mich dann behandelst wie ein kleines Kind, war ..." Liz holte tief Luft. „Es war unangemessen."

Mary runzelte die Stirn. „Es ist nie unangemessen, die Stimme der Vernunft und Menschlichkeit zu erheben, wenn sie vorher nicht gehört wurde", sagte sie. „Wenn es dir peinlich war, dann tut mir das leid, aber es ist nicht meine Schuld. Das hast du dir selbst eingebrockt, indem du George lächerlich gemacht hast."

„Ich habe in dieser Sitzung nichts gesagt, was nicht hinreichend bekannt wäre", fauchte Liz. „Ich hatte nur als Einzige den Mut, es auszusprechen."

„Nur weil etwas hinreichend bekannt ist, muss man

es nicht in der Öffentlichkeit breittreten. Das Letzte, was George gebrauchen kann, sind noch mehr Leute, die die Qualität seiner Arbeit ignorieren und sich weigern, ihm zu helfen, wenn er Hilfe braucht."

„Die Qualität seiner Arbeit?", schnaubte Liz verächtlich. „Welche Arbeit? Was hat er denn in den letzten zwei Jahren gearbeitet? Er war doch in der Entziehungskur!"

Mary lehnte sich vor und legte das Kinn auf die gefalteten Hände. Sie seufzte und deutete dann auf den anderen Sessel. „Jetzt hol erst mal tief Luft und setz dich, Elizabeth. Dies ist ein Gespräch und kein Zweikampf."

Liz blinzelte ein paarmal, dann ging sie zu dem Platz, auf den Mary gezeigt hatte. Doch anstatt sich zu setzen, stellte sie sich hinter den Sessel und stützte ihre Arme auf der Rückenlehne ab.

„Deine Bemerkung, ich sei nicht zu den Sitzungen gekommen, ist so nicht ganz korrekt, finde ich", sagte Mary. „Ich war bei fast jeder Sitzung, von der ich wusste." Sie machte eine Pause und ließ das Ungesagte – nämlich dass Liz eine ganze Reihe Sitzungen einberufen hatte, ohne Mary davon zu informieren – gründlich wirken, ehe sie fortfuhr: „Und heute war ich ganz reizend und habe nur meine Meinung gesagt – die meistens ignoriert wurde. Aber ich bin nicht wütend. Und ehrlich gesagt weiß ich auch nicht, warum du es bist. Hast du dich mit Jeffrey gestritten? Du hattest schon eine gigantisch schlechte Laune, als du in die Sitzung kamst." Mary zog das Wort *gigantisch* ein bisschen in die Länge, in der Hoffnung, Jeffs Lieblingswort würde Liz ein Lächeln entlocken.

Liz lächelte nicht. Stattdessen schleuderte sie das Wort zu Mary zurück: „Wenn ich *gigaaantisch* schlechte Laune habe, dann liegt das daran, dass ich unter einem *gigaaantischen* Druck stehe, und ich sehe niemanden, der *mich* unterstützt. Und jetzt schlägt sich meine eigene Mutter auf die Seite des Vorstands und hilft ihm dabei, einen riesigen Fehler zu begehen."

„In Ordnung", sagte Mary. Sie erhob sich. „Wenn sich herausstellen sollte, dass es ein Fehler war, übernehme ich die volle Verantwortung."

Liz schnaubte verächtlich.

„Was ist daran so komisch?"

Liz schüttelte den Kopf. „Komm schon, Mutter. Du hast nie die Verantwortung für irgendetwas in deinem Leben übernommen – außer dafür, dass der Kaffee schmeckte und die Häppchen bei Papas Abendgesellschaften frisch waren."

Mary ließ sich wieder auf den Sessel fallen. Das Herz schlug ihr bis zum Hals. Sie sog scharf die Luft ein, und es wirkte, als wäre sie geschlagen worden. Sie schluckte und kämpfte gegen die Tränen an, die ihr in die Augen schossen.

„Es tut mir leid, Mutter. Das war ..." Liz streckte die Hand aus, um sie ihrer Mutter auf die Schulter zu legen.

Mary schüttelte ablehnend den Kopf. „Ich glaube, ich gehe jetzt besser", sagte sie schließlich mit Mühe. Schwerfällig erhob sie sich aus dem Sessel und ging auf die Tür zu.

„Mutter, bitte!", sagte Liz.

Mary sah ihre Tochter an, und es versetzte ihr einen Stich, als ihr bewusst wurde, dass Liz dieselben leuchtend blauen Augen hatte wie ihr Vater. Sie wandte sich ab, schluckte und blickte dann erneut in diese Augen. „Ich nehme dir nicht übel, dass du glaubst, du könntest meine Meinung ignorieren, Liebes. Seit dein Vater gestorben ist, bin ich wie in einem Nebel herumgelaufen." Sie lächelte. „Aber allmählich wache ich auf. Und ich werde in den kommenden Tagen noch mehr von diesen Dingen sagen." Sie legte eine Hand auf den Türknauf. „Jetzt hole ich meine Tasche und die Unterlagen aus dem Sitzungsraum und fahre nach Hause. Und du, Elizabeth, wirst George Kincaid anrufen und ihm dazu gratulieren, dass er die Ausschreibung für den neuen Krankenhaustrakt gewonnen hat. Das ist die richtige Entscheidung." Die nächsten Worte sprach Mary langsam und mit Bedacht: „Und was noch wichtiger ist: Es wäre das, was dein Vater gewollt hätte." Als Liz zum Protest ansetzte, unterbrach Mary sie. „So wird es gemacht, Elizabeth. Den Vorstand kannst du einschüchtern, aber mich nicht. Nicht mehr."

Als sie den Flur zum Sitzungssaal zurückging, kam Mary an dem beleuchteten Porträt von Samuel Frederick Davis vorbei, das genau gegenüber vom Aufzug hing. Sie blieb stehen und sah in die blauen Augen. *Es hat lange gedauert, Sam. Aber jetzt wehre ich mich endlich. Ich hoffe, es ist nicht zu spät.*

Auf ihrem Heimweg warf Mary den Brief ein.

Kapitel 3

Liz

Ich brauchte bis zu meinem achtzehnten Geburtstag, bis ich mir endlich die Erlaubnis gab, meine Mutter nicht zu lieben. Nicht, dass wir uns missverstehen: Ich liebe meine Mutter. Aber ich *liebe* sie nicht. Es gibt einen Unterschied, den man in unserer Sprache nicht ausdrücken kann. Ich weiß nicht, ob es überhaupt eine Sprache gibt, die diesen Unterschied deutlich macht, aber ich mag die Vorstellung, dass es irgendwo eine Familienstruktur gibt, bei der eine Tochter ihre Mutter auf ideale Weise achten und schätzen kann, ohne sie gefühlsmäßig zu lieben.

Vielleicht ist es falsch, zu sagen, dass ich sie nicht liebe. Natürlich bin ich ihr dankbar dafür, dass sie mir das Leben geschenkt und meine Windeln gewechselt und mir das Leben leichter gemacht hat. Es ist nur so, dass sie und ich nie eine besondere Beziehung zueinander hatten. Ich war immer meinem Vater ähnlicher. Er und ich konnten ohne Worte quer über den Esstisch unsere Späße machen, die über den Kopf meiner Mutter völlig hinweggingen. Wenn wir als Familie zusammen einen Film ansahen, lachten Papa und ich immer bei den gleichen Szenen. Mutter schloss sich uns aus Höflichkeit an, aber meist war es eben nur das – Höflichkeit. Sie fand die Lagerfeuerszene in *Wild Wild West* eigentlich gar nicht lustig. Papa und ich lagen jedes Mal, wenn wir sie sahen, vor Lachen beinahe auf dem Fußboden.

Meine ganze Schulzeit hindurch habe ich mich bemüht, eine Beziehung zu Mutter aufzubauen. Sie tat alles, was die Mütter meiner Freundinnen auch taten. Sie arbeitete in Ausschüssen mit und veranstaltete Partys. Sie war nett zu meinen Freundinnen und mitfühlend mit den Jungs, die ich anschleppte und denen ich dann einem nach dem anderen den Laufpass gab. Sie lobte mich für meine guten Noten und gab mir zu Ehren eine der denkwürdigsten Abschlusspartys in unserer Klasse. Sie weinte sogar bei der Zeugnisverleihung.

Aber trotz all dieser schönen Erinnerungen gibt es keinen Zeitpunkt, an dem sie und ich wirklich miteinander verbunden gewesen wären. Wir waren schon immer wie zwei Tänzer, die ein klein bisschen aus dem Takt geraten sind. Es ist so, als hörten wir in unserem Kopf Musik, aber die Melodie ist nicht dieselbe. Oder vielleicht liegt es daran, dass wir beide führen wollen. Oder geführt werden.

Während meiner Schulzeit hatte ich deswegen immer ein schlechtes Gewissen. So, als hätte ich irgendwelche Mängel, die dazu führten, dass Mutter mich missbilligte. In dem Jahr, als ich von der Schule abging und mit dem Studium begann, gab ich es schließlich auf, sie verstehen zu wollen. Ich hörte auf, sie nach ihrer Meinung zu fragen, und akzeptierte einfach, dass wir keine Gemeinsamkeiten hatten. Sie ist die geborene Hausfrau. Nicht, dass ich ihr Spezialgebiet schlecht machen will, aber ich konnte mich einfach nicht zu Hause hinter dem Herd sehen. Als Kind sagte ich zu Papa, dass ich eines Tages mit ihm zusammen arbeiten würde, und ich habe meine Meinung nie geändert. Nach dem Abitur wechselte ich zur Wirtschaftsakademie. Von dort ging es auf die Universität, wo ich meinen Abschluss in Wirtschaftswissenschaften machte und damit die Qualifikation erhielt, an der Seite meines Vaters zu arbeiten.

Der glücklichste Augenblick in meinem Leben war der Moment, als ich mein neues Büro bei *Davis Enterprises* betrat und meinen Namen an der Tür las. Mutter schickte Blumen. Papa führte mich zum Essen aus.

Für *Davis Enterprises* zu arbeiten war genauso, wie ich es mir immer vorgestellt hatte. Abgesehen von einer Sache. Zwei Jahre nachdem ich meinen Abschluss gemacht hatte, wurde bei Papa Bauchspeicheldrüsenkrebs diagnostiziert. Er gab sich Mühe, mir alles, was er wusste, in wenigen Wochen beizubringen, und ging dann nach Hause, um zu sterben. Ich bin nach wie vor nicht gerade glücklich darüber, dass er so schnell aufgegeben hat. Ich verbrachte Stunden im Internet, um alles über alternative Therapien und Behandlungsmethoden herauszufinden, aber Papa wollte nicht. Er wollte zu Hause bei Mutter sein. Er wollte nicht reisen, sagte er. Ich hatte immer den Verdacht, dass es eigentlich meine Mutter war, die nicht reisen wollte. Sie hat sich nie weit von zu Hause fortbewegt. Man sollte doch meinen, sie hätte Papa zuliebe über ihren Schatten springen können. Vielleicht hätte er dann etwas länger gelebt.

Ich weiß nicht, was in jenen schrecklichen Tagen mit uns geschehen wäre, wenn es Jeff nicht gegeben hätte. Wir lernten uns bei einer Tagung kennen, zu der ich eigentlich nicht fahren wollte. Beinahe hätte ich eine Ausrede gefunden und nicht teilgenommen. Ich bin froh, dass ich doch gefahren bin. Wir waren schon verlobt, als wir von Papas Krankheit erfuhren, und es ist mir ungeheuer wichtig, zu wissen, dass mein Vater eine gute Meinung von Jeff hatte.

Jeff füllt in vielerlei Hinsicht die Lücken in meinem gestörten Verhältnis zu meiner Mutter. Seine eigene Mutter ist an Krebs gestorben, deshalb weiß Jeff, wie es ist, einen Elternteil auf diese Weise zu verlieren. Und er erinnert mich daran, dass ich meine Mutter schätzen sollte, solange sie noch da ist, egal, ob ich sie verstehe oder nicht.

Ich dachte, durch Papas Sterben würden Mutter und ich uns näher kommen. Aber so war es nicht. Die Dinge, die ich an ihr nicht verstehe, werden nur noch zahlreicher. Mein Schmerz ist genauso groß wie ihrer, aber man kann nicht einfach alles stehen und liegen lassen, wenn man jemanden verliert, den man liebt. Papa sagte zu uns beiden, er erwarte von uns, dass wir weiterleben. Ich hatte nie den Eindruck, dass meine Eltern eine große Liebesgeschichte verband, aber vielleicht habe ich mich geirrt. Denn seit Papa nicht mehr da ist, scheint Mutter die Kontrolle über ihr Leben verloren zu haben. Sie geht nicht mehr aus, es sei denn, man bezeichnet ein Mittagessen bei Val als „Ausgehen". Sie lädt niemanden ein, wenn man von Einladungen absieht, die ich zugunsten der Stiftung organisiert habe. Wenn ich erwähne, dass sie soziale Kontakte braucht, sieht sie mich nur an, und mit ihrem Blick sagt sie, dass ich nichts verstehe. Was ich, ehrlich gesagt, auch nicht tue. Ich weiß, dass sie als Witwe bei einem Abendessen das „fünfte Rad" am Wagen ist. Aber wenn sie nur halb so viel Energie investieren würde, um ein interessanter Mensch zu werden, wie sie für das ziellose Umherstreifen auf dem Alten Markt oder das Stöbern in Antiquitätengeschäften aufwendet, wäre es egal, ob sie Teil eines Paares ist oder nicht. Wenn ich nicht darauf bestehen würde, dass sie hin und wieder etwas für die Stiftung tut, bezweifle ich, ob sie sich überhaupt die Mühe machen würde, sich morgens anzuziehen.

Selbst Irene macht sich Sorgen. Die Leute glauben, sie wäre nur die Haushälterin, aber sie ist viel mehr als das. Irene und Cecil Baxter leben in dem Cottage gleich hinter dem Haupthaus, so lange ich denken kann. Cecil kümmert sich um das Grundstück und die Autos. Irene sorgt für die Mahlzeiten und das Haus.

Die meiste Zeit behandeln sie uns alle mehr wie Ersatzkinder und nicht wie ihre Arbeitgeber. Papa hat sich darüber so sehr aufgeregt, dass er einmal drohte, sie zu ersetzen. Ich dachte, Irene wüsste nichts davon, aber am nächsten Tag backte sie zwei Kuchen, Rhabarber und Stachelbeere. Und drei Dutzend Muffins. Papa hatte nie wieder etwas dagegen, dass sie uns behandelte, als wären wir ihre Familie. Außerdem machte Irene sich die Mühe, Papa mit „Sir“ und Mama mit „Madam“ anzureden, wenn Außenstehende anwesend waren. Sie gab sogar nach und trug eine Uniform. Bei Gesellschaften.

Irene sagt, Mutter brauche einfach Zeit. Aber nach dem Auftritt heute Morgen bei der Stiftungssitzung glaube ich, dass sie eher eine Therapie braucht. Sie ist nicht mehr sie selbst, so viel steht fest. Ich will ja, dass sie Interesse an Dingen zeigt, und dazu gehört natürlich auch die Stiftung, aber es sieht ihr einfach gar nicht ähnlich, vor dem versammelten Ausschuss einen Streit vom Zaun zu brechen. Natürlich tut es mir leid, wenn ich ihre Gefühle verletzt habe. Aber ich traue-re auch. Der Onkologie-Trakt für das Krankenhaus ist mir wichtig, und ich will ihn nicht gefährden. George Kincaid war einmal ein großartiger Architekt. Aber seine beste Zeit ist lange vorbei. Papa hätte das eingesehen. Ich weiß nicht, wovon Mutter redet, wenn sie meint, er habe sich für Georges Comeback eingesetzt. Der Samuel Davis, den ich kannte, war kein Mann, der ein wichtiges Projekt wegen eines Schwächlings aufs Spiel setzte.

Und dass Mutter mir vor den Vorstandsmitgliedern widerspricht ... also, das gehört sich einfach nicht. Auch das hätte Papa nie getan. Und bei ihm hätte das auch niemand gewagt. Allmählich glaube ich, dass es ein Fehler war, Mutter mehr einzubinden. Sie hat ganz offensichtlich nicht verstanden, was mir dabei vorschwebte. Gut, dass sie Jeff und mich nächste Woche zum Essen eingeladen hat. Ich weiß nicht, was mit ihr los ist, aber ich werde es herausfinden. Und außerdem werden wir die Sache mit George Kincaid klären.

Kapitel 4

„Mutter, das ist nicht dein Ernst, oder?" Liz unterdrückte ein Lachen und blickte über den Esstisch zu Jeff hinüber. Ihre blauen Augen sandten eine unausgesprochene Botschaft. Jeff sah auf seinen Teller hinunter und inspizierte sein Steak, wie ein Biologe eine Petrischale unter die Lupe nimmt.

Mary dachte daran, wie Liz und Sam ohne Worte quer über den Tisch miteinander kommuniziert hatten. Sie wandte sich an Jeff. „Das ist eine neue Sauce. Ich habe Irene gebeten, sie auszuprobieren." Sie sah Liz an und lächelte. „Und doch, es ist mein voller Ernst. Mein Reisepass ist noch gültig, und ich habe den Flug gebucht."

Offenbar war Jeffs Radar auf eine andere Frequenz eingestellt, als es bei Sam gewesen war. Nachdem er einen Bissen von seinem Steak genommen und ein zustimmendes Geräusch von sich gegeben hatte, zwinkerte er Mary zu und sagte: „Fahr ruhig!"

„Ich dachte, du wolltest dich verstärkt in der Stiftung engagieren", sagte Liz stirnrunzelnd. „Nach Paris zu flüchten und die Festgala zu verpassen, klingt für mich nicht nach verstärktem Engagement."

„Waren wir letzte Woche bei derselben Sitzung?", fragte Mary. „Wenn ich mich recht entsinne, organisiert Millie die Unterhaltung und das Essen, und sowohl Derrick Miller als auch Harvey Fagan werden dort sein, um die Gäste zu begrüßen." Sie zögerte. „Es wird schon nichts Weltbewegendes passieren. Es geht doch ohnehin nur darum, zu lächeln und uns bei den Leuten dafür zu bedanken, dass sie gekommen sind."

„Das ist vielleicht alles, was *du* vorhattest", erwiderte Liz gereizt. „Aber es ist noch eine Menge PR-Arbeit zu tun, bevor wir auch nur daran denken können, den ersten Spatenstich zu tun. Und wenn die Frau von Samuel Davis nicht dabei wäre, würde das einen schlechten Eindruck machen."

Mary zuckte mit den Schultern. „Ich finde, die Leute sollten sich einfach beim Essen amüsieren. Wir erwarten ohnehin schon von ihnen, dass sie bei der Auktion horrende Summen für Dinge bieten, die sie nicht brauchen. Das ist doch genug Bettelei für einen Abend. Ich bin der Meinung, dass wir bei einem Lunch im kleineren Kreis besser feststellen können, auf wen wir uns wirklich verlassen können. Ich organisiere gerne ein Dutzend solcher Veranstaltungen im neuen Jahr, wenn ich wiederkomme." *Falls ich wiederkomme.*

„Wann hattest du denn diese Idee?", wollte Liz wissen.

„Gar nicht", erwiderte Mary. „Es ist Millies Idee. Aber ich habe darüber nachgedacht und finde die Idee gut. Langfristig gesehen ist der Aufbau von Beziehungen zu Spendern effektiver als eine einmalige Großveranstaltung wie die Gala."

„Vielleicht hast *du* Zeit für eine ganze Reihe kleiner Einladungen", sagte Liz, „aber ich habe sie nicht. Ich muss ein Unternehmen leiten, eine Hochzeit planen und mein Leben leben." Sie packte ihr Steakmesser mit der einen und die Gabel mit der anderen Hand und begann, das dicke Fleischstück auf ihrem Teller zu zerschneiden.

Mary trank einen Schluck Wasser, bevor sie fortfuhr: „Eins verstehe ich nicht, Elizabeth." Wie immer horchte ihre Tochter auf, als sie ihren vollständigen Namen hörte. „Seit Monaten redest du auf mich ein, ich sollte für die Stiftung mehr tun. Das habe ich getan. Ich biete an, im neuen Jahr Aufgaben zu übernehmen. Aber dir scheint all das gar nicht recht zu sein."

„Ich konnte ja nicht wissen, dass es deine Vorstellung von Engagement ist, mich vor dem Ausschuss bloßzustellen", sagte Liz. „Und mir war auch nicht klar, dass deine Vorstellung von Interesse an der Sache bedeutet, dass du ins Ausland reist, anstatt zu unserem wichtigsten Fundraising-Event zu kommen – um dann mit den Spendern bei einer Reihe von Veranstaltungen alles festzumachen, an denen ich, wie schon gesagt, nicht teilnehmen kann."

„Du kannst mir unmöglich weismachen, dass alle deine Mittagspausen über die nächsten sechs Wochen hinaus schon verplant sind", sagte Mary. „Ich weiß, dass du eine viel beschäftigte Frau bist, aber niemand hat *so* viel zu tun."

„Da hat sie nun wirklich recht, Bitsy", bestätigte Jeff. Mary dankte ihm insgeheim dafür, dass er versuchte, die Situation zu entschärfen.

Liz warf ihm einen wütenden Blick zu. „Na gut", sagte sie dann. „Vielleicht kann ich mich für ein oder zwei Termine freimachen." Sie lehnte sich zurück und seufzte. „Womöglich ist es gar keine so schlechte Idee."

„Danke." Mary neigte leicht den Kopf.

„Aber George Kincaid ist aus dem Projekt raus. Dabei werde ich nicht nachgeben."

Mary nahm noch einen Schluck aus ihrem Wasserglas. Sie schloss die Augen für ein paar Sekunden, dann öffnete sie sie wieder und sah zu dem Ölgemälde von ihr selbst und Sam hinüber, das auf der gegenüberliegenden Seite des Raumes über dem Kamin hing. Sie holte tief Luft und sprach dann mit einem, wie sie hoffte, bestimmten Tonfall: „Das ist kein angemessenes Thema für eine Mahlzeit, Schatz. Wie dein Vater immer sagte: Wer sich beim Essen streitet, verdirbt sich den Magen, und das ist für niemanden gut."

„Richtig." Jeff nickte. Mit der Gabel deutete er zu Liz. „Also lasst uns jetzt nicht mehr über Fundraising reden, sondern über Paris. Ich bin sicher, du wirst von der Stadt begeistert sein, Mary."

„Warum genau glaubst du, dass sie begeistert sein wird?", wollte Liz wissen.

„Dir würde es genauso gehen, *ma chérie*", sagte Jeff, wobei er übertrieben einen französischen Akzent nachahmte.

„Wirklich? Wie kommst du darauf?"

„Ich glaube das auch", stimmte Mary zu. „Immerhin hast du einen Druck von Monet in deinem Büro hängen. Der Ort, an dem Monet das Bild malte, ist nur einen Tagesausflug von Paris entfernt. Und dann gibt es das *Musée d'Orsay* – es ist den Impressionisten gewidmet. Und das Rodin-Museum. Vom Louvre ganz zu schweigen."

Liz verzog den Mund. „Du klingst wie ein Reiseführer, Mutter", sagte sie spöttisch. „Und du musst zugeben, dass das etwas seltsam ist, wo du doch noch nie gereist bist."

Als Mary nichts erwiderte, ergriff Jeff das Wort. „Wenn du all das sehen willst, was du verpasst hast, dann sag ich noch einmal: Fahr ruhig!“ Er hob sein Glas. „Auf neue Erfahrungen!“

Liz verstand die Botschaft, und Mary sah ihr gezwungenes Lächeln. „Jeff hat natürlich recht. Es ist wunderbar, dass du etwas Neues ausprobieren willst, Mutter. Aber … kannst du damit nicht bis nach der Gala warten?“

„Ich möchte über Weihnachten dort sein“, sagte Mary. „Und ich habe schon ein Zimmer in einem kleinen Hotel in der Nähe der Sorbonne gebucht.“

„Du bist Weihnachten weg?“

„Sei mir nicht böse, Schatz. Aber du kannst mir nicht erzählen, dass ihr beide nicht romantische Feiertage zu zweit genießen werdet.“ Mary grinste. „Irene wird nicht wissen, was sie machen soll. Sie hat seit Ewigkeiten kein Weihnachtsessen für zwei Personen mehr gekocht. Wie es aussieht, muss sie sich am Weihnachtstag tatsächlich *ausruhen*!“

Liz hatte beim Zuhören mit ihrem Ohrring gespielt. Jetzt fiel er herunter auf ihren Schoß und sprang von dort auf den Boden, wo er unter dem massiven Kirschholztisch verschwand. Sie fluchte leise.

„Ich hole ihn“, sagte Jeff und rutschte von seinem Stuhl.

„Kann ich Ihnen helfen, Mr Scott?“ Cecil Baxter kam gerade aus der Küche herein, makellos gekleidet in seinem dunklen Anzug mit Krawatte. Er sah überhaupt nicht wie der Gärtner aus, der er im tiefsten Innern war.

Liz winkte ab. „Jeff holt ihn schon.“

Jeff tauchte wieder auf, den Ohrring seiner Verlobten in der Hand. Cecil zog sich in die Küche zurück mit dem Auftrag, das Dessert zu servieren, und das Gespräch kehrte zu Weihnachten in Paris zurück.

„Ich wollte das schon lange tun", sagte Mary.

„Da staune ich aber", sagte Liz. „Papa hasste es, zu verreisen. Ich dachte immer, du tätest es auch nicht gerne."

Mary schüttelte den Kopf. „Ich wäre liebend gerne verreist."

„Wusste Papa das?"

Mary antwortete lieber nicht.

„Warum hast du es ihm nicht einfach gesagt?"

Da war er wieder. Dieser Tonfall, der ihr das Gefühl gab, als wäre sie an allem schuld. Mary seufzte und sah aus dem Fenster. Cecil kam mit einer gläsernen Tortenplatte zurück, auf der ein mit Schokoladenglasur verzierter Kuchen prangte.

„Wenn du es genau wissen willst, mein Schatz: Ich habe es ihm gesagt."

Liz runzelte die Stirn. „Ja? Und er hat es einfach ... ignoriert?"

„Die Sache ist ein bisschen komplizierter, fürchte ich", sagte Mary. Sie winkte Cecil zu sich. Er stellte den Kuchen vor ihr ab und ging zum Sideboard, um die Dessertteller zu holen.

„Wahrscheinlich hast du recht", sagte Liz. Sie schüttelte den Kopf. „Von allen Dingen, die ich mir ausgemalt hatte, wäre ich nicht im Traum darauf gekommen, dass du zu mir sagst: Ich will Weihnachten allein in Paris verbringen."

Mary lächelte, während sie das Messer, das neben ihrem Teller lag, nahm und den Kuchen anschnitt.

„Mutter!", schimpfte Liz. Sie stand auf und ging

zum Sideboard. Dann öffnete sie eine Schublade und holte ein silbernes Kuchenmesser hervor.

„Ich nehme ein Stück", sagte Jeff und hielt seinen Teller hoch.

Mary versuchte ein Stück Kuchen auf den kleinen Dessertteller zu schieben, aber es landete mit der Glasur nach unten auf dem Tischtuch.

„Wenn du deine Mittagessen im kleinen Kreis veranstaltest, dann solltest du Irene servieren lassen", spottete Liz. „Es ist ziemlich unpassend, jemanden um ein paar hunderttausend Dollar zu bitten, während man Schokolade von der Damasttischdecke kratzt."

Zum zweiten Mal an diesem Tag trafen Mary die Worte ihrer Tochter wie ein Schlag in die Magengrube.

„Komm schon, Liz", sagte Jeff, und seine Stimme hatte einen sanft tadelnden Tonfall, während er seinen Teller abstellte.

„Ist doch wahr", beharrte Liz stur. „Bei solchen Anlässen sind Taktgefühl und Stil wichtig."

„Und beides scheine ich nicht zu haben", sagte Mary. Sie fuhr mit dem Finger durch den Klecks Schokoladenglasur auf dem Tisch und leckte ihn genüsslich ab.

Als Liz antwortete, griff sie das Thema wieder auf, das Mary erst kurz zuvor vom Tisch verbannt hatte. „Da du es gerade selbst erwähnst, Mutter: Es war nicht sehr taktvoll von dir, mir bei der Sitzung vor versammelter Mannschaft zu widersprechen. Papa hat immer darauf geachtet, dass er und ich in Vorstandssitzungen zusammenhielten. Wir sollten dafür sorgen, dass es auch bei uns beiden so ist."

„Reden wir wieder von George Kincaid?", fragte Mary.

Liz holte tief Luft. „Hör mir zu, Mutter. Niemand sagt, dass du dich nicht in der Stiftung engagieren sollst. Deine Anwesenheit ist mir sehr willkommen. Ich war es ohnehin leid, immer Entschuldigungen für dich zu finden. Allmählich fingen die Leute schon an zu glauben, dass die Witwe von Samuel David durchdreht."

„Liz ..." Jeff legte eine Hand auf ihren Arm.

Sie schüttelte sie ab. „Nein, Jeff, sie muss die Wahrheit erfahren."

„Die Wahrheit?", fragte Mary.

Liz nickte. „Du kennst sie nicht, weil ich dich in Schutz genommen habe. Dich entschuldigt. Gründe genannt, warum du nicht mehr in den Club kommst. Warum du so viel abgenommen hast. Warum du nie in die Kirche gehst." Sie schien an Fahrt zu gewinnen, je länger sie sprach. Sie zählte Sitzungen auf, bei denen Mary nicht gewesen war, Dinge, mit denen sie Liz enttäuscht hatte. Fehler über Fehler über Fehler türmte sie höher und höher auf. Liz holte sogar peinliche Begebenheiten aus der Vergangenheit hervor, von denen Mary gar nichts wusste. Sie sprach von ihrem Abschlussball. „Ehrlich, Mutter, du kamst *barfuss* an die Tür. Du hattest nicht einmal die Kamera dabei. Als würde dir das alles nichts bedeuten. Und jetzt, nach all den Jahren, willst du plötzlich ein Mitspracherecht in der Firma? Du glaubst, du kannst mir Befehle erteilen?" Liz' Stimme wurde schriller, als sie zum letzten Schlag ausholte. „Papa hat *mir* die Leitung des Unternehmens anvertraut, Mutter. Das sollte dir einiges deutlich machen."

Mary erhob sich. Einen Moment lang starrte sie in

die wütenden blauen Augen ihrer Tochter. Als sie dann an Liz vorbei auf das Porträt an der anderen Seite des Raumes blickte, begann ihr Herz laut zu klopfen. Sie riss den Blick von Sams blauen Augen los, holte tief Luft und sagte dann ruhig, aber bestimmt: „Ich habe die Mehrheitsanteile an der Organisation und Tätigkeit der Stiftung, Elizabeth. Das heißt – egal, ob wir uns diesbezüglich einig sind oder nicht: George Kincaid ist der Architekt für den Onkologie-Trakt der Universitätsklinik zur Erinnerung an Samuel F. Davis." Sie stützte die Fingerspitzen auf die Damasttischdecke, während sie fortfuhr. „Millie Patton ist für die Gala zuständig. Derrick Mill und Harvey Fagan begrüßen die Gäste. Harvey macht den Zeremonienmeister, und ich", sagte sie, während sie den Stuhl zurückschob und sich zur Tür wandte, „ich fliege nach Paris."

Ihr gelang ein, wie sie hoffte, würdevoller Abgang. Jeff versuchte, sie aufzuhalten, aber sie hielt ihn mit einer Handbewegung auf Abstand. Sobald sie draußen auf dem Flur war, sank sie gegen die nächste Wand und unterdrückte ein Schluchzen, während sie nach Luft rang. Der Klang von näher kommenden Schritten zwang sie weiterzugehen. Sie eilte den Gang entlang, die große, geschwungene Haupttreppe hinauf und quer über die Galerie. Dann war sie in ihren eigenen Räumen, wo sie auf den Nachttisch zuging. Heute Nacht würde sie kein Auge zutun, es sei denn ...

Sie wischte sich mit dem Handrücken die Tränen von den Wangen und fuhr mit der Hand unter den Kissenberg am Kopfende ihres Bettes. Nichts. Sie hielt den Atem an, kniete sich neben das Bett und fühlte mit der Hand darunter. Als sie nichts fand, spähte sie unter den Bettvolant. Die Tabletten waren nicht mehr da. Mary saß auf dem Teppich und fuhr sich mit den Händen durch die Haare. Was sollte sie jetzt tun?

* * *

Irene wartete auf dem dunklen Flur. Sie lehnte an der Tür, das Ohr beinahe dagegengedrückt, und lauschte. Schließlich hob sie die Hand um anzuklopfen, doch dann besann sie sich anders und griff nach dem Türknauf. Erleichtert stellte sie fest, dass er sich bewegte. *Zumindest hat sie mich nicht ausgesperrt.*

Die Tür öffnete sich lautlos, und vor ihr lag der dunkle Raum. Sie stieß mit dem Zeh gegen die Ecke eines geknüpften Läufers, den Mary erst vor wenigen Tagen am Fußende des Bettes platziert hatte, und stolperte. Als sie sich mit einer Hand auf dem Bett abstützte, um nicht das Gleichgewicht zu verlieren, quietschte eine Bettfeder.

„Geh weg, bitte. Egal, wer es ist, lass mich allein." Eine dunkle Gestalt erhob sich von dem Schreibtischstuhl und kam quer durch den Raum auf Irene zu. „Ach, Sie sind es", sagte Mary leise. Sie zögerte und sagte dann mit einer aufgesetzten Fröhlichkeit: „Mir geht es gut, Irene. Gehen Sie schlafen. Es ist schon spät."

„Es geht Ihnen nicht gut", widersprach Irene. „Keiner Mutter der Welt würde es gut gehen, wenn ihr Kind solche Dinge zu ihr gesagt hat. Um Himmels willen, Cecil und ich haben jedes Wort gehört – und das hinten in der Küche." Als Mary sich abwandte, um aus dem Fenster zu sehen, folgte Irene ihrem Blick.

Das Mondlicht beschien die Skulpturen im Garten und bevölkerte ihn so mit geisterhaften Gestalten.

Mary ging zu ihrem Fensterplatz hinüber und setzte sich. „Es war eigentlich keine Überraschung." Sie holte tief und zitternd Luft. „Obwohl mich die Intensität ihrer Gefühle schon ziemlich getroffen hat."

„Sie war grausam", beharrte Irene. „Wahrscheinlich kommt sie morgen vorbei, um sich zu entschuldigen."

„Mag sein", sagte Mary mit bebender Stimme. Sie warf einen Blick über die Schulter zu Irene, die immer noch an der Tür stand und wartete. „Wenn Sie schon nicht schlafen gehen wollen, dann kommen Sie und setzen Sie sich." Sie klopfte auf die Kissen neben sich.

Irene folgte der Aufforderung und saß steif da, die Hände auf dem Schoß, den Rücken kerzengerade.

„Sie kommen so gut mit Ihren Kindern aus", sagte Mary. „Was habe ich denn falsch gemacht? Ist es etwas, das ich tue? Oder nicht tue? Was ich sage? Oder nicht sage?" Sie strich sich das Haar aus dem Gesicht.

„Es liegt nicht an Ihnen", sagte Irene. „Es liegt an ihr. Sie versteht nicht."

„Was versteht sie nicht?", murmelte Mary.

„Alles", platzte Irene heraus. „Wie es für Sie war. Sie hat keine Ahnung davon."

„Aber das ist nun wirklich nicht ihre Schuld", sagte Mary. „Ich habe Sam versprochen, nichts über Paris zu sagen." Sie schwieg einen Augenblick. „Was immer man über Mary Elisabeth McKibbin sagen mag, aber *das* Versprechen hat sie wenigstens gehalten." Sie schüttelte den Kopf. „Elizabeth glaubt nicht, dass mehr in mir steckt als das, was ich ihr gezeigt habe. Ich bin nur die ‚kleine Hausfrau', die Partys plant ...

und hin und wieder Schokoladenkuchen auf die weiße Tischdecke fallen lässt."

„*Ich* weiß aber, dass mehr in Ihnen steckt", sagte Irene. „Und ich bin das *Hausmädchen*. Man sollte meinen, Ihre eigene Tochter könnte mal lange genug an jemand anderen als sich selbst denken, damit sie merkt, wie es um ihre Mutter bestellt ist."

„Gehen Sie nicht so hart mit Elizabeth ins Gericht. Sie hat es nicht leicht. All die Verantwortung, die auf ihren Schultern liegt ..."

„Sie liebt Verantwortung, und das wissen Sie ganz genau", sagte Irene. „Entscheidungen zu treffen, macht ihr Spaß, und sie sagt anderen gerne, was sie tun sollen. Das war schon so, als sie noch ein kleines Mädchen war."

Mary lächelte. „Von dem Augenblick an, als sie zum ersten Mal ihre blauen Augen aufschlug, hatte sie Sam um den Finger gewickelt, das stimmt. Ihn nicht mehr zu haben, ist furchtbar für sie", fügte sie leise hinzu.

„Natürlich ist es das", stimmte Irene zu. „Aber sie sollte sich einmal umsehen und wahrnehmen, was sie alles hat. Und danach sollte sie zur Abwechslung mal an *Sie* denken. Seit über einem Jahr jammert sie, dass Sie nicht genug Interesse an der Stiftung zeigen. Und jetzt, wo Sie es tun, sitzt sie auf dem hohen Ross."

„Na ja, so schlimm war es nun auch wieder nicht."

Irene zog die Augenbrauen hoch.

„Also gut", gab Mary zu. „Es war schlimm." Sie seufzte. „Aber was geschehen ist, ist geschehen." Sie stand auf. „Ich rufe sie morgen an und bitte sie um Verzeihung. Es wird schon wieder gut."

Irene ließ die Hände auf ihre Knie niedersausen.

„Das tun Sie nicht! Elizabeth ist diejenige, die sich entschuldigen muss. Sie sollte jetzt hier sein und Sie um Verzeihung bitten für all das, was sie gesagt hat."

„Vielleicht kann man manche Dinge einfach nicht in Ordnung bringen. Vielleicht ist es wirklich zu spät. Von dem Tag an, als sie geboren wurde, habe ich sie Stück für Stück an Sam verloren. Ich wusste es und habe es geschehen lassen. Ich habe mir eingeredet, wie glücklich ich mich schätzen konnte, dass er sie so liebte, sie so vollkommen annahm. Ich war so froh, dass er Zeit für sie hatte ..."

„Das", unterbrach Irene, „ist eine Untertreibung. Wenn Sie mich fragen – und mir ist klar, dass Sie das nicht getan haben –, aber wenn Sie mich fragen, dann war dem Mann – möge er in Frieden ruhen – Elizabeth zu wichtig und Sie waren ihm nicht wichtig genug."

Mary seufzte. „Man kann ein Kind nicht zu sehr lieben. Das glauben Sie doch selbst nicht."

„Es war keine Frage von zu viel Liebe", stimmte Irene zu. „Aber seine Prioritäten waren verkehrt. Er ..." Sie verstummte mitten im Satz.

„Ist schon gut", sagte Mary. „Ich weiß, dass Liz in Sams Leben die Hauptrolle gespielt hat und nicht ich. Wenn ich ehrlich bin, stand sie auch in seinem Herzen an erster Stelle. Ich habe gelernt, das zu akzeptieren." Sie schüttelte den Kopf. „Und dann, als ihr Vater starb und der Mittelpunkt von Liz' Universum einstürzte, bin ich zusammengeklappt." Sie seufzte. „Sie ist vielleicht auf Distanz geblieben, aber ich habe auch nichts getan, um das zu verhindern. Bis zu dieser Woche habe ich nicht einmal versucht, mich für die Dinge zu interessieren, die ihr wichtig sind. Das wissen Sie ja."

„Immerhin mussten Sie mit Ihrem eigenen Kummer fertig werden“, wandte Irene ein. „Und dabei hatten Sie nicht gerade viel Unterstützung, wenn ich das mal sagen darf.“ Sie fasste Mary an der Hand und zog sie zurück auf den Fenstersitz neben sich. „Denken Sie daran, Liebes, ich war ungefähr so alt wie Sie, als mein erster Mann heimging. Und als er gestorben war, wäre ich am liebsten gleich mit ihm in das Grab gestiegen. Ich weiß, wie es ist, einen Tag nach dem anderen durchzustehen, wenn man sich gerade einmal dazu aufraffen kann, weiterzuatmen. Und ich weiß, wie es ist, wenn man einen Mann Zentimeter für Zentimeter sterben sieht. Wenn man ihm zur Toilette hilft und versucht, angesichts all der Dinge, die einen erschaudern lassen, seine Würde zu wahren. Sie hätten für all das Pflegepersonal engagieren können, aber Sie haben ihn nicht im Stich gelassen.“

„Ich *wollte* all diese Dinge tun“, protestierte Mary. „Niemand hat mich dazu gezwungen.“

„Deshalb ist es sogar noch wunderbarer. Und noch tragischer, dass Miss Ich-weiß-alles-besser-Elizabeth nicht sehen kann, was für eine tolle Frau Sie sind.“

Mary schüttelte den Kopf. „Ich bin keine tolle Frau. Ich bin eine Fälschung. Ein Mädchen vom Lande, das sich als reiche Erbin ausgibt. Sam hat mit der Maskerade begonnen und dann darauf bestanden, dass ich damit weitermache.“ Sie stand auf und ging zu der Wand gegenüber dem Erkerfenster.

Es war dunkel, aber Irene brauchte kein Licht, um zu wissen, worauf Marys Blick ruhte. Das einzige Foto aus ihrer Vergangenheit war das mit dem Rolls Royce. Selbst Elizabeth war in dem Glauben, es zeige die junge Mary McKibbin, die stolz den *Rolls Royce* ihres Vaters vorführte. Nur Irene kannte die Wahrheit. Es war das Foto einer armen amerikanischen Studentin in Frankreich, die sich ein bisschen dazuverdiente, indem sie als Model Designerkleider bei einer Autoschau präsentierte und dabei in einer Limousine fuhr, die einem Freund von Samuel Frederick Davis gehörte – dem Mann, der dem Mädchen begegnen und sein Leben für immer verändern sollte.

Plötzlich sagte Mary: „Aber Sam ist nicht mehr da, und ich kann den Schein ohne ihn nicht aufrechterhalten." Sie wandte sich zu Irene um. „Ich *will* es nicht."

„Sie sollten es ihr sagen", schlug Irene vor.

Mary schüttelte den Kopf. „Es ist zu spät. Das muss ich einfach akzeptieren. Vielleicht ist es das Beste so."

Irene streckte die Hand nach dem gerahmten Spruch aus, den sie gestern beim Staubwischen entdeckt hatte. *Es ist nie zu spät, das zu werden, was du hättest sein können.* Sie hoffte, dass ihre Arbeitgeberin den Wink auch im Dunkeln verstand. „Sie wird wie ihr Vater", sagte Irene. „Wie kann das zum Besten sein?"

„Sam hatte auch gute Eigenschaften", protestierte Mary sofort. „Sie hat seine Energie. Seinen Blick fürs Detail. Seinen ..."

„Hunger nach Macht", ergänzte Irene. „Und seine Fähigkeit, jeden, der im Weg steht, niederzuwalzen."

„Sie weiß eben, was sie will", verteidigte Mary ihre Tochter.

„Sie ist egoistisch und halsstarrig", gab Irene zurück. „Und sie sollte auf ihre Mutter hören."

„Na ja", sagte Mary, „dazu hat sie offensichtlich keine Lust." Sie drehte sich wieder zum Fenster. „Und um ehrlich zu sein, ich glaube, ich habe nicht die Willenskraft, sie zum Zuhören zu zwingen." Sie strich sich die Haare aus dem Gesicht. „Ich bin nicht einmal sicher, ob es überhaupt wichtig ist."

Die beiden Frauen schwiegen eine Weile. Irene saß auf der Fensterbank und Mary stand neben ihr und starrte in den Nachthimmel hinaus. Als Mary sich bewegte und Irene klar wurde, dass sie sich eine Träne von der Wange gewischt hatte, streckte die ältere Frau die Hand aus und drückte die Hand der anderen.

„Ich habe sie verloren, Irene", sagte Mary mit brüchiger Stimme. „Sie ist alles, was ich auf dieser Welt noch lieben kann, und sie will meine Liebe nicht. Und ich habe nicht die Kraft, um sie zu kämpfen. In Wahrheit weiß ich nicht einmal, ob ich es überhaupt will. Manchmal mag ich sie nicht besonders. Wie kann eine Mutter ihrem eigenen Kind gegenüber solche Gefühle haben?" Sie unterdrückte ein Schluchzen.

Irene zog Mary auf den Sitz neben sich und in ihre Arme. Doch noch während sie ihrer „Gluckenneigung" nachgab, wie Cecil es nannte, stieg Wut in ihr auf. Wut auf Elizabeth Davis, weil sie die Bedürfnisse ihrer Mutter nicht wahrnahm. Wut auf die Kräfte, durch die die Mauer zwischen den beiden Frauen immer höher wurde, was auch immer der Grund dafür war. Und Wut auf Sam Davis, der ein unschuldiges Mädchen in seine Welt geholt hatte, nur um dann systematisch jedes bisschen Lebenslust in ihr auszumerzen.

Als Marys Tränen nachließen, schob Irene sie zum Bett, nahm ihr den seidenen Bademantel ab und hängte ihn über die Rückenlehne des Schreibtischstuhls. Sie deckte Mary zu, und nachdem diese den Kopf auf das

Kissen gelegt hatte, berührte Irene leicht Marys Stirn und flüsterte ein kurzes Gebet.

Als sie die schwere Doppeltür öffnete, um zu gehen, rief Mary ihren Namen.

„Schlafen Sie jetzt erst einmal", sagte Irene sanft. „Der neue Tag ist schon fast angebrochen. Ich werde Gott darum bitten, dass er Ihnen etwas gibt, woran Sie sich freuen können."

„Danke." Es war eine Weile still, dann rief Mary noch einmal. „Irene?"

„Ja, Madam?"

„Ich hätte sie nicht genommen. Ich hatte genügend Gelegenheiten."

„Ja, Madam."

„Sie können sie wegwerfen."

„Hab ich schon. Und jetzt schlafen Sie." Irene zog die Tür hinter sich ins Schloss.

Kapitel 5

Jeff

Wenn ich damals, als ich Liz Davis kennen lernte, gewusst hätte, was alles passieren würde, hätte ich vielleicht einen Bogen um sie gemacht. Möglich wäre es, aber ich habe meine Zweifel. Sie ist schön, talentiert und intelligent. So ziemlich alles, was ein Mann sich nur wünschen kann. Und wenn man bedenkt, dass sie ganz wild darauf zu sein scheint, den Rest ihres Lebens mit mir zu verbringen, dann ist jedem klar, dass ich bis zum Hals in die Sache verwickelt bin.

Das Problem ist die unsichtbare Mauer zwischen Liz und ihrer Mutter. Jeder, der nur ein bisschen Verstand hat, wird es vermeiden, zwischen die Fronten zweier Frauen zu geraten, die sich nicht verstehen. Manchmal glaube ich, mit meinem Verstand stimmt wirklich etwas nicht, denn sonst hätte ich mich von Anfang an da herausgehalten. Oder Liz gesagt, dass sie erwachsen werden und ihre Mutter in Ruhe lassen soll. Oder vielleicht Mary gebeten, sich noch mehr Mühe zu geben. Aber ich mag Mary, und ich liebe Liz ... also halte ich meistens den Mund und hoffe, dass es gut geht. Meistens.

Die meisten Männer in meiner Situation würden einfach mit den Schultern zucken und die Dinge laufen lassen – vorausgesetzt, sie hätten das Problem überhaupt bemerkt. Aber ich kann nicht so tun, als wäre es egal, ob Liz und ihre Mutter miteinander auskommen oder nicht. Und ich bemerke es nun einmal. Wer behauptet, erwachsene Kinder brauchten ihre Eltern nicht mehr, ist ein Vollidiot. Ich weiß es, weil meine Mutter starb, als ich fünfundzwanzig war. Noch heute kommt es vor, dass ich zum Telefon greife, um sie wegen einer Sache anzurufen – und mir dann wieder einfällt, dass sie nicht mehr da ist. Und dann kommen mir die Tränen. Mama und ich standen uns sehr nahe, weil wir zu zweit gegen den Rest der Welt kämpfen mussten, nachdem mein Vater uns verlassen hatte. Ich war dreizehn. Ich hatte noch einen jüngeren Bruder und eine kleine Schwester, und ich erinnere mich daran, wie ich den Arm um meine Mutter legte und zu ihr sagte, wir würden es schaffen. Und wir haben es geschafft. Zum Glück reichten meine Zensuren, um ein Stipendium für die Uni am Ort zu bekommen. Ich hätte auch an einigen Eliteuniversitäten studieren können, aber ich wollte bei meiner Familie bleiben. Die ersten beiden Jahre wohnte ich sogar noch zu Hause, aber dann warf meine Mutter mich raus, weil sie meinte, ich müsse ein paar Dinge lernen, die sie nicht unbedingt mitbekommen wollte. Und sie hatte recht.

Meine Mutter war eine erstaunliche Frau, die den Job als Alleinerziehende so gut geregelt bekam, dass mir nie klar war, wie sehr ihr der Ehepartner fehlte. Bis ich eines Tages nach Hause kam und sie auf dem Sofa fand, wo sie den Film *Sabrina* mit Audrey Hepburn und Humphrey Bogart ansah und schluchzte. „So eine Liebe wollte ich immer erleben“, sagte sie. Sie erzählte mir, dass sie das Gefühl hatte, uns im Stich gelassen zu haben, weil es ihr nicht gelungen war, die Ehe mit meinem Vater zu retten. All die Jahre waren vergangen und ich hatte keine Ahnung gehabt, wie sehr sie litt. Ich nahm sie in den Arm und sagte ihr, wie wunderbar sie sei. Und ich beschloss, dass sie das nie mehr vergessen sollte.

Danny und Sarah waren am Studieren, als Mama an einer seltenen Art Lymphom erkrankte, das schnell zum Tod führt. Sie starb, bevor wir überhaupt die Chance hatten, die Diagnose zu verarbeiten. Was vielleicht ein Segen war. Ich habe nicht die schmerzlichen Erinnerungen an eine lange Krankheit, wie Liz und Mary sie bei Sam erlebt haben. Mama wurde einfach ins Krankenhaus gebracht und kam nicht wieder heraus.

Ich hatte einen guten Job, und eine Zeit lang klammerten wir drei Scott-Kinder uns in meiner Wohnung aneinander. Wir haben es zusammen durchgestanden, und wir sind uns immer noch sehr nahe, obwohl Danny inzwischen in Kalifornien ist und Sarah mit drei kleinen Kindern in Denver lebt.

Für Liz und ihre Klagen habe ich nicht sehr viel Verständnis. Obwohl sie eigentlich nicht klagt. Jedenfalls nicht so, wie man es sich vorstellt. Sie scheint ihre Mutter ganz einfach nicht zu schätzen. Und manchmal glaube ich, dass sie sich ein bisschen für ihre Mutter schämt. Das macht mich wütend. Tatsächlich ging es bei dem einzigen richtigen Streit, den Liz und ich jemals hatten, um sie und ihre Mutter.

Mary Davis ist eine fantastische Frau. Sie ist gemütlich und bodenständig, und woher sie das bei ihrem Leben hat, ist mir ein Rätsel. Liz scheint nicht viel über die Vergangenheit ihrer Mutter zu wissen. Mir persönlich würde das zu schaffen machen, aber Liz behauptet, ihre Mutter hätte gesagt, dass ihr Leben erst mit Sam Davis anfing, und mehr gebe es nicht zu sagen.

Ich glaube, ich mochte Mary vom ersten Augenblick an, als ich ihr begegnete. Liz nahm mich mit nach Hause, um mich ihren Eltern vorzustellen. Sie hatte mich gewarnt, dass sie in einem großen Haus aufgewachsen ist. Das war die Untertreibung des Jahres. Die Davis-Familie lebt nicht in einem Haus. Sie lebt in einem 1000-Quadratmeter-Schloss mitten in einem Wald. Aber man bekommt das Gebäude überhaupt nicht zu sehen, wenn der Mann an der Pforte einem nicht das Tor öffnet. Wenn Besuch erwartet wird, schlüpft Cecil Baxter in eine Uniform und wartet in der kleinen Hütte neben dem Tor.

Man kann sich vorstellen, wie ich mich fühlte. Da stand ich nun: ein Junge, der in einem Reihenhaus mit 75 Quadratmetern Wohnfläche aufgewachsen war. In mein Zimmer unter dem Dach gelangte man nur über eine Leiter durch das Kämmerchen neben dem Zimmer meiner Schwester. Mit anderen Worten, Danny und ich hausten auf dem Dachboden.

Und da fuhren wir nun mit meinem VW-Bus mit Aufklebern der verschiedensten Rockbands auf dem Heckfenster die Auffahrt entlang. Wir bogen nach links ab, und dieses Herrenhaus erschien vor uns. Ich hätte am liebsten umgedreht und die Flucht ergriffen. Aber dann öffnete sich die Tür, und heraus kam kein Butler, sondern eine Frau in Jeans und einem übergroßen karierten Hemd, in dem sie kleiner aussah, als sie eigentlich ist. Und sie war barfuss. Wenn ich es mir recht überlege, bin ich sicher, dass ich Mary Davis vom ersten Augenblick an mochte.

Aber Liz war über Marys Kleidung überhaupt nicht glücklich. Das merkte man sofort. „Hallo Mutter", sagte sie. Sie umarmte sie nicht einmal. Liz stellte mich vor und sagte dann: „Entschuldige, dass wir so früh dran sind. Ich zeige Jeff den Pool, dann hast du Zeit, dich zum Essen umzuziehen."

Obwohl ich Mary gerade erst kennen gelernt hatte, sah ich den verletzten Ausdruck in ihrem Gesicht. Ich setzte an, um etwas zu sagen, aber sie hatte sich schon abgewandt und ging. Ich drehte mich noch einmal nach ihr um, während Liz mich durch die Eingangshalle zur Rückseite des Hauses zerrte. Da stand sie am Fuß der Treppe und sah uns nach. Als unsere Blicke sich kreuzten, lächelte sie. Aber nur mit dem Mund. Ich kannte sie ungefähr einen Monat, als mir klar wurde, dass man Marys Augen nie lächeln sieht. Hätte ich sie nicht vor Mr Davis' Tod gekannt, hätte ich vermutet, dass es an dem Kummer lag. Aber wenn es Kummer ist, dann gibt es noch etwas außer dem Tod ihres Mannes, weswegen Mary trauert.

Liz' Vater war nicht so leicht zu gewinnen wie ihre Mutter. Irgendwann in dem Jahr nach seinem Tod erfuhr ich, dass er mich hat überprüfen lassen. Offenbar hat er nichts gefunden, das gegen mich sprach. Ich habe mich schon oft gefragt, was passiert wäre, wenn er etwas gefunden hätte. Liz liebt mich, aber ich bezweifle, dass unsere Beziehung die Missbilligung ihres Vaters überlebt hätte. Zum Glück war das nie ein Thema. Sam Davis brauchte eine Weile, um mit mir warm zu werden, aber nach ungefähr sechs Monaten mit Esseneinladungen und anschließenden Schachpartien, die ich absichtlich verlor, beschloss er offenbar, dass ich in Ordnung war. Er fing an, mich Jeff statt Jeffrey zu nennen, und ein- oder zweimal gab er mir beim Abschied einen freundlichen Klaps auf die Schulter. Als er mich eines Abends seinen Austin Healey fahren ließ, wusste ich, dass ich ihn endgültig auf meiner Seite hatte. Ich weiß nicht, was es mit diesem Auto auf sich hatte, aber Sam Davis ließ niemanden in die Nähe des Wagens. Selbst Liz durfte nicht damit fahren, und sie bekam von ihm so ziemlich alles, was sie wollte. Ich habe ihn auch nur das eine Mal gefahren, aber das war ein Gefühl, wie man es kein zweites Mal erlebt. Nicht wegen des Autos selbst, sondern weil es das Auto von Samuel Davis war.

Inzwischen lebt Sam schon eine ganze Zeit nicht mehr, und ich hatte gehofft, es würde etwas geschehen, wodurch Mary und Liz das, was zwischen ihnen steht, überwinden können, was auch immer es ist.

Das Komische ist, dass die meisten Menschen, die Mary und Liz kennen, nur eine abgöttisch liebende Mutter und eine ergebene Tochter sehen. Obwohl es nach der Vorstandssitzung gestern so aussieht, als hätten ein paar Leute einen anderen Eindruck bekommen. Trotzdem muss man in der Regel längere Zeit in vertrautem Kreis mit ihnen verbringen, um zu merken, dass etwas nicht stimmt. Sie haben offenbar einen Weg gefunden, so miteinander umzugehen, dass alles zwischen ihnen ganz gut läuft. Und das ist, meiner bescheidenen Meinung nach, das eigentliche Problem. Sie sind zufrieden mit diesem „ganz gut". Mich macht es verrückt. Sie essen gelegentlich zusammen zu Mittag, und an Geburtstagen und besonderen Feiertagen kommen sie zusammen und machen Fotos. Liz hat eine 20 x 30 Zentimeter große Fotografie von sich und Mary auf der Anrichte in ihrem Büro stehen. Das Bild haben sie letztes Weihnachten gemacht. Mary hat den Arm um Liz gelegt, und wenn man Liz nicht so gut kennt wie ich, könnte man glauben, die beiden sähen auf dem Foto glücklich aus.

Tatsache ist jedoch, dass keine von beiden glücklich ist, seit Sam gestorben ist. Er war der Kitt, der diese beiden Frauen zusammengehalten hat, und nachdem er nicht mehr da war, begann die Fassade schnell zu bröckeln. Liz zeigte ihre Verärgerung darüber, wie ihre Mutter sich „unter das gemeine Volk" mischte. Mary tat nicht mehr so, als interessiere sie sich für die Davis-Stiftung, und hörte auf, an den Sitzungen teilzunehmen. Ich glaube, in dem ersten Jahr setzte sie keinen Fuß in das Unternehmen. Das war wohl Marys Art, Liz den Handschuh hinzuwerfen, sie herauszufordern. Aber Liz protestierte nicht. Sam hatte sich vergewissert, dass sie ohne ihn am Steuer klarkommen würde. Und sie ist ganz die Tochter ihres Vaters, wie die Leute sagen. Sie leistet hervorragende Arbeit in der Firma. Sie hatte nichts dagegen, dass Mary sich zurückzog.

Ich habe mich schon öfter gefragt, ob Liz vielleicht ein bisschen zu sehr in Macht und Kontrolle verliebt ist. Ob sie nicht ein bisschen zu bereitwillig die Geschäfte übernommen hat. Nach dem, was gestern Abend passiert ist, glaube ich, dass ich einen Teil von Liz bislang beschönigt habe, mit dem ich mich ernsthaft befassen muss.

Mary – Gott segne sie! – hat inzwischen neues Interesse an der Stiftung gezeigt. Das liegt vor allem an George Kincaid. Über den Mann wurde in der gehobenen Gesellschaft viel gemunkelt. Er war ein Freund von Sam aus früheren Tagen, und Mary hält zu ihm, auch wenn niemand sonst es tut. Deshalb ist Liz ausgerastet. Aber die Art und Weise, wie sie es getan hat – ich gebe es nicht gerne zu, aber ich muss sagen, das war fast gemein. Ich weiß, dass sie in Bezug auf die lockere Art ihrer Mutter noch nie einen Sinn für Humor hatte. Aber sie hat ein solches Drama daraus gemacht, dass das Stück Kuchen auf die Tischdecke gefallen ist, dass ich mich für sie geschämt habe. Und es tat mir in der Seele weh, zu sehen, wie es Mary verletzt hat. Wahrscheinlich hätte ich etwas unternehmen sollen. Aber es ist nicht so einfach, sich auf die richtige Weise einzumischen. Wenn ich daran denke, wie es in, sagen wir, fünf Jahren sein wird, muss ich ehrlich zugeben, dass ich zwischen diesen beiden Frauen ganz schnell ganz alt aussehen werde.

Kapitel 6

Arcachon, Frankreich

Er schloss die Augen und strich mit den Fingern vorsichtig über das kühle Elfenbein der Klaviertasten. Ein Akkord, noch einer, ein dritter, und dann eine Pause, in der er sich auf dem verkratzten Klavierhocker zurechtsetzte. Seine Hände schwebten über der Tastatur. Er dehnte sein linkes Handgelenk und spitzte die Lippen angesichts des knackenden Geräusches, während er die Finger zur Handfläche hinzog und kleine kreisende Bewegungen in der Luft vollführte, bis das Knacken aufhörte. Noch einmal rückte er hin und her, so als müsse die glänzende Oberfläche des Hockers sich an seinen Körper anpassen und ihm helfen, die vertraute Haltung zu finden, in der er früher stundenlang gesessen und die Etüden geübt hatte, die sein Lehrer ihm aufgab.

Ohne die Augen zu öffnen, tastete er sich bis zur richtigen Stelle der Tastatur vor. Seine Fingerspitzen fanden schnell wieder den ersten Akkord. Diesmal klangen die Töne richtig, und sein linkes Handgelenk stützte die Hand gut genug, sodass er problemlos durch die ersten Seiten des Stückes glitt. Nach dem ersten Takt öffnete er die Augen, aber nicht, weil er die Noten hätte sehen müssen. Er wusste, an welcher Stelle er war. Sie waren ebenso unauslöschlich in sein Gedächtnis eingebrannt wie das Bild der jungen Dame, die einmal neben ihm gesessen und seine Geschicklichkeit bewundert hatte, während seine Finger über das Scherzo flogen, ohne zu zögern oder auch nur eine Note auszulassen. Und das war mehr als ein Vierteljahrhundert her. Er ignorierte den ersten falschen Ton und spielte weiter. Beim zweiten Mal verzog er das Gesicht. Der dritte Missklang ließ ihn abrupt die Handflächen auf die Tasten knallen, sodass der schrille Nachklang auf seine blank liegenden Nerven einstürzte, während er reglos am Klavier saß und die Gedanken in seinem Kopf herumwirbelten.

Die Töne waren verklungen, als er die Hand hob und über die Brusttasche seines weißen Seidenhemdes strich. Mit den Fingern fühlte er den Rand des Briefumschlags, den er seit gestern bei sich trug. Sie hatte ihn mit Luftpost geschickt. Er hatte sich über die Dringlichkeit gewundert, nach all den Jahren. Überrascht von seinen eigenen Gefühlen, die der Anblick ihrer Handschrift in ihm auslöste, hatte er den großen Umschlag aufgerissen. Als er den kleinen Umschlag darin sah, hatte er gezögerte, dann den äußeren Umschlag weggeworfen und den Brief in seine Tasche gesteckt. Jetzt nahm er ihn heraus und ließ seine Finger über den Absender gleiten, dann über seinen eigenen Namen. Er begann ihn zu öffnen, stopfte ihn dann jedoch wieder in seine Brusttasche und stand auf. Dann ging er zu der Fensterwand hinüber, von wo aus man über die Hügel blicken konnte.

Pinien hatten einmal den Blick auf die Bucht behindert, aber er hatte sie schon vor Jahren gefällt, und auch die Proteste der Nachbarn hatten ihn nicht davon abgehalten. Die Zeit, die er in das Fällen dieser Bäume investiert hatte, würde er nie bereuen. Sie hatten ihm Brennholz für den kleinen Kamin geliefert, der diesen

Raum an den wenigen Tagen im Jahr heizte, wenn zusätzliche Wärme nötig war. Aber die Arbeit hatte ihm einen weitaus größeren Schatz als bloßes Holz verschafft. Sie hatte ihm einen ungehinderten Blick auf die Bucht von der gesamten Rückseite des Hauses aus eröffnet. Vor langer Zeit hatten seine Eltern ihm erzählt, er müsse mit Salzwasser in den Adern geboren sein. Vielleicht hatten sie recht gehabt. Immer wenn er ins Landesinnere vorstieß, ging eine Veränderung in ihm vor. Nur ein einziges Mal hatte jemand ihn für mehr als nur ein paar Tage vom Meer weglocken können. Aber er hatte den Staub von Paris 1974 von den Füßen geschüttelt und geschworen, dass er nie mehr zurückkehren würde.

Sein Handy klingelte. „*Oui*?" Er schüttelte den Kopf. „*Pas aujourd'hui*. Heute nicht, Dominique. Ich habe einen Termin."

„In deinem Kalender steht für heute aber nichts", jammerte die Stimme. „Ich habe extra bei Paul nachgefragt, bevor ich dich auf deiner privaten Leitung angerufen habe."

„Ich muss Besorgungen machen, bevor ich das Haus vorübergehend zuschließe. Außerdem muss ich noch einige Dinge mit Paul besprechen."

„Du behandelst dieses Boot wie deine Ehefrau", klagte die Stimme.

„Genau genommen", sagte er, „gibt es mindestens zwei Frauen, die sagen würden, dass ich es besser behandele als meine Ehefrau."

Die Frau am anderen Ende war immun gegen seine versteckte Warnung in Bezug auf frühere Beziehungen. Sie lachte. „Darüber mache ich mir keine Sorgen. Ich verfälsche die Statistik, was das betrifft. Und jetzt lass die Witze und sag, was du zum Frühstück willst!“

Er konnte spüren, wie seine Kiefermuskeln sich anspannten. Warum hatte er nur eingewilligt, Dominique Chevalier quer durchs ganze Land zur Villa ihrer Eltern zu fahren? Es war ihm gleich so vorgekommen, als hätte sie ihn mit Hintergedanken zu der Fahrt überredet, aber da hatte er sich für seinen Egoismus gescholten. Sie war so jung, dass sie seine Tochter sein könnte. Beinahe jedenfalls. Aber ihr Auto war in der Werkstatt, und es war wirklich albern, sie mit der Bahn fahren zu lassen, wo er doch auf dem Weg zu Celine und den Jungs so dicht an der Haustür ihrer Eltern vorbeifuhr. Es wäre unhöflich, sie nicht mitzunehmen.

„Ist es für dich schwierig, dich morgen freizumachen?“ Er hoffte, dass er nicht zu hoffnungsvoll klang.

„Natürlich nicht“, schnurrte die Stimme. „Ich wollte dich einfach zum Essen einladen, bevor wir abreisen. Um mich zu bedanken.“

„Du hast dich schon bei mir bedankt. Es ist wirklich überhaupt kein Aufwand. Die Villa liegt auf dem Weg zu Celine.“ Er zwang sich, positiv zu klingen. „Und ich bin froh, Gesellschaft zu haben.“

„Keine Chance, dich zu überreden, dass du heute mit mir zu Mittag isst?“

„Keine“, sagte Jean-Marc. „Wir sehen uns morgen Vormittag. Ich müsste so gegen neun Uhr da sein.“ Er legte auf, bevor sie die Chance hatte, noch etwas zu sagen, und ließ das Telefon in seine Hosentasche gleiten. Er strich sich das angegraute Haar aus der Stirn und zog Jacke und Mütze an, bevor er hinausging.

„Welches Auto, Sir?“, rief Paul. Er polierte gerade

den Kotflügel des grünen Triumphs, der auf dem ersten Stellplatz der Sechsergarage stand.

Jean-Marcs Blick glitt über die Reihe polierter Motorhauben und fleckenloser Radkappen. Er grinste. „Eigentlich hatte ich gehofft, ich könnte mir Ihren ausborgen."

Paul lachte. Dann kramte er in seiner Hosentasche und warf seinem Boss den Schlüssel für den rostigen Peugeot zu, der neben der Garage parkte. „Die Miete steigt aber, wenn Sie weiter so viele Kilometer damit fahren."

Jean-Marc nickte und tippte in einem scherzhaften Salut an den Schirm seiner Mütze. „Nennen Sie Ihren Preis. Und drehen Sie eine Runde mit dem Triumph, wenn Sie mögen."

„Das ist ein Witz, oder?"

Jean-Marc schüttelte den Kopf. „Kein Witz. Essen Sie heute nicht mit Ihrer Freundin zu Mittag?"

„Ich esse jeden Tag mit meiner Freundin zu Mittag", gab Paul zurück.

„Dann führen Sie sie doch heute mal nett aus", schlug Jean-Marc vor, während er auf den Peugeot zuging. „Ich bin eine Weile weg. Wir treffen uns später am Nachmittag unten am Dock. Da können wir dann die Wagen tauschen."

Zwanzig Minuten später lenkte Jean-Marc den Peugeot auf einen Parkplatz und machte sich von dort aus auf den Weg zwischen den Bäumen hindurch zur Rückseite der Düne von Pilat. Die riesige Wanderdüne war von einem Wirbelsturm vor langer Zeit am Atlantik aufgeschüttet worden und hatte ganze Teile eines Pinienwaldes unter sich begraben. Beim Aufstieg kam

Jean-Marc an mehreren toten Bäumen vorbei, die aus dem Sand herausragten. Er blieb auf halbem Wege stehen, um zu Atem zu kommen, und kletterte schließlich bis zum Scheitelpunkt der Düne, wo er tief durchatmete. Das Meer war heute ruhig. Es hatte eine graue Farbe und schlug weiter unten sanft gegen den Strand. Er war seit Jahren nicht mehr hier gewesen, und doch hatte sich nur wenig verändert, abgesehen von einer Treppe, die man gebaut hatte, um den Aufstieg zu erleichtern. Rechts neben ihm warteten die deutschen Bunker, stumme Zeugen eines längst vergangenen Konflikts, bei dem eine Besatzerarmee Verteidigungsstellungen gegen eine Landung der Alliierten errichtet hatte, die schließlich viel weiter nordöstlich in der Normandie stattgefunden hatte. Als Kind hatte er ganze Tage damit zugebracht, in diesen Bunkern und um sie herum zu spielen, die gekritzelten Inschriften der deutschen Soldaten zu lesen und mit seinen Freunden in gespielten Schlachten über den Sand zu klettern.

Jetzt dachte er über die Männer nach, die ihre Namen in diese Wände geritzt hatten. Wenn sie noch am Leben waren, mussten sie inzwischen über achtzig sein. Wenn er jetzt auf seine Kindheit und die verlorenen Lieben und Ehen zurückblickte, fragte er sich, wie es wohl für diese Männer gewesen war, nach Hause zurückzukehren. Hatten ihre Frauen oder Verlobten gewartet, wie sie es versprochen hatten? Oder waren die Männer in ausgebombte Häuser zurückgekehrt, die von den Familien verlassen worden waren?

Der Wind zog über die Düne herauf und ließ ihn frösteln. Er hätte eine Decke mitbringen sollen. *Und eine Flasche Wein*, dachte er wehmütig, als er wieder nach seiner Brusttasche fühlte. Er lief die Düne hinunter in Richtung Strand. An ein riesiges Stück Treibholz gekauert, beobachtete er eine Zeit lang die Wellen und versuchte, ihre Höhe und die Windstärke zu beurteilen, mehr aus Gewohnheit als aus wirklichem Interesse an den Seeverhältnissen dieses Tages. Die *Sea Cloud* war für den Winter eingemottet. Morgen würde er ins Landesinnere fahren, um mit seiner Tochter und ihren beiden Söhnen Urlaub zu machen. Er hatte heimlich eine Reise nach Griechenland für sie alle geplant.

Er runzelte die Stirn, als er den Brief aus der Tasche zog. Es war beinahe Weihnachten. Was wäre, wenn ... Er seufzte. Wenn er Xavier und Olivier enttäuschte, würde das die Beziehung zu seiner Tochter nicht gerade verbessern. Sie sprachen ohnehin kaum miteinander. Er hatte gehofft, dass dieser Urlaub die Situation etwas verbessern würde.

Er sah auf den Strand hinunter, wo in der Ferne ein Pärchen Hand in Hand spazieren ging. Er schloss die Augen und dachte an den Nachmittag vor beinahe dreißig Jahren zurück, als er ein Mädchen genau an diesen Ort gebracht hatte. Sie hatten ein Picknick gemacht und geredet und den Wellen zugesehen. Nie zuvor war er einem Mädchen so nahe gewesen. Zumindest keinem, das so hübsch war wie sie.

Beim Gedanken an seine jugendlichen Vorsätze musste er lächeln. Er würde nicht so sein wie die anderen Jungen, sondern warten, bis es wirklich etwas bedeutete. Er war ein Exot und wusste es. Die Jungs aus seinem Bekanntenkreis hatten einen Ruf zu wahren, und normalerweise machten sie sich so früh wie möglich mit so vielen Frauen wie möglich daran, diesem Ruf gerecht zu werden. Jean-Marc David konnte mit solchen Eroberungen von Frauen nichts anfangen, denn sie waren höchstens dazu gut, den Halbwahrheiten und Lügen, die die jungen Männer einander über ihre Liebeserfolge erzählten, eine weitere Geschichte hinzuzufügen. Ein solcher Blödsinn passte überhaupt nicht zu seiner Lebensphilosophie.

Aber das amerikanische Mädchen, das damals am Strand neben ihm gesessen hatte, weckte Gefühle in ihm, die er vorher nie zugelassen hatte. Als sie sich in den Sand zurückfallen ließ, die Arme über den Kopf streckte und sich räkelte wie eine faule Katze, konnte er sich nur mit Mühe beherrschen und auf seinem Handtuch sitzen bleiben. Er hatte die Sonnenbrille auf seiner Nase hochgeschoben und den Kopf abgewandt und tat so, als würde er das Meer betrachten, während er ihr in Wirklichkeit beim Sonnenbaden zusah. Sein Blick registrierte jede Rundung ihres wohlgeformten Körpers, als sie dort mit geschlossenen Augen im Sand lag und ihre Brust sich in einem aufreizend langsamen Rhythmus hob und senkte.

„Es ist so schön hier", sagte sie. Sie lächelte, ohne die Augen zu öffnen. „Ich wette, du bringst alle deine Freundinnen hierher."

„Ich bin gerne hier", gab er zu. „Aber ich habe bis heute noch nie ein Mädchen hierher gebracht."

Sie schlug die Augen auf, drehte ihm den Kopf zu und starrte ihn ungläubig an. „Ja, sicher", sagte sie.

Er zuckte mit den Schultern. „Du musst es ja nicht glauben, wenn du nicht willst."

Sie drehte sich auf die Seite und legte den Kopf auf eine Hand, den Ellenbogen im Sand aufgestützt.

„Wenn du also keine Mädchen hierher zur Düne bringst, wohin geht ihr dann?“ Sie hob leicht die Achseln. „Ich meine, ich bin einfach neugierig, wie das mit der französischen Kultur so ist. Es war gar nicht so einfach, in der Stadt jemanden kennen zu lernen.“

„Was unser Familienleben betrifft, sind wir Franzosen sehr verschlossen“, erklärte Jean-Marc. „Wir haben wirklich nichts gegen Fremde.“ Er lächelte. „Monsieur Bertrand musste ... die Daumenschrauben ansetzen, so sagt ihr, glaube ich, um überhaupt jemanden von uns zu dem Essen in der Schule zu kriegen.“

„Und warum bist du dann gekommen?“

„Ich war ihm was schuldig. Er hat sich für mich eingesetzt, als meine Eltern nicht wollten, dass ich zur See fahre.“

„Wirklich? Was hättest du denn nach dem Willen deiner Eltern tun sollen?“

„Sie sind beide Lehrer. Sie wollten, dass ich auch einer werde.“

Das Mädchen schüttelte den Kopf und lehnte sich zurück in den Sand. „Es wäre furchtbar für dich, in ein Klassenzimmer gesperrt zu sein. Das muss doch jedem klar sein. Man braucht dir nur beim Segeln zuzusehen.“ Sie kicherte leise. „Vielleicht könntest du Segellehrer werden.“ Sie drehte den Kopf zu ihm und öffnete ein Auge. „Glaubst du, deine Eltern würden diesem Kompromiss zustimmen?“

„Vielleicht kann ich dir ja Unterricht geben.“

Jetzt waren beide Augen weit offen. „Wirklich? Das würdest du tun?“ Sie setzte sich abrupt auf und fegte den Sand von ihren Ellenbogen. „Ich war noch nie auf einem Segelboot, bevor du mich mitgenommen hast.

Oh, das würde ich *schrecklich* gerne lernen!" Ihre Augen blitzten.

Ungeschickt legte er den Arm um sie und platzierte einen schüchternen Kuss auf ihren Lippen, nur um sich gleich darauf zu entschuldigen und auf Distanz zu gehen.

„Du brauchst dich nicht zu entschuldigen", sagte sie. „Ich dachte schon, mit mir stimmt was nicht." Sie griff nach seiner Hand, hielt sie fest und sah zu Boden. „Ich meine, du bist doch Franzose, oder? Und du hast nicht …" Ihr Blick suchte den seinen. „Ich meine, bis gerade eben hast du nicht einmal versucht, mich zu küssen."

„Ich habe noch nie versucht, ein Mädchen zu küssen", sagte er.

„Noch nie?"

Er schüttelte den Kopf. „Ich wollte immer, dass es etwas bedeutet. Schon beim ersten Mal." Die Röte stieg ihm ins Gesicht. „Also nehme ich an, ich bin nicht der typische französische Junge, den du erwartet hast."

„Nein, das bist du nicht." Sie berührte seine Wange und fuhr mit dem Finger seinen Kiefer entlang. „Aber du bist *genau* der französische Junge, den ich mir *erhofft* hatte."

Jetzt, während seine Gedanken zu den romantischen Augenblicken an demselben Strand zurückwanderten, saß Jean-Marc David, inzwischen fünfzig Jahre alt, da und sah, wie das Paar am Ufer entlangschlenderte, bis die beiden nur noch zwei winzige Punkte in der Ferne waren. „Du bist *genau* der französische Junge, den ich mir *erhofft* hatte." Er hatte ihr mit seinem ganzen, unschuldigen Herzen geglaubt. Er hatte ihr das Segeln beigebracht. Ihr gezeigt, wie sie die Seekrankheit überwinden konnte, sie zu seinen Eltern mitgenommen, ihr Chopin vorgespielt ... und war aus ihrem Leben verschwunden. Das war so lange her, dass er überrascht war, wie viel Schmerz es ihm immer noch bereitete.

Er hätte den Brief wegwerfen sollen. Wenigstens wusste hier draußen auf der Düne niemand davon, wenn er ihn las. Noch als er den Brief aufriss und auf die vertraute Handschrift starrte, stellte er sich vor, wie er ihn in kleine Fetzen zerreißen und ins Meer streuen würde, wo die Wellen ihn davontragen würden.

Lieber Jean-Marc,

wenn dieser Brief dich erreicht, wird es ein Wunder aus der Hand des Gottes sein, dessen Existenz du vor so vielen Jahren geleugnet hast.

Er hielt inne und sah über die Sätze hinweg auf den Horizont. Wegen der Sache mit Gott hatte er schon einmal einen guten Freund verloren.

Dann las er weiter. Las alles ein zweites Mal. Er staunte, wie der Anblick ihres Namens und der Gedanke, dass ihre eigene Hand dies geschrieben hatte, nach all den Jahren immer noch seinen Blutdruck in die Höhe trieben. Ob es Zorn war oder Groll oder eine Zuneigung, die immer noch da war, wusste er nicht genau. Aber er zerriss den Brief nicht in winzige Fetzen, um sie ins Meer zu streuen. Stattdessen steckte er ihn wieder in die Tasche, dann kletterte er die Düne hinauf, stieg zu Pauls altem Peugeot hinab und machte sich auf den Heimweg.

Kapitel 7

„Du hörst mir nicht zu, Bitsy."

Sie saßen gleich hinter dem großen Fenster ihres Lieblingsitalieners. Nach dem abrupten Ende ihres Abendessens bei Mary waren sie hierher gekommen, um noch einen Kaffee zu trinken. Jeff streckte die Hand über die polierte Mahagonitischplatte und legte sie über die ihre. „Du musst zu deiner Mutter gehen."

„Nenn mich nicht Bitsy!" Liz zog ihre Hand weg.

„Puh", sagte Jeff. Das Lächeln verschwand. „Du bist ja wirklich wütend!"

Liz kauerte auf der Kante ihres Stuhls. „Du weißt, dass ich es nicht mag, wenn du mich Bitsy nennst", sagte sie. „Und du weißt auch, dass dies nicht nur eine kleine Meinungsverschiedenheit über unwichtige Dinge ist." Sie nahm ihre Serviette, faltete sie mit einem Ruck auseinander und legte sie auf ihren Schoß. „Ich verstehe sie einfach nicht."

„Das", sagte Jeff, „ist die Untertreibung des Jahres."

„Dann erklär du es mir doch, wenn du so schlau bist! Sie hat nie das geringste Interesse an irgendetwas gezeigt, das mit der Firma oder der Davis-Stiftung zu tun hat. Und plötzlich hat sie diese fixe Idee mit George Kincaid und tut so, als wollte sie die Firma übernehmen oder etwas in der Art."

„Wenn sie ihre Meinung über den Architekten sagt, dann heißt das doch nicht gleich ..."

„Sie hat viel mehr getan, als nur ihre Meinung zu äußern. Du hast sie doch beim Essen gehört! Sie hat mir praktisch befohlen, ihn zu engagieren. Und genau dasselbe hat sie in der Sitzung getan. Und als ich widersprach, hat sie mich überstimmt – *vor dem versammelten Ausschuss!*“

„Aber du hast mir doch selbst gesagt, dass dein Vater ihr die Leitung der Stiftung überlassen hat.“

„Das war doch nur für die Öffentlichkeit. Er wusste, dass es so besser aussehen würde. Niemand – auch mein Vater nicht – hat jemals erwartet, dass Mutter glauben würde, sie könnte die Sache tatsächlich *leiten*.“

„Autsch.“ Jeff zuckte sichtlich zusammen. „Das ist aber ziemlich hart.“ Er zögerte, bevor er fortfuhr: „Wenn ich es nicht besser wüsste, würde ich glauben, dass du dich von deiner eigenen Mutter bedroht fühlst. Und dass du sie nicht besonders magst.“

Liz hob gleichgültig die Schultern. „Wir sind einfach ganz unterschiedliche Menschen, das ist alles. Es ist nicht persönlich gemeint. Ich gebe zu, dass wir die letzten beiden Jahre nicht gerade Seite an Seite durchgestanden haben. Aber wir haben es geschafft. Ich hatte den Eindruck, dass die Sache eigentlich ganz gut läuft. Und dann bringt sie plötzlich alles durcheinander, kommt in eine Sitzung geschlendert und zieht alles an sich. Und als wäre das nicht genug, reist sie auch noch Hals über Kopf ins Ausland. Was soll das denn nun schon wieder?“

„Vielleicht solltest du sie fragen“, schlug Jeff vor.

„Was erwartet sie denn? Irgendeine große Erleuchtung unterm Eiffelturm?“ Sie schüttelte den Kopf. „Es ist mein Ernst, Jeff. Das ist einfach zu merkwürdig. Vielleicht braucht sie eine Therapie.“

Jeff beugte sich vor. „Du solltest dich mal hören,

Elizabeth. Sie fährt nach Paris. Ich glaube kaum, dass eine Frau therapiebedürftig ist, nur weil sie in eine der schönsten Städte der Welt reisen will."

Liz streckte die Hand aus und tätschelte Jeffs Arm. „Ich finde das sehr attraktiv, weißt du."

„Was?"

„Dass du dir solche Sorgen machst. Über Mutter und mich und unsere Schwierigkeiten." Als Jeff zu einer Erwiderung ansetzte, unterbrach sie ihn. „Ich weiß, Liebling. Ich weiß. Wenn deine Mutter noch am Leben wäre ..." Sie seufzte. „Du hast ja recht. Ich sollte mir mehr Mühe geben, mit ihr auszukommen."

„Das klingt so, als wäre das furchtbar schwierig", sagte Jeff. Er lehnte sich ein Stück vor. „Sieh mich an, Elizabeth!" Als sie zu ihm aufsah, sagte er: „Lass es los. Was immer es ist. Egal, ob es eine Sache ist oder hundert. Lass sie einfach los. Hör auf, dich über die Sitzung zu ereifern. Liebe sie! Sei dankbar für sie. Soll ich ihre guten Eigenschaften aufzählen?"

Liz seufzte. „Schon gut. Du hast dich klar genug ausgedrückt. Ich rufe sie an. Aber ich muss erst noch ein, zwei Tage Gras über die Sache wachsen lassen, bis wir uns versöhnen können."

* * *

„Ist Mrs Davis noch nicht unten?" Cecil rutschte auf seinen Platz und wartete darauf, dass seine Frau das gleiche Frühstück auftischte, das er seit mehr als zwanzig Jahren jeden Tag aß – zwei Spiegeleier, gewendet; zwei Scheiben Schinkenspeck, knusprig; eine Scheibe dunklen Toast, trocken. „Wird Zeit, dass wir die Hecke zurückschneiden. Aber ich will es nicht machen, bevor sie es abgesegnet hat.“

Irene holte den Toast aus dem Toaster. „Schatz, du weißt doch, dass sie dir vollständig vertraut, wenn es um den Garten geht. Tu einfach, was du für richtig hältst. Mrs Davis wird schon nicht denken, dass du ihr eine Entscheidung nicht zutraust ... anders als andere Leute, die wir kennen.“

Cecil gluckste amüsiert. „Da flogen aber gestern Abend die Fetzen, was?“ Er machte ein schnalzendes Geräusch mit der Zunge, schlürfte von dem Kaffee und sah auf die Uhr. „Konntest du sie ein bisschen beruhigen?“, fragte er und deutete mit dem Kopf und hochgezogenen Augenbrauen zu Marys Räumen hinauf. „Ich kann mich nicht erinnern, dass sie jemals so lange geschlafen hat.“

Irene ließ zwei Spiegeleier aus der Bratpfanne auf Cecils Teller gleiten. „Du kannst dich auch nicht erinnern, dass sie sich jemals zwei Nächte hintereinander in den Schlaf geweint hat. Nicht einmal, als Mr Davis gestorben ist.“ Sie goss sich und Cecil Kaffee ein und setzte sich neben ihren Mann. Dann bestrich sie ihren eigenen Toast mit Butter und verteilte großzügig Apfelgelee darauf.

Cecil fuhr mit einem trockenen Stück Toast über seinen Teller und schob sich den letzten Bissen Frühstück in den Mund, bevor er aufstand und zu der Tür ging, die in den Hof führte. Die Hand auf dem Türknauf, blieb er stehen. „Sie hat doch dich – du passt schon auf sie auf. Mach dir keine Sorgen.“ Er zwinkerte. „Bring ihr was von deinem Kakao. Und das Frühstück ans Bett. Das wird sie aufmuntern.“

„Zwei Dumme, ein Gedanke“, sagte Irene und deutete mit dem Kopf auf die Theke, wo sie bereits das Tablett bereitgestellt hatte, um Mrs Davis etwas zu essen aufs Zimmer zu bringen. Als Cecil die Tür hinter sich ins Schloss zog und sich auf den Weg zur Garage machte, hatte sie schon die Hand nach dem Kakaopulver ausgestreckt.

* * *

Es war ein vollkommener Morgen. Die Herbstluft war frisch und die Blätter der Ahornbäume raschelten über ihm, als Cecil die gepflasterte Auffahrt hinunterging. In der Mitte blieb er kurz stehen, um den bezaubernden Anblick des Rasens zu genießen, der sich vom Haus aus den Hügel hinunter bis zum Bach hinzog. Er drehte sich um und sah zum Haus hinauf, dann wanderte sein Blick zu dem Cottage, das er und Irene seit Jahrzehnten bewohnten. *Du hast ein gutes Leben gehabt, alter Junge.* Er betrat die Garage durch die Hintertür und tastete nach dem Schalter, der das Tor öffnen würde. Heute würde er den alten Healey polieren, nachdem er zuerst mit dem Golfmobil über das Grundstück gefahren war und überprüft hatte, ob ... na, irgendwas würde er schon finden, das überprüft werden musste, wenn er die Hecke geschnitten hatte.

Was ist denn das? Er biss sich auf die Unterlippe. Wo gestern noch der Austin Healey gestanden hatte, war nun ein leerer Stellplatz. Und ein winziger Ölfleck.

„Baxter!“

Als er die Stimme seiner Frau hörte, duckte sich Cecil unter dem Garagentor hervor und sah zum Haupthaus hinauf, wo sie an einem der Fenster in Mrs Davis' Privatgemächern stand. Er wartete nicht ab, bis sie etwas sagte, sondern machte sich gleich auf den Weg zum Hintereingang. Er wusste ohnehin, was sie sagen würde. Mrs Davis hatte sich aus dem Staub gemacht.

* * *

„Weg?!", rief Liz. „Wohin?"

„Ich hatte gehofft, Sie könnten mir das sagen", erwiderte Irene am anderen Ende der Leitung.

„Wieso? Ich habe nichts von ihr gehört."

„Sie haben seit gestern Abend nicht mehr miteinander gesprochen?"

Liz wurde wütend. „Sie wissen selbst, dass es gut ist, ein bisschen Gras über die Sache wachsen zu lassen, bevor man sich wieder versöhnt. Und falls Sie es vergessen haben: Ich muss ein Unternehmen leiten."

„Nicht in diesem Ton, junge Dame", gab Irene zurück. „Sie können vielleicht halb Omaha schikanieren, aber ich habe Ihre Windeln gewechselt, und mich beeindrucken Sie damit nicht."

„Und worum geht es jetzt eigentlich? Ich habe in fünf Minuten eine Vorstandssitzung."

„Ihre Mutter ist verschwunden. Der Austin Healey ist auch weg, ihr Bett ist gemacht, und ein Koffer fehlt."

Liz setzte sich hinter ihren Schreibtisch. „Sie hat von Paris gesprochen. Glauben Sie, dass sie es tatsächlich wahr gemacht hat und geflogen ist?"

Irene senkte die Stimme. „Ich habe neulich eine von

den Medikamentenflaschen mit Schlaftabletten Ihres Vaters unterm Bett gefunden."

„Ich glaube kaum, dass das ein Grund zur Sorge ist", sagte Liz. „Sie haben selbst gesagt, dass Sie nicht mehr so gründlich aufräumen wie früher."

„Stimmt", erwiderte Irene, „aber in dieser Flasche waren alle möglichen verschiedenen Tabletten. So, als hätte jemand sie gesammelt. Eine ganze Zeit lang schon."

„Was wollen Sie damit sagen?", fragte Liz. Sie wusste genau, was Irene damit sagen wollte. Sie lehnte den Kopf an die hohe Rückenlehne ihres ledernen Schreibtischsessels. „Ich komme."

* * *

„Meinst du nicht, du hättest ihr sagen sollen, dass Mrs Davis die Tabletten nicht bei sich hat?"

Cecil lehnte am Türrahmen. Es war das erste Mal, dass er Irene so etwas Ähnliches wie einen Vorwurf machte.

„Ich meine", gab sie zurück, „dass Miss Elizabeth Davis jemanden braucht, der ihr mal den eingebildeten Kopf zurechtrückt."

Irene wirbelte durch die Küche und begann energisch die Arbeitsplatte zu schrubben.

Kapitel 8

Liz war froh, dass Cecil das Haupttor offen gelassen hatte. Sie bremste gerade genug ab, um ihren Porsche Carrera in die schmale Straße zum Familiensitz der Davis' zu lenken, dann gab sie wieder Gas und folgte mit quietschenden Reifen dem asphaltierten Weg, der in einer Kurve um den ersten von zwei Teichen führte. Erst als sie sah, dass Jeff schon da war, fuhr sie etwas langsamer, sodass sie nicht mit voller Wucht in die Eisen steigen musste, als sie an der kreisförmigen Auffahrt vor dem Haus zum Stehen kam. Jeff kam die Treppe heruntergelaufen und empfing sie mit offenen Armen. Liz lief zu ihm und schloss die Augen, während sie sich in seine Umarmung fallen ließ. „Danke", murmelte sie.

„Wofür?", wollte Jeff wissen.

„Dafür, dass du hergekommen bist."

„Danke, dass du mich darum gebeten hast. Ich werde gerne gebraucht." Er hielt sie noch einen Augenblick, dann machte er sich los und führte sie die Eingangstreppe hinauf.

„Ich dachte, Irene würde schon auf uns warten", sagte Liz, während sie die Eingangshalle durchquerten und unter der geschwungenen Treppe hindurch zur Rückseite des Hauses gingen. „Irene? Cecil? Wir sind da", rief sie.

„In der Küche!" Irenes Stimme, die sonst so sanft und tief war, hatte einen schrillen Klang, der Liz beunruhigte. Sie lächelte schwach, als Jeff ihre Hand drückte.

In der Küche begrüßte Cecil die beiden. Er trocknete gerade mit einem Handtuch das wenige Geschirr ab, das in einem altmodischen Abtropfgitter neben der Spüle stand.

Irene nahm die Hände aus dem Abwaschwasser und trocknete sie an einem anderen Handtuch ab, das neben ihr auf der Arbeitsplatte lag. Dann kramte sie in der Tasche ihrer Schürze.

Liz erkannte das Briefpapier. Es war das einfache graue Papier, das ihre Mutter immer benutzte. Sie nahm den Zettel aus Irenes Hand entgegen, dann überquerte sie den glänzenden Küchenboden und schob sich auf die Eckbank neben Jeff, wo sie den Brief ihrer Mutter so hielt, dass er mitlesen konnte.

Liebe Irene,
ich habe zu viele Jahre in Angst gelebt. Zu der Angst, Sam nicht zu gefallen, kam die Angst, Liz nicht zu gefallen. Diese beiden Ängste sind so außer Kontrolle geraten, dass ich eine Zeit lang Angst hatte zu leben. Da habe ich angefangen, die Tabletten zu sammeln, die Sie gefunden haben. Keine Sorge, das ist vorbei. Auch wenn ich nicht sicher bin, was es bedeutet, „wirklich zu leben", bin ich doch sicher, dass ich es herausfinden möchte. Ich habe das Gefühl, dass es ein neuer Anfang ist. Ich möchte glauben, dass der Spruch auf meinem Schreibtisch wahr ist – dass es nie zu spät ist.
Ein Teil von mir wollte Liz das „Warum" von Paris und Heiligabend erklären. Ein Teil von mir wollte sie anflehen mitzukommen. Aber die Angst hat gewonnen. Nach der Szene beim Essen gestern wurde mir klar, dass es das Beste ist, wenn ich allein nach Paris fahre.

Machen Sie sich bitte keine Sorgen. Ich gehe davon aus, dass ich ein bisschen in der Vergangenheit herumkrame und dann wieder nach Hause komme – hoffentlich zum Guten verändert. Sagen Sie Liz, dass ich mich melde, sobald ich herausgefunden habe, wie das mit den Internetcafés funktioniert. Ich gebe George Kincaid nicht auf, und sie sollte es auch nicht tun. Genießen Sie die Feiertage. Wissen Sie überhaupt noch, wie man für zwei Personen kocht?

Alles Liebe,
Mary

Liz spürte, wie ihr die Tränen in die Augen stiegen. Als sie versuchte, sie wegzublinzeln, legte Jeff den Arm um sie.

„Ich finde, Sie sollten hinterherfahren", sagte Irene. „Sie ist in letzter Zeit nicht sie selbst gewesen, und trotz der Dinge, die sie in dem Brief schreibt, mache ich mir Sorgen."

Liz holte tief Luft. Sie wischte die Tränen fort, die über ihre Wangen zu laufen drohten.

Jeff tätschelte ihre Schulter. „Entspann dich, Liebling. Sie hat geschrieben, dass sie sich per E-Mail meldet. Und sie hat gesagt, du sollst dir keine Sorgen machen."

„Ich *mach* mir keine Sorgen", sagte Liz. Sie schüttelte seine Umarmung ab und sprang auf. Sie ging zum Küchenbüffet hinüber, holte ein Glas heraus und füllte es mit kaltem Wasser, bevor sie weitersprach. „Ich bin wütend."

„Wütend?"

„Worüber sollten *Sie* denn wütend sein?“, fragte Irene.

Mit dem Glas in der Hand zeigte Liz auf den Brief und antwortete: „Dieses ganze ... Drama. Sie kriegt bei der Stiftung nicht ihren Willen, und schon rastet sie aus und rennt weg. Sie macht aus jeder Mücke einen Elefanten!“ Sie war kaum zu bremsen. „Aber gut, sie hat ihre Meinung zum Ausdruck gebracht, indem sie mir das wichtigste Fundraising-Event des Jahres aufbürdet. Einen schlechteren Zeitpunkt zum Verreisen hätte sie gar nicht finden können. Oder keinen besseren – wenn sie die Aufmerksamkeit auf sich ziehen wollte.“

Als sie den Ausdruck auf Irenes und Jeffs Gesicht sah, begann sie sich zu verteidigen. „Ist doch wahr! Sie hat schon seit Wochen auf so etwas hingearbeitet. Und jetzt läuft sie davon, wenn es etwas wirklich Wichtiges für sie zu tun gibt. Es würde mich nicht wundern, wenn die Tabletten, die Sie gefunden haben, nur als dramatische Geste dort versteckt wurden!“ Sie schüttete das restliche Wasser hinunter und knallte dann das Glas auf die Arbeitsplatte.

„Und was ist, wenn nicht?“, fragte Jeff.

„Ich *weiß*, dass es nicht so war“, sagte Irene eisig. Sie funkelte Liz an. „Und ich kann nicht glauben, dass Sie so etwas wirklich in Erwägung ziehen! Wenn Sie nicht immer nur an sich selbst, sondern zur Abwechslung auch mal an jemand anders denken würden, wüssten Sie das auch.“

„Beruhige dich, Liebes“, schaltete sich Cecil zum ersten Mal ein, während er die Hand auf Irenes Schulter legte. Er warf Jeff einen hilflosen Blick zu.

„Mary neigt nicht zu dramatischen Gesten", stimmte Jeff zu. „Das passt überhaupt nicht zu ihr."

„Sie war überhaupt nicht mehr sie selbst", sagte Irene. „Haben Sie nicht bemerkt, wie viel sie abgenommen hat?"

„Na gut", seufzte Liz. „Ich gehe in ihr Zimmer und sehe in ihrem Schreibtisch nach. Vielleicht kann ich irgendwas über ihre Pläne in Erfahrung bringen." Sie bedeutete Jeff, dass er ihr folgen sollte, dann lief sie die hintere Treppe hinauf.

In Marys Zimmer standen die beiden einige Augenblicke da und sahen in den Garten hinaus, bevor Liz sich umwandte und zum Schreibtisch ihrer Mutter ging. Sie kramte in den Schubladen. „Ich kann nichts Ungewöhnliches feststellen", sagte sie schließlich.

„Würdest du denn merken, wenn etwas ungewöhnlich wäre?", fragte Jeff.

Ohne ihm zu antworten, schloss Liz die letzte Schublade und ging ins Ankleidezimmer. Dort fragte sie sich, welche Kleider auf den wenigen leeren Bügeln gehangen haben mochten.

„Entweder sie reist mit kleinem Gepäck", sagte Jeff, „oder sie hat nicht vor, lange fortzubleiben."

„Vielleicht geht sie dort einkaufen – wo auch immer *dort* ist", vermutete Liz.

„Geht sie gerne einkaufen?", fragte Jeff. „Ich hatte nie den Eindruck, dass sie der Typ dafür ist."

„So ein Typ wie ich?", wollte Liz wissen.

„Was?"

„Du hast gesagt, du hältst Mutter nicht für den Typ, der gerne einkauft. Was für ein Typ wäre denn das genau?"

„Du weißt schon, was ich meine“, sagte Jeff. „Sie macht sich nicht viel aus Kleidung. Mir kommt es so vor, als hätte sie die letzten Male, als ich sie gesehen habe, immer dieselbe Jeans und ein Herrenhemd getragen, das ihr viel zu groß war. Ich dachte erst, das wäre ein Teil ihrer Trauerarbeit – dass sie die Hemden deines Vaters trägt. Aber dann erinnerte ich mich daran, dass sie bei dem ersten Abendessen, zu dem ich bei euch eingeladen war, genauso gekleidet war. Wahrscheinlich sind die Hemden gar nicht von deinem Vater.“

„Mit Sicherheit nicht“, sagte Liz. „Sie hat Papas Sachen an dem Tag, als er starb, zusammengepackt und irgendwohin gegeben. Zur Heilsarmee, nehme ich an.“

„Warum stört dich das?“

Liz fuhr herum. „An dem Tag, als er starb? Noch am selben Tag?“

„Sie hatte doch genug Zeit, darüber nachzudenken.“

„Aber warum hat sie dann alles an eine Kleiderkammer gegeben?“ Sie rieb sich die Unterarme. „Schon der Gedanke, dass Fremde in den Sachen meines Vaters wühlen ...“

„Hast du ihr gesagt, wie du dich gefühlt hast?“

Liz schüttelte den Kopf. „Ich dachte, sie würde genauso fühlen.“

„Vielleicht“, sagte Jeff behutsam, „vielleicht konnte sie es nicht ertragen, sie dort hängen zu sehen. Vielleicht tat es ihr zu weh.“

Liz schnaubte verächtlich und wandte sich ab. „Ja, das war bestimmt der Grund.“ Sie ging zu Marys Schminktisch hinüber. Mit einem Laut des Erstaunens beugte sie sich vor und nahm etwas in die Hand.

„Was ist denn?“, fragte Jeff.

Liz fuhr herum und hielt einen schmalen goldenen Ring hoch. „Ihr Ehering“, sagte sie. Sie nickte, als sie das Porzellantablett ansah, auf dem der Ring gelegen hatte. „Und diese Diamantohrringe – mein Vater hat sie ihr zum zwanzigsten Hochzeitstag geschenkt. Er hat noch einen Witz darüber gemacht und gesagt, sie hätte sie sich nun endlich verdient.“ Liz streifte den Ehering über ihren Zeigefinger, wo er zwischen dem ersten und zweiten Gelenk hängen blieb.

„Sie hätte sie verdient?“

Liz zuckte mit den Achseln. „Ich habe mich damals auch gefragt, was es wohl bedeutet, aber Mutter wollte es mir nicht erklären.“ Sie sah zu Jeff auf und runzelte die Stirn. „Wenn ich es recht bedenke, scheint es nichts Positives gewesen zu sein.“

Jeff nickte. Er berührte den goldenen Ring. „Glaubst du, das ist ein schlechtes Zeichen?“

Liz hob wieder die Schultern. „Ich habe keine Ahnung.“

„Ich stimme Irene zu. Du solltest ihr nachreisen.“

„Ihr nachreisen? Wohin denn genau? Sie hat uns nicht gesagt, in welchem Hotel sie ist.“

„Das müsste doch einfach herauszufinden sein. Ich wette, ein paar Telefonate mit den Reisebüros hier in der Stadt würden schon genügen. Oder du suchst ein bisschen in ihrem Computer, falls sie online gebucht hat.“

„Und was soll ich im Reisebüro sagen? Dass ich meine Mama verloren habe?“ Liz drehte sich um und legte den Ring wieder auf das Porzellantablett neben die Ohrringe. Als Jeff schwieg, sah sie auf und bemerkte im Spiegel den Ausdruck des Missfallens auf seinem Gesicht. „In Ordnung, ich lasse meine Sekretärin anrufen. Und ich sehe in ihrem Computer nach. Und dann können wir fahren. Aber *nach* der Gala."

Jeff schüttelte den Kopf. „Ich bringe dich zum Flughafen. Aber ich komme nicht mit."

„Aber du bist doch immer ..."

„Ich bin immer der Puffer zwischen euch beiden", sagte Jeff.

„Ich brauche dich", protestierte Liz.

Wieder schüttelte er den Kopf. „Nein. Du willst dich hinter mir verstecken. Das ist etwas anderes." Er ging auf die Tür zu. „Ich bin unten."

* * *

„Aber ... was ist mit unserem Mittagessen?" Liz' Stimme bebte, während sie zaghaft protestierte. Sie wollte sich aus ihrem Schreibtischsessel erheben, aber Jeff bedeutete ihr mit einer Handbewegung, sie solle sitzen bleiben. Er trat einen Schritt zurück und legte eine Hand auf die Türklinke ihres Büros.

„Ich habe gestern nicht viel geschlafen", sagte er, nachdem sie entdeckt hatten, dass ihre Mutter durchgebrannt war. Er zögerte, bevor er die Hand sinken ließ. Er wandte sich ihr wieder zu, aber sein Blick ging einen Moment lang an ihr vorbei. Dann sagte er: „Ich wollte es nicht am Telefon sagen. Eigentlich will ich es überhaupt nicht sagen." Er fuhr sich mit der Zunge über den Mund und knabberte an seiner Unterlippe.

Als Liz ihn so betrachtete, schien er ihr wie ein Soldat, der sich auf den „Rührt-euch“-Befehl hin entspannt, aber immer noch Haltung bewahrt.

„Ich glaube, wir brauchen etwas Abstand“, sagte er. Sein Blick war fest auf sie gerichtet. Er wartete.

„Ich verstehe nicht“, sagte Liz.

„Ich brauche Zeit zum Nachdenken. Du musst dich mit deiner Mutter aussöhnen.“

„Aber –“

„Nur ein bisschen Abstand, Bitsy. Etwas mehr Luft.“ Er fasste wieder nach der Türklinke. „Ich meine es ernst, Liz. Investier etwas Energie, um herauszufinden, wo das Problem zwischen dir und deiner Mutter liegt. Darauf solltest du dich jetzt konzentrieren.“ Im Hinausgehen sagte er: „Ich ruf dich an.“ Aber er sagte nicht: „Ich liebe dich.“

Liz hätte nie gedacht, dass das Klicken einer Tür, die ins Schloss fällt, so laut sein konnte. Einige Augenblicke lang saß sie wie benommen da und lauschte auf die Stille. Die Hände um die Schreibtischkante gekrallt, zwang sie sich, sitzen zu bleiben. Sie wusste, dass es keinen Sinn hatte, ihm nachzulaufen. Jeff liebte sie, aber er ließ sich nicht manipulieren oder kontrollieren. Diese Eigenschaft war es, die sie so anzog und zugleich so auf die Palme brachte. Wenn er einmal eine Entscheidung getroffen hatte, blieb er standhaft. Diese Seite von Jeff sah Liz nur selten, aber vor ein paar Minuten war es die einzige Seite gewesen, die er gezeigt hatte. Was auch immer „Abstand“ genau bedeutete, eins wusste Liz – dass sie ihn nicht würde überreden können, mit ihr essen zu gehen oder irgendetwas anderes zu unternehmen, bis er sich über das klar geworden war, worüber er sich klar werden musste.

„Ich brauche Zeit zum Nachdenken. Du musst dich mit deiner Mutter aussöhnen.“

Er hatte ihr eine Aufgabe gestellt, die sie nicht erfüllen konnte. Jedenfalls nicht, ohne alles, was in dem Terminkalender auf ihrem Schreibtisch stand, über den Haufen zu werfen. Hätte er ihr die Chance gegeben, dann hätte sie ihm all ihre Termine gezeigt. Ein Blick auf den heutigen Plan hätte Jeff gezeigt, dass es unmöglich war. Sie konnte die Stadt nicht verlassen, geschweige denn das Land ... jedenfalls nicht ohne gravierende Terminverschiebungen. Und erwartete er wirklich von ihr, dass sie die Gala verpasste – das wichtigste Ereignis des Jahres für die Stiftung?

„Du musst dich mit deiner Mutter aussöhnen.“

Dazu wäre eine ganze Mannschaft von Psychologen notwendig, dachte Liz. Sie zog ihren Kalender heran und überflog die nächsten Tage mit einem plötzlichen Gefühl der Ohnmacht. Es war gleichgültig, dass sie hinter einem beeindruckenden Kirschholzschreibtisch saß. Dass ihr Name auf der Messingplakette an der Schreibtischkante sie als *Geschäftsführerin, Davis Enterprises* auswies. Es zählte nicht, dass auf dem Ölgemälde, das draußen in der Eingangshalle neben dem Bild ihres Vaters hing, ihr Porträt zu sehen war.

Ich frage mich, ob Papa sich jemals so gefühlt hat. Tränen stiegen ihr in die Augen. Sie war zur Schule gegangen und hatte gute Noten nach Hause gebracht, hatte an der Seite ihres Vaters geschuftet, sich mit dem richtigen Jungen verlobt. Und jetzt, wo sie hinter dem Kirschholzschreibtisch saß, für den sie so schwer gearbeitet hatte, konnte sie nur an den Mann denken, der vor wenigen Minuten in ihrem Büro gestanden hatte, in dem grauen Seidenanzug, den sie zusammen gekauft hatten. Liz fragte sich, wie Jeff ihr das antun konnte. Wie konnte er ihr befehlen, das Unmögliche zu tun ... wo doch im Moment nichts zählte als die Tatsache, dass er Abstand wollte ... und damit ihr Herz brach?

Sie zog ein Papiertaschentuch aus der silbernen Schatulle auf ihrem Schreibtisch und drehte den Ledersessel zum Fenster, während sie das teuerste Make-up der Stadt mit ihren Tränen verwischte.

* * *

Der Begriff „Arbeitsessen" bekam eine ganz neue Bedeutung, als Liz wenige Minuten später ihren Kalender aufschlug und sich ins Geschäftsleben stürzte. Sie telefonierte, diktierte und delegierte mit atemberaubender Geschwindigkeit. Ungefähr fünfzehn Minuten lang. Als sie auf ihre Armbanduhr sah, konnte sie kaum glauben, wie langsam die Zeit verstrichen war. Sie zog die Schreibtischschublade auf, nahm eine Fernbedienung heraus und drückte auf eine Taste. Auf der gegenüberliegenden Seite des Raumes glitt die Wandverkleidung zur Seite und enthüllte einen Plasmabildschirm. Eine Weile schaltete sie zwischen den verschiedenen Programmen hin und her. Wie kam es, dachte sie, dass fast jeder Sender von der Zeit redete?

„Zeit für die Wettervorhersage", sagte die Nachrichtensprecherin.

Er braucht Zeit, dachte Liz.

„Wie spät ist es?", fragte das Krümelmonster.

Er braucht Zeit.

Zeit der Zärtlichkeiten lief auf einem der Filmkanäle.

Er braucht Zeit.

Liz schaltete den Fernseher aus und nahm sich noch ein Taschentuch. Dann sagte sie laut: „Gott sei Dank nimmt er sie sich jetzt und nicht nach der Hochzeit."

Der Gedanke an die Hochzeit trieb ihr erneut Tränen in die Augen. Sie stand auf und durchquerte das Büro bis zu der Tür, die in ihr privates Apartment führte. Im Bad benetzte sie ihr Gesicht mit kaltem Wasser und tupfte es anschließend trocken. Dann griff sie wieder zu den Taschentüchern und ging ins Büro und zu ihrem Schreibtisch zurück.

Ihr Blick fiel auf das Telefon. Sie konnte im Haus anrufen. Trotz ihres Briefes an Irene war Mary Davis der letzte Mensch auf der Welt, der allein durch die Gegend reisen würde. Wahrscheinlich hatte sie schon wieder Vernunft angenommen und war auf dem Weg nach Hause, peinlich berührt von dem ganzen Theater.

„Du musst dich mit deiner Mutter aussöhnen."

Es gab keinen Grund anzurufen, dachte Liz. Sie würde gleich rausfahren. Hier im Büro war sie ohnehin zu nichts zu gebrauchen. Und es war Wochen her, dass sie sich einen Tag freigenommen hatte. Sie würde von ihrem Computer eine automatische Meldung verschicken lassen, die auf eingehende E-Mails hin ihre Abwesenheit verkündete. Ihre Assistentin sollte die restlichen Sitzungen des Tages absagen, man konnte sie nachholen.

Ein Pop-up-Fenster auf ihrem Computerbildschirm warb für „Die billigsten Flüge nach Europa". Sie klickte das Fenster weg und überflog ihren Posteingang. Ihr Herz schlug bis zum Hals, als sie sah, dass MimiMcK@aol.com ihr etwas geschickt hatte – ohne Betreff.

Ich habe Irene einen Brief dagelassen. Sie hat ihn dir bestimmt gezeigt. Mach dir keine Sorgen um mich. Wenn ich dir nicht völlig egal bin, engagiere bitte George Kincaid. Ich sehe nach, ob eine Antwort von dir da ist, bin aber ansonsten eine Weile nicht online. Ich brauche etwas Abstand, um über einige Dinge nachzudenken. Du verstehst das wahrscheinlich nicht. Aber versuch es bitte. Die europäische Tastatur macht mich wahnsinnig. Zu viele Tippfehler, um weiter zu schreiben. Ich bin immer noch deine Mimi, und ich liebe dich, Lizzie-Bär.

Liz las die E-Mail immer und immer wieder. *Ich brauche etwas Abstand.* Anscheinend gab es in ihrem Leben keinen Mangel an Leuten, die Abstand brauchten. Sie überlegte, wie lange es her war, dass sie ihre Mutter Mimi genannt hatte. Warum hatte sie eigentlich damit aufgehört?

Sie lehnte sich in ihrem Sessel zurück und dachte an ihren dreizehnten Geburtstag und einen Gast namens Henry Coddington III. Henry hatte das Haar zurückgegelt und trug eine dicke Brille, was ihn in den Augen der jungen Lizzie Davis gelehrt aussehen ließ.

Mary hatte sich viel Mühe mit der Vorbereitung der Feier gemacht, die im Garten stattfand und bei der alle Gäste eine Fahrt im Heißluftballon machen durften. Liz schloss die Augen und erinnerte sich daran, wie sie es so eingerichtet hatte, dass sie zusammen mit Henry in den Heißluftballon steigen würde.

„Gib Mimi einen Kuss, Lizzie-Bär“, hatte Mary gesagt, als Liz in den Korb stieg.

Henry hatte gekichert und ihr ins Ohr geflüstert:

„Los, Lizzie-Bär, Mimi will ein Bussi-Bussi von ihrem Baby.“

Liz war vor Scham ganz rot geworden. „Mutter, bitte!“, hatte sie ein wenig zu laut gesagt. „Ich bin kein Baby mehr. Und ich wünschte, du würdest mich mit dem Namen anreden, den mein Vater mir gegeben hat.“

Liz war überrascht, dass sie nach so vielen Jahren immer noch den Ausdruck auf dem Gesicht ihrer Mutter vor sich sah. Damals hatte sie gedacht, es sei Ärger. Aber inzwischen wusste sie, dass Mary nicht böse gewesen war. Es hatte ihr wehgetan, und diese Reaktion hatte sie hinter einem Stirnrunzeln verborgen, das auf einen ahnungslosen, egoistischen Teenager wie Verärgerung wirkte.

Etwas anderes fiel ihr ein. *Der Name, den mein Vater mir gegeben hat.* War das für Mary auch ein Schlag ins Gesicht gewesen? Sam Davis hatte seine Tochter *Elizabeth* genannt, mit *z* statt mit *s* geschrieben. Liz wusste nicht, ob es überhaupt jemandem auffiel, aber jetzt als Erwachsene fragte sie sich, wie sehr es ihre Mutter wohl verletzt hatte, dass er ihr eigenes Kind nach ihrer Schwiegermutter benannt hatte und nicht nach ihr selbst. Zum ersten Mal im Leben überlegte sie, warum ihr Vater das getan hatte. Er hatte doch sicher gewusst, dass es Mary verletzen würde, oder? War es ihm egal gewesen?

Andere Erinnerungen kamen hoch. Dinge, die Liz seit langem begraben und zu vergessen versucht hatte. Wie ihre Mutter manchmal ganz klein geworden war – beinahe auch körperlich –, wenn Vater sie angesehen oder etwas zu ihr gesagt hatte. Die Fahrten von gesellschaftlichen Anlässen nach Hause, wenn Liz auf der Rückbank gelegen und so getan hatte, als schliefe sie, während Papa Mimis Verhalten beurteilt und ihr gesagt hatte, wie sie besser auf Fragen antworten könne. Die Gelegenheiten, bei denen Mimi sich die Tränen aus den Augen gewischt und gemurmelt hatte: „Natürlich, Sam. Es tut mir leid. Beim nächsten Mal mache ich es besser."

Liz wandte sich dem Computer zu und las die E-Mail noch einmal. *Ich habe Irene einen Brief dagelassen. Sie hat ihn dir bestimmt gezeigt.* Ein Satz aus dem Brief fiel Liz wieder ein. *Zu der Angst, Sam nicht zu gefallen, kam die Angst, Liz nicht zu gefallen.* Wahrscheinlich war es diese Angst, die Mary zu dem Schluss hatte kommen lassen, dass sie diese Reise besser allein machte. Was meinte sie nur mit *in der Vergangenheit herumkramen*?

Sie speicherte die Mail ihrer Mutter in einem neuen Verzeichnis und fuhr den Rechner herunter. Eine Weile saß sie still da, dann nahm sie ihren Kalender. Sie blätterte die nächsten Tage durch, dann rief sie kurz Millie Patton, dann Derrick Miller und schließlich Harvey Fagan an. Alle brachten ihr Erstaunen zum Ausdruck. Alle drei sagten, natürlich sei die Lage unter Kontrolle und sie würden die Gala auch ohne sie bewältigen, wenn Liz eine Auszeit bräuchte. Liz konnte bei jedem die Verwunderung in der Stimme hören, als sie das Gespräch mit der Bemerkung beendete: „Ich habe zwar immer noch meine Zweifel, aber mir ist inzwischen klar geworden, dass Mutter recht hatte. Vater hätte George Kincaid für dieses Projekt gewollt. George rufe ich als Nächstes an. Wir vereinbaren ein Treffen im neuen Jahr. In der Zwischenzeit können wir die

Gala für ihn zu einem besonderen Ereignis machen. Ich bin sicher, Sie drei können eine entsprechende Ankündigung mit allem Drum und Dran organisieren, die ihm den richtigen Einstieg gibt."

* * *

„Das geht nicht." Liz' Stimme wurde ein paar Dezibel lauter.

„Es tut mir leid, Miss Davis, aber ich habe alle Fluglinien abgefragt, und es gibt einfach nichts in den nächsten Tagen."

„Dann fliege ich Stand-by."

„Diese Möglichkeit habe ich auch schon in Betracht gezogen. Alle zuverlässigen Fluglinien haben bereits lange Wartelisten. Die Chance, dass das klappt, geht gegen Null. Ich würde Ihnen empfehlen, dieses Ticket für den 26. zu nehmen."

Im weiteren Verlauf des Gesprächs schlug Liz mehrere Alternativen vor, doch die Angestellte im Reisebüro erwiderte, sie habe das alles bereits versucht. Dann gab Liz auf. „Na gut", sagte sie gereizt. „Buchen Sie für den 26."

„Und das Rückreisedatum?"

„Ich weiß nicht. Lassen Sie es offen."

„Kein Rückflug?", fragte die Dame am anderen Ende der Leitung. „Davon würde ich abraten. Da gehen gleich alle Alarmglocken los."

„Was soll das heißen?"

„Sie werden wahrscheinlich durchsucht. Mehrmals."

Liz überlegte. Sie griff zu dem Kalender auf ihrem Schreibtisch. „Sagen wir: Rückflug am 3. Januar."

„Morgens oder abends?“

„Ist mir egal“, schnauzte Liz. „Wahrscheinlich nehme ich ihn sowieso nicht.“

„Bei einer Umbuchung wird eine Gebühr erhoben, und die Sicherheitsbestimmungen …“

„Tun Sie's bitte einfach! Und schicken Sie den Kurier mit den Tickets her, sobald Sie sie ausgedruckt haben. Ich möchte mich hierbei nicht aufs Internet verlassen.“

Die nächste halbe Stunde verbrachte Liz damit, Dutzende von Internetseiten zu durchforsten, die besondere Preise und Last-Minute-Angebote versprachen. Nachdem sie nichts gefunden hatte – was man ihr im Reisebüro vorausgesagt hatte –, kappte sie die Verbindung zum Netz genau in dem Augenblick, als ihre Assistentin mit einer roten Hängemappe in der Hand ins Büro kam. Die Frau war ein Muster an Tüchtigkeit. Sie benutzte immer rote Mappen für aktuelle, noch nicht abgeschlossene Vorgänge.

„Ich habe alle Unterlagen hier, die Sie sich ansehen müssen“, sagte sie. „Aber falls Sie Ihren Pass ins Haus haben schicken lassen, er ist noch nicht da.“

Kapitel 9

Mary

Thomas Wolfe hat einmal gesagt, dass man „nicht wieder nach Hause zurückkann“. Ich versuche nicht direkt, wieder nach Hause zu kommen, aber ich bin auf einer Mission, die mit der Vergangenheit zu tun hat, und während mein Air-France-Jet über das Rollfeld des Pariser Flughafens Charles de Gaulle holpert, beginne ich zu glauben, dass ich den größten Fehler meines Lebens begehe.

Es gibt eine theologische Richtung namens Kalvinismus, und obwohl ich keine Kalvinistin bin, neige ich zum Fatalismus. Den größten Teil meines Erwachsenenlebens hat mich der Gedanke getröstet, *dass das, was geschehen soll, auch geschehen wird.* Deshalb habe ich einen übermäßig großen Teil des Fluges damit verbracht, mir zu sagen, dass die Dinge in der Regel so kommen, wie sie kommen sollen. Ich *sollte* Samuel Davis heiraten. Ich sollte mein Leben *nicht* auf einem Segelboot mit einem unberechenbaren französischen Liebhaber verbringen, und deshalb ist mein armseliger Versuch, die Uhr zurückzudrehen, nicht nur lächerlich, sondern auch gefährlich für den Rest Familie, den ich noch habe.

Ein übles Unwetter und das daraus resultierende flaue Gefühl im Magen fachen meine Zweifel nur noch an.

Als das Flugzeug auf dem Weg zur Gangway über

den Asphalt rollt, sehe ich zum Fenster hinaus und denke an Elizabeth. Hoffentlich hat sie die E-Mail, die ich ihr bei der Zwischenlandung in London geschickt habe, inzwischen gelesen. Wenn nicht, hat Irene aber bestimmt die Nachricht gefunden, die ich für sie hinterlassen habe. Sie wird Liz angerufen haben. Wenn ich mich erst von dem Jetlag erholt habe, werde ich versuchen, eins von diesen Internetcafés zu finden, und meine Mails abrufen.

Obwohl ich Sam versprochen habe, unserer Tochter nie von Paris zu erzählen, hätte ich Elizabeth beinahe gebeten mitzukommen. Ich hätte Heiligabend schon irgendwie überstanden. Ich bin überrascht, weil mir klar wird, dass bei aller Trauer um Sam ein Teil von mir schon darauf gewartet hat, dass etwas Neues beginnt. Das war mir nicht bewusst, bis ich den gerahmten Spruch im alten Marktviertel fand. Er hat mich auf den Gedanken gebracht, dass mein Leben vielleicht doch noch nicht vorbei ist.

Manchmal frage ich mich, ob Sam sich absichtlich zwischen mich und mein eigenes Kind geschoben hat. Vielleicht war die Tatsache, dass er mir das Versprechen abnahm, nie über Paris zu sprechen, der Anfang eines ausgeklügelten Plans. Ich will nicht glauben, dass er so selbstsüchtig und berechnend war. Doch in den zwei Jahren seit seinem Tod ist mir allmählich klar geworden, dass es viele Gelegenheiten gab, bei denen er etwas tat oder sagte, das Liz ermutigte, mich geringer und ihn höher zu achten. Vielleicht wollte er tatsächlich nur eine Sekretärin für sein Leben und keine Ehefrau. Ich durfte jedenfalls nie seine Partnerin sein. Es dauerte ein paar Jahre, aber irgendwann hatte er mich überzeugt, dass ich die Komplexität des Davis-Unternehmens nicht verstehen würde. Wenn ich beschreiben müsste, wie die Ehe mit Sam Davis war, würde ich zwei Schachteln zeichnen, auf denen *Er* bzw. *Sie* steht, und dann eine Einbahnstraße von der einen in die andere Schachtel hinzufügen. Die Tür würde sich für „ihn" öffnen in „ihr" Reich. Aber andersherum funktionierte sie nicht. So war es. Achtundzwanzig Jahre lang.

Zuerst war ich so überwältigt von dem Landsitz der Davis' und von dem Leben, das sie für selbstverständlich hielten, dass ich mir keine Gedanken über das Familienunternehmen machte, das diesen Lebensstil ermöglichte. Aber ich war intelligent, und nach einigen Monaten hatte ich meine kleine Schachtel gut organisiert. Ich begann Interesse an einigen Dingen am Rand seiner Schachtel zu zeigen, Dingen wie Arbeitsessen, die ich mir gelegentlich in unserem Haus vorstellen konnte. Ich bot an, die Weihnachtsfeier der Firma anstelle von Sams Assistentin zu organisieren. Bei dieser Gelegenheit stieß ich auf die Wirklichkeit, die ich schon zu ahnen begonnen hatte – nämlich, dass die Tür zwischen Sam Davis' Privatleben und seinem Berufsleben sich nur in eine Richtung öffnete.

„Sei nicht albern!", sagte Sam. Ich höre noch immer diesen Ton in seiner Stimme, den ich so hassen lernen sollte, weil er mir das Gefühl gab, als hätte ich etwas fürchterlich Dummes gesagt. „Margaret plant diese Feiern seit Jahren. Sie macht das tadellos."

„Natürlich tut sie das", sagte ich. „Aber es ist doch eigentlich nicht ihre Aufgabe als Assistentin, so etwas zu machen, oder? Margaret ist ein Schatz, und sie hat sich auch nicht beschwert, aber ich könnte mir vorstellen, dass sie mir gerne den Ordner für die Feiern in die Hand drücken wird und ihm keine Träne nachweint. Ich würde gerne Leute einladen. Das Haus etwas persönlicher machen. Wir könnten ein Streichquartett auf der Veranda haben ..."

Als Sam lächelte, kam ich mir vor wie ein junger Hund, den sein Herrchen tätschelt und zum Spielen in den Garten schickt. Ich war verletzt. Natürlich wurde mir erst allmählich klar, dass echte Partnerschaft und persönliche Nähe etwas waren, für das Sam Davis nicht viel übrig hatte. Aber das ist ein anderes Thema. Worum es mir geht, ist dies: In diesem Moment verstand ich, dass die Vorstellung von *Davis Enterprises* als Familienbetrieb mit seiner freundlichen Heimatverbundenheit ein sorgfältig gepflegtes Image war – und eine komplette Lüge. In den vergangenen knapp dreißig Jahren hat vielleicht ein Dutzend von Sams Geschäftspartnern das Haus tatsächlich von innen gesehen. Und selbst dann kamen sie nur mit dem offiziellen Salon, dem Esszimmer, der Bibliothek und der Veranda in Berührung. Warum wir acht Schlafzimmer haben, werde ich nie verstehen. Nie wurde jemand eingeladen, sie zu benutzen.

Als das Flugzeug an der Gangway zu stehen kommt, werde ich mit einem Ruck in die Wirklichkeit zurückgeholt. Beinahe erfasst mich eine Panikattacke. Was habe ich mir nur dabei gedacht, nach all den Jahren allein nach Paris zu kommen? Mit Hilfe einiger CDs aus der Bücherei habe ich meine Sprachkenntnisse ein wenig aufgefrischt, aber ich bin weit davon entfernt, auf Französisch zu denken, und das wird ein Problem sein. *Pardon, monsieur, pourriez-vous* ... Wie dumm! Ich kann mich nicht einmal an den Satz erinnern, den ich so oft geübt habe: „Bitte entschuldigen Sie meinen amerikanischen Akzent, aber könnten Sie mir bitte helfen?“

Ich ziehe meine Tasche unter dem Vordersitz hervor, schiebe meine Hand in die Seitentasche und hole ein kleines Buch mit Sätzen für die Reise heraus, das ich in Omaha gekauft habe. *Est-ce qu'il y a un café pres d'ici? Pardonnez, s'il vous plaît. Pour aller au Grand Hotel Saint-Michel? Bonjour. Au revoir.* Mit einem Kloß im Hals stehe ich auf und folge den anderen Reisenden, die im Mittelgang aufgereiht sind, hinaus auf die Gangway und in das Flughafengebäude.

Was habe ich mir nur dabei gedacht?

* * *

Die Franzosen reagierten mit Demonstrationen auf den Eiffelturm. Ich erinnere mich, dass ich von einem Schriftsteller gelesen habe, der im Restaurant oben im Turm zu essen begann, weil das der einzige Ort war, wo er ihn nicht ansehen musste. Heute, als ich durch den Flughafen gehe und ein riesiges Poster mit dem Eiffelturm betrachte, das in einer Wartehalle hängt, reagiere ich genauso wie damals, als ich zum Studieren nach Frankreich kam und den Turm zum ersten Mal sah. Ich weine. Ich will gar nicht analysieren, warum. Ich lasse die Tränen einfach über mein Gesicht laufen, während ich weitergehe bis zu der Halle, wo das Gepäck abgeholt werden kann.

Es war eigentlich Zufall, dass ich Französisch gelernt

hatte. Ich wusste, dass ich zwei Jahre Fremdsprachenunterricht brauchte, um bei einer guten Universität angenommen zu werden. An meiner Schule wurden Französisch, Latein und Spanisch angeboten Der Spanischkurs war bereits belegt. Meine ungebildeten Eltern, Iren bis in die Tiefe ihrer Seele, wollten mich überreden, Latein zu nehmen, weil es die Sprache der Kirche sei und so weiter – was der beste Grund dafür war, dass ich nicht Latein lernte. Also blieb nur Französisch übrig. Und ich war erstaunlich gut darin, also machte ich damit weiter. Als ich mit dem Studium begann, wählte ich Französisch als ein Hauptfach, weil es mir leicht fiel. Ich wusste nicht, was ich einmal damit machen würde. Ich wollte nicht unterrichten, aber je besser ich die Kultur und Geschichte Frankreichs kennen lernte, desto größer wurde mein Wunsch, all die Orte, von denen ich las, selbst zu besuchen.

Meine Eltern amüsierten sich über das, was sie für eine völlig unrealistische Idee hielten. Dass ich mir das Studium leisten konnte, war schon ein mittleres Wunder. Der Gedanke, dass eine McKibbin nach Europa reiste, ging über ihren Horizont. Mein Vater konnte nicht verstehen, dass ich – wenn ich schon nach Europa wollte – nicht in das Land meiner Vorväter fuhr, um etwas über die Familiengeschichte zu lernen. Ich war bis heute nicht in Irland, und wenn ich jetzt dorthin fahren würde, hätte ich nur ein furchtbar schlechtes Gewissen, weil ich es nicht getan habe, als Mama und Papa noch am Leben waren.

Als das Arbeitsvisum meines französischen Professors auslief und er die Staaten verließ, arrangierte er für eine Gruppe Studenten einen Auslandsaufenthalt in der Nähe seiner Heimatstadt in Frankreich. Ich hatte zwei Jobs, um das Geld für die Reise zusammenzubekommen, und musste trotzdem noch einen Kredit aufnehmen.

Wir kamen abends an, wurden in ein Studentenwohnheim in Versailles verfrachtet, und am nächsten Morgen schlief ich, vom Jetlag erschöpft, auf der Busfahrt in die „Stadt" ein. Ich war gerade eingenickt, als meine Freundin Leah mich in die Rippen stieß und rief: „Sieh doch!" Ich öffnete die Augen und sah vor mir die Stadt der Lichter mitsamt ihrem Eiffelturm. Es war die ganzen Nachtschichten wert, die ich geschoben hatte. Ich würde durch die Straßen von Paris laufen. Da konnte ich die Tränen nicht zurückhalten. Professor Max sah die Tränen und lächelte mir zu.

„Es ist so ..."

„*Français, Marie*", erinnerte er mich mit erhobenem Finger.

„*C'est ... magnifique ... si belle.*"

„*Oui. C'est beau.*"

* * *

Wenn ich den Jetlag mit einundzwanzig Jahren für schlimm gehalten habe, dann merke ich jetzt, dass er mit fünfzig eine Qual ist. Man braucht jeden Funken Willenskraft, um nicht auf einen Sitz in der Flughafenhalle zu sinken und einzuschlafen. Aber ich muss ja mein Gepäck abholen und durch den Zoll gehen, und zum Glück läuft alles reibungslos. Ich schaffe es, ein paar Worte zu dem Zollbeamten zu sagen, und er scheint mich auch zu verstehen. Er lächelt sogar.

Während des Fluges habe ich über dem Stadtplan gebrütet und einen Plan ausgeheckt. Ich werde den Zug ins Stadtzentrum nehmen, dann in die Metro umsteigen und nur zwei Blocks von meinem Hotel entfernt rauskommen. Nichts von all dem weckt irgendwelche Erinnerungen an die Vergangenheit, weil ich damals als Studentin in Orly angekommen und danach einfach dem Professor durch den Irrgarten des Verkehrssystems gefolgt bin.

Leider ist der Bahnhof wegen Vandalismus geschlossen. Ein großes Schild verweist die Passagiere hinauf zu einem Bus. Ich nehme die Treppe nach oben, froh um jedes Kleidungsstück, das ich in Omaha gelassen habe. Kein Bus kommt. Kein anderer Passagier erscheint. Gerade fange ich an zu überlegen, ob ich vielleicht irgendwo falsch abgebogen bin, als eine junge Frau näher kommt und nach dem Bus fragt. Sobald ich ihr antworte, schaltet sie auf Englisch um. Britisches Englisch, genauer gesagt.

„Sind Sie zum ersten Mal in Paris?“, will sie wissen.

Ich schüttele den Kopf. „Nein. Aber es ist Jahrzehnte her. Tut mir leid, dass mein Französisch so schrecklich ist.“

„Aber das ist es doch gar nicht“, versichert sie mir. „Ihre Aussprache ist sogar sehr gut. Aber ich habe Ihren Akzent erkannt. Mein Französisch ist verheerend, deshalb bin ich froh, dass Sie Amerikanerin sind.“ Sie trägt eine intellektuell aussehende Brille mit rechteckigen Gläsern. Ihre dunkelbraunen Haare hat sie zu einem wilden Pferdeschwanz hochgebunden. Das Gewicht ihrer bis zum Platzen gefüllten Schultertasche zieht eine ihrer Schultern nach unten. Ich könnte ihre

Mutter sein, und als sie stöhnt und die Tasche auf den Bürgersteig fallen lässt, biete ich an, sie auf meinen Koffer mit Rädern zu laden.

„Das ist unheimlich nett von Ihnen", sagt sie. Sie blickt auf den herankommenden Verkehr und fragt sich, genau wie ich, wann wohl der versprochene Bus kommen wird. Sie betrachtet noch einmal das Schild. „Sind Sie sicher, dass wir an der richtigen Stelle stehen?"

Ich zucke mit den Achseln. „So sicher, wie ich sein kann. Natürlich hängt es davon ab, ob ich verstanden habe, was auf dem Schild unten an der Treppe steht."

„Tja", seufzt sie, „ich nehme an, die Fahrpläne stimmen nicht mehr. Wo müssen Sie denn hin? Wollen wir uns ein Taxi teilen?"

„Ich habe im Grand Hotel Saint-Michel gebucht", erwidere ich. „Und uns ein Taxi zu teilen, wäre wunderbar, wenn das für Sie die richtige Richtung ist."

„Ist das nicht in der Nähe der Sorbonne? Ich glaube, ich bin auf dem Weg zu meinem Lieblingscafé daran vorbeigekommen."

Ich nicke.

„Das ist perfekt." Sie streckt die Hand aus. „Annie Templeton. Studentin an der Sorbonne, sehr zum Kummer meiner Eltern. Ich wohne nicht weit von Ihrem Hotel entfernt."

Ich stelle mich vor und versuche sie zu ermutigen. „Meine Eltern konnten auch nicht verstehen oder sich vorstellen, warum ich nach Frankreich wollte, als ich in Ihrem Alter war. Aber sie gewöhnten sich daran. Ihre Eltern werden es sicher auch tun." Ich zögere, bevor ich hinzufüge: „Ich habe eine Tochter, die etwa so alt ist wie Sie. Sogar sie ist der Meinung, dass ich ein bisschen verrückt bin, weil ich allein nach Paris fliege."

Annie sieht mich an, und ich könnte schwören, dass in ihren braunen Augen jetzt mehr Wärme liegt. „Sie war nie hier, oder?"

Es ist eine Feststellung, keine Frage. Ich schüttele den Kopf.

Annie schnappt sich den Griff meines Rollkoffers und hievt ihre Umhängetasche darauf. „Dann müssen Sie sie dazu bringen, herzukommen. Es ist wie Magie hier, aber manche Leute verstehen es einfach nicht, bis sie die Elfen auf dem Champs de Mars haben tanzen sehen, mit dem Eiffelturm im Hintergrund." Sie verstummt, und als sie mich ansieht, ist ihre Miene plötzlich so ernst, dass sie viel älter wirkt. „Aber Sie haben sie gesehen, nicht wahr ... oder zumindest ihre Stimmen in den Kirchenglocken gehört?"

Ich zucke mit den Schultern – etwas peinlich berührt, weil ich Jean-Marcs Stimme höre, die etwas von Stimmen in den Kirchenglocken flüstert ... und mich an die Nacht erinnere, in der er seinen Arm um mich legte und mit mir über die Zukunft sprach, während wir in einem ganz bestimmten Garten in Paris nebeneinander auf einer Bank saßen.

„Genau, wie ich mir gedacht habe", unterbricht die Stimme von Annie Templeton meine Erinnerungen. Dann wechselt sie abrupt das Thema. „Kommen Sie, suchen wir ein Taxi."

Als wir aus dem Taxi steigen, bin ich überzeugt, dass Annie Templeton ein Engel ist.

Kapitel 10

„Es tut mir wirklich leid, Celine", wiederholte Jean-Marc in dem Versuch, die ohrenbetäubende Stille zu füllen, die in der Leitung zwischen ihnen hing.

„Natürlich tut es dir leid", erwiderte die junge Frau schließlich. „Es tut dir immer leid, Papa."

„Bitte sei mir nicht böse, *chérie!*" Er bemühte sich um einen scherzhaften Ton, als er fortfuhr: „Wenn du nicht nett zu deinem armen alten Papa bist, schicke ich Mademoiselle Chevalier über die Feiertage zu *dir.*"

„Arm?! Alt?! Sei nicht albern." Celines Stimme klang jetzt beinahe schrill. „Und bitte behandle mich nicht wie eine Idiotin. Du musst nicht so tun, als ob du Dominique zu ihren Eltern bringen müsstest. Ich habe dich vor ihr gewarnt. Wenn du nicht auf mich hören willst, ist das deine Sache. Aber lüg mich nicht an!"

„Ich lüge nicht!", protestierte Jean-Marc. „Sie ist kaum älter als du, Celine. Bitte! Du solltest mir wenigstens zugute halten, dass ich kein völliger Dummkopf bin. Es ist kaum ein Umweg, Mademoiselle Chevalier auf dem Weg nach Paris abzusetzen, und ich habe es ihr *versprochen.*"

„Hör auf, Papa! Ich habe keine Zeit für so was. Ich muss mir überlegen, wie ich meinen Jungs beibringen soll, dass ihr Großvater sie – wieder einmal – enttäuscht, obwohl er *versprochen* hat, Weihnachten herzukommen."

Jean-Marc zog bei ihrer Betonung eine Grimasse. Celine hatte natürlich recht. Er hielt das Versprechen gegenüber Dominique Chevalier und brach das Versprechen, das er seinen eigenen Enkeln gegeben hatte. Das war mies.

„Sag ihnen die Wahrheit."

„Und was ist deiner Meinung nach die Wahrheit, Papa?"

„Wie immer ist es die Wahrheit, die wahr ist. Es ist so, wie ich es dir gesagt habe. Ich setze Dominique Chevalier bei ihren Eltern ab und fahre dann weiter nach Paris, um etwas sehr Wichtiges zu erledigen."

„Es ist unvermeidlich und sehr interessant, dass die wahre Wahrheit dir immer ermöglicht, genau das zu tun, was du willst, ohne daran zu denken, was es für andere bedeutet, findest du nicht?"

„Bitte." Jean-Marc spielte mit dem goldenen Ring an seinem linken Ohr. „Versuch bitte, mich zu verstehen! Dies ist etwas Besonderes. Es ist wirklich unheimlich wichtig."

„Natürlich."

„Ich mache es wieder gut."

„Ja, ich bin sicher, du wirst es versuchen, Papa."

„Es ist mein Ernst."

„Das ist es immer." Sie zögerte. „Du wirst es mir nachsehen, dass ich keine Grüße an Mademoiselle Chevalier ausrichte."

Jean-Marc seufzte, als er das Klicken in der Leitung hörte, und legte auf. Dann nahm er den Brief aus der Tasche und las noch einmal die Worte, die er beinahe auswendig kannte.

* * *

Jemandem etwas über Celine Dumas zu erzählen, ist unmöglich, ohne zuerst über meinen Vater zu sprechen. So war es schon immer. Das einzige Kind eines Einzelkindes zu sein, verfälscht die Statistik mehr, als mir sogar jetzt klar ist. Obwohl ich bereits fünfundzwanzig Jahre lebe und selber zwei Söhne habe, bin ich für meinen Vater immer noch ein kleines Mädchen. Es macht mich wahnsinnig, dass es so ist. Manchmal wünsche ich mir ernsthaft, es gäbe Seemonster und eines von ihnen würde aus dem Meer auftauchen und einen bestimmten Seemann vom Deck seines Schiffes zerren. Und es gibt andere Zeiten, da habe ich solche Angst um ihn, dass ich wünschte, die *Sea Cloud* würde im Dock sinken, damit Papa eine Weile an Land bleibt. Solche widersprüchlichen Gefühle sind nur schwer zu steuern, aber sie gehören dazu, wenn man die Tochter von Jean-Marc David ist.

Vor vielen Jahren gab es eine Sängerin in einem Hafen, und ich bin das Ergebnis einer Affäre meines Vaters mit dieser Frau, die ungefähr eine Woche dauerte. Er versichert mir, dass ich ihr kein bisschen ähnlich bin. Diese Frau, deren Namen ich nicht einmal kenne, hatte kein Interesse daran, allein ein Kind großzuziehen, und Papa hatte kein Interesse daran, sie zu heiraten. Papa erzählte mir, dass es um sein Herz geschehen war, als er mich zum ersten Mal sah, und dass er nicht eine Sekunde zögerte, mich in sein Leben zu holen. Abgesehen von den langen dunklen Haaren und meinem Wunsch, tiefe Wurzeln im Boden meiner Heimat zu schlagen, bin ich eine weibliche Version meines

Vaters, „vom Bug bis zum Heck“, wie er gerne in seinem fürchterlich französisch klingenden Englisch sagt. Ich habe sogar seine auffallend blauen Augen, obwohl manche behaupten, das sei nicht gut. Die Kombination von Papas blauen Augen mit dem sehr dunklen Haar meiner Mutter ist Aufsehen erregend. Den Männern scheint es zu gefallen, und so kam es auch, dass ich jetzt die Mutter von Zwillingen bin.

Meine Jungs, Olivier und Xavier, wurden vor sechs Jahren geboren. Auf See. Papa sagt, sie werden einmal Salzwasser in den Adern haben wie er. Ich hoffe, er irrt sich. Seine Leidenschaft für das Meer mag meinem Vater nahezu unglaubliche Abenteuer beschert haben und Material für seine Geschichten liefern, aber sie hat ihn auch davon abgehalten, dauerhafte Beziehungen zu Menschen oder Orten einzugehen. Er ist das, was man einen „unabhängigen Geist“ nennt.

Jetzt, wo mein Vater älter wird, spüre ich, dass er zunehmend unglücklich wird. Ich glaube tatsächlich, dass Papa eine Art Anker in Form eines Zuhauses sucht. Aber er sagt, die Jungs und ich seien der einzige Anker, den er je brauchen wird. Ich schmeichele mir selbst und rede mir ein, dass das stimmt, auch wenn ich mir sage, dass er sein Elternhaus über all die Jahre behalten hat, selbst nachdem meine Großeltern starben. Abgesehen von ein paar Bäumen, die er gefällt hat, damit er die Bucht sehen kann, hat er das Haus unverändert gelassen.

Meine Kinder vergöttern ihren Großvater. Seine Gabe, Geschichten zu erzählen, ist für sie ein großer Spaß. Keine Frage – auch als Erklärung für diese neuerliche Abwesenheit in ihrem Leben wird er wieder eine erstaunliche Geschichte parat haben. Manchmal habe ich den Verdacht, dass Papa ein paar von seinen Geschichten erfindet. Xavier und Olivier sind jetzt jung und vertragen eine Menge, sodass die Angewohnheit ihres Großvaters, seine Pläne in letzter Minute zu ändern, für sie noch reizvoll ist. Aber irgendwann wird der Reiz nachlassen, und diesen Tag fürchte ich, denn er wird in unser aller Leben einen Wendepunkt darstellen. Die Jungs müssen derselben Wahrheit ins Auge blicken wie ich und eine Entscheidung treffen. Sie müssen die Wahrheit erkennen, dass Jean-Marc David zwar die Fähigkeit zu großer Liebe besitzt, aber nur eine Herrin kennt. Ihr Name ist *Sea Cloud*, und wenn sie ruft, dann geht er, egal, ob er Versprechungen gemacht oder Pläne geschmiedet hat. Wenn den Jungs das klar wird, werden sie entweder die große Liebe ihres Großvaters zu seinen Bedingungen akzeptieren oder sich hinter einer Mauer verschanzen. Viele Jahre lang tat ich Letzteres.

Ich war gerade achtzehn geworden, als ich es leid wurde, den Kampf um die Zeit meines Vaters immer wieder gegen das Meer zu verlieren. Ich sollte vom Bürgermeister für meine ehrenamtliche Arbeit in einem Krankenhaus ausgezeichnet werden. Papa war wild entschlossen, bei dem Empfang dabei zu sein. Aber als die Winde auffrischten und ein Sturm heraufzog, entschuldigte er sich und eilte zum Dock hinunter, um sich zu vergewissern, dass Paul alles richtig gesichert hatte. Es spielte keine Rolle, dass Paul selbst ein Weltklassesegler ist. Papa musste mit eigenen Augen nach dem Rechten sehen. Ich machte ihm eine Szene, weil ich dachte, ich könnte ihm meinen Willen aufzwingen. Als das nicht funktionierte, verließ ich ihn und zog aus meiner Kajüte an Bord seines Schiffes aus – damals besaß er die *Sea Cloud* noch nicht – und wohnte von da an in einer Wohnung von der Größe einer Abstellkammer.

Es dauerte Monate, bis mir klar wurde, dass ich mir selbst damit viel mehr wehtat als meinem Vater. Ich beglückwünsche mich dafür, dass ich mich mit ihm versöhnte, als mir die Wahrheit schließlich aufging. Er nahm mich mit offenen Armen wieder in sein Leben auf und war immer ganz er selbst.

Es macht mir zu schaffen, dass ich in näherer Zukunft wieder in der gleichen Situation sein werde, dass ich Papa nur zu seinen Bedingungen haben kann oder gar nicht. Eine solche Entscheidung zu treffen, wenn meine Kinder diejenigen sind, die verletzt werden könnten, ist nicht ganz dasselbe als für mich selbst zu entscheiden. Aber die Jungs sind noch klein. Im Moment ist die *Abwesenheit* ihres Großvaters für sie ein größerer Kummer als die *Enttäuschung* zu Weihnachten.

Papa sagt, er müsste Weihnachten in Paris sein. Ich will ihm glauben. Jedenfalls will ich ihn mir nicht mit Dominique Chevalier vorstellen. Der Gedanke verursacht mir eine Gänsehaut, weniger wegen ihres Alters als vielmehr wegen ihres Rufs. Aber Paris? Das ist schwerer zu glauben als Jean-Marc David und Dominique Chevalier. Er ist mein Vater, aber ich bin nicht blind. Er ist ziemlich attraktiv. Er hat blaue Augen, die das Herz einer Frau schmelzen lassen, und ein Lächeln, das ihre Seele erobert. Papas erste Frau – sie war nicht meine leibliche Mutter, aber die einzige Mutter, die ich je hatte – hat das einmal zu mir gesagt. Sie erklärte mir, warum sie ihn selbst dann noch liebte, als sie ihre Sachen packte und ging.

Soweit ich mich erinnere, hat Papa Paris nur einmal erwähnt. Ich glaube, ein alter Kumpel von ihm hat dort eine Ducati-Niederlassung, aber meines Wissens hat Papa den Mann nie besucht. Ich weiß nicht einmal mehr seinen Namen. Genau genommen hat Papa ein paar Mal einen regelrechten Bogen um Paris gemacht, wenn ich es mir recht überlege. Als er gerade am Telefon davon sprach, dass er dorthin fahren werde, konnte ich etwas in seiner Stimme hören. Ich dachte, es wäre Einbildung, aber jetzt bin ich mir nicht mehr so sicher. Wie auch immer – es scheint so, als müssten die Jungs und ich mal wieder unsere Pläne ändern und uns darauf freuen, Jean-Marc David zu einem späteren Zeitpunkt seiner Wahl wieder zu sehen.

Während Papa in Paris ist, werde ich mit den Kindern zu seinem Haus in Arcachon fahren, glaube ich. Sie sind wahnsinnig gerne dort, und sie können auf der *Sea Cloud* spielen, während sie im Dock liegt. Vielleicht übernachten wir Heiligabend sogar an Bord. Papa wird nichts dagegen haben. Und wir können ihn überraschen, wenn er nach Hause kommt.

Kapitel 11

Mary

Das Fenster meines Hotelzimmers geht nicht auf die laute Straße hinaus, sondern auf einen ruhigen Innenhof mitten im Häuserblock. Ich habe nicht einmal versucht, gestern auszugehen. Ich glaube, es war eine Mischung aus Nervosität, Jetlag, Heimweh und vielleicht einem Virus, der mich im Bett bleiben ließ. Ich weiß es eigentlich nicht, aber es ist auch egal. Heute Morgen sieht die Sache anders aus. Ich habe es getan. Ich bin hier, Jean-Marc. Wirst du kommen?

Ich stehe auf und durchquere den Raum, um die Vorhänge zurückzuziehen und das Fenster zu öffnen. Ich lehne mich auf die Fensterbank und spähe zu dem kleinen blauen Dreieck Himmel hinauf. Dann schließe ich die Augen und konzentriere mich auf das Gefühl der Wärme, während die Sonne mir ins Gesicht scheint. Bei dem Klang kindlichen Gelächters öffne ich die Augen und bemerke zum ersten Mal, dass das Fenster in der Hauswand gegenüber zu einem Zimmer gehört, das mit langen Tischen ausgestattet ist, umgeben von Stühlen, auf denen Kinder sitzen. Eines der Mädchen träumt offenbar vor sich hin und starrt dabei aus dem Fenster. Sie sieht mich und lächelt. Ich winke. Sie öffnet ein Buch, um ihre Hand zu verbergen, und winkt zurück.

Das Hotel ist entzückend, obwohl ich das Gesicht verziehe, wenn ich dieses Wort benutze, das sicherlich zu Tode strapaziert wird, wenn man die kleinen Hotels beschreiben will, die überall in den schmalen Straßen der Pariser Innenstadt verstreut sind. Trotzdem ist es das passende Wort für das Grand Hotel Saint-Michel. Die schmale Eingangshalle führt zu einem kleinen Salon auf der Rechten, mit einer Decke, die mit filigranen Goldverzierungen und Landschaftsgemälden à la Versailles aufwarten kann. Linker Hand ist ein zweiter kleiner Salon, wo jemand die aktuelle Ausgabe von *Le Figaro* auf einem Sofa in der Nähe des Fensters liegen gelassen hat. Und der Tresen der Rezeption befindet sich in einer Nische unter der mit blauem Teppich versehenen geschwungenen Treppe, die zu vier Etagen und sechsundvierzig Zimmern und Suiten hinaufführt. Links von der Treppe ist ein Fahrstuhl von der Größe eines Speiseaufzugs. Ich nehme lieber die Treppe.

An diesem Morgen poliert ein vornehmer nigerianischer Herr – ich weiß, dass er aus Nigeria kommt, weil ich all meinen Mut zusammengenommen und ihn gefragt habe – den Messinghandlauf, und als ich die Treppe hinuntergehe, begrüßt er mich auf Französisch. Als ich auf Französisch antworte, wünscht er mir einen guten Tag. Ich bin begeistert, weil er mich versteht und das Gespräch auf Französisch weiterführt, anstatt sofort auf Englisch umzuschalten, wie Annie Templeton es an der Bushaltestelle beim Flughafen getan hat.

Ich trete hinaus und werde erneut von Lachen begrüßt. Ein Stück die Straße hinauf, wo Studenten sich für einen Kurs an der Sorbonne einschreiben, wartet eine Gruppe junger Leute vor einer unauffälligen Tür in einer der Steinmauern dieser altehrwürdigen Universität. Ich lächele bei dem Gedanken an „alt“, was in Paris etwas ganz anderes bedeutet als in Omaha. Ich muss daran denken, wie mein Professor Max uns daran erinnerte, dass die Franzosen im fünfzehnten Jahrhundert die Kathedrale Notre Dame erbauten und die Amerikaner ... „Tja", sagte er, und seine grauen Augen lächelten gutmütig, *„l'Amerique, ça n'existait pas au quinzième siècle."* Amerika gab es im fünfzehnten Jahrhundert noch gar nicht. Es war eine Lektion in kultureller Demut, die die meisten von uns gut gebrauchen konnten. Für mich war es gleichzeitig der Beginn einer veränderten Vorstellung vom Universum.

Ich wende mich in die andere Richtung und gehe bergab und biege an der Ecke links ab, wo ich einen Geldautomaten sehe und, ein Stück weiter, ein Café. Die Luft ist frisch, aber nicht kalt, und der Himmel ist bedeckt. Ich schiebe meine Bankkarte in den Automaten und bin erleichtert, als er mir erfolgreich Euros aushändigt.

Nach ein paar Schritten die Straße entlang betrete ich das Café und schiebe mich auf einen Stuhl nahe am Fenster, und mein Herz schlägt laut, als die Bedienung sich nähert. In den nächsten Tagen wird jede neue Situation bestimmt eine ähnliche Nervosität in mir auslösen. Mein Französisch ist so eingerostet. Aber ich will es anwenden. Offenbar ist es nicht so schlimm, wie ich dachte, denn als ich einen Milchkaffee und ein Croissant mit Butter bestelle, antwortet der Kellner *„Tout de suite, madame"* und verschwindet in der Küche, wohl um zu holen, was ich bestellt habe.

Auf der anderen Straßenseite bleibt eine alte Frau stehen und betrachtet ein Plakat, das an der Wand des Eckkiosks angebracht ist. Ein Buckel macht es ihr unmöglich, gerade zu stehen, und so stützt sie sich auf einem Stock ab, während sie liest. Ihr Haar ist unter einem schwarzen Tuch versteckt, das sie unter dem Kinn verknotet hat. Ich denke daran, wie die Welt sich verändert hat, seit sie ein Kind war. Sie ist wahrscheinlich so alt, dass sie die Deutschen und die Amerikaner die Champs-Elysées hat entlangmarschieren sehen. Ich frage mich, welche Schrecken oder Freuden ihr kindliches Herz erfüllten, als ihre Stadt von fremden Soldaten besetzt wurde. Der Gedanke daran rückt meine eigenen Ängste in Bezug auf Heiligabend ins rechte Licht.

Mein Kellner bringt den Kaffee und zögert seinen Rückzug vom Fenster gerade so lange hinaus, dass er noch die Blondine bewundern kann, die auch mir gerade aufgefallen ist. Ihr selbstbewusster Gang erinnert mich an Elizabeth – obwohl Elizabeth vernünftige Schuhe trägt und nicht solche Designer-Stilettos, wie sie die Füße dieser jungen Frau zieren. Sie bleibt stehen, um die Straße zu überqueren, und ich lächele insgeheim, als ich daran denke, dass ich einmal genauso eine schlanke Taille hatte wie sie, wie dieses *jeune fille* trug ich Mäntel mit Gürtel, um sie zu betonen. Allerdings habe ich meine Lippen nie in einem so kühnen Pinkton geschminkt.

Der alten Frau fällt etwas hin, und als die junge Dame sich umdreht, um es aufzuheben, sehe ich die linke Seite ihres Gesichts und darin einen Bluterguss, der genau dort beginnt, wo ihre Augenbraue endet. Eine kleine Schnittwunde zieht sich außerdem über ihren Wangenknochen. Sie lächelt die alte Frau kurz an, die etwas gesagt und ihren Arm getätschelt hat.

Mein Milchkaffee ist heiß und cremig, und als ich die Tasse hochhebe, um zu trinken, atme ich tief ein, genieße das Aroma und schließe die Augen, um Paris zu lauschen. Ich lehne mich zurück, und einen Augenblick lang bin ich ein junges rothaariges Ding, das auf den Mann wartet, der ihr Herz gestohlen hat und sie gebeten hat, dort im Café auf ihn zu warten. Sie werden ihren Kaffee trinken und dann aufstehen und über die Straße durch die Eisentore in dem hohen Zaun gehen, der den *Jardin du Luxembourg* umschließt. Sie werden darin verweilen bis zur Dämmerung ... dann wird es dunkel ... und ihr Leben wird sich für immer verändert haben.

Ein Bus kommt mit quietschenden Reifen zum Stehen. Dann höre ich, wie erst eins, dann zwei Motorräder vorbeischnurren, und der Klang von Hupen ist zu hören. Dann ertönt ein Schrei, und ich öffne die Augen, während mein Herz wegen der Motorradfahrer laut klopft, aber es ist noch einmal gut gegangen. Die Motorräder sind nicht mehr zu sehen, die Tür des Busses schließt sich, und mein Kellner bringt mir ein warmes Croissant.

„*Merci.*" Ich verteile so viel Butter auf meinem Croissant, dass ich fünf von den Pfunden, die ich mir so mühsam abgehungert habe, gleich wieder auf den Oberschenkeln habe. Ich hatte vergessen, wie viele Kalorien man hier schon zum Frühstück bekommen kann. Ich habe so viele Dinge vergessen. Und trotzdem: Jetzt, wo ich hier sitze und Milchkaffee trinke, beginne ich allmählich zu glauben, dass man die Vergangenheit doch wieder einfangen kann.

Niemand hier hat eine Ahnung, wer ich bin, und

es interessiert auch keinen. Ich bin einfach nur eine von mehreren Personen, die ihren morgendlichen Kaffee trinken und dann an ihr Tagwerk gehen. Und auch wenn ein Exemplar des *Figaro* auf meinem Tisch liegt, mache ich niemandem etwas vor. Alle wissen, dass ich Amerikanerin bin. Meine Kleidung schreit es förmlich heraus, und andere Dinge flüstern es auf subtilere Weise, die ich nicht erklären kann, weil ich nicht weiß, welche Dinge es sind – aber für die Franzosen sind sie ganz offensichtlich. Als junge Frau gab ich mir Mühe, nicht absichtlich oder auf unangenehme Art anders zu sein. Ich weiß, dass ich nicht hierher gehöre. Der Gedanke amüsiert mich. Ich bin um die halbe Welt gereist, um dem Leben zu entfliehen, in das ich nicht gehöre, und hier bin ich jetzt an einem anderen Ort, an den ich auch nicht gehöre. Wie die Franzosen sagen: *C'est la misère, ça.*

Es ist tatsächlich ein Elend. Aber ich bin der bescheidenen Meinung, dass man, wenn man sich schon elend fühlt, genauso gut in Paris sein kann.

* * *

Ich bin jetzt seit drei Tagen in Paris. Am ersten Tag habe ich geschlafen. Am zweiten bin ich an der Sorbonne vorbei in Richtung Pantheon gelaufen, dann wieder bergab und schließlich ins Cluny-Museum. Ich habe dreimal in drei verschiedenen Cafés Kaffee getrunken. Aber ich glaube, die Folgen meines Handelns wurden mir erst bewusst, als ich die drei Häuserblocks am Boulevard Saint-Michel entlangging und sich dort, zu meiner Rechten, Notre Dame erhob. Es war ein ungewöhnlich milder Abend, und ein paar junge Männer hatten auf der Straße, die parallel zum Eingang der Kathedrale verlief, ein halbes Dutzend leuchtend orangefarbener Verkehrshütchen aufgestellt. Sie fuhren mit ihren Inlineskates Slalom und vollführten einen komplizierten Tanz, während einige Passanten vom Bürgersteig aus zusahen. Die Skater lieferten sich kleine Wortgeplänkel mit den Zuschauern, und einer flirtete sogar ein wenig mit mir. Einen Augenblick lang war ich wieder jung.

Ich betrat die Kathedrale, und in diesem Moment geschah etwas. Ich frage mich jetzt, wie viele Tausend – oder sind es gar Millionen? – Seelen erhoben wurden, während ihre Besitzer hinten in der Kirche standen, atemlos staunend angesichts der Herrlichkeit der steinernen Säulen, der weiten Bogengänge und der Bleiglasfenster. Die Farben der Fenster leuchteten im Abendlicht nicht, aber ich werde wieder hingehen, um sie an einem sonnigen Tag zu sehen. An diesem Abend ließ ich mich auf einen harten Holzstuhl fallen und gab mich ganz dem Gefühl des Staunens hin. Ich habe Beschreibungen darüber gelesen, wie die Kathedrale erbaut wurde. Aber das Wissen um Blöcke und Flaschenzüge und Steinmetze tat meiner Bewunderung keinen Abbruch.

Doch an diesem Abend war da noch etwas anderes für mich. Die gedämpften Stimmen und schlurfenden Schritte konnten es nicht übertönen – eine Gegenwart, die ich beinahe spüren konnte, so real war sie. Zum ersten Mal seit vielen Jahren wurde mir ganz bewusst, dass ich mich in der Gegenwart Gottes befand. Ich nehme an, ich hätte schon früher dieses Gefühl haben sollen. Sam und ich gingen fast jeden Sonntag zur Kirche. Ich habe immer geglaubt, dass es einen Gott gibt. Aber ich hatte nie viel mit ihm zu tun. Ich weiß, dass viele Menschen über Gott nachdenken, wenn sie mit dem Tod konfrontiert werden. Wenn Sam Davis es tat, hat er mir nichts davon gesagt. Ich selbst war zunächst zu sehr damit beschäftigt, für ihn zu sorgen, und später war ich zu betäubt. Aber als ich jetzt allein in Notre Dame saß, stiegen mir die Tränen in die Augen, während mich eine Sehnsucht überfiel, die ich kaum beschreiben kann. Ich glaube nicht, dass es etwas mit der Entfremdung zwischen Elizabeth und mir zu tun hatte oder mit meiner Einsamkeit. Ich bin nervös wegen Heiligabend, und ich frage mich, ob Jean-Marc auftauchen wird oder nicht, aber ich bin überzeugt, dass die Erfahrung von Notre Dame nicht damit zusammenhängt. Es war etwas anderes. Greifbar, schwerwiegend, neu.

Direkt vor mir stand ein kleiner Altar, der nur für die Gläubigen zugänglich war. Während ich in der Nähe saß, öffnete eine Frau das kleine Tor und ging hinein. Sie weinte, als sie eine Kerze anzündete, dann kniete sie nieder und faltete die Hände zum Gebet. Es war ein kurzes Gebet. Sie blieb nicht lange, aber als sie ging, weinte sie nicht mehr, und ihr Gesicht wirkte friedvoll. Ich war versucht, ihr nach draußen zu folgen und sie zu fragen, was an dem Altar geschehen war, und ich stand auch tatsächlich auf und bewegte mich auf den Ausgang zu. Aber noch bevor ich mir einen Weg durch die Menschenmenge bahnen konnte, hatte ich diese impulsive Reaktion schon wieder verworfen.

Die Orgel begann zu spielen. Ich setzte mich wieder,

schloss die Augen und ließ, eingehüllt in die heiligen Klänge, meinen Tränen freien Lauf. Ich dachte an Elizabeth und daran, dass sie mich früher Mimi genannt hatte. Ich erlebte noch einmal das erste Mal, als ich Samuel Davis begegnete, der so gut aussah und so voller Leben war. Ich weinte um meinen toten Mann und die Liebe, die wir gemeinsam hätten erleben können. Ich weinte um meine Tochter und die Freundschaft, die ich so gerne mit ihr hätte. Ich sah auf meine Hände hinab und weinte bei dem Gedanken, allein alt zu werden.

Nachdem ich die Kirche verlassen hatte, ging ich am Fluss entlang zum Louvre. Es war jetzt fast dunkel, aber die Lichter des Einkaufszentrums *Samaritaine* waren eingeschaltet und ich ging hinein, die wunderschöne Art-Deco-Treppe hinauf und in die Buchabteilung. Ich kaufte ein in schwarzes Leder eingeschlagenes Notizbuch und eng liniertes Papier. Ich war nach Paris gekommen, um etwas zu finden. Vielleicht, dachte ich, konnte ich meine Suche näher definieren, wenn ich meine Gedanken und Eindrücke in einem Tagebuch festhielt. Wenn das nichts half, konnte ich immer noch das Buch in die Seine werfen und nach Hause, nach Omaha zurückgehen. Zu Hause. Während ich über diesen Begriff nachdachte, gestand ich mir ein, wie es wirklich war. Omaha, Nebraska, war genauso wenig mein Zuhause wie Paris, Frankreich.

Ich umklammerte die Henkel meiner Einkaufstüte und ging zurück zur Sorbonne, diesmal auf der gegenüberliegenden Seite der Straße. Es begann zu nieseln, ein feiner Regen, nicht zu kalt, eigentlich gar nicht unangenehm. Bei einem Straßenverkäufer erwarb ich einen schwarzen Schirm und einen ebensolchen Schal und nahm mir vor, am nächsten Tag noch einmal zu *Samaritaine* zu gehen, um einen Mantel und bequemere Schuhe zu kaufen. Ich konnte die Tatsache, dass das Blut in meinen Adern nicht französisch ist, unter einem neu erworbenen Äußeren, *made in France,* verstecken.

Wieder im Hotel angekommen, zog ich mich um und wünschte, ich hätte anstelle des Nachthemdes ein großes Herrenhemd eingepackt. Ich öffnete eine kleine Flasche Perrier aus meinem Kühlschrank und machte es mir auf dem Sofa bequem, das Notizbuch offen auf meinem Schoß. Schließlich schrieb ich auf, was ich an diesem Tag über mich selbst gelernt hatte.

Es ist egal, ob ich in Omaha oder Paris bin. Ich bin in meinem Leben nicht zu Hause.

Kapitel 12

„Das ist lächerlich“, sagte Liz. „Es muss doch irgendetwas geben, was Sie tun können!“ Ihre Finger krallten sich um den Antrag der Passbehörde, den sie in der Hand hielt.

„Haben Sie denn Expressdienst beantragt?“, fragte der Angestellte.

„Sie haben den Antrag entgegengenommen und wissen genau, dass ich das nicht getan habe“, fauchte Liz. „Aber das war, als ich noch dachte, ich würde das Ding erst für meine Hochzeitsreise im Frühling brauchen.“

„Das Einzige, was ich vorschlagen kann“, sagte der Mann, „ist, dass Sie Ihren Kongressabgeordneten anrufen. Vielleicht kann er etwas machen. Wir können jedenfalls nichts tun. Wir sind nur eine Rechnungs-…“

Liz hörte das Ende des Satzes nicht mehr. Sie hatte sich umgedreht und war bereits auf dem Weg zum Fahrstuhl. Als sie auf die Straße hinaustrat, riss sie einen Strafzettel unter ihrem Scheibenwischer hervor und fluchte leise. Ihr Herz machte einen Satz, als sie auf der anderen Straßenseite einen grauen Seidenanzug in einem Hauseingang verschwinden sah. Sie machte einen Schritt auf das Gebäude zu, hielt sich dann aber zurück. *Es gibt mehr als einen grauen Seidenanzug in Omaha. Und selbst wenn es Jeff wäre, musst du ihm seinen Freiraum lassen. Er wird dich schon bald genug vermissen und anrufen.*

Während sie gegen die Tränen der Enttäuschung ankämpfte, die in ihr aufstiegen, riss Liz die Fahrertür auf und ließ sich auf den Sitz fallen. Sie ließ den Motor an, lenkte den Wagen auf die Straße und fuhr zum Büro, wo sie Peggy bei ihrer Ankunft Anweisungen gab. „Rufen Sie im Büro des Kongressabgeordneten Terry an und stellen Sie mich durch, wenn Sie jemanden am Apparat haben, der etwas gegen dieses Durcheinander unternehmen kann."

Sie fuhr ihren Laptop hoch und suchte vergeblich nach einer E-Mail von Mimi. Es war jetzt über eine Woche her. Irene hatte auch nichts von ihr gehört. Und Jeffrey James Scott machte es offenbar gar nichts aus, ohne sie zu leben.

* * *

Jeff

Wenn ich sage, dass dies die längste Woche meines Lebens war, dann ist das noch gelinde ausgedrückt. Heute habe ich sogar einen Umweg zur Parfümerie gemacht und den Verkäufer gebeten, mir eine Probe von *Obsession* zu zeigen – Liz' Lieblingsduft. Ich benehme mich wie ein verliebter Teenager.

Den Umweg habe ich gemacht, nachdem ich Liz in der Stadt gesehen hatte. Zuerst sah ich ihr Auto, das – wie üblich – im Halteverbot genau vor dem Gebäude der Stadtverwaltung geparkt war. Für Liz ist ihre Zeit allemal die Knöllchen wert. Und dann kam sie plötzlich in ihrem leuchtend pinkfarbenen Kostüm aus der Tür heraus. Dieses Kostüm trägt sie, wenn sie besonders selbstbewusst auftreten will. Sie nennt es ihr „Power-Kostüm".

Ich musste jeden Funken Willenskraft aufbringen, um nicht ihren Namen zu brüllen, über die Straße zu laufen und sie zum Mittagessen einzuladen. Aber das hätte böse geendet. Mit „böse" meine ich, dass ich sie höchstwahrscheinlich in die Arme genommen und ihr alles verziehen hätte, ohne irgendwelche Bedingungen zu stellen. Das wäre insofern ein schlimmes Ende, weil es nicht gut für Elizabeth Davis wäre, wenn die Menschen, die sie lieben, ihr das Verhalten, das sie George Kincaid gegenüber beinahe an den Tag gelegt hätte ... und das, was sie ihrer eigenen Mutter angetan hat, einfach so durchgehen ließen. Mir ist klar geworden, dass Liebe nicht bedeutet, dass man nie um Verzeihung bitten muss, sondern Liebe ist, wenn man das tut, was für den anderen am besten ist.

Die logische Seite von Jeffrey James Scott hat endlich einmal lange genug die Oberhand über den reißenden Strom der Leidenschaft gewonnen, um Elizabeth Samantha Davis gründlich unter die Lupe zu nehmen, und ich bin nicht sicher, ob ich das, was ich da sehe, mag. Es gibt Dinge an dieser Frau, die mich so wütend machen, dass ich glaube, ich könnte es bereuen, sie zu heiraten.

Liz ist immer stolz darauf, als die Tochter ihres Vaters gesehen zu werden. Dagegen ist natürlich auch nichts einzuwenden. Aber ich hoffe wirklich, dass irgendwo in ihr drin auch etwas von ihrer Mutter ist. Vermutlich sieht Liz es als Schwäche an, aber an jenem Abend, als Liz über sie herfiel, hat Mary sich nicht gewehrt. Das hat mich erstaunt. Sie hatte sich selbst so sehr unter Kontrolle. Ich kenne noch nicht einmal die Einzelheiten dessen, worüber Liz sich aufgeregt hat, aber Mary ließ sie immer weiterreden. Und dann entschuldigte *sie* sich dafür, dass Liz solche negativen Gefühle hat. Ich muss sagen, dass ich Mary Davis noch nie so anziehend und liebevoll fand wie in jenem Augenblick. Ich weiß, dass es zum Teil eine Frage der Reife ist, aber ich würde so gerne etwas von dieser Anmut in Lizzie sehen. Ich glaube, sie hat es in sich, aber sie lässt es nicht heraus, weil sie unbedingt genau wie ihr Vater sein will.

* * *

Mary

15. Dezember 2003
Mamalina – Die beste Pizza, die ich je gegessen habe, und ein charmanter, wenn auch zahnloser Kellner.
La Lutèce – Fantastisches Steak mit Pommes. Hervorragend zum Leutebeobachten geeignet.
Montmartre – Ich habe meine Leidenschaft für handgewebtes Leinen entdeckt. Ich brachte sogar den Verkäufer zum Lachen, weil ich auf jeden einzelnen Ballen zeigte. „Un mètre, deux mètres, un mètre ...“ Er schnitt bereitwillig die jeweiligen Längen ab und gab mir sogar noch ein Reststück zusätzlich, weil ich eine so gute Kundin war. Montmartre ist überwiegend wegen der Kirche oben auf dem Hügel berühmt. Für mich ist das Leinen die eigentliche Attraktion.
Le Rouvray – Bin heute gegenüber von Notre Dame über einen Laden mit Steppdecken gestolpert. Im Fenster lagen alte amerikanische Patchworkdecken. Ich habe ein Stück goldenen Stoff aus der Provence gekauft. Ich lese Jean Giono und verstehe ihn ein bisschen besser als damals, als

er Pflichtlektüre im College war. Bin bis zum Sonnenuntergang auf dem Champs de Mars geblieben und habe gelesen. Als die Lichter am Turm angingen, hätte ich das Erlebnis gerne mit jemandem geteilt. Seltsam, dass mir dabei Lizzies Jeffrey einfiel. Ich muss die beiden irgendwann einmal hierher schicken.

Ich war nicht in Klein-Athen oder im Garten. Was mich an diesen Orten wohl erwarten mag, kann ich mir nur ausmalen. Nach dem 24. werde ich vielleicht allein dorthin gehen. Bitte, Gott ... nicht allein.

Ich war noch mehrere Male in Notre Dame. Von meinem Stuhl aus, der in der fünften Reihe links steht, habe ich angefangen, mit Gott zu reden.

„*Voilà, madame.*" Der Kellner, von dem ich inzwischen weiß, dass er Charles heißt, bringt mir noch einen Espresso.

Ich sehe von meinem Tagebuch auf und lächele. „*Merci bien, Charles. Vous êtes très gentil.*"

Charles nickt kurz und zwinkert mir zu. Seit meiner Ankunft war ich jeden Morgen in diesem kleinen Café gegenüber vom Eingang zum Jardin du Luxembourg. Am fünften Tag wusste der Kellner, was ich bestellen würde. Es ist natürlich keine Freundschaft, aber es ist nett, wie ein „Stammgast" behandelt zu werden.

Ich bin froh, dass die Sprache nach so vielen Jahren langsam wiederkommt. Mehr als einmal hat man mir Komplimente wegen meines Akzents gemacht, den die Pariser offenbar gar nicht so schlecht finden. Alle, mit denen ich bislang gesprochen habe, waren freundlich und hilfsbereit. Mir bleiben noch neun Tage. Ich war noch nicht wieder im Internetcafé. Vielleicht ist das feige von mir, aber ich will einfach nicht mehr verletzt

werden. Ich fühle mich dem emotional nicht gewachsen, vor allem, wenn der 24. nicht gut verläuft. Aber was bedeutet das eigentlich? Läuft es nicht gut, wenn er kommt ... oder ist es schlimmer, wenn er es nicht tut? Ich kann mich nicht entscheiden.
Ich glaube, ich bin in der Zeit hier jeden Tag mindestens fünf Meilen gelaufen. Morgen gehe ich zum Louvre. Ich habe gestern einen kostenlosen Museumsführer mitgenommen, als ich meine Eintrittskarte gekauft habe, aber ich habe beschlossen, einfach herumzulaufen, anstatt den üblichen Touristenpfad zu nehmen, der vom *Geflügelten Sieg* an der *Venus* von Milo vorbei bis zur *Mona Lisa* führt. Ich frage mich, wie viele Schätze wohl von Touristen übersehen werden, weil diese gedankenlos an den unzähligen anderen Meisterwerken vorbeimarschieren, die dieses großartige alte Gebäude beherbergt – das selbst schon ein Meisterwerk ist. Als ich damals hier war, gab es die Pyramide noch nicht. Ich habe Bilder davon gesehen und hatte das Gefühl, dass sie überhaupt nicht dorthin passt. Ob ich meine Meinung ändere, wenn ich erst einmal da gewesen bin?

* * *

Ein Citroën rauschte von der A 10 aus Richtung Süden kommend auf die Périphérique und ins Zentrum der Stadt. Es war Mitternacht, aber Jean-Marc war unterwegs zu einem bestimmten Hotel im fünften Arrondissement, und er hatte vor, mitten in der Nacht anzukommen. Es hatte eine Zeit gegeben, in der er den Pariser Verkehr mit dem Ehrgeiz eines Rennfahrers in Angriff genommen hätte, aber diese Tage waren längst vorbei. Doch auf diese Weise konnte er zu seinen Bedingungen den Rückzug antreten, wenn Heiligabend ein Reinfall werden sollte. Er wollte nie wieder bei einem Abendessen gefangen sein, mit keinem anderen Fortbewegungsmittel als seinen eigenen Füßen. Während er die Seine entlangfuhr, erinnerte er sich ...

* * *

„Meine Damen und Herren“, sagte eine Stimme mit amerikanischem Akzent in das Mikrofon, „ich habe etwas bekannt zu geben.“

Die Musik verstummte. Alle sahen den eleganten Geschäftsmann an, der das Mikrofon hielt. „Meine Damen und Herren, ich möchte Ihnen die freudige Mitteilung machen, dass ich mich verlobt habe.“ Die Leute lächelten ... einige Köpfe nickten ... zustimmende Mienen überall.

Jean-Marc hatte die Ankündigung hinten im Saal gehört, wo er stand, nachdem er mit Verspätung angekommen war. Er wollte nicht auffallen, während er nach ihr Ausschau hielt. Eigentlich dürfte sie nicht schwer zu finden sein. Gleich würde ihr rotes Haar ...

Das durfte doch nicht wahr sein. Sie stand auf. Ging zur Bühne. Stand neben dem Amerikaner. Lächelte, während sie den Applaus in Empfang nahm.

Ihm war schlecht. Und wütend war er. Er würde dem Narr das Mikrofon aus der Hand reißen – aber dann sah das Mädchen zu dem Amerikaner auf und küsste ihn. Gut, es war nur ein Kuss auf die Wange, aber sie drückte ihre *Zustimmung* aus. Sie *lächelte*.

Selbst jetzt, Jahrzehnte später, wusste er noch, was

sein erster Gedanke gewesen war. *So fühlt es sich also an, wenn einem das Herz bricht.*

Später würde er sich selbst Vorhaltungen machen und sich fragen, wieso er es nicht gewusst hatte. Später würde er Briefe schreiben und sie wieder zerreißen. Er würde anrufen und beim Klang ihrer Stimme schnell auflegen. Er würde zornig und bitter werden. Aber an jenem Abend tat er alles, um ihre Aufmerksamkeit zu erlangen. Ihre Blicke trafen sich. Er sah Bedauern. Ihm war, als würde er Liebe sehen. Aber er sah auch Angst. Sie hatte Angst, „Ja" zu ihm zu sagen, und so sagte sie stattdessen „Ja" zu dem Amerikaner. Sie würde nach Amerika zurückkehren, und ihm würde nichts anderes übrig bleiben, als in die Nacht hinauszustolpern und fortzugehen.

* * *

Lautes Hupen holte Jean-Marc David in die Gegenwart zurück. Er stieg mit aller Macht in die Bremsen und kam mit quietschenden Reifen zum Stehen, nur Zentimeter von der Stoßstange des Autos vor ihm entfernt. Der Schweiß stand ihm auf der Stirn. Die Ampel sprang um. Ein Stück weiter sah er ein Schild. Er riss das Lenkrad herum und wechselte in die Abbiegespur, wo er sofort langsamer wurde. Er rollte in eine schmale Seitenstraße hinein. Da war er, wie seine Wegbeschreibung es angekündigt hatte – der Eingang zu einer privaten Tiefgarage. Mit einem Seufzer der Erleichterung parkte er den Citroën.

Neun Tage, dachte er. *Was willst du neun Tage lang hier machen? Du hasst Paris, aber jetzt bist du hier. Du benimmst dich wie ein ungeduldiger Schuljunge. Alter Narr.*

Kapitel 13

Mary

16. Dezember 2003

Gestern Morgen nach meinem Frühstück im Café war ich im Le Printemps, *und wie es aussieht, haben die Franzosen sich etwas von der amerikanischen Kommerzialisierung von Weihnachten anstecken lassen. Ich erinnere mich noch daran, wie Professor Max über die unterschiedlichen Weihnachtsbräuche in seiner Wahlheimat und seinem Heimatland philosophierte. Er würde staunen, wenn er die Auslagen bei* Le Printemps *sehen könnte. Aber vielleicht kaufen die Leute das ganze Zeug ja gar nicht. Ich war noch in keinem Pariser Haus, deshalb weiß ich es nicht.*

Sam waren die Feiertage immer lästig – eine Unterbrechung seines ansonsten berechenbaren Lebens. Ich versuchte, eine besondere Zeit daraus zu machen, aber Sam spielte nur widerwillig mit. Spätestens als Teenager verbrachte Lizzie den Großteil der Ferien woanders. Am Weihnachtstag selbst saß sie für gewöhnlich zu Hause fest, aber nachdem sie mit dem Studium begonnen hatte, kam sie Weihnachten überhaupt nicht mehr nach Hause.

Der schlimmste Streit, den Sam und ich je hatten, ereignete sich an Weihnachten. Ich wollte Lizzie, die damals drei Jahre alt war, mit in die Stadt nehmen, um ein Foto mit ihr und dem Weihnachtsmann machen zu lassen.

„Sei nicht albern!", sagte Sam. „Es ist völlig überfüllt

dort. Du wirst eine Ewigkeit anstehen, und danach wird der fette, alte Mann mit seinem Bart ihr Angst und Schrecken einjagen. Warum willst du dir das alles antun, nur wegen eines dummen Brauchs?"

Irgendwie redete ich mir ein, es wäre in Ordnung, solange Sam nicht selbst gehen und sich durch die Menge kämpfen musste. Also nahm ich Lizzie mit. Sie sah entzückend aus, und Angst hatte sie überhaupt keine. Mit großen, leuchtenden Augen starrte sie zum Weihnachtsmann hinauf. Sie zog an seinem Bart, und als dieser sich ein wenig von seinem Kinn löste, lachte sie. Als Sam das Foto sah, kam er in unser Schlafzimmer gestürmt, wo ich am Schreibtisch saß und Weihnachtskarten schrieb, und verlangte eine Erklärung.

„Aus welchem Grund", sagte er, „hast du beschlossen, das, was ich gesagt habe, zu ignorieren und diesen Unsinn trotzdem zu veranstalten?"

„Sie ... wir... wir hatten viel Spaß", sagte ich, aber das Herz klopfte mir bis zum Hals, und ich klang nicht sehr überzeugend.

Er zerriss das Foto und warf die Schnipsel in meinen Papierkorb. „Ich will nicht, dass meine Tochter an Märchen glaubt und dann herausfindet, dass wir sie angelogen haben."

Wenn ich jetzt an diese Szene zurückdenke, kommt sie mir geradezu lachhaft vor. Der Mann, der nicht wollte, dass man seine Tochter anlog, erwartete von seiner Frau, ihr ganzes Leben zu einer Lüge zu machen.

Jedenfalls sah ich Weihnachten von da an mit Bangen entgegen. Ironischerweise war die Weihnachtsfeier bei Davis Enterprises *eine der besten in ganz Omaha. Die Kinder der Angestellten waren eingeladen, und der Weih-*

nachtsmann kam und überschüttete sie mit Geschenken. Sam gab zu Weihnachten Tausende von Dollars für seine Angestellten aus, aber Lizzie durfte nie mitmachen, und die Atmosphäre zu Hause war im Vergleich zu dem, was ihre Freundinnen hatten, trostlos. Heiligabend gingen wir in die Kirche. Ich glaube, dass Lizzie als Kind dachte, die Geschichte vom Christkind sei ein Märchen. Seit ich hierher nach Paris gekommen bin und all die wunderschönen Krippen in den Kirchen sehe, frage ich mich, was Lizzie wohl inzwischen über Jesus denkt.

Ich habe einige dieser Tage vor Weihnachten damit verbracht, Kirchen zu besuchen. Angefangen habe ich mit St. Eustache, die bei Nacht beleuchtet wird und vom obersten Stock des Einkaufszentrums La Samaritaine *aus zu sehen ist. Dort befindet sich ein Observatorium, das einen traumhaften Blick über das nächtliche Paris bietet. Nach St. Eustache ging ich zu Saint-Germain-des-Près und dann zu St. Sulpice. Letzten Sonntagvormittag wollte ich in die russisch-orthodoxe Kathedrale an der Champs-Elysées gehen, aber ich verlief mich, als ich aus der Metro kam, und landete stattdessen in einem kleinen protestantischen Gottesdienst.*

Der Pastor dort schien die Bibel ernster zu nehmen als alle anderen, denen ich zuvor begegnet war. Seine Gebete waren ganz anders als diejenigen, die ich in der Vergangenheit gehört hatte. In unserer Kirche in Omaha hatten wir gemeinsam gesprochene Gebete – das heißt, wir lasen schöne und bedeutungsvolle Worte, die jemand anders aufgeschrieben hatte. Ich genoss diese Erfahrung immer, aber die Gebete selbst schätzte ich mehr als literarische Werke. Aber in dieser Gemeinde tat man nicht alles in der Gruppe. Der Pastor verbrachte ungefähr eine Drei-

viertelstunde damit, die Folgen der Jungfrauengeburt zu erklären, was mir viel Stoff zum Nachdenken gegeben hat. Als er betete, war es so, als würde er mit jemandem in den hinteren Bänken der Kirche sprechen. Jemandem, den er gut kannte.

Die Kirche selbst war schlicht, und ich muss zugeben, dass ich die Gegenwart Gottes nicht so spürte, wie ich es in den großen Kathedralen tue. Natürlich waren die Bleiglasfenster dazu da, die großartigen Wahrheiten des Glaubens zu vermitteln. In der kleinen evangelischen Gemeinde bringen alle ihre eigenen Bibeln mit, deshalb brauchen sie nicht die „bunte" Fassung der biblischen Geschichten. Trotzdem mag ich die Kathedrale lieber, schon wegen ihrer emotionalen Wirkung. Wenn ich zu den aufsteigenden Bögen und dem weiten Raum hinaufschaue, bin ich mir sicher, dass es einen Gott gibt ... und sicher, dass er viel größer ist als ich.

Ich denke daran, dass ich Jean-Marc in meinem Brief auf seine Leugnung der Existenz Gottes hingewiesen habe. Es ist merkwürdig, aber Jean-Marc war in meiner Vergangenheit der einzige Mensch, der mich herausgefordert hat, über Spiritualität nachzudenken. Er hatte ein sehr gründliches und reifes Glaubenssystem ausgearbeitet. Es ließ keinen persönlichen Gott zu, aber für ihn ergab es einen Sinn. Beim Gedanken daran, dass ich ein halbes Jahrhundert leben konnte, ohne diese Fragen zu klären, fühle ich mich unvollständig – als gäbe es einen ganzen Teil meines Menschseins, der nie erforscht wurde.

* * *

Allein hier zu sein hat sich als positive Erfahrung erwiesen. Es soll heute regnen, und ich sitze in einem Bus, der zum Louvre fährt. Wenn ich an den heutigen Tag denke, bin ich froh, allein zu sein. Ich habe mein Tagebuch und meinen Museumsführer. Erst gestern Abend habe ich gelesen, dass man, wenn man vor jedem Kunstwerk im Louvre nur dreißig Sekunden stehen bliebe, insgesamt fünf Jahre in diesem einen Museum zubringen würde. Es ist gut, dass ich den Tag genießen kann, ohne auf die Bedürfnisse und Wünsche eines anderen Rücksicht nehmen zu müssen. Das ist eine neue Erfahrung für mich, und ich brauchte die ersten paar Tage in Paris, um mich an den Gedanken zu gewöhnen, einfach ich zu sein. Wie es aussieht, kann ich allein sein, ohne mich einsam zu fühlen, und ich finde, das ist eine ganz schöne Leistung.

Nachdem ich aus dem Bus gestiegen bin, nähere ich mich der Pyramide. Es ist mitten in der Woche, und die Schlange ist nicht lang, aber trotzdem stehen Leute draußen im Regen. Ich öffne meinen Regenschirm und reihe mich ein. Als wir erst einmal unter dem Glas der Pyramide sind, bewegen wir uns langsam eine geschwungene Treppe hinunter und in das Foyer des berühmten Museums, das früher einmal ein Palast war. Ich komme zu dem Schluss, dass dieser neue Eingang nicht so gut ist wie der, den ich von früher in Erinnerung habe. Damals sah man beinahe sofort den *Geflügelten Sieg*. Ich erinnere mich noch daran, wie ich den Kopf hob, als ich die riesige Treppe hinaufging. Ich konnte die Augen nicht von den Flügeln abwenden und wünschte, die Figur hätte Arme. Ich fragte mich, welche Form der Bildhauer den Armen ursprünglich gegeben hatte und wie sein Leben gewesen sein mochte. Ich wäre so gerne in die Vergangenheit gereist, um ihm bei der Erschaffung dieses Meisterwerkes zuzusehen.

Heute, im neuen und verbesserten Louvre, brauche ich eine Weile, um die Statue zu finden. Sie ist immer noch prächtig. Wie auch die *Venus von Milo.* Heute lächele ich, als mir klar wird, dass die berühmte Schönheit im Vergleich zu dieser Generation beinahe magersüchtiger Schönheitsideale geradezu *fett* ist. Ich betrachte den Fußboden und denke, was für ein schönes Patchworkdeckenmuster der Marmor enthält. Ich sehe zur Decke hinauf und staune über die Kunst, die so selten betrachtet wird, weil die Menschenmassen, die hier entlangkommen, nur die *Venus* ansehen, sie auf ihrer Liste abhaken und weitergehen. Ich frage mich, was die Aufseher tun würden, wenn ich mich flach auf den Boden legen würde, um eine Weile die Decke zu betrachten. Ich beschließe, es lieber nicht auszuprobieren.

Im Laufe des Vormittags entdecke ich, dass auf den Leinwänden und in den Steinreliefs, die ich mir ansehe, große Teile der Bibel dargestellt sind. Der Glaube inspiriert zu großer Kunst, bei Christen wie auch bei Juden, Römern und Griechen. Wieder einmal macht mir die Erkenntnis zu schaffen, dass ich keinen echten eigenen Glauben habe. Es ist ein weiterer Bereich in meinem Leben, in dem ich nur Beobachterin bin und nicht Teilnehmerin.

Am späten Nachmittag sehe ich immer noch Kunstwerke, aber ich nehme sie nicht mehr wahr. Ich laufe durch die Hallen, werfe kurze Blicke auf die Ausstellungsstücke in den Vitrinen, bemerke ein Möbelstück oder ein Gemälde, aber ich lasse mich nicht mehr auf die Erfahrung ein. Als ich an einer großen Fensterfront vorbeigehe, sehe ich, dass die Sonne herausgekommen ist und den Hof unter mir in goldenes Licht taucht. Die Treppe in den Hof ist abgesperrt, aber als ich hinuntersehe, stelle ich mir vor, wie eine Kutsche aus dem achtzehnten Jahrhundert am Fuß der Treppe hält. Eine elegant gekleidete Dame steigt aus. In meiner Vorstellung ist ihr Kleid aus himmelblauem Satin, mit Spitzenbordüren verziert. Juwelen schmücken ihren Hals und ihre Finger ... und wieder einmal wünsche ich mir, ich könnte die Grenzen der Zeit überschreiten und eine andere Zeit und einen anderen Ort erleben. Aber wenn ich das könnte, wäre ich das Dienstmädchen, das die Nachttöpfe ausleert. Und es wäre überhaupt nicht malerisch und elegant.

Es wird Zeit zu gehen. Mein Magen knurrt. Er protestiert, weil ich das Mittagessen vergessen habe. Zurück ins Foyer, mit dem Fahrstuhl hinauf zum Ausgang und hinaus in den jetzt sonnigen Hof. Gleich vor mir steht der Bogen, den Napoleon hat bauen lassen. Mir fällt auf, dass ich versäumt habe, mir die Räumlichkeiten anzusehen, in denen Napoleon III. wohnte. Morgen. Ich werde morgen wieder kommen. Aber jetzt zur Bushaltestelle, in den Bus zurück ins Hotel.

* * *

Als ich aus dem Bus steige, sehe ich auf der gegenüberliegenden Straßenseite den offenen Hof, der den Namen *La Place de la Sorbonne* trägt. Teestuben, Cafés und Buchhandlungen rahmen das schattige Plätzchen ein. Es gibt dort zwei Brunnen und ein Denkmal zu Ehren von Auguste Comte. An diesem für die Jahreszeit zu warmen Nachmittag spielt ein Streicherensemble. Ich nehme an, es handelt sich um Studenten, aber die Musik ist einfach ... erstaunlich. Der Leiter der Truppe ist ein großer junger Mann mit milchkaffeefarbener Haut und schulterlangen Dreadlocks. Er hält seine Geige liebevoll an die Schulter geschmiegt. Der Klang ist wunderbar süß. Einige klagende Töne ziehen die Zuhörer in seine Welt, und dann beginnt er. Eine solche Virtuosität und Vitalität, wie sie sich mir hier zeigt, habe ich noch nie zuvor gesehen. Ich frage mich, warum dieser junge Mann und seine Freunde nicht im Sinfonieorchester spielen. Vielleicht tun sie es ja, und dies machen sie nur zum Spaß und für ein bisschen zusätzliches Geld, das Passanten hin und wieder in den geöffneten Cellokoffer werfen, der an einem Baum lehnt.

Ich betrachte die Gesichter der Musiker. Sie schließen die Augen und lauschen der eigenen Musik, vertieft in die Gemeinschaft, die der Komponist erschaffen hat, indem er seinen Traum zu Papier brachte. Gelegentlich sehen sie einander an und senden flüchtige, wortlose Botschaften hin und her wie über unsichtbare Telegrafendrähte. Dies kann unmöglich ein spontanes Zusammenspiel von Studenten sein. Der junge Mann mit der Geige tritt aus dem Halbkreis heraus und beginnt ein Solo. Sein Bogen verwandelt die Noten in lebendige Wesen, und ich bin von diesem Moment an gefesselt und ärgere mich über Passanten, die nicht stehen bleiben. Ich verstehe nicht, wie es sein kann, dass diese Leute nicht in die Musik hineingezogen werden.

Mein Blick wandert von einem Gesicht zum anderen, und überall sehe ich die gleiche Hingabe an die Musik ... und dann sehe ich Annie Templeton. Ihre Haare sind im Nacken zu einem strengen Knoten zurückgebunden. Sie spielt ihr Cello mit geschlossenen Augen, den Kopf ein wenig schräg, sodass die Kontur ihrer Wange betont wird. Sie trägt üppige Ohrringe mit Glasgehängen, die ihr fast bis auf die Schulter reichen und im Rhythmus der Musik mitschwingen, während sie den Bogen über die Saiten ihres Instruments zieht. Sie hat mich nicht gesehen, oder wenn doch, dann erkennt sie mich nicht. Mir ist es recht, auf dem Rand eines Pflanzkübels zu sitzen und zuzusehen, wie ihre eleganten Arme und begabten Finger dem, was früher ein stummes Stück Holz war, solche Schönheit entlocken.

Ich beschließe, dass ich in meinem nächsten Leben Cello spielen will.

Kapitel 14

„Hier entlang!“, ruft Annie mir zu, während sie ihren Cellokoffer packt, ihn zuschnappen lässt und über den Platz jagt, bis sie unter einer verblichenen grünen Markise angekommen ist, die sich über die Außensitzplätze einer Teestube spannt. Sie hat mich während einer der Pausen erkannt und mir mit einer Wärme zugenickt und gelächelt, die mir wieder neu bewusst gemacht hat, wie allein ich in dieser riesigen Stadt bin. Es tut gut, in einer Menschenmenge erkannt zu werden. Dunkle Wolken hatten schon eine Weile drohend über uns gehangen, aber die Musiker spielten weiter, bis die ersten großen Regentropfen zu ihren Füßen niedergingen. Sofort wurde aus der zerbrechlichen Einheit der Musik eine „Jeder ist auf sich gestellt“-Flucht ins Trockene, während der Himmel sich öffnete.

Ich folge Annie zur Teestube. Wir gehen hinein, und sie stellt ihren Cellokoffer in eine Ecke, während ein Mädchen hinter dem Tresen sie mit Namen begrüßt. Annie bestellt für uns beide Tee.

„Hier“, sage ich, „lassen Sie mich ...“ Dann krame ich in der Tasche, die seit meiner Ankunft in Paris quasi ein Teil von mir geworden ist, nach meinem Portemonnaie.

„Aber ich habe Sie eingeladen“, sagt Annie. Sie bestellt noch zwei Stücke Zitronenkuchen, nimmt das Tablett und steuert auf den Tisch neben ihrem Cello zu. Als wir sitzen, greift sie sich in den Nacken, zieht die Haarnadeln heraus und schüttelt ihre Haare aus.

Diese Bewegung erregt die Aufmerksamkeit eines jungen Mannes, der gerade die Teestube betreten hat. Ich sehe an Annie vorbei, um zu beobachten, wie er sie beobachtet, und ich erkenne in ihm den jungen Mann, der das Ensemble zu leiten schien.

„Arnaud!", ruft Annie ihm zu. „Hier sind wir ..."

Annie Templeton ist verliebt. Das wird deutlich in der Art und Weise, wie sie seinen Namen sagt, in der Freude, mit der sie sich vorbeugt und einen Kuss auf beide Wangen entgegennimmt, darin, wie sie ihren Arm unter seinen schiebt, und in dem Stolz, mit dem sie mir Arnaud vorstellt.

Ich kann nicht gleich erkennen, ob Arnaud verliebt ist. Er ist abgelenkt, offensichtlich ärgert es ihn, dass sein Konzert unterbrochen wurde. Er spricht so schnell auf Französisch, dass ich Mühe habe, ihm zu folgen, aber ich schnappe etwas auf über einen Jungen namens Enzo – Arnaud ist sauer auf ihn – und die Erwähnung des Namens Ducati, was ich zuerst für einen merkwürdigen Vornamen halte, doch dann wird mir klar, dass von Arnauds Motorroller die Rede ist, den Enzo offenbar ausgeliehen hat. Oder vielleicht gestohlen. Ich weiß es nicht.

Dass Arnaud tatsächlich verliebt ist, wird klar, als ich beobachte, wie Annie seine Sorgen über den Aufenthaltsort seiner Ducati zerstreut, aufspringt, ihm einen Tee holt und ihn dann überredet, sich zu uns zu setzen. Beim ersten Schluck Tee sehe ich, wie Arnauds Laune sich wandelt, während er Annie quer über den Tisch hinweg anblickt. Er zuckt mit den Schultern, gibt einen Laut von sich, den man nur als Ausdruck der Resignation deuten kann, und sagt zu mir: „Entschuldigen

Sie den Ausbruch! Ich habe lange gespart, um mir den fahrbaren Untersatz kaufen zu können. Deshalb reagiere ich manchmal etwas heftig, wenn meine Ducati in Gefahr ist." Er lächelt freundlich und greift über den Tisch nach Annies Hand. „Sie sollten mich sehen, wenn Annie in Gefahr ist." Er lacht, hebt die Hand und legt sie an Annies Wange, bevor er im Scherz an einer ihrer dunklen Locken zieht. Dann lehnt er sich zurück, trinkt noch einen Schluck Tee und genießt ihn, als wäre er flüssiges Gold.

Ich erlebe einen Teil von Paris, von dem ich nicht im Traum gedacht hätte, dass ich ihn einmal kennenlernen würde. Während es draußen weiterregnet, gesellen sich noch mehr von den Musikern zu uns. Sie reden und lachen und beziehen mich erstaunlicherweise in ihre Unterhaltung ein. Von den anderen Mitgliedern des Ensembles kommt einer aus Jamaika, zwei aus Afrika, einer aus Asien und zu meiner Überraschung einer aus Amerika. Wie es aussieht, spielen sie schon eine Zeit lang zusammen, denn sie reden einander mit Spitznamen an und lachen über ihre jeweiligen Nationalitäten und sozialen Hintergründe wie Familienmitglieder bei einer Wiedersehensfeier. Ich kann nicht allem folgen, bin aber überrascht, wie gut ich mitkomme.

Wir sind schon beinahe eine Stunde in der Teestube, als der Regen endlich nachlässt. Die Tür geht auf, und herein kommt ein neuer Gast, der den Geruch von frisch gewaschenem Beton und Zigarrenrauch mitbringt.

„Enzo!", ruft Arnaud.

Als er Arnaud sieht, bleibt Enzo an der Tür stehen. Eine steile Falte erscheint zwischen seinen dichten schwarzen Augenbrauen. Er spitzt die Lippen und stopft die Hände in die Hosentaschen. Ich bemerke, dass eins seiner Hosenbeine schmutzig und am Knie eingerissen ist.

Arnaud sieht es etwa zum gleichen Zeitpunkt wie ich, und den Wortschwall, der folgt, verstehe ich zum Glück nicht.

Enzo macht einen Schritt zurück. Sofort ist es still in der Teestube.

„O nein“, murmelt Annie und senkt den Kopf.

Arnaud versetzt Enzo einen Stoß gegen die Brust und drängt ihn durch die Tür nach draußen, wo der Bürgersteig noch immer nass glänzt, obwohl der Wolkenbruch vorbei ist. Die Gäste folgen.

„Ich gehe, glaube ich, besser auch raus“, sagt Annie. Sie wirft mir einen entschuldigenden Blick zu.

„Ich passe auf Ihr Cello auf“, biete ich an.

„Ach, dem geht es da gut. Es wohnt praktisch hier“, sagt Annie. „Kommen Sie doch mit – obwohl ich natürlich nicht weiß, ob Sie das wollen.“

Ich folge ihr nach draußen. Die Musiker haben sich am Bordstein versammelt. Über ihren Köpfen kann ich Arnauds Dreadlocks sehen, und an den Bewegungen kann ich erkennen, dass der Junge wütend ist. Er gestikuliert wild. Annie schiebt sich durch die Menge. Ich folge ihr und erreiche den Bordstein gerade in dem Moment, als Arnaud sich neben dem, was einmal ein schönes Motorrad war, auf den Boden hockt. Er fährt mit der Hand an der Seite entlang – später erfahre ich, dass man Verkleidung dazu sagt – und streichelt den zerbrochenen und verkratzten roten Kunststoff.

Als Arnaud sich wieder erhebt, sein Gesicht wutverzerrt, tritt Annie an seine Seite. Sie legt eine Hand auf seinen Arm. „Gott sei Dank ist Enzo nicht verletzt“, sagt sie zu dem wütenden jungen Mann, der sie um Kopflänge überragt. „Er hätte tot sein können! Und was würden wir ohne ihn als Kontrabassisten machen?“

Einer aus der Gruppe kichert.

Ein zweiter Musiker ruft: „Einen besseren suchen! Hast du gestern das B im dritten Satz gehört?“

Enzo blickt entrüstet drein. „Was?“, sagt er. „Dir ist es egal, dass ich fast umgekommen wäre? Du hättest diesen alten Knacker sehen sollen ... Gerade war ich noch neben ihm, und dann plötzlich ... krach! Biegt er ohne Vorwarnung ab!“ Enzo redet sich in Fahrt. Er erzählt die Geschichte seines Beinaheunfalls mit einigen Ausschmückungen, und als er fertig ist, lächelt Arnaud zwar nicht, aber er scheint weniger geneigt, den Kontrabass spielenden Ducati-Liebhaber Enzo umzubringen.

„Mein Onkel kriegt das wieder hin“, bietet Enzo an. „Du wirst sehen, da merkt anschließend kein Mensch, was passiert ist.“ Endlich entschuldigt er sich. „Es tut mir leid, Arnaud, echt.“

Der Hüne mit den Dreadlocks, an dessen Arm Annie hängt, holt tief Luft. Annie stellt sich auf die Zehenspitzen und flüstert ihm etwas ins Ohr. Er sieht mich an. „Annie meint, ich soll Ihnen eine kleine Spritztour anbieten, Mrs Davis.“

„Mir?“ Ich sehe das rote Motorrad an. „Auf keinen Fall!“

„Aber natürlich“, sagt Annie. Sie geht zu dem Fahrzeug und entfernt ein Stück roten Kunststoff hinter dem Sattel. Ein sehr kleines schwarzes Kissen kommt zum Vorschein, auf dem ein Mitfahrer hinter dem

Fahrer Platz nehmen kann. Dann klappt sie auf beiden Seiten eine kurze silberne Stange herunter. „Für Ihre Füße", sagt sie.

„Ich bin nicht verrückt wie Enzo", behauptet Arnaud. „Wir fahren ganz langsam. Ihnen kann gar nichts passieren. Bei Regen ist es sehr rutschig, aber die Straßen trocknen ja schon wieder."

„Ich ... äh ... ich glaube, lieber nicht."

„Warum nicht?", beharrt Arnaud. Die anderen Studenten schließen sich ihm an. Er sei ein guter Fahrer, schwören sie.

„Wie viele Ihrer amerikanischen Freunde fahren schon auf einer Ducati durch Paris?", fragt einer. „Kommen Sie schon, die Mona Lisa haben alle gesehen, aber das hier haben sie nicht gemacht, wette ich."

„Ich nehme solange Ihre Tasche", schlägt Annie vor. „Und Sie können meinen Helm tragen." Sie lächelt ihren Riesen an. „Er ist wirklich ein guter Fahrer."

Der Verkehr scheint tatsächlich ein wenig nachgelassen zu haben. Und die Straßen trocknen schnell. Ich blicke den Boulevard Saint-Michel hinunter. Ich denke an Elizabeth. Und ich sehe Jeffrey vor mir, der sein Glas zum Toast erhebt. *„Fahr ruhig!"*

„Aber nicht auf die Périphérique", sage ich.

Arnaud sieht mich überrascht an.

„Ich lese", sage ich mit einem Grinsen. „Und ich habe Geschichten über diese Straße gehört. Wenn man sie bloß überlebt, verdient man eigentlich schon eine Medaille."

„Um diese Tageszeit ist es nicht so schlimm", sagt Arnaud. Er zwinkert. „Aber gut, nicht auf die Périphérique."

Annie reicht mir ihren Helm. Sie hilft mir dabei, ihn aufzusetzen. Schon beim zweiten Versuch schaffe ich es, auf das Motorrad zu steigen und mich hinter Arnaud auf den Beifahrersitz zu zwängen.

„Sind Sie schon mal gefahren?“, fragt er.

„Noch nie“, antworte ich.

„Die erste Regel“, sagt er und nimmt meine Hände. „Festhalten.“ Er zieht mich nach vorne, bis meine Arme eng um ihn geschlungen sind und ich meine Hände verschränken kann.

„Die zweite Regel“, sagt er. „Still sitzen. Bewegen Sie sich mit mir, niemals in die entgegengesetzte Richtung. Und bleiben Sie dicht an mir dran!“

„Alles klar“, sage ich, und ich bin mir sehr bewusst, dass meine Brust gegen seinen Rücken gepresst ist.

„Die dritte Regel“, unterbricht Annie. Ich sehe sie an und sie lächelt. „Genießen Sie es!“

Als wir losfahren, jubeln die Musiker. Ihre Stimmen werden vom Schnurren des Ducati-Motors übertönt. Ich hoffe, ich lebe noch lange genug, um den Ausdruck in Elizabeths Gesicht zu sehen, wenn ich ihr erzähle, dass ich auf einer Ducati um den Triumphbogen herumgefahren bin.

Arnaud fährt mit mir ganz langsam, ganz bewusst durchs Quartier Latin – also das Stadtzentrum. Nach zweimal Abbiegen habe ich den Eindruck, dass ich das mit dem Festhalten schon ganz gut hinkriege. Während der Himmel dunkler wird und die Stadt der Lichter ihrem Spitznamen gerecht zu werden beginnt, sausen wir unter den Brücken entlang, die über die Seine führen. Arnaud hat mit mir ein wortloses Kommunikationssystem vereinbart: Einmal drücken bedeutet

„bitte langsamer", zweimal drücken heißt „alles in Ordnung". Klopfen auf die Schulter bedeutet „anhalten, und zwar sofort". Wenn er nach hinten greift und mir aufs Knie klopft, will er wissen, wie es mir geht. Ich klopfe ihm kein einziges Mal auf die Schulter. Ein paar Mal berührt er mein Knie, aber ich drücke immer zweimal. Und dann sind wir auf der Périphérique und schlängeln uns durch den Verkehr. Und ich habe mich noch nie so lebendig gefühlt.

* * *

„Sie sind ein prima Kerl, Madame", sagt Arnaud. Er verbeugt sich und küsst meine Hand.

Ich lache und schüttele den Kopf.

„Hat er Ihnen Angst eingejagt?", fragt Annie stirnrunzelnd. Sie hat unter der Markise vor der Teestube gesessen und anscheinend beschlossen, die Wartezeit zu nutzen, denn sie hat ihr Cello geholt und zu spielen begonnen. Ich sehe ein paar Euromünzen in dem leeren Cellokoffer.

„Ich kann kaum fassen, dass ich das sage, aber es war toll!"

„Und", schaltet Arnaud sich ein, während er so tut, als würde er mir einen Stempel auf den Handrücken drücken, „Sie sind jetzt Périphérique-geprüft."

„Hast du etwa ...?", schimpft Annie.

„Habe ich", nickt Arnaud. Er zeigt auf mich. „Aber nur, weil Madame es so wollte." Er lächelt. „Sie sollten morgen mit uns zu dem Geschäft kommen. Ich glaube, Sie brauchen eine eigene Ducati."

Ich schüttele den Kopf. „Ich wüsste ja gar nicht, wie man damit fährt."

„Das könnte ich Ihnen beibringen", sagt der Junge.

Annie beugt sich vor. „Er mag Sie. *Mir* hat er noch nie Motorradunterricht angeboten."

„Es hätte keinen Sinn", sagt Arnaud. „Auf einer Ducati kannst du kein Cello transportieren."

Annie zuckt die Achseln. „Auch wieder wahr." Sie nimmt das Geld aus ihrem Cellokoffer und bettet das Instrument hinein. „Ich muss nach Hause", sagt sie und dreht sich zu mir um, „aber wenn Sie uns den Namen Ihres Hotels verraten, holen wir Sie morgen ab, und dann können Sie mitkommen wegen des Motorrads. Oder haben Sie schon was anderes vor?"

Ich zögere, aber nur, weil mir nicht klar ist, wie wir zu dritt auf einer Ducati fahren sollen.

Arnaud beantwortet meine unausgesprochene Frage. „Enzo hat sein eigenes Motorrad. Und er bezahlt hierfür." Er zeigt auf die Schrammen an seinem Fahrzeug. „Sie könnten also mit ihm fahren. Obwohl ich annehme, dass Sie ihm nicht über den Weg trauen."

„Ich könnte euch doch dort treffen", schlage ich spontan vor. „Ich nehme einfach ein Taxi oder den Bus. Wo ist es denn?"

Arnaud erklärt mir, wie ich es finde.

„Und dann laden wir Sie zum Essen ein", sagt Annie.

„O nein", protestiere ich. „Ich übernehme das Mittagessen. Es ist das Mindeste, das ich tun kann, wenn ihr beide schon bereit seid, euch um eine alte Frau zu kümmern."

Arnaud schüttelt den Kopf und tippt sich an die Schläfe. „Alt ist hier drin, Madame. Und eine Frau, die hinter einem Mann mit so was" – er zieht an seinen Dreadlocks – „auf eine Ducati steigt, ist nicht alt. Sie ist ... wie sagen die Kids heute? Sie ist *krass drauf.*"

Arnaud nimmt Annies Cellokoffer, und dann machen die beiden sich auf den Weg den Hügel hinauf in Richtung Sorbonne. Ich sehe ihnen nach.

Ich bin keine alte Frau. Ich bin *krass drauf.*

Kapitel 15

Warum hat er nicht angerufen? Wie kann er mich so sehr lieben, dass er mich heiraten will, und dann einfach auf Abstand gehen und nicht einmal anrufen? Liz wischte sich eine Träne von der Wange und legte die Hand auf das Handy auf ihrem Nachttisch. Das Zimmer war dunkel, wie der Himmel draußen. Sie hatte die beiden Tage, seit sie gedacht hatte, dass sie Jeff in der Stadt gesehen hatte, mit Aktivitäten angefüllt. Doch sie war noch keinen Schritt näher an ihrem Ziel, den Pass zu bekommen, als sie es vor zwei Tagen gewesen war ... und sie war genauso einsam.

Er denkt, dass ich mir selbst genüge. Stark bin. Vielleicht weiß er gar nicht, wie sehr ich ihn vermisse. Sie nahm das Handy und betätigte die erste Kurzwahlziffer.

„Hallo. Dies ist Jeffs Mailbox. Sie wissen, was Sie tun müssen."

Wenn ich wüsste, was ich tun soll, dann würde ich nicht mit deinem Anrufbeantworter sprechen. Liz seufzte und legte das Telefon zurück. Sie würde keine nichts sagende Nachricht hinterlassen. Sie ließ sich aufs Bett zurückfallen und starrte zur Decke hinauf. Schlafen würde sie auch nicht. Sie kletterte aus dem Bett und ging in ihr Arbeitszimmer, wo sie sich vor den Computer setzte. Der Wetterkanal sagte vorher, dass es dieses Jahr Weihnachten unnatürlich warm werden würde. Kein Schnee. Sonne. Liz sah nach, wie das Wetter in Paris war. Nebel. Nieselregen. *Geschieht ihr recht.*

Ein Hotel in der Nähe der Sorbonne. Sie fragte sich, wie schwierig es wohl zu finden war. Sie hatte an diesem Tag das Reisebüro angerufen, bei dem die Familie Davis immer buchte. Sie hatten nichts von Mary gehört und wussten auch nichts über ihre Reise nach Paris. Dieselbe Information bekam sie in eisigen Worten von Irene zu hören, als sie dort anrief.

„Hat Mutter Ihnen gesagt, wo sie in Paris absteigen wollte?"

„Nein. Das habe ich Ihnen doch schon gesagt."

„Würden Sie bitte noch einmal in ihrem Zimmer nachsehen, ob Sie irgendetwas finden?"

„Habe ich schon. Ich hatte gehofft, dass Sie aufwachen und versuchen, sie zu erreichen. Da ist nichts."

„Haben Sie von ihr gehört?"

„Nein."

„Gut. Sobald mein Pass kommt, fliege ich rüber."

„Gut."

„Sagen Sie mir Bescheid, wenn sie sich meldet? Würden Sie bitte versuchen, ihr den Namen des Hotels zu entlocken?"

„Natürlich."

„Sind Sie ... sind Sie und Cecil okay?"

„Uns geht es gut. Zerbrechen Sie sich mal Ihren kleinen Kopf nicht über uns."

„Irene, ich ..." Liz zögerte. Sie presste die Lippen zusammen. Sie würde sich nicht dazu bringen lassen, bei den Bediensteten um Sympathie zu betteln.

Irene schwieg.

„Ich sage Bescheid, wenn ich etwas höre."

„Gut."

Klick.

Na, Irene ist ja eine große Hilfe.

Sie saß im Dunkeln, in dem der blaue Schein des Computerbildschirms der einzige helle Fleck war. Wenn sie zum Haus hinüberfahren und selbst nachsehen würde, könnte sie mit Irene sprechen und die Lage vielleicht entspannen. Irene und Cecil waren gute Leute. Sie waren schon so lange da. Es wäre eine Schande, wenn zwischen ihnen böses Blut herrschen würde. Sie würde zu ihnen fahren. Morgen.

Nachdem Liz sich erneut ins Internet eingewählt hatte, fand sie heraus, dass die Sorbonne im Quartier Latin angesiedelt war, im fünften Arrondissement. Ihre Suche nach Hotels in diesem Stadtteil von Paris ergab mehrere Dutzend Treffer. Wie sollte sie jemals dasjenige finden, das ihre Mutter ausgesucht hatte? Sie versuchte, die Hotels mit zwei oder weniger Sternen zu eliminieren. Nach einigen weiteren Klicks war sie frustrierter als zuvor.

Sie schaltete den Computer aus und kroch wieder ins Bett. Sie lag im Dunkeln und wünschte, das Telefon würde klingeln. Wünschte, sie würde Jeffs Stimme hören. Wünschte, sie könnte verstehen, was mit ihrer Mutter geschah. Wünschte, ihr Pass käme endlich.

* * *

Zum ersten Mal, seit Samuel F. Davis gestorben war, tat Elizabeth Davis nicht, was man von ihr erwartete. Am nächsten Morgen stand sie früh auf, rief ihre Assistentin an und sagte, dass sie nicht ins Büro kommen werde. Sie zog sich dreimal um, bevor sie sich schließlich entschied, etwas Bequemes zu tragen. Sie band ihr aschblondes Haar zu einem Pferdeschwanz zusammen, legte nur einen Hauch von Makeup auf und machte sich auf den Weg nach Hause.

Irene und Cecil waren beide in der Küche, als Liz eintraf. Wann genau, fragte sie sich, waren die beiden ein altes Ehepaar geworden? Es war sicher nicht über Nacht geschehen, aber Liz hatte es nicht bemerkt. Cecil und Irene waren einfach immer da gewesen – die Köchin, der Gärtner, die Haushälterin. Mit einem plötzlichen Schuldgefühl stellte Liz fest, dass sie schon lange kein Interesse mehr dafür gezeigt hatte, was im Leben der Baxters geschah – abgesehen von Klagen ihrer Mutter gegenüber, wenn ihr etwas zu langsam ging oder Unkraut im Garten wuchs. Was hatte Irene neulich gesagt? Etwas darüber, dass Liz zur Abwechslung mal an jemand anderen als an sich selbst denken sollte?

Cecil saß an dem gleichen Tisch und aß das gleiche Frühstück, wie er es seit Jahren tat.

„Zwei Eier, gewendet", sagte Liz laut. Sie lächelte. „Probieren Sie jemals etwas anderes aus?"

Cecil schüttelte den Kopf. „Brauch ich nicht. Ich bin im Grunde genommen nur ein einfacher Bauernjunge, und ich würde doch lieber die Eier essen. Was bringt Sie nach Hause?"

Gott sei Dank, dass es Cecil gibt, dachte Liz. Er tat sein Bestes, um die Atmosphäre in der Küche zu erwärmen. Und das hatte sie weiß Gott nötig. Irene hatte kaum drei Worte mit ihr gewechselt.

„Treffen Sie Mr Jeffrey hier?", fragte Cecil.

„Nein", sagte Liz. „Ich ... ich bin ... allein."

Daraufhin sah Cecil sie mit seinen blassblauen,

freundlichen Augen an. „Sie und Mr Jeffrey haben doch keine Probleme, oder, Missy?"

„Er ... äh ...", stotterte Liz.

„Kommen Sie und erzählen Sie Cecil davon", sagte der alte Mann und winkte sie herüber zu der Bank auf der anderen Seite des Tisches in seiner Nische. „Ich weiß, dass Sie eine wichtige und erfolgreiche Geschäftsfrau sind, aber an den Rändern unter Ihren Augen kann ich erkennen, dass Ihnen irgendetwas zu schaffen macht. Ich bin nicht sehr schlau, aber ich habe starke Schultern."

Gerade öffnete Liz den Mund, um zu protestieren, dass es nichts gab, was sie nicht im Griff hätte, da öffnete Irene die Ofentür. Der Duft von Zimt und Hefe entführte Liz mit einem Mal zurück in die Vergangenheit, und einen Augenblick lang kam es ihr vor, als wären die letzten Jahre wie weggeblasen. Lizzie Davis aß allein ihr Frühstück – was oft vorkam, weil Papa jeden Tag sehr früh zur Arbeit ging und Mutter kein Morgenmensch war. Also waren es Cecil und Irene gewesen, mit denen sie ihr Frühstück und die Sorgen und Zweifel geteilt hatte, die sie in Bezug auf den beginnenden oder den vergangenen Tag hatte.

Elizabeth Davis war keine Frau, die zur Sentimentalität neigte, aber als der Duft von Irenes Zimtbrötchen durch die Küche zog, waren der Schlafmangel, Jeffs Schweigen, die Abwesenheit ihrer Mutter und der Tod ihres Vaters auf einmal zu viel. Tränen stiegen ihr in die Augen. Sie ließ die Schultern hängen, fasste sich mit einer Hand an der Stirn, den Ellenbogen auf den Tisch gestützt, und begann zu weinen.

„Jeff ist ..." Sie brachte das Wort *weg* einfach nicht

über die Lippen. Außerdem war er ja nicht wirklich weg. Oder doch? „Jeff sagte, er bräuchte etwas Zeit. Er hat nicht angerufen. Oder ... sonst etwas."

Das Klappern der Töpfe verstummte. Die Ofentür schloss sich, und Irene schob sich neben Cecil auf die Bank. Sie sagte noch immer nichts, aber ihre Anwesenheit war tröstlich. Und sie gab Liz ein Taschentuch. Liz dankte ihr, dann sah sie von Irene zu Cecil und sagte plötzlich: „Ich wollte nicht so ... gemein zu ihr sein. Ich weiß selbst nicht, warum ich das getan habe. Warum ich all diese Dinge gesagt habe." Sie nahm die Hand vom Gesicht und saß einfach da, während sie das Papiertaschentuch zusammen- und wieder auseinanderrollte. „Ich konnte es selbst kaum glauben. Ich wusste nicht, dass ich all das in mir hatte ... Aber als ich erst einmal angefangen hatte und Mutter sich überhaupt nicht verteidigte, habe ich einfach ..." Sie schloss die Augen und schüttelte den Kopf. „Ich muss sie finden. Ich muss sie um Verzeihung bitten."

„Warum?", fragte Irene direkt. „Weil Jeff es gesagt hat?"

Liz schlug die Augen nieder. „Weil es richtig ist. Weil ich mir Sorgen um sie mache."

„Ihrer Mutter geht es gut", sagte Irene. „Sie ist kein Dummkopf. Auch wenn gewisse Leute hier das glauben."

„Ich habe nie behauptet, dass sie ein Dummkopf ist." Liz zögerte und zwang sich, versöhnlich zu klingen. „Aber sie war noch nie im Ausland, und ich ..."

„Da sieht man mal wieder, was Sie wissen", sagte Irene. „Ich sage Ihnen, es geht ihr gut."

Liz runzelte die Stirn. Sie sah Cecil an, der die Spiegeleier auf seinem Teller eingehend betrachtete. Er nahm einen Bissen und sah dann aus dem Fenster, während er kaute.

„Um Verzeihung zu bitten, bedeutet gar nichts, wenn sich Ihre Einstellung Ihrer Mutter gegenüber nicht ändert. Wenn Sie sie auch weiterhin nicht ansehen und erkennen, wer sie ist. Und ich meine, wer sie wirklich ist – nicht die Person, die sie Ihnen zeigt."

Cecil legte eine Hand auf den Arm seiner Frau. Es war eine subtile Warnung, aber Liz entging sie nicht.

„Ich weiß, Schatz", sagte Irene und tätschelte seinen Handrücken. „Aber Mr Davis ist nicht mehr hier, und ich sehe einfach keinen Sinn mehr darin, Versprechen zu halten und Geheimnisse zu wahren. Nicht, wenn das hier die Folge ist."

Cecil überlegte einen Moment lang, dann nickte er und sagte: „Zeit für diesen alten Mann, in den Garten zu gehen. Da braut sich ein Sturm zusammen, und ich mag Blitz und Donner nicht."

Irene rutschte zur Seite und ließ Cecil vorbei. Er gab seiner Frau einen kleinen Kuss auf die Wange und legte dann seine knorrige Hand auf Liz' Schulter. „Sie machen schwere Zeiten durch, Lizzie-Mädchen. Lassen Sie sich nicht davon unterkriegen. Kämpfen Sie für Ihre Liebe! Das ist das Einzige, was von Dauer ist." Er strich ihr über den Kopf, dann war er verschwunden.

Nachdem Cecil gegangen war, lag zunächst eine unbehagliche Stille über der Küche. Während Irene aufstand und für sie beide Zimtbrötchen holte, schenkte Liz Kaffee ein. Schließlich brach sie das Schweigen, als Irene es nicht beendete. „Was meinten Sie, als Sie sagten, es sei nicht genug, um Verzeihung zu bitten, wenn ich meine Einstellung meiner Mutter gegenüber nicht ändern würde?"

Irene kaute den Bissen in ihrem Mund zu Ende. Dann schlug sie die Augen nieder und spielte mit ihrem Ehering. Liz hatte sie noch nie so nachdenklich gesehen, und es machte sie nervös. Sie rutschte auf ihrem Platz hin und her, war jedoch entschlossen zu warten, bis Irene antwortete, egal, wie lange das dauern würde.

„Zuerst möchte ich Sie etwas fragen", begann Irene und sah Liz direkt in die Augen.

Liz nickte.

„Sagen Sie mir, was genau das Problem zwischen Ihnen und Mr Jeffrey ist."

„Die Art, wie ich meine Mutter behandelt habe", sagte Liz ohne nachzudenken.

Irene nickte. „Ich habe den Jungen immer gemocht. Das hat er richtig gemacht."

„Er hat es eigentlich nicht gesagt. Jedenfalls nicht so. Er sagte nur, er bräuchte etwas Abstand. Dass ich mich mit meiner Mutter versöhnen müsste und dass er Zeit zum Nachdenken bräuchte. Aber ich weiß, was er wirklich gemeint hat." Liz sah auf den Tisch hinunter, und ihre Finger spielten mit den Spitzen ihrer Haare, während sie sprach. „Er hat Mutter und mich nie verstanden. Er vermisst seine eigene Mutter so sehr – und er versteht einfach nicht, dass nicht jeder eine so perfekte Beziehung haben kann, wie er sie hatte."

„Verstehen *Sie* es denn?", fragte Irene.

Liz schüttelte den Kopf.

Irene stand auf. „Nehmen Sie sich noch ein Zimtbrötchen! Ich komme gleich wieder."

* * *

„Ihre Mutter ist nicht an dem Tag vom Himmel gefallen, als sie Samuel Davis kennen lernte, wissen Sie", sagte Irene, als sie mit einem braunen Umschlag in die Küche zurückkam. Sie gab Liz den Umschlag. „Ihr Vater hat die hier weggeworfen. Ich habe sie aus dem Müll geholt. Ich dachte, Ihre Mutter würde sie vielleicht irgendwann wiederhaben wollen."

Liz öffnete den Umschlag. Er enthielt nur wenige Fotos, aber mehrere Zeitungsartikel, die vom Alter vergilbt waren.

„Mutter hat Geige gespielt?", sagte sie, nachdem sie den ersten Artikel gelesen hatte.

Irene nickte. „Und wie es aussieht, war sie richtig gut. Da steht, dass sie Konzertmeisterin war. Ihr Vater wollte nicht, dass sie für Auftritte herumreiste."

„Und sie hat in Frankreich gelebt?"

„Dort haben Ihre Eltern sich kennen gelernt."

„Aber Papa hasste Reisen."

„Das brauchen Sie mir nicht zu erzählen. Und *sie* hat er auch nicht wieder dorthin gelassen."

* * *

Aus dem Vormittag wurde Nachmittag, während Mary Elisabeth Davis sich in Liz' Augen von Grund auf verwandelte. Am Ende hatte Liz mehr Fragen als Antworten. „Wie konnte er ... wie konnte Papa ... das nur *tun*? Wie konnte er ihre Vergangenheit einfach so auslöschen?"

„Er hätte es nicht gekonnt, wenn sie ihn nicht gelassen hätte“, sagte Irene. „Geben Sie ihm nicht die Schuld für alles. Sie waren beide dafür verantwortlich.“

„Waren sie denn überhaupt jemals glücklich?“, platzte Liz heraus. „Oder war das alles nur Fassade? Für mich?“

„Also, was das betrifft“, sagte Irene und tätschelte Liz die Hand, „ist das Leben nicht so schwarzweiß. Sie waren Partner. Die beiden hatten Sie. Und ja, sie waren glücklich. Auf ihre Weise.“

Ihre Stimme klang ernst, als sie hinzufügte: „Ihr Vater war ein dominanter Mann, Lizzie. Aber er war nicht grausam. Und Sie waren sein Ein und Alles.“

„Dann waren ... all die Jahre, in denen Mutter zurückgesteckt hat ... war das, weil Papa es so wollte?“

Irene nickte. „Ich glaube, genau das war der Grund.“

„Und ich dachte, sie wäre einfach langweilig und uninteressant.“ Liz schüttelte den Kopf. „Ich habe die Geschichte mit dem Rolls Royce geglaubt.“ Sie blätterte durch den Papierstapel und zog einen kleinen Zeitungsausschnitt hervor. „Wie kam es, dass sie in Frankreich studiert hat?“

„Ein Stipendium, Liebes. Sie hatte nur die besten Zensuren, wissen Sie?“

„Was war denn ihr Hauptfach?“

„Sie hatte zwei. Wirtschaft und Französisch“, sagte Irene und zog ein anderes Blatt Papier aus dem Stapel. Das Diplom hatte braune Flecken, und eine Ecke fehlte. Marys Name war kaum noch lesbar.

„Kein Wunder, dass sie nach Europa zurückwollte“, murmelte Liz.

Irene nickte. „Ich glaube, sie wollte ihre frühere Identität schon länger wiederfinden. Sie wollte Ihnen das alles zeigen. Sie wusste nur nicht, wie sie es anfangen sollte."

„Ich habe mir ja auch nie die Zeit genommen zuzuhören", gab Liz schweren Herzens zu. „Ich habe sie nie richtig *gesehen*. Und als sie versuchte, mir zu zeigen ... als sie versuchte, eine aktivere Rolle in der Stiftung zu übernehmen ... habe ich mich über sie lustig gemacht." Liz seufzte und ließ den Kopf hängen. „Ich kenne meine eigene Mutter nicht." Sie sah auf. „Ich muss sie finden. Ich muss zu ihr."

„Immer noch kein Pass?"

„GRRRR! Nein! Ich habe jeden angerufen, den ich kenne, und alles getan, was ich tun konnte."

„Willkommen in der wirklichen Welt, Elizabeth", sagte Irene. „In einer Welt, in der man *nicht* alles haben kann, was man will und wann man es will." Sie lächelte. „Sie wird über Weihnachten dort sein. Und sie wird auch noch da sein, wenn Sie in Paris eintreffen. In der Zwischenzeit schlage ich vor, dass Sie Mr Jeffrey Scott anrufen und Abbitte tun."

„Er wird nicht mit mir sprechen wollen", sagte Liz. „Zumindest hat er nicht abgenommen, als ich gestern Abend angerufen habe."

„Haben Sie ihm auf Band gesprochen?"

„Nein, aber er sieht an der Nummer, wer angerufen hat." Liz sah zu Irene auf. „Was soll ich denn machen?"

Die ältere Frau stand entschlossen auf und ging zum Telefon. Sie nahm das Mobilteil, ging damit zu Liz und reichte es ihr. „Kein Mann dieser Welt kann einer Einladung zu Irene Baxters Zimtbrötchen widerstehen. Das wissen Sie doch."

„Aber dann denkt er ..."

„Dass Sie so erpicht darauf sind, ihn zu sehen, dass Sie es sogar mit Bestechung versuchen?“, führte Irene den Satz zu Ende. „Was macht das schon?“

Liz tippte die Nummer ein.

Kapitel 16

Mary

Ich helfe Annie dabei, das Abendessen in ihrem winzigen Studentenapartment vorzubereiten, als die Vergangenheit sich auf neue Weise zu Wort meldet. Annie hat mich mit dem Häuten und Entkernen der Tomaten beauftragt – ich habe keine Ahnung, warum die Franzosen die Kerne aus den Tomaten entfernen, aber sie tun es, und ich tue es auch –, während sie zum Bäcker an der Ecke läuft und ein Brot kauft. Ich bin fertig, bevor sie wieder da ist. Ein Geigenkasten liegt auf dem Flügel, der in eine Ecke des kleinen Wohnzimmers gequetscht ist. Ich kann der Versuchung nicht widerstehen und öffne den Kasten. Angezogen von der Patina des Holzes strecke ich eine Hand aus, um das Instrument zu berühren.

Es ist das erste Mal in beinahe dreißig Jahren, dass ich eine Geige in der Hand halte. Ich greife den Bogen und ziehe ihn so zaghaft über die Saiten, dass sie protestieren. Ich ziehe eine Grimasse und recke meinen Hals nach rechts und links, dann lege ich mein Kinn erneut in den Kinnhalter, setze meine Finger auf die Saiten, und dieses Mal erzeuge ich einen wahrnehmbaren und nicht unangenehmen Ton. Selbst ein ganzes Leben kann, so scheint es, bestimmte musikalische Phrasen nicht auslöschen. Ich schließe die Augen und ertaste mir meinen Weg durch eine einfache Melodie.

„Du hast mir gar nicht erzählt, dass du spielst", ruft Annie aus dem Flur.

„Tue ich auch nicht. Hab ich nicht. Viele, viele Jahre lang." Ich lege die Geige in ihren Kasten zurück und entschuldige mich. „Es tut mir leid. Eigentlich weiß ich, dass man so etwas nicht tut, ohne zu fragen." Ich berühre den Hals der Geige. „Es ist ein wunderbares Instrument."

Annie zuckt mit den Schultern. „Ist schon in Ordnung." Sie grinst. „Das bezieht sich auf beides."

Ich lache. „Danke. Und was das Instrument betrifft, ist es mehr als nur in Ordnung. Du hättest die Geige hören sollen, auf der ich gelernt habe." Es schaudert mich.

„Erzähl mir davon", bittet Annie, als sie mit einem Baguette in der Hand in der Küche verschwindet.

Dass ich Annie von meiner ersten Geige erzähle, führt dazu, dass ich auch von meinen Mädchenträumen und meinem Leben vor Sam spreche. In der nächsten halben Stunde arbeiten wir gemeinsam in der Küche, während ich die Vergangenheit Revue passieren lasse. Dabei konzentriere ich mich auf meinen jugendlichen Wunsch, Geige zu lernen, die Umsetzung dieses Traumes und meinen ersten Auftritt.

„Du machst Witze!", ruft Annie an einer Stelle. „Du hast unter der Leitung von Slatkin gespielt? *Dem* Slatkin?"

„Das war doch nur einmal", sage ich. „Du brauchst gar nicht so beeindruckt zu sein. Ich habe einen Wettbewerb gewonnen. Das ist alles. Und es war nur auf Stadtebene. Ein Benefizkonzert für das Sinfonieorchester von St. Louis."

„Aber warum hast du nicht ...?“

„Als ich meinen Mann heiratete, wollte er nicht, dass ich herumreise, und das hätte ich tun müssen, um mit dem Geigespielen weiterzukommen.“

„Du hast es also aufgegeben. Einfach so?“

Ich schüttele den Kopf. „Ganz so einfach war es nicht. Aber die Musik war Teil eines ...“ Ich zögere, bevor ich fortfahre. „Sam dachte, die Musik würde mich mit jemand anderem verbinden. Am Ende war es besser für mich, sie aufzugeben. Ich glaube, wenn ich mich geweigert hätte, wäre es problematisch gewesen.“

Annies Augen weiten sich. „Mrs Davis hat eine heimliche Liebe“, sagt sie mit schief gelegtem Kopf und geschlossenen Augen. „Das ist das Romantischste, das ich je gehört habe.“

„Ich kann nicht glauben, dass ich es dir erzählt habe“, sage ich. Ich lache nervös und schüttele ungläubig den Kopf. „Mit dir, junge Dame, kann man viel zu leicht ins Plaudern kommen.“

Annie dreht sich um und lehnt sich gegen die Arbeitsplatte der Küche. „Komm schon, erzähl! Du weißt doch auch alles über Arnaud und mich. Wie heißt er?“

„Jean-Marc.“

„Und wo ist er jetzt?“

„Ich weiß es nicht.“

„Hast du schon gegoogelt?“

„Habe ich ... was?“

„Gegoogelt. Du weißt schon“, erklärt Annie. „Du gehst auf Google.com. Das ist eine Suchmaschine im Internet. Dann gibst du seinen Namen ein und ... voilà, schon hast du die Informationen.“

„Das geht?“

Annies Verwunderung angesichts meiner Unwissenheit in Sachen Computer steht ihr deutlich ins Gesicht geschrieben. Sie nickt und sagt bewusst übertrieben: „Ja-ha, das geht."

„Ich kenne mich mit Computern nicht so aus."

„Dann sind Sie bei mir an der richtigen Adresse, Madame." Sie verschwindet im anderen Zimmer und öffnet mit Schwung die Tür eines verkratzten Schranks, in der sich ein Computer befindet. Sie schaltet ihn ein, und während das Gerät hochfährt, zieht sie den Klavierhocker näher, platziert ihn vor dem Computer und zieht mich auf den Platz neben sich. Es dauert keine Minute, bis die Google-Maske auf dem Bildschirm erscheint. „So", sagt Annie, „und jetzt gib seinen Namen ein."

„Einfach so?" Ich kann mir digitale Gelbe Seiten irgendwie nicht vorstellen.

Annie nickt. „Einfach so. Du kannst doch tippen, oder?"

„He!", protestiere ich. „Immerhin habe ich mein Ticket online gebucht. Ich kannte nur diese Google-Sache nicht." Während ich rede, tippe ich *J-e-a-n-M-a-r-c-D-a-v-i-d*.

„Drei Vornamen", bemerkt Annie.

„Das habe ich auch immer gesagt." Ich betätige die Return-Taste und warte. Sekunden später habe ich eine ganze Seite voller Möglichkeiten. Der zweite Link erwähnt die *Sea Cloud*. Ich halte die Luft an und klicke darauf, und gleich darauf erscheint die *Sea Cloud*, ihre Segel gebläht, der Schiffsrumpf durchschneidet das Wasser und lässt einen Vorhang aus Schaum neben einer großen Welle niedergehen. Das Bild erinnert mich an das Titelblatt der Zeitschrift, auch wenn es ein anderes Foto ist.

„Da", sagt Annie aufgeregt, „es gibt einen Link zum Kapitän."

Ich klicke. Dann hole ich tief Luft und lege den Kopf schräg, sodass ich den Bildschirm besser sehen kann. Mit der Hand fasse ich mir an die Kehle. Älter. Graues Haar. Er ist an Bord des Schiffes und starrt mit seinen unglaublich blauen Augen in die Weite.

„Wow", sagt Annie.

Mit einem Ruck bin ich wieder in der Gegenwart. „Wieso ‚wow'?", frage ich.

„Du bist rot geworden", sagt Annie. Sie beugt sich ein wenig näher und stupst sanft meine Schulter an. „Du hast ihn geliebt."

Ich kann mich nicht von dem Bild auf dem Monitor losreißen.

„Vielleicht", sagt Annie, und ihre Stimme senkt sich zu einem Flüstern, „vielleicht tust du es immer noch."

Ich zwinge mich, den Blick von ihm abzuwenden. „Nun mach aber mal halblang!", protestiere ich. „Das ist beinahe dreißig Jahre her." Ich stehe auf. „Komm, wir machen mit dem Essen weiter. Du musst doch am Verhungern sein."

„Aber willst du denn nicht weiterlesen? Mehr erfahren?"

Ich schüttele den Kopf, greife nach der Maus und klicke die Internetseite zu. „Nein. Nicht jetzt. Nicht so."

„Aber warum nicht?"

Ich hole tief Luft und sage, was mir zuerst in den Sinn kommt. „Weil ich Angst habe."

„Wovor?“

Ich seufze. „Das ist eine lange Geschichte.“

Annie steht auf, berührt meinen Unterarm und bedeutet mir, ich solle mich aufs Sofa setzen. Sie holt zwei langstielige Gläser und schenkt uns Wein ein. Dann macht sie es sich auf dem Sessel mir gegenüber bequem, zieht ein riesiges Kissen zu sich heran, schlingt die Arme darum und sagt: „Das Essen kann warten. Ich habe sowieso gerade keinen Appetit.“

Es ist erstaunlich, dass etwas, das so lange eingeschlossen war, plötzlich so hartnäckig versuchen kann herauszukommen. Als ich zu erzählen beginne, habe ich beinahe Angst, das Erzählen dieser Dinge könnte Jean-Marc irgendwie daran hindern, wieder in meinem Leben aufzutauchen. „Meine Eltern waren arm, aber sie liebten mich sehr. Ich lernte fleißig, hatte gute Noten, schaffte es, ein Stipendium zu bekommen, und machte meinen Abschluss in Wirtschaft und Französisch. Aber ich hatte schon in der Schule angefangen, Französisch zu lernen. Und ich fand es wunderbar. Es fiel mir leicht, und die Kultur und Geschichte des Landes zogen mich an wie das Licht die Motten. Mein Traum war es, hier zu studieren!

Während des letzten Semesters an der Uni gab mein Lieblingsprofessor für Französisch bekannt, dass sein Arbeitsvisum auslief. Er würde nach dem Semester nach Arcachon zurückkehren, und wenn jemand von uns in seiner Heimatstadt studieren wolle, würde er durch die Universität von Bordeaux ein Aufbaustudium organisieren. Meine Eltern verstanden es zwar nicht, aber sie sahen, dass es mir sehr wichtig war, und sie unterstützten meine Entscheidung. Und so kam ich …“

Ich zögere, dann lächele ich zu Annie hinüber, während ich es zugebe. „Ich kam hierher und verliebte mich. Nicht in einen Mann – das kam später. Ich verlor mein Herz zuerst an das Land. Ich wollte nicht mehr nach Hause. In jenem Herbst lud mein Professor den Sohn eines guten Freundes zum Essen ein. Sein Name war Jean-Marc David. Er war so alt wie ich und hatte ein kleines Segelboot, einen Zweimaster. Er schlug mir vor, mit ihm segeln zu gehen. Ich nahm die Einladung an. Eines Tages nahm er mich mit hinaus aufs offene Meer. Wir gingen über Nacht vor Anker. Ich hörte das Meer gehen und wieder kommen und die Wellen an den Rumpf des Bootes schlagen. Wir gingen an Stränden spazieren, wo es keine anderen Spuren von Menschen gab. Wir beobachteten, wie die Sonne unterging ... und wie sie wieder aufging. Und die Einzigen, die von diesem Fleck aus zusahen, waren wir beide. Wer hätte sich da nicht verliebt?"

Annie lacht nicht. Stattdessen sagt sie: „Aber es war mehr als eine flüchtige Romanze. Ich habe vorhin dein Gesicht gesehen – als sein Bild auf dem Monitor erschien."

„Ja", stimme ich zu. „Ich glaube, es war mehr als das. Nach dem ersten Tag war die Sache irgendwie ... unheimlich. Fast, als wäre eine Seele auf der Erde herumgeirrt, um plötzlich festzustellen, dass sie ohne den anderen nie vollständig war." Indem ich die Worte laut ausspreche, werde ich in die Vergangenheit zurückversetzt, und ein Gefühl erfüllt mich, von dem ich dachte, es wäre längst gestorben. Annie schweigt. Sie wartet. Ich schließe die Augen. „Dann fragte ein anderer Professor der Universität, der zugleich der Bürgermeister der

Stadt war, ob ich schon einmal gemodelt hätte. Hatte ich nicht. Aber er flehte mich an, und irgendwann sagte ich Ja. Schließlich wurde ich für eine Autoausstellung in Arcachon verpflichtet und präsentierte einen Rolls Royce Silver Cloud. Der Besitzer des Wagens hatte einen amerikanischen Freund: Samuel Frederick Davis."

„Dein Mann", sagt Annie.

Ich nicke.

„Aber ... warum? Wo du doch schon Jean-Marc geliebt hast?"

Ich zucke die Achseln. „Ich habe mir diese Frage ein halbes Leben lang immer wieder selbst gestellt. Die einzige Antwort auf die Frage ist nicht besonders gut. Ich hatte Angst."

„Aber du warst doch nach Frankreich gekommen, um zu studieren. Das ist doch nichts, was ein ängstlicher Mensch tun würde."

„Professor Max hat die ganze Sache organisiert. Er und seine Frau waren wie ein Sicherheitsnetz für mich, wenn ich Probleme hatte. Beide sprachen fließend Englisch. Es war fast so, als hätte ich ein zweites Paar Eltern." Ich überlege einen Moment lang. „Jean-Marc war ein völlig unbekannter Faktor. Er war jung und impulsiv. Und er hatte unmögliche Träume." Ich erinnere mich, während ich langsam den Kopf schüttele. „Er wollte sich Schritt für Schritt hinaufarbeiten, bis er seine eigene Jacht kaufen und um die Welt segeln konnte. Ihn dabei zu ermutigen, dass er seinen Traum lebte, war eine Sache. Meine vertraute Welt zu verlassen und das Abenteuer gemeinsam mit ihm zu erleben, eine ganz andere. Sam Davis war alles, was Jean-Marc nicht war. Wohlhabend. Mächtig. Solide."

„Sicher", schlägt Annie vor.

„Ja", nicke ich. „Sicher. Jedenfalls schien es damals so."

„Und du hast dich für die sichere Alternative entschieden."

Ich nicke wieder und bin mir in diesem Moment des Computers rechts von mir deutlich bewusst. „Und", murmele ich, „Jean-Marc hat sich seine Jacht verdient." Meine Hand zittert, als ich sie nach dem Glas ausstrecke, um einen Schluck Wein zu trinken. Ich versuche, die Tränen zurückzudrängen, während ich mein Herz ausschütte. „Ich habe einen der freundlichsten, sanftesten, liebenswertesten jungen Männer der Welt verraten." Ich erzähle Annie, wie Jean-Marc von meiner Entscheidung, Sam zu heiraten, erfuhr. Ich schildere die Party und die Bekanntgabe, aber als ich versuche, den Ausdruck in Jean-Marcs Gesicht zu beschreiben, fehlen mir die Worte. „Ich habe versucht, ihn zu finden. Mit ihm zu reden. Aber ich habe es nie getan."

„Du solltest Google nutzen, um mit ihm Kontakt aufzunehmen", drängt Annie.

„Dafür brauche ich Google nicht", sage ich und kann endlich lächeln, als ich Annie von meinem Brief und von Heiligabend erzähle.

* * *

Es schien Liz, als hätte das Telefon hundert Mal geläutet. Tatsächlich ging Jeff schon beim dritten Klingeln dran. „Tut mir leid, dass ich nach deinem Anruf von gestern Abend nicht zurückgerufen habe. Heute Morgen war hier der Bär los, und bis jetzt konnte ich kaum

Luft holen zwischendurch. Ich wollte dich nämlich gerade selbst anrufen, als das Telefon klingelte. Und das sage ich nicht einfach nur so."

„Kannst du ... könntest du vielleicht herkommen? Ich bin zu Hause. Zu Hause im Haus."

„Was ist los?"

„Ich ... ich habe mit Irene gesprochen. Und ... bitte, Jeff. Ich muss dich sehen."

„Ist irgendetwas passiert? Etwas mit Mary?"

Liz schalt sich selbst dafür, dass sie ihre Stimme nicht daran hindern konnte, zu zittern, als sie antwortete: „Ich habe nichts von ihr gehört. Ich weiß nicht. Bitte, Jeff! Kommst du?" Sie sah zu Irene hinüber. „Irene hat Zimtbrötchen gebacken."

Jeff zögerte, sagte aber dann zu.

„Danke", sagte Liz. Sie hoffte, dass er nicht zu viel in ihre Stimme hineindeuten würde. Er hatte gezögert, als sie ihn gebeten hatte herzukommen, aber er hatte auch erfreut geklungen, weil sie sich gemeldet hatte.

Sie saß am Schreibtisch ihrer Mutter und sah in den Garten hinaus, als Jeff eintraf. Der Mond schien so hell, dass er die Landschaft in ein unheimliches Licht tauchte, das beinahe wie Schnee wirkte. Als die Tür sich hinter ihr öffnete, rief Liz: „Ich bin hier drüben, an Mutters Schreibtisch."

Als Jeff sich vorbeugte, um sie auf die Wange zu küssen, sog sie den vertrauten Duft seines Rasierwassers tief ein. Der Gedanke, dass dieser Duft nicht zu ihrer Zukunft gehören könnte, trieb ihr die Tränen in die Augen. Sie räusperte sich. Dann deutete sie auf den gerahmten Spruch auf dem Schreibtisch und sagte: „Und ich habe mich darüber lustig gemacht, als sie das hier gekauft hat." Sie zögerte. „Aber ich will daran glauben." Sie flüsterte die Worte, peinlich berührt von dem Beben in ihrer Stimme. *Es ist nie zu spät, das zu werden, was du hättest sein können.* Sie schwieg einen Augenblick, bevor sie zu ihm aufsah. „Gibst du mir noch eine Chance? Bitte?"

Jeff sah ihr in die Augen, und er lächelte nicht. Aber er ließ ihre Hand nicht los, als er fragte: „Was willst du denn sein, Bitsy?"

Liz unterdrückte einen Schluchzer. „Liebevoller. Geduldiger. Verständnisvoller. Vielleicht ... vielleicht zur Abwechslung mal eine gute Tochter." Jetzt ließ sie ihren Tränen freien Lauf. „Glaubst du, es gibt eine Chance, dass sie mir verzeiht, wie ich sie behandelt habe?"

„Ich glaube", sagte Jeff, während er ihre beiden Hände in seine nahm, „dass Mary Davis durch den ganzen Ozean schwimmen würde, nur um mit eigenen Ohren zu hören, wie du das sagst. Und ja, natürlich wird sie dir verzeihen."

Liz küsste seine Handrücken. „Und du, Jeff? Kannst du mir verzeihen?"

„Mich musst du nicht um Verzeihung bitten, Bitsy."

„Ich habe dich angeschnauzt, als du mich das letzte Mal so genannt hast. Es tut mir leid."

„Du dachtest, ich wollte dich herabsetzen", sagte Jeff, „aber das wollte ich nicht, weißt du. Ich habe nur versucht, dich dazu zu bringen ..."

„Dass ich mich selbst nicht ganz so wichtig nehme?"

„Genau." Er ließ ihre Hände los und begann über ihr Haar zu streichen. Mit einem Seufzer lehnte sie den Kopf gegen die Rückenlehne des Stuhls. Seine Hände trafen sich über ihrer Stirn, und er fuhr mit den Fingerspitzen ihr Gesicht entlang, mit federleichten Berührungen, über ihre Augenbrauen und ihr Kinn. Liz schloss die Augen und flüsterte: „Ich liebe dich."

„Ich weiß." Er beugte sich über sie und küsste ihre Nasenspitze. Seine Lippen fanden die ihren und dann kam er um den Stuhl herum, zog sie in seine Arme und küsste sie wieder.

Sie lehnte sich an ihn. „Ich muss Mimi finden."

„Mimi?" Jeff tat einen Schritt zurück, um sie anzusehen.

„So habe ich Mama immer genannt, als ich ein kleines Mädchen war."

„Ich helfe dir, deine Mimi zu finden", flüsterte er.

„Und ... kommst du mit?" Sie beeilte sich weiter zu sprechen, bevor er antworten konnte. „Nicht, weil ich mich hinter dir verstecken will. Oder weil ich Angst hätte, es allein zu tun. Ich brauche einfach deine ... Unterstützung. Um es in Ordnung zu bringen. Es richtig zu machen." Ihr Kinn bebte und sie biss sich auf die Unterlippe. „Falls es überhaupt noch in Ordnung zu bringen ist."

„Elizabeth Davis kann so ziemlich alles tun, was sie sich in den Kopf setzt", sagte Jeff, während er sie an sich gedrückt hielt. „Du brauchst mich nicht dafür."

„Aber ich will dich", sagte Liz. Sie sah zu Jeff auf, und ihr Herz schlug ihr bis zum Hals, als sie das Flackern in seinen Augen sah.

„Gut", sagte Jeff und beugte sich zu ihr. „Das höre ich wirklich gerne", murmelte er, während sie sich küssten.

* * *

Der Tag ist einsam. Annie ist über die Feiertage nach Hause gefahren und hat Arnaud mitgenommen. Sie macht sich Sorgen, wie ihre Eltern auf ihren Freund mit den Dreadlocks und der milchkaffeefarbenen Haut reagieren werden. Beide haben sich dafür entschuldigt, dass wir es doch nicht geschafft haben, zu dem Ducati-Händler zu fahren. Mir war es an dem Tag, als Arnaud sein Motorrad zur Reparatur gebracht hatte, nicht so gut gegangen, und danach war es für die beiden Zeit gewesen, nach England aufzubrechen.

„Sobald wir zurück sind", versprach Arnaud und warf mir sein umwerfendes Lächeln zu.

„Abgemacht", sagte ich. Auf Annies Drängen hin sagte ich zu, dass ich zum Essen kommen würde, sobald sie von ihrer Reise zurück waren.

Ich vermisse sie mehr, als ich erwartet habe. Ich bin durch das Musée d'Orsay gewandert, von der Verwandlung des Gebäudes – eines ehemaligen Bahnhofs – in ein Kunstmuseum ebenso fasziniert wie von den Gemälden selbst. Ich wandere ziellos umher, überrascht, dass ich über die Dinge, die ich sehe, gar nichts in mein Tagebuch zu schreiben habe. Wie es scheint, bin ich im Moment in Sachen Kunst gesättigt.

Ich gehe den Boulevard Saint-Michel hinunter und nehme den Bus mit dem Plan, die Champs-Elysées hinaufzulaufen und in einem neuen Café zu essen. Der Verkehr auf den Straßen scheint mir schwach wie nie zu vor. Ich gehe um den Triumphbogen herum und die Avenue de la Grande Armée hinauf und stelle mir vor, wie die alliierten Truppen als Befreier gefeiert und bejubelt wurden. In der Absicht, zu einem Café zurückzugehen, das ich auf der anderen Seite des Place de la Concorde entdeckt habe, überquere ich die Straße an einer Stelle, wo ungewöhnlich viele Motorräder am Bordstein geparkt sind. Ein Blick die Straße hinunter verrät mir, warum. Hier gibt es eine ganze Reihe Motorradhändler: Moto-Guzzi, BMW, Honda – sogar Harley Davidson. Bei der Vorstellung von tätowierten Männern, die mit umgedrehten Aluminiumschüsseln auf dem Kopf die Champs-Elysées hinunterfahren, muss ich lächeln.

„Mrs Davis?"

Enzo, Arnauds waghalsiger Freund, lehnt an einer Straßenlaterne und raucht eine Zigarette, die er auf die Straße schnipst, bevor er auf mich zukommt. „Sie sind gekommen, um die Ducatis zu sehen, nicht wahr?"

„Ich dachte, Sie wären über die Feiertage zu Hause."

Enzo zeigt auf eine Reihe Fenster über dem Ducati-Logo. „Dieses Geschäft gehört meinem Onkel. Ich arbeite, um für die Reparaturen an Arnauds Motorrad zu bezahlen."

Ich rechtfertige mich für mein Vorhaben, die Ducatis anzuschauen. „Wahrscheinlich ist es albern. Eine Frau in meinem Alter."

„Frauen sind wie Wein, Mrs Davis. Mit zunehmendem Alter werden sie immer besser." Er flirtet nicht, aber er lächelt. Dann zuckt er mit den Achseln. „Mein Onkel sagt das immer."

Enzo ist weitaus charmanter, als ich ihn in Erinnerung hatte. Er ist groß und dünn, hat einen sorgfältig gepflegten Dreitagebart und ein warmherziges Lächeln, das mir echt zu sein scheint. Obwohl er sich vielleicht innerlich totlacht, was weiß ich. Ich beschließe, dass es mir egal ist. Ich will die Motorräder sehen und war enttäuscht, als die Verabredung mit Annie und Arnaud nicht zustande kam. Also gehe ich mit Enzo ins Innere des Ladens, wo eine beeindruckende Sammlung von Motorrädern ausgestellt ist. Der Fußboden ist auf Hochglanz poliert, und an den Wänden hängen Poster von Rennfahrern. Ich kann mir nicht vorstellen, dass ein Mensch die Kontrolle über ein Motorrad haben kann, das so sehr zur Seite geneigt ist, dass der Fahrer mit seinem Knie die Straße berührt. Oder die Rennstrecke, sollte ich besser sagen.

„Können Sie das?", frage ich Enzo.

„Nein", sagt Enzo. In diesem Moment öffnet sich eine Tür, und ein Mann mit grauem Haar betritt den Ausstellungsraum. „Aber *er* kann. Oder konnte es zumindest. Mein Onkel Luca. Er war damals berühmt."

Luca Santo sieht ungefähr so alt aus wie ich, und nachdem wir einander vorgestellt wurden, sagt er: „Dann kommt die Dame, von der Enzo und Arnaud gesprochen haben, also nun selbst, um sich umzusehen." Er lächelt. „Sie haben meinen Neffen ganz schön beeindruckt." Er hebt die Augenbrauen. „Périphérique-geprüft, höre ich?"

„Ich habe mich zum Narren gemacht", sage ich. „Aber es hat Spaß gemacht." Ich zögere. „Ich kann kaum glauben, dass ich das sage."

„Es macht sogar noch mehr Spaß, wenn man selber fährt", versichert mir Monsieur Santo. „Natürlich nicht hier in Paris. Aber wenn man hinausfährt. In die Provence zum Beispiel. Wunderbar!" Er gestikuliert, während er redet, und seine Bewegungen beschreiben die Freude, auf einem Motorrad über die Landstraßen zu fahren. Sein Englisch ist fließend, hat aber einen italienischen Akzent. Es ist eine reizende Mischung, fast musikalisch.

„Wenn Sie davon erzählen, klingt es fantastisch“, sage ich. „Aber ich verstehe überhaupt nichts vom Motorradfahren.“ Ich will einfach höflich sein. Leider glaubt Monsieur Santo, ich würde den Wunsch äußern, Motorradfahren zu lernen.

„Im Frühling müssen Sie nach Bologna kommen. Ducati-Woche. Es gibt Klassen für Frauen ...“

„Aber bestimmt nicht für Anfängerinnen“, sage ich.

„Sie fangen hier an“, sagt Monsieur Santo. „Dort lernen Sie dazu.“ Er geht zu einem der Motorräder und legt eine Hand auf den Sitz. „Diese hier ist für Sie.“ Das Motorrad ist kleiner als die meisten anderen. Er lädt mich ein, auf dem Fahrzeug Platz zu nehmen. Ich sehe auf meinen Rock hinunter und zu ihm hinauf. Wir lachen.

„Beim nächsten Mal“, sagt er.

Ich nicke. „Beim nächsten Mal.“ Ich danke Enzo für die Führung, Monsieur Santo für seine Zeit und verlasse den Laden. Ich weiß wohl, dass ich nie wieder kommen, aber die Erinnerung bewahren werde. Eine gute Geschichte für die Zeit, wenn ich wieder in Omaha bin. Als ich die Straße entlanglaufe, muss ich lachen. Ich stelle mir das Gesicht meiner Tochter vor, wenn ich zu einer Vorstandssitzung auf einer Ducati angefahren käme.

Kapitel 17

Die Jahre fielen von Jean-Marc ab, als er die Schwelle zu Luca Santos Ducati-Niederlassung überschritt. Er blieb hinter der Tür stehen und war wieder ein junger Rennfahrer, der „das Lager“ begutachtete. Unter all den gelben und roten Maschinen, die sich in dem kleinen Ausstellungsraum drängten, gefiel ihm eine besser als alle anderen. Sollten die jungen Männer die *Supersport* mit ihrer signalroten Verkleidung haben. Er verstand den Reiz der leuchtend gelben *ST4*. Aber für ihn gab es nur ein Motorrad. Er schwang das Bein über das Modell *Monster*, und in dem Moment, als er zum Gashebel griff, hatte die Vergangenheit ihn verschlungen.

Er war in Imola und kniete auf dem Bürgersteig, um ein Kabel zu überprüfen, als zwei Ingenieure näher kamen, die für einen Kontrahenten arbeiteten. Während sie zusahen, wie Jean-Marc seine Maschine inspizierte, machte einer von ihnen eine Bemerkung darüber, wie Ducati seiner Meinung nach die Herstellungskosten reduzieren könnte. „Ducati spart nicht an den Teilen. Wir benutzen nur das Beste. Wir produzieren das Beste“, war Jean-Marcs Antwort gewesen.

Jean-Marc lächelte, weil er sich nach all den Jahren noch an diese Unterhaltung erinnerte. *Wenn Luca Santo nicht bald erscheint, bin ich ernsthaft in Gefahr, ein neues Motorrad zu kaufen.*

„*Mamma mia!* Das Ende der Welt muss nahe sein – Jean-Marc David ist nach Paris zurückgekommen!“

Ohne von dem Motorrad abzusteigen, drehte Jean-Marc sich um und begrüßte seinen alten Freund. „Wie viel willst du für diese hier haben?“, fragte er.

„Du denkst, die da ist gut?“, sagte Luca und zeigte auf die Tür, die in den hinteren Bereich des Ladens führte. „Sieh dir mal an, was ich gerade auspacke! Die 999R. Dort kommt sie hin.“ Er deutete auf einen Ehrenplatz im Fenster.

Beim Gespräch über Motorräder entspannte Jean-Marc sich. Die Männer unterhielten sich, während sie arbeiteten. Sie rissen die Verpackung von der 999R, bewunderten ihre Linienführung und schwärmten von der „guten alten Zeit“. Schließlich wandte die Unterhaltung sich dem echten Leben zu.

„Wie geht es Magda?“, fragte Luca.

Jean-Marc schüttelte den Kopf. „Ich dachte, Magda wäre die perfekte Frau, um Celine großzuziehen. Wir haben es so lange versucht, wie es ging – um Celines willen.“ Er zuckte mit den Achseln. „Aber Magda konnte nie ihre Angst vor dem Meer überwinden. Wenn sie an Bord war, wartete sie die ganze Zeit nur auf den nächsten Hafen und hoffte, ich würde mich entschließen, an Land zu bleiben. Sie wollte ein Haus und einen Ehemann, der jeden Morgen zur Arbeit geht und abends zum Essen nach Hause kommt.“

Luca klopfte ihm auf die Schulter. „Tut mir leid.“

Jean-Marc nickte. „Es war nicht ihre Schuld.“ Er lächelte. „Zum Glück ist Celine nicht genauso. Sie ist auf dem Meer aufgewachsen, und es hat ihr gutgetan, obwohl sie inzwischen bodenständiger ist.“

Er gab einen kurzen Bericht über die restlichen Jahre, in die eine zweite Ehe und eine schnelle Scheidung fielen. „Sie war nicht halb so vernünftig wie Magda. Sie versuchte, Anteile an der *Sea Cloud* zu bekommen."

„So ist das immer", sagte Luca voller Mitgefühl. „Die eine Geliebte ist eifersüchtig auf die andere." Er wechselte das Thema. „Erzähl mir von Celine! Das kleine Mädchen ist ja jetzt ganz erwachsen. Ich wette, sie ist eine Schönheit!"

„Sie hat zwei Jungs", sagte Jean-Marc. „Zwillinge. Xavier und Olivier – die, glaube ich, ihrem Großvater sehr ähneln." Er schüttelte den Kopf. „Nicht zu glauben, dass ich hier von meinen *Enkeln* spreche! Wie ist das nur gekommen? *Zwei* Ehefrauen ... und Enkel. *Mon Dieu!*"

„Die Jahre vergehen zu schnell", stimmte Luca zu.

„Und Sophia? Wie geht es ihr?"

Luca bekreuzigte sich. „Sie ist bei Gott", sagte er. „Schon seit drei Jahren."

„Es tut mir leid, das wusste ich nicht." Jean-Marc sah auf das Motorrad hinab und wusste nicht, was er sagen sollte. *Warum wusstest du das nicht?* Er hatte plötzlich neue Schuldgefühle. Im Briefeschreiben war er nie besonders gut gewesen. Aber er hätte sich wenigstens Mühe geben können. Wenn schon nicht für andere, dann wenigstens für Luca.

„Sie ist schnell gestorben und hat nicht sehr gelitten", erklärte Luca. „Gott war gnädig. Er hat uns beinahe fünfundzwanzig gemeinsame Jahre geschenkt." Eine unbehagliche Stille hing zwischen den beiden Männern. Schließlich gab Luca seinem Freund einen freundschaftlichen Klaps auf den Rücken. „Komm schon. Widmen wir uns wieder den Maschinen. Hat sich einiges verändert, seit du und ich mit von der Partie waren, was?“

Eine Stunde später verließ Jean-Marc den Laden. Er hatte es genossen, von den alten Zeiten zu sprechen, als er und Luca als junge Männer bei Testfahrten mit den schnellsten Motorrädern der Welt ihr Leben riskiert hatten. Und er hatte versprochen, sich am nächsten Abend zum Essen in Lucas Wohnung über dem Geschäft einzufinden. Das war das Mindeste, das er tun konnte, dachte er, nachdem er all die Jahre so wenig Anteil am Leben seines Freundes genommen hatte. Das Gute war, überlegte Jean-Marc, als er die Straße hinunter in Richtung Triumphbogen lief, dass er durch das Essen mit Luca einen Abend weniger hatte, an dem er allein warten musste. Ein Problem war jedoch – das wurde ihm klar, als er ein Café betrat –, dass er nicht sagen konnte, ob Lucas religiöser Eifer in den Jahren seit ihrer ersten Begegnung etwas abgekühlt war. Wenn es etwas gab, womit er sich im Moment nicht beschäftigen wollte, dann war das Religion. Hoffentlich erinnerte Luca sich daran. Wenn er sich nicht daran erinnerte ... Jean-Marc seufzte. Er machte es sich in einem Sessel mit dem Rücken zu den anderen Besuchern des Cafés bequem und bestellte etwas zu essen. Und während er aß, gingen seine Gedanken zurück ...

* * *

1974 legte ein einundzwanzigjähriger Jean-Marc im Dock von Marina di Pisa an. Er war beinahe einen Monat lang allein auf See gewesen. Er war hungrig, durchnässt und müde. Seine Lebensmittelvorräte waren fast aufgebraucht, seine Taschen so gut wie leer, und er war sich nicht einmal ganz sicher, in welchem italienischen Hafen er sich befand. In den vergangenen Wochen war er sich überhaupt kaum einer Sache sicher gewesen. Die Tage waren ineinander übergegangen, während er sein kleines Boot von einem Hafen zum nächsten gesteuert hatte, um Spanien herum, die Küste von Monte Carlo entlang und den Stiefel Italiens hinunter. Bald würde er die Stiefelspitze umfahren und danach – tja, danach musste er nach Arbeit Ausschau halten, denn dann war er endgültig pleite.

Die letzten Wochen auf See hatte er in einem Zustand irgendwo zwischen Wut und Depression zugebracht, durchsetzt von einem schweren Gefühl des Verratenseins. Er hatte noch einmal jeden Augenblick dessen durchlebt, was er für die Liebe seines Lebens gehalten hatte. Offenbar war sie es nur für ihn gewesen. Das Mädchen hatte sich genau so verhalten, wie seine Mutter es vorausgesagt hatte.

„Denk daran, mein Sohn, du solltest nicht unterschätzen, was es für ein Mädchen bedeutet, sein Land und seine Familie zu verlassen, in eine neue Kultur einzutauchen und alles, was es kennt, für etwas Ungewisses aufzugeben."

Er hätte auf seine Mutter hören sollen. Sie sagte das nicht, weil sie Mary McKibbin nicht mochte, sondern weil sie aus eigener Erfahrung wusste, wie das war. Sie hatte selbst ihre Heimat verlassen, um den Mann zu heiraten, der dann Jean-Marcs Vater wurde. „Ich sage nicht, dass ich meine Entscheidung bereue", sagte seine Mutter. „Ich sage nur – nach allem, was ich weiß, wird dieses Mädchen es nicht tun."

Seine Mutter hatte recht gehabt. Das Mädchen hatte einen Rückzieher gemacht. Hatte einen reichen Landsmann geheiratet und war verschwunden, ohne auch nur ein Wort zu sagen.

Jung, impulsiv und mit einem Hang zur Dramatik hatte Jean-Marc geglaubt, sein Leben sei vorüber. Und wie es seine Gewohnheit war, hatte er sich seinem eigentlichen Element zugewandt – der See – und dort Trost gesucht.

Nachdem er Marina di Pisa verlassen hatte, stellte der nächste Hafen sich als Livorno heraus, aber Jean-Marc erfuhr das erst, als er in einem winzigen Zimmer hinter dem Motorradladen eines gewissen Donatello Santo aufwachte, krank und verkatert von einer Mischung aus Mangelernährung und Depression. Santo hatte einen Sohn, Luca, und nach wenigen Tagen fuhr Jean-Marc, der keine Angst vor dem Tod hatte und sich sogar beinahe wünschte zu sterben, mit atemberaubender Geschwindigkeit auf einem Motorrad durch die Hügel der Toskana. Der ältere Santo stellte ihn als Arbeitskraft für sein Geschäft ein, und schon bald nahmen Jean-Marc und Luca Santo an städtischen Rennen teil. Es dauerte nicht lange, bis sie sich einen Ruf als Rennfahrer erkämpft hatten.

Jean-Marcs Boot blieb lange im Dock von Livorno liegen. Jung und furchtlos, wie sie waren, waren David und Santo bald feste Größen in der Rennwelt. In einer maßgeschneiderten Lederkluft und in Pose neben der schlanken neuen *Desmo,* warben sie auf Postern für Ducati. Werbeverträge kamen herein und damit auch

Geld und die Mittel, sich zu leisten, was sie haben wollten. Frauen scharten sich um sie, wohin sie auch gingen. Luca lachte und flirtete. Jean-Marc ließ es sich gefallen.

Und dann, eines Tages, schätzte Luca Santo eine Kurve falsch ein. Sein Motorrad rutschte unter ihm weg und landete neben der Rennstrecke auf der Seite, mit durchdrehenden Rädern und heulendem Motor. Luca wurde mit einer solchen Wucht gegen die Absperrung geschleudert, dass er sich mehr Knochenbrüche zuzog, als ein Mensch eigentlich überleben konnte. An jenem Tag war unter den Zuschauern ein amerikanischer Knochenspezialist. Der Motorradfan aus den Vereinigten Staaten bot seine Dienste an und flickte den verletzten Fahrer wieder zusammen. Jean-Marc war dankbar für das Können des Chirurgen, mit dem er Lucas Körper wiederherstellte, aber den Einfluss des Mannes in einem anderen Bereich würde er sein Leben lang bereuen.

Luca erzählte ihm später, dass der Mann, als Luca ihm dafür danken wollte, dass er sein Bein gerettet hatte, die Ehre allein Gott gab. Weder Luca noch Jean-Marc hatten jemals zuvor so etwas gehört. Gott, so sagte der Chirurg, habe ihm an jenem Tag bei der Operation geholfen. „Wenn der Schöpfer der Beine einem dabei hilft, eins davon wieder zusammenzusetzen", lachte er, „passt anschließend alles besser." Jean-Marc fand diese Äußerung amüsant. Luca war fasziniert. Der Arzt blieb noch so lange, bis er sicher war, dass Lucas Bein tatsächlich gerettet war. Lange genug für ausgiebige Gespräche über das Leben.

Der Tag, an dem Dr. Lenert die Heimreise antrat, war

auch der Tag, an dem er Luca Santo sagte, dass seine Rennfahrerkarriere für immer vorbei war. Jean-Marc war gerade im Krankenhauszimmer, als sein Freund die Nachricht erhielt. Erstaunlicherweise schien es Luca nichts auszumachen. „Ich habe ein Bein", sagte er und umfasste die Hand des Chirurgen. „Ich bin dankbar." Seine Augen füllten sich mit Tränen, als er sich von dem Arzt verabschiedete. „Und dank Ihnen habe ich noch viel mehr."

Aber Jean-Marc David wollte nichts von Gott hören. Luca konnte die grundlegendsten Fragen nicht beantworten. Wenn Gott mich so sehr liebt, sagte Jean-Marc, warum ist dann ... Und er hatte eine Menge Warum-Fragen, auf die Luca keine Antwort hatte. Ihre Diskussion dauerte an, während Luca sich erholte.

„Das ist eine merkwürdige Religion, die du da hast", sagte Jean-Marc schließlich eines Abends, als sie mit einer Tasse Kaffee im Hof hinter Donatello Santos Laden saßen und diskutierten. „Nur Fragen und keine Antworten."

„Die Antwort auf die wichtigste Frage habe ich", erwiderte Luca.

„Und was", fragte Jean-Marc, „ist die wichtigste Frage?"

„Was passiert, wenn wir sterben?" Lucas graublaue Augen blickten ihn ernst an. „Ich habe das Flüstern in der Notaufnahme gehört. Ich habe die ängstlichen Gesichter gesehen. Die einzige Frage, auf die ich wirklich eine Antwort suchte, war: *Was ist, wenn ich sterbe?* Und was die anderen betrifft ...", er lachte leise, „die anderen Fragen drehen sich um vergängliche Dinge." Er sah seinen Freund an. „Tot sind wir für immer."

Luca redete weiter, und es schien ihm egal zu sein, ob Jean-Marc es hören wollte oder nicht. Er sprach über Gott und Heiligung, über Vollkommenheit und Sünde. Das alles waren Gedanken, mit denen Jean-Marc aufgewachsen war, weil er, wie alle seine Freunde, brav zur Messe gegangen war und den Katechismus auswendig gelernt hatte. Als die Tage vergingen und Luca nicht aufhörte, wurde immer deutlicher, dass seine Weltsicht sich völlig verändert hatte und dass er sich wünschte, sein Freund möge dasselbe erleben. Je mehr Luca redete, umso weniger hörte Jean-Marc zu. An einem klaren Frühlingsmorgen, kurz nachdem Luca die Krücken abgelegt und einen langen Spaziergang gemacht hatte, bei dem er Gott für seine Heilung pries, rief die See und – Jean-Marc antwortete.

Noch lange nachdem er mit der Rennfahrerei aufgehört hatte, war er voller Bitterkeit, weil Mary McKibbin ihn verraten hatte und weil Luca Santo religiös geworden war. Er nahm das Segeln wieder auf und fing an, Touristen auf kurze Rundfahrten mitzunehmen, um sich finanziell über Wasser zu halten. Er bekam eine Tochter mit einer Sängerin, die er während einer Woche im Hafen kennen gelernt hatte, und übernahm die Aufgabe, das Mädchen großzuziehen, als ihre Mutter das Interesse verlor. Nach einem mühevollen Versuch, Celine allein zu erziehen, heiratete er schnell – eher, um eine Mutter für seine Tochter zu haben, als aus einer großen Liebe zu der Frau.

Magda Romani war die Tochter eines Kunden, die sich das Leben auf See romantisch vorstellte, sich aber nicht für die Realität interessierte, zu der heftige Stürme, endlose Wartungsarbeiten und nur wenig Zeit an

Land gehörten. Als sie Jean-Marc nicht überzeugen konnte, sich einen etwas bodenständigeren Lebensstil anzugewöhnen, war die Ehe am Ende. Mit Hilfe seines Spargroschens, den er in seinen Rennfahrertagen zurückgelegt hatte, kaufte Jean-Marc ein größeres Boot und begann, Mittelmeerkreuzfahrten für kleine Gruppen wohlhabender Touristen zu veranstalten. Nach einigen Jahren hatte er genug gespart, um ein noch größeres Boot zu kaufen. Er genoss auch weiterhin die Gesellschaft von Frauen und heiratete schließlich erneut, trotz Celines Protest und der Tatsache, dass sie die Frau nicht mochte. Die Beziehung war schwierig, und hinzu kamen andere Probleme, aber als Celine eines Tages mit der Nachricht nach Hause kam, sie sei schwanger, habe aber nicht die Absicht zu heiraten, hatte die zweite Ehefrau genug. „Ich werde nicht das uneheliche Kind dieser Schlampe großziehen!", kreischte sie.

Während der ersten Jahre, die Jean-Marc auf See verbrachte, hatten er und Luca noch Kontakt gehalten. Aber Santos glühende Briefe über seine Heirat und seinen Gott wurden zunehmend lästig. Schließlich antwortete Jean-Marc nicht mehr, und er bemerkte es kaum, als auch Santo nicht mehr schrieb.

* * *

Nun, da er in dem Café saß und all die Jahre an sich vorbeiziehen ließ, spürte Jean-Marc wieder Ärger über den religiösen Eifer seines Freundes in sich aufsteigen. Offenbar hatte Luca Sophias Tod als Gottes Willen akzeptiert. Was hatte er gesagt? *„Sie ist bei Gott."* Er schien sich dessen ganz sicher. Und er hatte sogar etwas gefunden, wofür er dankbar sein konnte. *„Sie ist schnell gestorben und hat nicht sehr gelitten. Gott war gnädig. Er hat uns beinahe fünfundzwanzig gemeinsame Jahre geschenkt.“*

Das machte einen so verrückt bei diesen religiösen Leuten, dachte Jean-Marc. Sie nahmen schreckliche Dinge hin und behaupteten anschließend noch, sie seien genau dem Gott *dankbar*, der – wenn es ihn gab – die Tragödie von vornherein hätte verhindern können. Das würde er nie im Leben akzeptieren können. Es war irrational. Unterwürfig. Wo, fragte er sich, blieb da Lucas Selbstachtung? Sich so zu ducken und einfach hinzunehmen, was immer Gott austeilte ... das würde er selbst niemals tun! Er begann den morgigen Abend mit Luca zu fürchten. Im Moment drängten sich schon genug Dinge aus der Vergangenheit in sein Leben. Da konnte er das Thema Gott nicht auch noch gebrauchen. Er hatte es lange erfolgreich vermieden. *Wann immer es in deiner Hand lag*, korrigierte er sich selbst. *Aber das Thema Gott ist durchaus aufgetaucht, sogar ein, zwei Mal an Bord.*

Beim Nachtisch erinnerte er sich an eine seiner eher direkten Segelbegegnungen mit Gott. *Wann war das noch mal ...?*, überlegte er. Vielleicht ein Jahr, nachdem er den letzten Brief von Santo erhalten hatte? Ja. Ungefähr um die Zeit. Er erinnerte sich gut an die Frau. Weniger, weil sie sich für Gott interessierte, sondern weil sie ihn an Mary McKibbin erinnerte. Doch die Ähnlichkeit endete mit der äußeren Erscheinung, weil diese Frau im Gespräch immer wieder Hinweise auf das Göttliche einfließen ließ. Es war nicht aufdringlich, nur merkwürdig. Vor jeder Mahlzeit neigte sie den Kopf. Eines Abends, als er dachte, alle Passagiere wären längst zu Bett gegangen, ging Jean-Marc an Deck, um eine Zigarette zu rauchen, und stolperte beinahe über sie. Sie lag auf dem Rücken und sah zum Himmel hinauf.

„Ups! Oh, das tut mir leid." Sie sprang auf, offensichtlich peinlich berührt – ob es daran lag, dass er sie in etwas ertappt hatte, das wie ein Nachthemd aussah, konnte er nicht sagen.

„Unsinn. Ich muss mich entschuldigen", sagte Jean-Marc. „Ich wäre beinahe auf Ihren Kopf getreten. Ist alles in Ordnung?"

„Mir geht's gut", sagte sie und schob sich eine Locke hinter die Ohren, was er reizend fand. Und ihn an Mary erinnerte. Ja, ausgesprochen reizend. Sie sah zum Himmel hinauf. „Ich lebe in Chicago. Solche Sterne wie hier habe ich noch nie gesehen." Sie vollführte eine weite Armbewegung quer über den Himmel. „Eigentlich habe ich zu Gott nur ‚Klasse Arbeit' gesagt." Sie lehnte sich an die Reling. „Ich hatte gehofft – oder besser gesagt, gebetet –, dass Sie nicht recht haben mit Ihrer Vorhersage eines Unwetters."

„Ich bin froh, dass ich Unrecht hatte", sagte Jean-Marc. Er zeigte auf die Brücke. „Sie können gerne dort hinaufklettern. Da oben ist die Gefahr nicht so groß, dass man auf Sie drauftritt."

„Ich will aber nirgendwo sein, wo ich nichts zu suchen habe", sagte sie. Wieder die Ähnlichkeit mit Mary. Diese Angst, zu weit zu gehen. War das eine amerikanische Angewohnheit? Oder eine weibliche?

Angesichts seiner zwei Ehefrauen verwarf er die letztere Möglichkeit inzwischen. Keine von beiden hatte jemals ihre eigene Bequemlichkeit wegen irgendeiner „Regel“ zurückgestellt.

„Das geht schon in Ordnung, dass Sie da oben sind“, hatte er ihr versichert.

In den nächsten beiden Tagen schien das Schicksal dafür zu sorgen, dass sich ihre Wege ständig kreuzten. Zuerst war er misstrauisch, weil er dachte, diese Frau namens Betty könnte einfach eine von diesen jungen Frauen sein, die auf der Suche nach einem Ehemann waren. Er wollte ja nicht eingebildet sein, aber sein Spiegel sagte ihm, dass er nicht unattraktiv war.

Selbst jetzt, so viele Jahre später, musste er sich vor den Dominique Chevaliers dieser Welt hüten. Die Jahre durchzogen sein dunkles Haar allmählich mit weißen Strähnen, aber Dominique sagte, dadurch sehe er „distinguiert“ aus. Das Meer hatte seine Haut gegerbt, aber wenn er in den Spiegel sah, leuchteten ihm blaue Augen aus einem Gesicht entgegen, das man zwar vielleicht nicht als gut aussehend, aber zumindest als interessant bezeichnen konnte. Er hatte sich sogar an seine Nase gewöhnt – irgendwann mit Mitte dreißig.

Als er merkte, dass Betty ihm sogar ein, zwei Mal aus dem Weg ging, wurde ihm klar, dass sie nicht auf der Suche nach einem Mann war. Offenbar war eine schöne Kreuzfahrt das Einzige, was sie von Jean-Marc David wollte. Immer wieder begegnete er ihr an verschiedenen Plätzen auf dem Schiff, in ihre Lektüre vertieft. Wie sich herausstellte, las sie in der Bibel. Als er sie danach fragte, sagte sie lachend: „Ich versuche, den Sinn des Lebens herauszufinden.“ Das war alles. Keine Predigt. Nur ein verlegenes kleines Lachen. Aber er bemerkte, wie sie den Kopf vor den Mahlzeiten neigte, und mehr als einmal sah er sie nachts draußen stehen und den Himmel beobachten. Oder sie stand an den Mast gelehnt und sang leise vor sich hin.

Nach Betty lernte er noch andere religiöse Menschen kennen. Einige auch an Land, aber meistens waren sie Teil irgendeiner Segelgruppe. Es waren insgesamt nicht sehr viele, aber genug, so dass Jean-Marc einmal amüsiert dachte, wenn es wirklich einen Gott gab, überwachte er anscheinend Jean-Marcs Fortschritt, indem er seine Boten in Reisegruppen einschleuste.

* * *

Es hatte angefangen zu regnen, während Jean-Marc seine Mahlzeit gegessen hatte, aber jetzt hörte es schon wieder auf. Mit dem Klappern von Geschirr und dem Scharren von Stuhlbeinen auf dem Fußboden erhoben viele der Gäste sich, um zu gehen, darunter auch Jean-Marc. Draußen verlockten ihn der saubere Geruch des Bürgersteigs und das Glänzen der Laternen auf den nassen Straßen dazu, den Weg zu seinem Hotel am linken Seineufer zu Fuß zurückzulegen. Es war recht weit, aber er kannte die Fahrpläne nicht, und wenn er so richtig müde war, überlegte er, würde er vielleicht besser schlafen. Er überquerte die Seine am Pont de l'Archeveche und blieb kurz stehen, um Notre Dame zu betrachten. Er war mit den Jahren weicher geworden, stellte er fest. Frömmigkeit erboste ihn nicht mehr so wie früher. Trotzdem machte er sich Sorgen, dass Luca Santo glauben könnte, Jean-Marc David sei in sein Leben zurückgekommen, um sich zu bekehren. Er beschloss, ihr gemeinsames Essen zu verschieben. Vielleicht auf mittags nach Heiligabend. Vielleicht auch nicht.

Kapitel 18

Jeff

Ich bin ein Schwächling. Ich hatte vor, bis zum neuen Jahr Abstand zu Miss Elizabeth Davis zu halten. Ich habe es geschafft, nicht anzurufen, als ich sie an jenem Tag in der Stadt sah, und ich dachte, ich könnte vielleicht in den nächsten zwei Wochen vermeiden, ihr zu begegnen. Sie würde nach Paris fahren, um Mary zu suchen und ... na ja, danach würde man schon sehen.

Aber dann hat sie angerufen. Ihre Stimme klang so anders am Telefon. Bittend, weich. Sie versuchte nicht, mich zu manipulieren. Es klang, als würde sie mich wirklich brauchen.

Als sie mir den Stapel Zeitungsausschnitte und die anderen Informationen über Mary zeigte, war ich genauso fasziniert wie sie. Aber ich fühlte mich auch bestätigt. Ich hatte immer vermutet, dass in Mary Davis mehr steckt, als man ihr ansieht. Wahrscheinlich, weil ich sie so gern habe, und von Menschen, die man mag, nimmt man immer das Beste an. Aber die Frau hat einen Abschluss in Französich und als zweites Hauptfach Wirtschaft, um Himmels willen! Dadurch wird Liz' Abneigung, ihr eine echte Stimme im Sitzungsvorstand zu geben, nur noch absurder.

Das Problem bei Lizzie ist, dass sie noch nie delegieren konnte. Ihr Vater war im Grunde genauso. Sam gab sage und schreibe sechs Stunden vor seinem Tod noch Anweisungen. Man sollte meinen, in einer solchen Situation würde man seinen Frieden mit Gott machen, aber Sam Davis versuchte, noch mehr Geld zu machen. Das ist die reine Wahrheit, und zum ersten Mal wird mir, glaube ich, bewusst, wie tragisch das eigentlich ist. Liz war in Sams letzten Stunden nicht an seiner Seite. Er sagte ihr, er wolle sie im Büro haben, „Gewehr bei Fuß" sozusagen. Schließlich setzte sie sich doch über seinen Befehl hinweg und fuhr nach Hause, als Mary sie anrief. Aber als sie dort ankam, war kaum noch Leben in ihm. Soweit ich weiß, hat er für keine von beiden noch ein letztes Wort gehabt.

Ich weiß nicht, wie sich alles entwickelt, aber ich habe das Gefühl, dass Liz irgendwie glaubt, wenn sie eine Beziehung zu Mary aufbaut, würde sie Sam verraten. Und dieses Mädchen hat ein so unumstößliches Bild von Samuel Frederick Davis, dass sie sich offenbar nicht vorstellen kann, er könnte eventuell nicht der Mann gewesen sein, für den sie ihn hielt.

Ich persönlich verstehe nicht, warum das so ein Drama ist. Niemand ist vollkommen. Sam hatte großartige Eigenschaften – Eigenschaften, die ich bewundere. Es gab auch Dinge an ihm, die ich nicht mochte. Lizzie muss lernen, dass sie das Gute lieben und das Schlechte vergeben kann und dass Sam in Frieden ruhen kann, während sie ihre Mutter besser kennen lernt.

Ich hoffe, dass die Dinge sich allmählich ändern. Dem Himmel sei Dank, dass Irene Baxter all diese Informationen über die Mary aus der Zeit vor Sam aufgehoben hat. Liz wird aus all dem im Moment nicht schlau, aber sie wird schon noch dahinter kommen. Sobald ihr Pass da ist, fliegt sie – fliegen wir – nach Paris. Ich habe nachgegeben und gesagt, dass ich ihr helfen werde. Wir erstellen eine Liste der Hotels in der Nähe der Sorbonne, und ich fange morgen damit an, sie anrufen.

Im Augenblick hat Liz Angst. Sie steht kurz davor, neue Entdeckungen zu machen, die ihre Sicht der Vergangenheit ändern könnten. Sie konnte noch nie gut zugeben, dass sie sich geirrt hat. Da kommt der Samuel Davis in ihr durch. Aber es gibt auch eine weichere Seite. Ich weiß, dass sie da ist, denn in sie habe ich mich verliebt.

* * *

Liz

Ich habe Angst. Im Moment kommt es mir vor, als wäre nichts von dem, was mein Leben ausmacht, wirklich so, wie es zu sein schien. All diese Dinge über meine Mutter, die ich nicht wusste ... Ich kann nicht verstehen, warum Papa sie dazu gebracht hat, das alles auszulöschen. Eine Sache, die ich an Jeff liebe, ist die Tatsache, dass er sich von jemandem wie mir nicht einschüchtern lässt. Ich meine, ich bin eine starke, unabhängige Frau, und ich bin recht erfolgreich – obwohl ich gerne zugebe, dass mir vieles davon auf einem Silbertablett serviert wurde. Aber ich habe auch einiges selbst erreicht. Die Firmenaktien sind gestiegen, seit Papa tot ist, und ich schmeichele mir, dass meine gute Arbeit der Grund dafür ist. Die Stiftung hat das Geld für den neuen Onkologie-Trakt zusammenbekommen, und es gibt noch ein paar kleinere Dinge, die ich geschafft habe.

Jedenfalls lässt Jeff sich davon nicht einschüchtern. Er weiß, was er wert ist. In dieser Hinsicht erinnert er mich an Papa. Obwohl ich allmählich glaube, dass Papa gar nicht der Mensch war, den ich kannte. Ich kann nicht verstehen, warum er von Mutter verlangt hat, dass sie mit dem Geigespielen aufhört. Was für Auswirkungen kann das denn auf eine Ehe haben? Wie hätte Musik etwas Negatives sein können? Und warum hat er ihr keine Arbeit in seinem eigenen Unternehmen gegeben? Mit ihren Zeugnissen hätte sie es auf jeden Fall verdient. Ich wurde im ersten Jahr ihrer Ehe geboren, deshalb wollte sie vielleicht zu Hause bei mir bleiben. Ich wüsste gerne, ob das der Grund ist ... oder ob sie ihre Berufstätigkeit aufgeben musste. Wegen Papa.

Es gibt so vieles, das ich sie fragen möchte, aber zuerst muss ich sie finden. Jeff versichert mir, dass wir sie finden werden, aber wenn ich die Liste der Hotels ansehe, bin ich nicht so sicher. Und mein Pass ist immer noch nicht da. Ich habe Mutter mehrere E-Mails geschrieben. Keine Antwort. Sie hat gesagt, alles sei in Ordnung, aber ich würde viel darum geben, noch eine Nachricht von ihr zu erhalten.

In den letzten Tagen habe ich mich selbst einmal kritisch unter die Lupe genommen. Und ich habe dabei nicht viel gesehen, was mir gefällt. Kein Wunder, dass Jeff etwas Abstand wollte. Ich bin so froh, dass Irene mir diesen braunen Umschlag gegeben hat. Das hat mir wirklich die Augen geöffnet. Es ist eine Schande, dass dieser Umschlag dazu nötig war. Mutter hat immer versucht, mir eine gute Mutter zu sein. Die meiste Zeit habe ich das als minimalen Aufwand abgetan und mich gefragt, warum sie nicht etwas Vernünftiges mit ihrem Leben anfängt. Hillary Clinton hat einmal gesagt, sie sei Juristin geworden, weil sie in ihrem Leben etwas Wichtigeres tun wollte als Plätzchen zu backen. Viele Frauen haben sich damals aufgeregt. Ich habe nicht verstanden, warum.

Als ich Mutter danach fragte, lächelte sie nur und sagte: „Es gibt keine größere Herausforderung auf der Welt, als eine ewige Seele zu formen, Elizabeth. Und nichts Wichtigeres, als in eine Ehe und ein Kind zu investieren." Sie tätschelte meinen Arm. „Dein Papa braucht viel Aufmerksamkeit, Liebling. Ich wusste das, als ich einwilligte, ihn zu heiraten. Ich habe kein recht, mich zu beschweren." Sie zwinkerte. „Und abgesehen davon backe ich die besten Schokoladenkekse diesseits von Missouri."

Ich erinnere mich, dass ich damals dachte, sie versuche nur, sich aufzumuntern, weil sie außer einem sauberen Haus in ihrem Leben nicht viel erreicht hatte. Jetzt verstehe ich, was sie für Papa und mich aufgegeben hat, und schäme mich fürchterlich. Ich glaube, ich habe ihr noch nicht einmal dafür gedankt.

Ich bin so froh, dass Jeff mit mir kommt. Ich habe schreckliche Angst vor der ganzen Sache. Wie fängt man nach achtundzwanzig Jahren mit falschen Annahmen und Vorurteilen an, eine enge Beziehung aufzubauen? Wenn das keine weltbewegende Veränderung ist! Ist schon merkwürdig, dass ich keine Probleme habe, eine Vorstandssitzung zu leiten oder mit aggressiven Konkurrenten fertig zu werden, während die Vorstellung, mit meiner Mutter zu reden – der *echten* und nicht der, die nach dem Bild von Sam Davis geschaffen wurde – mich in Panik versetzt.

* * *

Mary

23. Dezember 2003
Der Augenblick der Wahrheit ist beinahe gekommen. Während der 24. Dezember näher rückt, merke ich, dass ich nervöser bin als sonst. Außerdem vermisse ich Annie Templeton. Noch nie bin ich einem Menschen in so kurzer Zeit so nahe gekommen. Natürlich ist das auch der Einfluss von Sam. Ihm war ich nicht einmal nach siebenundzwanzig Jahren Ehe besonders nahe. „Das ist Sams Einfluss" ist inzwischen so etwas wie ein Pauschalbegriff für mich geworden.
Es ist Sams Einfluss, dass ich seit 1974 nicht mehr Geige gespielt habe.
Es ist Sams Einfluss, dass ich keine engen Freunde hatte.
Es ist Sams Einfluss, dass ich meine Studienabschlüsse nie einsetzen konnte.
Aber ich war dabei, über Annie Templeton zu schreiben. Innerhalb von zwei Wochen ist Annie für mich die Tochter geworden, die ich nie hatte. Die mir zuhört, wenn ich Geige spiele, die zusammen mit mir neue Dinge ausprobieren will, die ich nicht durch die Brille sehe, die Sam geschaffen hat ... und deshalb ist es wahrscheinlich gut, dass Annie Templeton über die Feiertage zu ihren Eltern nach England gefahren ist. Wenn ich mit Annie zusammen bin, schmerzt Liz' Meinung von mir nur noch mehr. Was sich da mit Annie entwickelt, habe ich mir immer mit Liz gewünscht.
Das muss aufhören. Dass ich all den Dingen nachtrauere, die Liz nicht über mich weiß. Ich habe keine Ahnung,

ob Jean-Marc David morgen Abend erscheinen wird oder nicht, aber allmählich wird mir klar, dass ich meine Zukunft nicht noch einmal an einen Mann binden kann. Ich hoffe trotzdem, dass Jean-Marc kommt. Aber ich will nicht in fünfundzwanzig Jahren sagen: „Das ist der Einfluss von Jean-Marc." Zumindest nicht als Ausrede dafür, dass bestimmte gute Dinge nicht geschehen sind.
Gute Dinge. Sam hat eine Menge guter Dinge in mein Leben gebracht. Ich muss damit aufhören, mich über das zu ärgern, was er mir weggenommen hat, und stattdessen anfangen, mich an die Dinge zu erinnern, die er mir gegeben hat. Und da würde ganz oben auf der Liste natürlich Elizabeth stehen. Wenn das Leben tatsächlich so wäre, wie es zu sein scheint. Aber die Wahrheit ist ... Liz ist nicht Sams Einfluss.

* * *

Irene

Ich weiß, dass mein Gesang mehr wie ein Rasseln in der Kehle klingt als wie ein Lied, aber besser geht es nun mal nicht, und ich habe allen Grund zu singen. Erstens ist heute Heiligabend, ich brate zum x-ten Mal die Eier für Cecil, und es ist ein Segen, einen gesunden, liebevollen Mann zu haben – auch wenn er nie etwas anderes zum Frühstück ausprobiert.

Aber es kommt noch besser: Elizabeth kommt vorbei. Es war richtig, ihr die Unterlagen ihrer Mutter zu zeigen. Jetzt scheint sie einen unstillbaren Wissensdurst zu haben. Sie will, dass ich stundenlang über ihre Mutter rede – was meiner Singstimme sicher auch nicht gut getan hat, wenn ich es recht bedenke. Ich bin richtig heiser vom Reden. Soweit ich es beurteilen kann, haben Lizzie und ich in den letzten Tagen hier in der Küche so ziemlich das ganze Leben ihrer Mutter abgespult. Das Mädchen hat mehr Fragen, als eine Giraffe Flecken hat. Nicht alles, was sie hörte, hat ihr gefallen, aber ich habe mein Bestes getan, so ehrlich wie möglich zu antworten, und überlasse es ihr, daraus schlau zu werden.

Ein weiterer Grund, warum ich singe, ist Mr Jeffrey Scott. Er fliegt mit Lizzie nach Paris. Wie es aussieht, blüht ihre Beziehung so richtig auf. Selbst wenn er vom anderen Zimmer aus die Hotels in Paris anruft, ist es, als würde ein Band die beiden verbinden. Er ist eine Weile fort, dann kommt er in die Küche und tätschelt ihre Schulter oder gibt ihr einen Kuss auf die Wange. Oder sie ziehen ihre Mäntel an und gehen spazieren. Oder er macht sich einen heißen Kakao – Jeffrey mag keinen Kaffee – und schiebt sich neben sie, und sie kuscheln ein bisschen. Und das erinnert mich dann daran, wie Cecil und ich waren, als wir miteinander ausgingen. Cecil ist nicht meine erste Liebe, aber zweite Wahl ist er auch nicht, und als wir jünger waren, haben wir auch ausgiebig gekuschelt. Wir tun es immer noch, auch wenn es einen Kerl namens „Arthur Rose“ gibt, der uns manchmal dazwischenfunkt.

Es gibt noch einen Grund für meinen Gesang, und das ist der, dass Mrs Davis wieder eine E-Mail geschickt hat. Sie hat Lizzies Mails gelesen – und ich glaube, es waren eine ganze Menge – und ihr gesagt, dass alles gut wird und sie bald nach Hause kommt. Es war keine lange Mail, aber sie hat die Stimmung für die Feiertage hier bei uns doch merklich gehoben. Ich werde morgen vier Hähnchen in den Ofen schieben, und Lizzie, Jeffrey, Cecil und ich lassen es uns dann gut gehen. Und am 26. fliegen Jeffrey und Lizzie dann nach Paris und überraschen Mrs Davis.

Und da ist noch ein Grund, warum ich singe. Lizzies Pass ist endlich da.

Also frohe Weihnachten allen, und allen eine gute Nacht.

Kapitel 19

Mary

Im Hotel ist es still, als ich die Treppe hinunterkomme. Alle scheinen ihren Platz für die Feiertage gefunden zu haben, und als ich auf die Straße trete, ist auch dort alles verlassen. Selbst die Autos, die sich sonst auf beiden Seiten der Straße aufreihen, fehlen. Ich gehe zu dem Platz, an dem Annie und Arnaud und ihre Freunde oft ihre Open-Air-Konzerte veranstalten, und frage mich, wie ihre Ferien wohl sind. Annie ist Einzelkind, und ihre Eltern haben bestimmte Erwartungen – und Annie sagt, dass sie keiner von ihnen bislang entsprochen hat. Sie wollen, dass Annie Konzertcellistin wird. Sie will sowohl Geige als auch Cello spielen – und beides mehr zum Spaß als aus Berufung. Sie wollen, dass Annie auf ihrer Seite des „Teichs" bleibt. Sie hingegen will die Welt erkunden. Sie wollen, dass Annie heiratet, und haben sogar schon den „Richtigen" für sie ausgesucht. Sie will auch heiraten, aber der Glückliche heißt Arnaud.

Ich bleibe einen Augenblick lang stehen und wünschte, die Brunnen würden ihre einsame Wassermusik spielen. Ein Stück die Straße hinunter geht ein Pärchen, eng aneinandergeschmiegt. Es ist so kalt, dass ich meinen eigenen Atem sehen kann. Ich hoffe, es fängt nicht an zu regnen. Ich habe unvernünftig lange für meine Frisur gebraucht. Wahrscheinlich sieht mein Haar jetzt genauso aus wie vor einer Stunde, als ich aus der Dusche kam. Locken sind nun einmal so. Die Krause hat nachgelassen, seit meine Haare grau geworden sind. Darüber bin ich froh. Aber trotzdem verzweifle ich noch immer oft beim Frisieren. Annie sagt, ich solle es einfach natürlich lassen. Aber Annie findet auch Dreadlocks attraktiv.

Während ich den Boulevard Saint-Michel entlanggehe, trödele ich und bemerke dabei Dinge, die mir in den vergangenen Tagen nicht aufgefallen sind. Ich versuche, ganz gelassen zu sein, aber je näher ich der Seine komme, umso schneller laufe ich. Als ich den Fluss erreiche, bin ich ganz außer Atem und komme mir lächerlich vor. Ich sollte nicht rennen. Wenn er sich an den Heiligabend vor neunundzwanzig Jahren erinnert, weiß er, dass er nicht vor Einbruch der Dunkelheit zu kommen braucht. Ich gehe links anstatt rechts. Schließlich überquere ich den Pont Neuf. Ich muss immer lächeln, wenn ich an diese „neue Brücke" denke – die 1607 eröffnet wurde. Die Laternenpfähle sind Kunstwerke, jeder einzelne aus Bronze gegossen, die Sockel eine Reihe krallenbewehrter Füße, und als Verzierung schauen stilisierte Wesen aus der Höhe nahe der Laterne auf die Passanten herunter. Ich bleibe mitten auf der Brücke stehen und denke an die Menschen, die jeden Tag hier entlanggehen, an all die Träume und Wünsche und Versprechen, die hier wahr wurden oder vom Wasser, das unter der Brücke fließt, hinweggespült wurden. Vor mir liegt Notre Dame, die Silhouette leicht verschwommen in der Dämmerung, bevor das Flutlicht angeschaltet wird.

Hinter und unter mir höre ich Reifen quietschen und Stimmen rufen. Wie es scheint, verbessert selbst der Heilige Abend die Laune mancher Pariser Autofahrer nicht. Ich sehe auf meine Uhr. Es ist immer noch zu früh. Schließlich gehe ich auf der anderen Seite des Flusses weiter. Keines der kleinen Blumengeschäfte hat heute Abend geöffnet. Ihre Stände – tragbare „Läden“, die an der Betonbrüstung an beiden Ufern der Seine aufgereiht sind – sind verriegelt und verrammelt. Ich frage mich, wo die alte Frau wohl Heiligabend verbringt, die normalerweise am Eingang auf einem schmiedeeisernen Hocker sitzt. Im Abendkleid, vollständig mit Hut und Handschuhen, lächelt sie die Passanten sonst lieblich an, richtet die vielen Lagen Modeschmuck um ihren Hals, rückt die Sonnenbrille zurecht und springt dann mit einer Energie auf, die ihre weißen Haare Lügen straft, um für einen Kunden einen Blumenstrauß zu binden. Auch wenn ihr Laden heute Abend geschlossen ist, hat sie den Hocker draußen vergessen. Er steht neben dem Eingang wie ein Thron, der auf seine Königin wartet. Ich frage mich, was die Blumenfrau zu besonderen Anlässen trägt. Ich stelle sie mir in einem strassbesetzten Tüllgewand und Tiara vor, umgeben von liebenden Urenkeln, die finden, dass ihre Uroma vielleicht ein bisschen verrückt, aber das Juwel im Familienstammbaum ist. Selbst exzentrische alte Damen verbringen Weihnachten bei ihrer Familie. Ich verspüre einen Anflug von Einsamkeit und sehne mich nach Hause, wo Irene jetzt wahrscheinlich die Zimtbrötchen für ihr traditionelles Chili-und-Brötchen-Essen am Heiligabend backt. Ich hoffe, sie macht welche für Elizabeth und Jeffrey. Manche Bräuche sollten sich nie ändern.

Die Glocken von Notre Dame läuten. Ich gehe auf

die Brücke zurück. Nebel legt sich über die Stadt und hüllt die Spitzen der Glockentürme ein. Die Lichter der Scheinwerfer werden reflektiert und tauchen alles in einen bernsteinfarbenen Schein. Ich schließe die Augen und denke an 1974 zurück und an ein anderes Mal, als die Glocken von Notre Dame genau in dem Augenblick zu läuten begannen, in dem ich zum ersten Mal die Worte *Ich liebe dich* sagte ...

* * *

Mein Professor hatte zu Beginn meines Studienjahres ein langes Wochenende in Paris organisiert, aber mir war sehr schnell klar, dass ein langes Wochenende für mich nicht genug sein würde. Die Stadt rief mich jede Woche während meines Studiums in Arcachon, und sobald ich meine letzte Hausarbeit abgegeben hatte, bat ich Professor Max um die Erlaubnis, nach Paris zurückzukehren.

Wie sich herausstellte, wollte Mr Davis, der Mann, dessen Freund der Besitzer des Rolls-Royce bei der Autoausstellung gewesen war, in die Stadt fahren, um seine Rückreise in die Vereinigten Staaten vorzubereiten. Es sei ihm ein Vergnügen, mich mitzunehmen.

Jean-Marc hatte angeboten, mit mir nach Paris zu fahren – obwohl ich wusste, dass er große Städte hasste. Aber an dem Wochenende, an dem ich nach Paris wollte, fand eine Regatta statt. Wir stritten uns heftig. Er habe die Chance, in diesem Jahr zu gewinnen, sagte er und sah nicht ein, warum ich dafür kein Verständnis hatte. Er wiederum verstand nicht, warum ich nicht wegen ihm dableiben wollte. Aber ich hatte nicht nur die Gelegenheit, Menuhin die Bartók-Sonate spielen zu hören, sondern sollte ihn sogar persönlich kennenlernen – Mr Davis sei Dank –, und ich konnte nicht begreifen, wie Jean-Marc so egoistisch sein konnte, mir einen Lebenstraum zu versagen.

Jean-Marc blieb in Arcachon, und ich fuhr mit Mr Davis nach Paris. Er sorgte sogar dafür, dass ich bei Freunden von ihm im Pariser Stadtteil Marais wohnen konnte. Marais war auf seine Art interessant, aber ich zog es vor, durch die Buchhandlungen und Teestuben im Quartier Latin zu streifen. Stundenlang wanderte ich durch die Hallen des Louvre.

Eines Tages blickte ich auf und sah Mr Davis vor mir stehen. Er sagte, ich solle ihn doch Sam nennen, und lud mich zum Mittagessen ein. Insgesamt war er sehr charmant und hilfsbereit. Ich begegnete Menuhin, wie versprochen. An jenem Abend ging ich an Sams Arm und kam mir vor wie eine Prinzessin im Märchen. Ich fragte mich, wann ich wohl aufwachen würde.

Sam behielt mich die ganze Woche über im Auge. Er war nicht aufdringlich und mischte sich nicht in meine Angelegenheiten ein, aber mehr als einmal war er da, wenn ich aus einem Museum oder Geschäft kam, und lud mich zum Essen ein. Einmal gingen wir sogar zu *La Tour d'Argent,* und er lachte über meine Naivität und bestand darauf, meine Unkenntnis im Blick auf gehobene Restaurants ausgesprochen reizend zu finden. Er machte mir Komplimente wegen meiner Französischkenntnisse – seine waren bestenfalls mittelmäßig –, und in seiner Gegenwart fühlte ich mich überhaupt wie das Aschenputtel.

Aber ich vermisste Jean-Marc. An Heiligabend

hatte ich vorgehabt, in das Konzert eines bekannten Organisten zu gehen, der in Notre Dame spielte. Irgendetwas an der Stadt trug an diesem regnerischen, nebligen Abend zu dem unguten Gefühl bei, das mich schon seit Tagen begleitete. Ich war entschlossen, am nächsten Morgen abzureisen und nach Arcachon zurückzufahren. Es war keine bewusste oder geplante Entscheidung, aber allmählich wurden mir all die Aufmerksamkeiten, mit denen Sam Davis mich überschüttete, unangenehm. Es schien mir Jean-Marc gegenüber irgendwie nicht loyal zu sein.

Da war ich also nun an Heiligabend und hatte Heimweh nach einem Ort, der eigentlich gar nicht mein Zuhause war. Mir wurde klar, dass ich Jean-Marc David liebte, und ich fragte mich, ob er mich überhaupt vermisste. Ich setzte mich auf eine Bank im Park hinter Notre Dame. Eigentlich wollte ich nicht weinen, aber plötzlich überkam mich eine ganz emotionale Stimmung. Ich schloss die Augen, lehnte mich zurück und lauschte den Glocken ... und er war da. Jean-Marc. Er hatte einen Zug genommen und war den ganzen Tag in der Stadt herumgelaufen, um mich zu suchen. Er hatte schon so gut wie aufgegeben, aber dann erinnerte er sich daran, dass ich erwähnt hatte, ich wolle in Notre Dame die Messe feiern. Er wollte gerade hineingehen, da sah er mich im Garten.

Er gab mir einen Kuss – die Art Kuss, die eine Frau nie vergisst. Süß, drängend, fordernd, abwartend ... in diesem Kuss erschloss sich mir eine ganz neue Welt. Wir flüsterten einander unsere Liebe zu. Wir gingen umher. Wir küssten uns. Wir gingen nicht zur Messe in die Kathedrale.

* * *

Er kommt nicht. Ich hätte es wissen müssen. Ich warte jetzt schon so lange auf dieser Bank, dass ich ganz durchgefroren bin. Die ersten Gläubigen kommen schon wieder aus der Kirche heraus. Die Orgel hat gespielt, der Chor hat gesungen, die Glocken haben geläutet. Ich bin mehrmals durch den Garten gegangen und habe mich ermahnt, die Farbtupfer in den hohen, schmalen Fenstern zu bewundern. Ich bin zum Fluss gegangen und habe das Wasser beobachtet und mich erinnert ... und ... jetzt ist es genug. Jetzt weiß ich wohl, was ich wissen wollte. Keine Antwort ist schließlich auch eine Antwort. Und manchmal sagt das, was wir nicht tun, mehr als das, was wir tun.

Ich hole tief Luft und blicke durch den Nebel zur Kirche hinüber. Ich sehe die Strebebögen bis zum oberen Rand der Mauern hinaufreichen, die sie mehrere Jahrhunderte hindurch gestützt haben, sogar durch zwei Weltkriege. Überall um mich herum stehen Gebäude, die viele Menschenleben überdauert haben und wahrscheinlich noch viele weitere überleben werden. In all dem ist eine Lektion verborgen ... und diese Lektion, glaube ich, heißt, dass ich eine Närrin war, weil ich glaubte, meine kleinen Sorgen würden den Gott kümmern, der Menschen zum Bau von Kathedralen inspiriert hat.

Erbärmlich. Ich bin wirklich Mitleid erregend. Was in aller Welt tue ich hier ... vom anderen Ende der Erde hergekommen, um ... ja, was genau suche ich eigentlich?

Ich weiß, worauf ich gehofft hatte. Liebe. Die Art

von Liebe, die Sam Davis mir nicht geben konnte. Die Art von Liebe, wie Jean-Marc sie versprochen hatte – und die ich Angst hatte anzunehmen.

Verabschiede dich, Mary McKibbin Davis. Sag ein für alle Mal Lebwohl! Was vorbei ist, ist vorbei. Du kannst nicht nach Hause zurück. Und wonach du auch gesucht hast – es ist nicht hier in Paris.

Ich sehe Jean-Marc David vor mir, wo auch immer er ist, wie er bei der Vorstellung lacht, dass seine alte Flamme in diesem Garten auf eine alberne Wiedervereinigung wartet, zu der er nicht erscheinen wird. Und warum sollte er auch?

Du kannst nicht nach Hause zurück.

Du kannst nicht nach Hause zurück.

Du kannst nicht.

Die Glocken haben wieder zu läuten begonnen. Tränen steigen in mir auf. Ich stehe auf und gehe auf den Weg am Fluss zu. Ich werde die Brücke in Richtung Süden überqueren und dann durch Klein-Athen zurückgehen, nur um der alten Zeiten willen.

„*Marie? Marie, c'est toi? C'est vraiment toi?*"

Ich bilde mir das nur ein. Es sind die Glocken ... und der –

„*C'est moi, Marie. Jean-Marc. Comment vas-tu, chérie? Mais tu es belle ... si belle ... encore ... si belle ...*"

Die nordisch blauen Augen lächeln immer noch. Ich öffne den Mund, aber ich finde keine Worte. Er hat mich *chérie* genannt ... Liebes. Er findet mich immer noch schön. Ich sollte etwas sagen, aber ich kann nicht. Er küsst mich auf beide Wangen. Er lacht. Ich lächele, aber noch immer bringe ich kein Wort heraus. Aber wahrscheinlich sagen die Tränen, die mir über die

Wangen laufen, mehr als genug, denn er breitet die Arme aus. Und ich sinke hinein.

Die Glocken, Glocken, Glocken ... die Glocken.

Kapitel 20

Jean-Marc ruft mich am Mittag des Weihnachtstages an. „Es tut mir leid, *chérie*. Wir waren so lange auf, und ich weiß, dass ich dich schlafen lassen sollte. Aber vielleicht willst du doch mit mir zu Mittag essen? Der Concierge in meinem Hotel kennt ein kleines Lokal in St. Germain, das offen hat."

Wir gehen und halten uns lange beim Essen auf, wobei wir fast ohne Unterbrechung reden, bis der großväterliche Kellner das Dessert serviert. Mit einem Blick auf den Blätterteig, der mit Schlagsahne gefüllt und mit einer Himbeere und einem Zweig von irgendetwas Grünem garniert ist, schüttele ich den Kopf. „Ich kann nicht. Es sieht wunderbar aus, aber ich kann nicht. Ich bin einfach zu satt."

„Versuch es wenigstens", drängt Jean-Marc. „Meine Großmutter hat die hier zu besonderen Anlässen gemacht." Er taucht seinen Löffel in die Sauce und hält ihn mir hin. Ich spüre, wie ich rot werde. Wenn einem das Erröten peinlich ist, wird es nur noch schlimmer. Meine Wangen müssen glühen, während ich mich von ihm füttern lasse. Als sich der Geschmack in meinem Mund plötzlich entfaltet, nicke ich zustimmend. „*Délicieux.*"

„Habe ich doch gesagt." Er lächelt. „Wir warten noch ein bisschen. Dann hast du bestimmt Platz dafür."

Die Jahre haben die Überredungskraft dieser blauen Augen nicht geschmälert. „Also gut", sage ich und lehne mich zurück, die Hände im Schoß. „Jetzt bist du mit Reden dran. Spielst du immer noch Chopin?"

„Zu viele Tage auf See", erwidert er kopfschüttelnd. „Aber ich überlege, ob ich vielleicht wieder anfangen sollte. Meine Kabine auf der *Sea Cloud* ist groß genug, ich könnte ein kleines Klavier dort unterbringen. Oder vielleicht eins von diesen Keyboards, von denen ich gehört habe." Er lächelt wieder. „Ich habe neulich versucht, dein Lieblingsstück zu spielen."

„Wirklich?" Das Herz schlägt mir bis zum Hals. Ich spüre, wie ich zittere. Bemüht, so ruhig wie möglich zu erscheinen, nehme ich einen Bissen von dem Dessert.

Jean-Marc nickt. „Ja. An dem Tag, als ich deinen Brief bekam. Ich habe ihn in die Tasche gesteckt, bin in den Wintergarten gegangen, habe mich ans Klavier gesetzt und –", er lacht leise, „es überhaupt nicht hinbekommen."

Ich schlucke den Bissen hinunter, ohne den Geschmack zu bemerken. „Ich hatte Angst, das Haus könnte inzwischen abgerissen worden sein, um für die Ferienwohnungen von Parisern Platz zu machen."

„Es ist noch genauso, wie du es bei deinem letzten Besuch gesehen hast, außer dass ich die Pinien hinterm Haus gefällt habe, damit ich die Bucht sehen kann und ... *sie*."

Ich lächele. „Meine Freundin Annie musste mich fast wieder beleben, als ich die *Sea Cloud* auf deiner Internetseite sah. Ich konnte nicht fassen, dass du es tatsächlich geschafft hast. Sie gehört dir."

Die blauen Augen werden ganz sanft vor Stolz. „Seit sieben Jahren jetzt", sagt er.

„Das ist wundervoll."

Jean-Marc neigt nachdenklich den Kopf ein wenig zur Seite. Ich bemerke eine Narbe, die an seinem Kieferknochen entlang verläuft. Sein ganzer Körper ist mir viel zu sehr bewusst. Ich nehme noch einen Löffel von dem Dessert.

„Ja. Und nein. Meine Tochter würde sagen, dass ich dem Schiff gehöre ... und nicht andersherum." Er seufzt und zuckt die Schultern. „Ich nehme an, in mancher Hinsicht hat sie recht. Eine Dame wie die *Sea Cloud* will gut gepflegt sein." Er sieht mich an. „Celine findet, ich sollte in den Ruhestand gehen. Ich glaube, die Vorstellung von ihrem Vater als Tattergreis, der die Rosen in ihrem Garten in der Toskana gießt, ist für sie tröstlich."

Ich grinse. „Ich glaube nicht, dass du schon das richtige Tatteralter hast. Erzähl weiter!"

Jean-Marc berichtet von dem Kauf der *Sea Cloud*. Er beschreibt seine Enkel. Er erzählt davon, wie er seinen Assistenten, Paul Garnier, eingestellt hat.

„Dein Paul Garnier klingt wie mein Cecil Baxter zu Hause", sage ich. „Loyal, klug und detailversessen."

„Genau", bestätigt Jean-Marc. „Ich weiß wirklich nicht, was ich ohne ihn anfangen würde. Er hat die Dinge in Arcachon so gut im Griff, dass ich glaube, ich könnte einfach verschwinden und würde wochenlang nicht vermisst werden."

„Aber genau das kannst du dadurch doch tun, oder? Du kannst auf See verschwinden, und es entsteht in deiner Abwesenheit kein Schaden." Ich kann mich nicht erinnern, dass ich weitergegessen habe, aber mein Dessertteller ist leer.

Jean-Marc bestellt Espresso, und wir bleiben noch

eine Weile. Bei meiner Rückkehr ins Hotel wird mir bewusst, dass es in Omaha erst acht Uhr früh am Weihnachtsmorgen ist. Ich wähle Liz' Nummer, während ich mir in Gedanken eine Entschuldigung zurechtlege. Niemand hebt ab. Ich hinterlasse eine „Frohe Weihnachten – es geht mir gut"-Nachricht und rufe zu Hause an. Wieder geht niemand dran.

* * *

Als das Telefon das nächste Mal klingelt, ist schon wieder eine Nacht und ein halber Tag verstrichen. 26. Dezember. Ich sehe auf die Uhr und bin überrascht, dass es beinahe Mittag ist. Es gelingt mir nicht, meine Müdigkeit zu verbergen und fröhlich zu klingen, als ich das Mobilteil ans Ohr halte.

„Du bist erschöpft, *chérie*", sagt Jean-Marc. „Ich kann es an deiner Stimme hören." Er zögert. „Wie wäre es hiermit? Du und ich, wir beide essen später gemeinsam zu Abend – nachdem du dich ein bisschen ausgeruht hast. Hast du etwas von deiner Tochter gehört?" Als ich verneine, erwidert Jean-Marc: „Noch ein guter Grund für dich, in der Nähe des Telefons zu bleiben. Ich komme später vorbei."

Widerstrebend willige ich ein. Nachdem ich noch einmal erfolglos versucht habe, zu Hause anzurufen, falle ich ins Bett und schlafe noch einmal eine Stunde lang tief und fest. Den Rest des Nachmittags verbringe ich damit, ein heißes Bad zu nehmen, zu lesen und in mein Tagebuch zu schreiben.

Jean-Marc trifft am frühen Abend ein, und gemeinsam gehen wir den Hügel hinunter, um die Ecke und in Richtung Jardin du Luxembourg, wo wir zuerst ein längeres Stück auf einem breiten Weg gehen und von dort auf weniger bevölkerte Pfade. Schließlich setzen wir uns auf eine Bank gegenüber einem stillgelegten Springbrunnen, der fast völlig von wildem Wein überwuchert ist.

„Ich möchte gerne, dass du meine Tochter kennen lernst“, sagt Jean-Marc abrupt.

„Das wäre schön.“

„Ich hätte sie beinahe nach dir benannt.“

Meine Reaktion ist ein nervöses Lachen. „Und was hätte ihre Mutter dazu gesagt?“

„Celines Mutter war ... nicht wirklich beteiligt. Ich will nicht ungerecht sein, und ich war immer sehr darauf bedacht, dass meine Tochter sich nicht als ‚Unfall‘ betrachtet, aber ...“

„Ich verstehe.“ Das Thema Töchter ist mir unangenehm.

„Du warst noch nie in der Toskana, oder?“, fragt Jean-Marc.

Als ich verneine, beginnt er Celines Villa in der Nähe von Florenz zu beschreiben. Und er sagt, ich solle mitkommen, wenn er sie besucht. „Du kannst sie alle kennenlernen – Celine, Xavier, Olivier.“ Seine Begeisterung für diese Idee nimmt zu, und er schließt die Einladung mit den Worten: „Und dann fahren wir zurück nach Arcachon und zur *Sea Cloud*.“ Irgendetwas an meinem Gesicht muss Unsicherheit ausdrücken, denn plötzlich hält er inne. „Es tut mir leid“, sagt er. Und als er weiterspricht, klingt seine Stimme ruhiger. „Ich habe dich überfallen.“ Er lacht und tätschelt meinen Handrücken. „Wie du siehst, habe ich mich nicht sehr verändert, seit ich ein ungestümer Junge war, oder?“

Er nimmt meine Hand in seine, und obwohl ich sie nicht wegziehe, weiche ich der Einladung aus. „Ich habe mit Annie Templeton verabredet, dass sie mich in meinem Hotel trifft, wenn sie diese Woche aus den Ferien zurückkommt. Sie hat ihren Freund zu ihren Eltern nach England mitgenommen ...“ Ich hatte ihm kurz von Annie erzählt, als ich seine Internetseite erwähnte. Jetzt erzähle ich ihm von Arnaud und Enzo und füge, für meine Verhältnisse impulsiv, hinzu: „Du wirst sie mögen.“

Offenbar gefällt Jean-Marc die Vorstellung, meine Freunde kennen zu lernen. „Ich würde jeden mögen, von dem du so schwärmst“, sagt er. Dann lehnt er sich herüber und gibt mir einen sanften Stups an der Schulter. „Ich frage mich allerdings, warum ich so viel über ein englisches Mädchen namens Annie Templeton weiß und so wenig über Elizabeth Davis. Ist dir klar, dass du fast gar nichts über deine Tochter erzählt hast?“

Mein Herz beginnt wieder heftig zu schlagen. Ich sehe zu Boden. „Elizabeth ist intelligent, gut organisiert und schön. Als Sam ihr die Leitung der Firma überlassen hat, traute er ihr zu, dass sie damit fertig wird. Und er hatte recht.“

„Warum redest du dann nicht mehr von ihr?“

Ich zucke die Schultern. „Liz liebt mich, weil ich ihre Mutter bin, aber sie achtet mich nicht als Frau. Sie gehört zu einer Generation, für die Ehefrau und Mutter keine vollwertige Karriere ist.“

Das Schweigen zwischen uns dehnt sich aus. Es ist nicht direkt peinlich, aber angenehm ist es auch nicht.

Jean-Marc bricht es mit einer Frage. „Warst du glücklich?“

Unsere Blicke begegnen sich. „Ich war ... zufrieden. Nach einer Weile. Ich habe gelernt, zufrieden zu sein.“ Mehr kann ich nicht sagen, und ich weiche seinem Blick aus, schüchtern und nervös angesichts der Richtung, die diese Unterhaltung nimmt.

Jean-Marc kehrt zum ursprünglichen Thema zurück. „Und deine Tochter?“, sagt er. „Erzähl mir etwas von ihr!“

Ich spreche zunächst von Jeff und lobe ihn als perfekten Partner für meine willensstarke Tochter, bevor ich ein bisschen mit Elizabeths beruflichen Leistungen prahle. „Du siehst also“, schließe ich, „warum sie es nicht zu schätzen weiß, wenn jemand sich ganz dem Nestbau widmet.“

Jean-Marc schimpft mit mir. „Warum siehst du das, was du mir gerade über dein Leben erzählt hast, so negativ? Elizabeth sollte respektieren, was du getan hast. Es gibt nichts Besseres im Leben, als einen anderen Menschen glücklich zu machen. Und soweit ich das beurteilen kann, scheint Samuel Davis ein Mann gewesen zu sein, dem man es nicht so leicht recht machen konnte. Du bist bei ihm geblieben. Und Elizabeth weiß doch sicherlich zu schätzen, was du aufgegeben hast, um Familienfrau sein zu können?“ Er wartet auf eine Antwort. Ich weiß nicht, was ich sagen soll, ohne Sam gegenüber illoyal zu sein. Doch Jean-Marc errät den Grund für mein Schweigen. „*Mon Dieu!* Du hast ihr nie von deiner Musik erzählt? Von deinen eigenen Plänen?“

Ich schüttele den Kopf. „Sam wollte nicht, dass sie davon erfährt.“

„Und du hast zugestimmt?“

„Ich ... ich hatte einen guten Grund.“ Mehr kann ich nicht sagen.

Jetzt ist er wütend. Nicht auf mich, sondern auf die Umstände. Er gestikuliert heftiger, während er spricht, springt auf und geht hin und her, als er mir einen Vortrag hält. „Welcher Grund könnte so gut sein, dass eine Frau das Wesen dessen, was sie ist, aufgibt, um für einen Mann zu sorgen, der so unsicher ist, dass er das Unmögliche verlangt?!“ Als er innehält, um Luft zu holen, sieht er mich an, und sein Ärger verschwindet so schnell, wie er gekommen ist. Er setzt sich wieder. „Tut mir leid“, entschuldigt er sich. „Ich kann nur einfach keinen Sinn darin sehen.“ Er beugt sich vor und stützt die Ellenbogen auf die Knie, den Blick auf den Erdboden geheftet. Seine Stimme klingt sanft, als er fragt. „Warum hast du mir geschrieben, *chérie*?“

„Ich bin nicht sicher, ob ich das weiß.“ Ich kämpfe gegen die Tränen an und wünsche mir, ich hätte den Brief, der zu einem solchen Aufruhr der Gefühle und so vielen Fragen geführt hat, nie geschrieben.

„Das glaube ich nicht.“ Er steht wieder auf. „Du weißt es. Du willst es mir nur nicht sagen.“ Er beugt sich herunter, nimmt meine Hände und zieht mich auf die Füße. „Es ist schon gut“, versichert er mir. „Es ist ein wunderschöner Abend in Paris. Wir gehen ein bisschen weiter. Ich verspreche dir, nicht wieder so heftig zu reagieren. Erzähl mir nur, was du willst. Sei ganz du selbst.“

„Ich selbst“, murmele ich. Ich bin mir der Bitterkeit in meiner Stimme wohl bewusst, als ich das sage, aber ich kann sie nicht verbergen. Ich hole tief Luft, und dann stürzen die Worte nur so heraus. „Welches Selbst soll ich denn sein? Die Mary, die es geliebt hat, wenn die Gischt ihr ins Gesicht sprühte? Die Mary, die ihre erste Liebe verraten hat? Die Mary, die sich dem Egoismus eines älteren Mannes untergeordnet hat? Die Mary, die ..."

„Schhhh. Hör auf." Jean-Marc berührt meine Wange. „Es gibt keinen Grund, sich so aufzuregen. Du hattest die Gelegenheit, dich zwischen Abenteuer und Sicherheit zu entscheiden. Du hast das Letztere gewählt." Er zögert, dann sagt er langsam: „Ich habe dich geliebt, Mary McKibbin, aber ich hätte dich wahrscheinlich unglücklich gemacht. All die Dinge, die du gerade über dich selbst gesagt hast – die Stärken und die Schwächen –, sind Facetten der ganzen Frau." Er zeichnet mit dem Finger die Konturen meines Gesichts nach. „Und ich finde die Art, wie die Einzelteile sich zusammengefügt haben, ausgesprochen bezaubernd."

„Ich fühle mich nicht komplett", platzt es aus mir heraus, und als ich die Aufmerksamkeit in seinen blauen Augen sehe, spreche ich weiter. „Ich fühle mich, als hätte ich überall, wo ich gewesen bin, Splitter von mir hinterlassen. Ich habe das Meer zurückgelassen, als ich einwilligte, mit Sam nach Paris zu fahren. Und dich. Dich habe ich zurückgelassen. Ich habe die Musik zurückgelassen." Meine Stimme bebt. Es ist mir peinlich, aber ich höre nicht auf zu reden. „Ich habe so viel hinter mir gelassen, während ich versuchte, so zu sein, wie Sam es wollte, dass ich jetzt nicht einmal mehr sicher bin, dass ich noch weiß, wer ich wirklich bin. Oder ob ich mich jemals wieder finden werde. Und was noch schlimmer ist: Ich weiß nicht, ob ich es überhaupt verdiene ...“ Endlich gebe ich auf und vergrabe mein Gesicht in den Händen.

„Das ist also der Grund für den Brief“, sagt Jean-Marc, während er mir die Hände vom Gesicht wegzieht und mich in den Arm nimmt. Er riecht nach Zigarettenrauch und Rasierwasser. Sein Bart kitzelt mich im Gesicht, als er mir über den Hinterkopf streicht und redet. „Es geht eigentlich nicht darum, einen alten Freund wieder zu sehen ... sondern vielmehr darum, ein vergangenes Unrecht wieder gutzumachen. Du bürdest dir zu viel auf, *chérie*. Du sagst, du hättest mich verraten. Ich sehe das inzwischen anders. Du hast mich dazu gebracht, etwas zu tun, wovor ich Angst hatte.“ Als ich protestieren will, hält er mich fester. „Ja, ja, ich weiß. Ich hatte einen Traum. Aber ich weiß nicht, ob ich wirklich gesegelt wäre. In jener Nacht, als ich wusste, dass du für mich verloren warst, bin ich allein losgefahren, ohne lange nachzudenken. Und das hat mich auf den Weg gebracht, der letzten Endes zur *Sea Cloud* führte. Wenn du bei mir geblieben wärst, hätte ich das vielleicht nie getan.“

Er tritt einen Schritt zurück und fasst hinter mich. Dann hebt er seine Hände über meinen Kopf, als hielte er etwas Schweres, das er mir gerade von den Schultern genommen hat. „Jedenfalls“, sagt er, „sollten wir diese Last von deinen Schultern nehmen und ...“ Er tut so, als würde er sie in den weinlaubbewachsenen Springbrunnen werfen. „Siehst du!“ Er wischt sich den imaginären Staub von den Händen, bevor er sich vorbeugt und meine Wange küsst. „Was ist denn das?“

Ich schniefe und wische eine Träne fort. „Erleichterung, nehme ich an.“ Ich kann ihn nicht ansehen. Stattdessen betrachte ich den Springbrunnen.

„Hast du wirklich geglaubt, ich würde einem schüchternen, kleinen amerikanischen Mädchen dreißig Jahre lang grollen?“ Er tritt vor mich hin und versperrt mir die Sicht auf den Springbrunnen, und ich bin gezwungen, zu ihm aufzusehen.

Ich lache nervös und schüttele den Kopf, während ich eine weitere Träne wegwische. „Das würde mir eine viel größere Bedeutung in deinem Leben geben, als ich sie in Wirklichkeit hatte, oder?“

Jean-Marc setzt sich wieder und zieht mich zu sich hinunter. Er nimmt meine Hand. „Ein Mann vergisst nie seine erste Liebe, Marie.“ Er spricht meinen Namen so aus, wie er es damals getan hat. *Marie.* Mit dem französischen *r*. „Immer“, fährt er fort, „wird sie einen besonderen Platz in seinem Herzen haben. Ich habe dich sehr geliebt. Und als ich mich erst einmal damit abgefunden hatte, dass ich dich verloren hatte – was eine Weile gedauert hat, das gebe ich gerne zu –, habe ich alles getan, um der Bitterkeit keinen Raum zu geben.“ Er legt die flache Hand auf sein Herz. „Ich habe die Erinnerung an dich sicher aufbewahrt. Und auch wenn sie gelegentlich wehgetan hat ... so hat sie mir doch manchmal auch Flügel verliehen.“

Ich hole tief Luft und spüre, wie etwas von der Spannung aus meinem Körper entweicht. „Es tut mir nur schrecklich leid, dass ich dir so wehgetan habe.“

„Genug jetzt.“ Er sagt dies und steht gleichzeitig auf, um dann auch mich von der Bank zu ziehen. „Genug der Entschuldigungen, genug von der Traurigkeit.“ Er führt mich aus dem Garten hinaus und über die Straße zu einem Blumengeschäft. Dort kauft er zwei riesige Sträuße und steuert damit auf die Seine zu. Wir enden auf dem Quai de Conti, wo Jean-Marc mich die Stufen hinunter und den Fluss entlangführt bis zu einer freien Bank unter einem Baum.

„Dies hier", sagt er und hält die Sträuße hoch, „sind die Verletzungen der Vergangenheit." Er reißt eine Blüte von ihrem Stängel und wirft sie ins Wasser. „Das ist der Abend, an dem Sam Davis verkündete, dass du ihm gehörst. Diese" – er nimmt eine zweite Blüte und tut mit ihr dasselbe – „ist die Zugfahrt zurück nach Arcachon ... allein ... und das Setzen der Segel ohne dich ..."

Eine Blüte nach der anderen reißt er ab und wirft sie in den Fluss, wobei er Enttäuschungen benennt, bis der erste der beiden Sträuße nur noch aus nackten Blumenstielen besteht. Er legt den anderen Strauß ab und legt seinen Arm um mich. „Siehst du, Marie, sie treiben fort. All die Verletzungen. Und dich halte ich immer noch im Arm." Er küsst meinen Nacken, und ich spüre eine Gänsehaut.

„Jetzt", sagt er, während er den zweiten Blumenstrauß hochhält und eine Blüte abreißt, die er mir gibt, „bist du an der Reihe."

Ich nehme die Blume, trete ans Wasser und flüstere: „Der Blick in deinen Augen an jenem Abend ... der Gedanke an den leeren Liegeplatz, wo dein Schiff hätte sein sollen ... der Brief, den ich nie geschrieben habe ..." Ich folge Jean-Marcs Beispiel und sende meine Enttäuschungen die Seine hinunter, bis nur noch eine Blume übrig ist. Ich atme ihren Duft ein und sage, dass mir keine Enttäuschungen mehr einfallen. Dann setze ich mich neben ihn und sehe zu, wie die Blüten davontreiben, während ich mir der einen, übrig gebliebenen Blume ganz bewusst bin.

* * *

Am nächsten Abend gehen Jean-Marc und ich über den Boulevard Saint-Michel, vorbei an den Läden, in denen man alles bekommt, von gebrauchten Lehrbüchern über Regenschirme bis zu Doc-Martens-Schuhen oder Levis-Jeans. Wir passieren Ruinen der römischen Bäder, die von eisernen Zäunen umgeben sind, und gelangen schließlich in die Gegend, die als Klein-Athen bekannt ist und deren enge Straßen von verschiedenen Essensdüften aus aller Welt durchzogen werden.

Als wir um eine Ecke biegen, beugt Jean-Marc sich vor und flüstert: „Erinnerst du dich noch, wie wir kaum an einem Eingang vorbeigehen konnten, ohne dass jemand dich anlächelte und versuchte, uns hineinzulocken? Und wie eifersüchtig ich war?"

Ich schüttele den Kopf und lache. „Darüber müssen wir uns heute keine Sorgen machen."

„*Monsieur, vous avez une belle femme.*" Der Mann, der das gesagt hat, lehnt in der Tür seines winzigen arabischen Restaurants.

Ich merke, wie ich rot werde, weil der Mann so offen mit mir flirtet. Die Tatsache, dass er mich für Jean-Marcs Frau hält, macht es noch peinlicher.

„*Ce n'est pas ma femme, monsieur, mais vous avez raison*", scherzt Jean-Marc, als er meine Hand nimmt und sie unter seinen Arm klemmt. „*Elle est belle.*" Jean-

Marc korrigiert die Annahme, wir seien verheiratet, stimmt aber seiner Bemerkung über meine Schönheit zu. Wie immer ganz Kavalier.

„*Pas votre femme?*", erwidert der Mann und schnalzt mit der Zunge. „*C'est dommage!*"

„Siehst du, Marie", sagt Jean-Marc und streichelt meine Hand, „die europäischen Männer haben bessere Augen. Wir sehen mit unserem Herzen ... und dadurch kommt das Wesen der Frau zum Vorschein."

Als wir an einem anderen Restaurant vorüberkommen und wieder ein Mann mir zuzwinkert, protestiere ich. „Ich weiß, dass es ihr Job ist zu flirten", lache ich, „aber ich hatte vergessen, wie gut sie darin sind."

Ein kleines Stück die Straße hinauf bleibe ich stehen, um eine kunstvoll gewobene Ansammlung von Stöcken und Stängeln zu bewundern, die vor dem Eingang und dem Schaufenster eines Restaurants namens *Les Argonauts* als Sonnenschutz dient. Die Konstruktion erregt Aufmerksamkeit und ist mit den Glühlampen und Verzierungen zugleich weihnachtlicher Schmuck. Der Eigentümer, ein kleiner, dunkelhäutiger Mann mit herrlichen dunklen Augen, winkt uns zum Schaufenster herüber, wo Fleisch und Meeresfrüchte auf zerstoßenem Eis so appetitlich angerichtet sind, dass einem das Wasser im Mund zusammenläuft. Ich staune über das kunstvolle Arrangement und zeige auf einen Wirbel aus leuchtend roten Garnelen und Hummerschwänzen, die mit Zitronen- und Limettenscheiben garniert sind und mit einem frischen Kraut, das ich nicht erkenne.

Der Restaurantbesitzer dankt mir für meine Komplimente und fügt auf Englisch hinzu: „Aber erst beim

Kochen wird die Kunst vollendet." Er macht eine einladende Bewegung in Richtung Tür und zeigt nach drinnen, wo die Tische von einer Wand zur anderen aufgereiht sind, sodass nur ein schmaler Weg in der Mitte bleibt, der Gästen und Kellnern den Zugang zu den Tischen ermöglicht. Der Duft von gegrilltem Fleisch zieht zum Eingang herüber. „Wir grillen frisches Lamm für Sie. Wir haben Musik." Er lehnt sich mit einem verschwörerischen Augenzwinkern zu mir herüber und flüstert: „Tanzen!"

„*Je ne danse pas*", sage ich schnell und schüttele den Kopf.

„Nicht tanzen?", protestiert der Mann. „Aber Madame, nicht zu tanzen heißt nicht zu leben." Er wendet sich an Jean-Marc. „Kommen Sie herein. Essen mit uns. Sie mögen nicht, Sie bezahlen nicht. Und", er nickt uns beiden zu, bevor er wieder ein Stück näher kommt, als wolle er ein Geheimnis mit uns teilen, „ich gebe ein Glas guten Wein umsonst. Sie trinken auf Freundschaft, okay?"

Jean-Marc atmet tief ein. „Es duftet wirklich verführerisch, *chérie*."

Wir folgen dem Griechen ins Innere des Restaurants. Er führt uns zu einem Tisch weiter hinten, in der Nähe einer winzigen Bühne, wo zwei Männer auf Barhockern sitzen und leise auf ihren griechischen Gitarren spielen. Ich kann mich nicht erinnern, wie das Instrument heißt, und das ärgert mich. Als wir sitzen, sehe ich hinauf zu der holzgetäfelten Decke, von der Papierlaternen in allen nur erdenklichen Formen und Farben hängen. Das Restaurant sprüht vor Charme – und trotzt jedem Brandschutzreglement.

Der Grieche winkt einen Kellner herbei. „Für *monsieur et madame* besonderen Service heute Abend, okay?"

Der Kellner nickt. Ich beobachte ihre wortlose Kommunikation und frage mich, wie viele Tausend Kunden dieser Mann mit der immer gleichen Mischung aus Komplimenten für die Dame, dem Versprechen kostenloser kulinarischer Genüsse und einer Vertrautheit wie unter alten Freunden in sein Lokal gelockt hat.

Mit etwas Nachfragen von Jean-Marc erzählt der Kellner uns, dass er noch relativ neu in Paris ist, ein Student mit Verwandten in Chicago, zu denen er reisen will, um eines Tages ein griechisches Restaurant in Amerika zu eröffnen. Er verrät seine Pläne mit einem Augenzwinkern in meine Richtung. „Kann man im Leben etwas Besseres tun, als schöne Frauen glücklich zu machen?" Dann wendet er sich an Jean-Marc. „Sie müssen sie überzeugen, *monsieur* – wie es scheint, glaubt die amerikanische Lady nicht, was alle Griechen wissen." Er grinst mich an. „Wein und Frauen – beide gewinnen mit den Jahren."

Als der Kellner geht, um unsere Bestellung an den Koch weiterzugeben, schwenke ich den Wein in meinem Glas und trinke einen Schluck. Ich fühle mich unbehaglich und fehl am Platz.

Jean-Marc streckt seine Hand aus und hebt mein Kinn, und seine Augen blicken forschend in meine, als er fragt: „Was ist mit dir geschehen, *mon amie*? Früher hättest du diesem jungen Mann eine schlagfertige Antwort gegeben, und wahrscheinlich wärt ihr später am Abend den Gang hinter mir auf und ab getanzt. Alles zum Spaß."

„Ich bin alt geworden", erwidere ich. „Und ich

durchschaue ihre ... Schmeicheleien." Ich schüttele den Kopf. „Es ist nur ein Spiel. Aus Lügen."

„Natürlich ist es ein Spiel", stimmt Jean-Marc zu, „aber es gab eine Zeit, da hast du das Leben genug genossen, um zu spielen."

Bevor ich antworten kann, kommt Pavlos, der Kellner, mit dem Essen – auf überdimensionalen Serviertellern, auf denen sich Spieße mit gegrilltem Fleisch neben Ofenkartoffeln und Salat türmen. Die Musiker beginnen zu singen, und eine Unterhaltung ist unmöglich, ohne dabei zu schreien. Beim ersten Bissen, den ich von einer Riesengarnele koste, wird mir klar, dass der griechische Restaurantbesitzer vielleicht einen bewährten Trick angewandt hat, um uns in sein Lokal zu locken, dass die Versprechungen in Bezug auf sein Essen jedoch der Wahrheit entsprechen. Zwischen Kostproben von saftigem Lammfleisch und zartem Steak vom Spieß reinigt ein Stück frische Tomate oder grüne Paprika auf vollkommene Weise den Gaumen vor dem nächsten Genuss. Ich habe kaum die Hälfte meines Essens vertilgt, als die Musiker ihren stürmischen Folkloregesang beenden und wieder leise Hintergrundmusik für die speisenden Gäste zu spielen beginnen. Jean-Marc nimmt den Faden seiner Geschichte wieder auf, und mir ist es recht, einfach das Essen zu genießen und zuzuhören.

Wir trinken gerade unseren Kaffee nach dem Essen, als Jean-Marc seine Tasse absetzt und sagt: „Genug von der Vergangenheit. Was will Mary Davis mit ihrer Zukunft anfangen, jetzt, wo sie eine unabhängige, wohlhabende Frau ist?"

Das Motto auf meinem Schreibtisch daheim in

Omaha kommt mir in den Sinn. Ich zucke mit den Schultern und erzähle ihm dann von der Gedenkstiftung und ihrer Arbeit.

„Diese Stiftung – ist das dann deine neue Leidenschaft?"

Ich schüttele den Kopf. „Nein. Es ist eine gute Arbeit. Wichtig. Aber Elizabeth ist sehr tüchtig. Sie braucht meine Hilfe dabei eigentlich überhaupt nicht." Ich lehne mich auf meinem Stuhl zurück und trinke einen Schluck Wasser, bevor ich fortfahre. „Liz sieht mich nicht als Bereicherung für die Stiftung. Sie hält mich für kaum mehr als ein dekoratives Element in Samuel Davis' Leben."

„Und? Warst du?"

„War ich was?"

„Nur ein dekoratives Element."

„In mancher Hinsicht schon", sage ich, füge aber schnell hinzu: „In anderer Hinsicht aber auch nicht."

„Und warst du glücklich?"

Diese blauen Augen ziehen mich wieder einmal magnetisch an. Wie kann das sein – nach so vielen Jahren? Wie ging das Gedicht, das er eines Abends am Strand geflüstert hatte ...? *„Ich habe keine Macht über meine Augen."* Mir wird bewusst, dass ich keine Macht mehr über meine Worte haben werde, wenn ich nicht aufpasse. Ich weiche seinem Blick aus. „Wie ich schon sagte: Ich habe gelernt, zufrieden zu sein." Ich zwinge mich zu lächeln. „Sams Welt war ziemlich genau definiert. Er liebte Ordnung. Berechenbarkeit. Abendessen genau um sieben und all das. Ich hatte das gut im Griff."

„Ich bin sicher, dass du alles bestens im Griff hattest", sagt Jean-Marc und nickt bedächtig.

Hinter ihm überredet unser Kellner eine Amerikanerin mit einem „*I love NY*"-T-Shirt, von ihrem Platz aufzustehen. Er fordert sie auf, sich neben ihn zu stellen, und zeigt ihr einen einfachen Tanzschritt. Sie bewegen sich seitwärts durch den schmalen Gang auf unseren Tisch zu. Die ungestümen amerikanischen Freunde der Frau beginnen zu johlen und Beifall zu klatschen, während Pavlos und die junge Frau die Arme verschränken und den Gang zurücktanzen.

Plötzlich steht Jean-Marc auf und hält mir seine Hand hin.

Ich schüttele den Kopf und blicke mich um, in der Hoffnung, dass niemand es bemerkt hat.

Er bittet: „Um der alten Zeiten willen, *mon amie!*"

Als Pavlos mich mit einem Zuruf ermutigt, fallen die anderen Gäste ein und drängen mich. Meine Wangen glühen, als ich aufstehe und Jean-Marc in den vorderen Teil des Restaurants folge. Ich bin froh, dass ein anderes Paar sich uns anschließt.

Als Jean-Marc seine Hände über den Kopf hebt, strecke ich den Arm aus und flechte meine Finger zwischen seine. Dabei komme ich ihm so nah, dass er hört, wie ich sage: „Dafür bringe ich dich nachher um. Und deine Leiche werfe ich in die Seine."

Jean-Marcs blaue Augen funkeln, als er den Kopf in den Nacken wirft und lacht. „Für den Tanz mit einer schönen Frau zu sterben, ist doch ein ehrenvoller Tod, *n'est-ce pas?*"

Das Restaurant hallt von der Musik und dem Klatschen wider, als wir uns zum langsamen, schwingenden Klang der Gitarren den Gang hinunterbewegen. Allmählich ziehen die Musiker das Tempo an. Immer mehr Gäste machen mit, haken einander unter, setzen ihre Schritte vor und zurück, vor und zurück.

Pavlos reckt den Arm nach oben und schlägt gegen eine Kette mit Glocken, die zwischen den Papierlaternen hängt. Dann reißt er sich den Schal, der ihm als Gürtel gedient hat, von der Hüfte und wirft ihn Jean-Marc zu, der ihn auffängt und um meine Taille schlingt. Er hält beide Enden, ohne dabei den Abstand zwischen uns zu verringern. Zum ersten Mal seit unserem Wiedersehen im Garten hinter Notre Dame weiche ich dem Blick aus Jean-Marcs blauen Augen nicht aus. Mitten in der Musik und dem Schellenklang, dem Duft von gegrilltem Steak und Zigarettenrauch, dem Licht der Laternen über uns und der Kerzen auf den Tischen verschwinden die Jahre. Ich hebe die Hände über den Kopf und klatsche im Rhythmus der Musik. Irgendwann zwischen den letzten beiden Strophen des Liedes fällt das Gewicht der Jahre und der Erwartungen, der Schuld und der begrabenen Träume von mir ab. Ich bin wieder ein Mädchen, das in einen Jungen verliebt ist, verloren in der Musik, und weder Falten noch graue Haare sind wichtig. Bei den letzten Akkorden des Liedes wirft Jean-Marc den Schal zur Seite und hebt mich hoch. Lachend wirbelt er mich herum und küsst meine Wange, während er mich die wenigen Schritte zu unserem Tisch zurückträgt. Als er mich absetzt, küsst er mich wieder – aber diesmal nicht auf die Wange. Ich erwidere seinen Kuss.

Die Musiker beginnen ein neues Lied mit leisen Gitarrenklängen und sanften Stimmen, während wir uns atemlos lachend auf unsere Stühle fallen lassen. Wir wechseln ein verschwörerisches Lächeln. Jean-Marc hebt sein Wasserglas, und wir stoßen an, dann greift er zu seinem Wein und leert das Glas, bevor er sich ein Stück Baguette nimmt. Er reißt die Kruste ab und schiebt sie sich in den Mund.

„Wie es aussieht“, sagt er, „tanzt du *doch.*“

Wir gehen Arm in Arm zurück zum Hotel. Vor dem Eingang schiebt Jean-Marc den anderen Arm unter meinen, und während wir die Melodie summen, wiederholen wir den griechischen Volkstanz und schreiten den Bürgersteig hinunter bis zur Ecke, dann wieder zum Hoteleingang zurück, hinein und auf die geschwungenen Treppen zu, wo zwei neue Hotelgäste vor dem Aufzug warten, ahnungslos ob der Diskrepanz zwischen ihren riesigen Koffern und dem Inneren des winzigen Fahrstuhls.

Die Frau dreht sich um und sieht mich an. Ihr Blick wandert zu Jean-Marc und dann ungläubig wieder zurück zu mir.

„Mutter?“

Kapitel 21

Jeff

Die Situation als peinlich zu bezeichnen, wäre die Untertreibung des Jahres. Wer auch immer dieser französische Kerl ist – und eins steht fest: Ich werde es herausfinden –, er ist aalglatt.

„Sie müssen die bezaubernde Elizabeth sein.“ Er schaltet sich gleich ein. Auf Englisch. „Ich habe von Ihrer Mutter viel Beeindruckendes über Sie gehört“, sagt er. Das Lächeln, das er Mary zuwarf, ist ... na ja, besitzergreifend. Aber in diesem Augenblick mache ich mir mehr Gedanken über Liz, die kurz davor ist zu explodieren, das spüre ich. Also komme ich ihr zuvor.

„Ich bin Jeffrey Scott, der Verlobte von Liz“, sage ich und strecke die Hand aus.

„Jean-Marc David“, sagt der Typ und ergreift meine Hand. Sein Händedruck ist kräftig. Er sieht mich direkt an. *Ich habe nichts zu verbergen*, scheint er zu sagen. Was ich auch vermutet habe. Nicht seinetwegen, sondern weil ich Mary kenne. Allerdings hätte ich eine nähere Erklärung erwartet. Ich dachte, Mary würde etwas sagen. Aber das tut sie nicht. Nachdem Monsieur David mir die Hand geschüttelt hat, wendet er sich Mary zu, küsst sie – zum Glück nur auf die Wange – und verabschiedet sich. Ich würde viel Geld dafür geben zu erfahren, was er Mary zuflüstert, bevor er mir und Liz zunickt.

Der Aufzug kommt. Jetzt spricht Mary. „Da bekommt ihr nie im Leben euer ganzes Gepäck hinein", sagt sie. Sie nimmt einen von Liz' Koffern. „Den nehme ich mit nach oben. In welchem Stock seid ihr?"

„Im fünften", sagt Liz. „Jeff hat 503, ich 510."

„510", wiederholt Mary. Sie scheucht uns beide mit einer Handbewegung in den Fahrstuhl. Das Letzte, was ich sehe, als die Fahrstuhltür sich schließt, ist Mary, die sich zum Hoteleingang umdreht. So, als halte sie nach Jean-Marc David Ausschau.

* * *

Mary

„Ich habe mir Sorgen um dich gemacht, Mutter." Liz bewegt sich ganz kontrolliert, als sie mir den Koffer abnimmt und ihn über den Teppichboden ins Zimmer rollt. „Wie es aussieht, wäre das nicht nötig gewesen", sagt sie über ihre Schulter.

„Ich habe gesagt, dass du dir keine Sorgen zu machen brauchst", erwidere ich. „Und ich habe mehr als einmal versucht, dich anzurufen. Es ist nie jemand drangegangen. Jetzt weiß ich auch, warum. Du warst auf dem Weg hierher."

„Ja. Na ja, ich wusste ja nicht, wie gründlich du dich von dem erholt hast ... was immer dich veranlasst hat, Schlaftabletten zu sammeln." Sie nimmt ihre Handtasche vom Bett und kramt darin, wie ich vermute, nach dem Schlüssel für das kleine Vorhängeschloss, das an ihrem Koffer baumelt. „Ich war so naiv zu glauben, Paris wäre für dich eine Art Versuch, dich von der Trauer abzulenken.“ Sie findet den Schlüssel und fingert an dem Schloss herum.

Dem Himmel sei Dank, dass es Jeffrey gibt, denn einen Augenblick lang bin ich wie vor den Kopf gestoßen. Er legt seine Hand auf ihre, nimmt den Schlüssel und legt ihn auf den Nachttisch. Dann streicht er mit der Hand Liz' Rücken hinauf bis zu ihrem Nacken. Er zieht sie zu sich heran, und sie lehnt sich an ihn, den Rücken zu mir und den Kopf auf seiner Schulter. Ich bin überrascht und froh, dass sie ihn nicht in einer unreifen Zurschaustellung ihrer persönlichen Stärke zurückstößt.

Ich stehe wortlos da und starre Jeff an.

„Weißt du, Mary“, ergreift Jeff schließlich das Wort. „Es steht mir wahrscheinlich gar nicht zu, aber ...“

Liz legt den Arm um ihn und hält ihn fest umschlungen, als warte sie darauf, dass er weiterspricht. Auch darüber bin ich froh. Selbst wenn die beiden sich gegen mich verbünden sollten, wird dieses Bündnis letzten Endes gut für ihre gemeinsame Zukunft sein.

Er räuspert sich und fährt fort: „Also, wir würden beide gerne etwas über Monsieur David erfahren.“ Er nimmt Liz' Hand und führt sie zu dem kleinen Wohnzimmer, wo sie sich auf der Couch niederlassen. Ich folge ihnen und bleibe am Fenster stehen, wo ich die Vorhänge öffne, während ich mich sammle.

„Und ich wüsste gerne, warum er sich davongeschlichen hat“, fügt Liz hinzu.

Ich drehe mich um. Die Wut in ihren blauen Augen erinnert mich so sehr an Sam, dass ich mich nach hinten lehne und ihr damit physisch ausweiche. Unten in dem winzigen Innenhof, der als Pausenraum für das Küchenpersonal dient, sehe ich ein Pärchen. Das Mädchen lehnt mit dem Rücken an der Steinmauer, der Junge ist über sie gebeugt und streichelt ihre Wange.

„Er ist nicht davongeschlichen. Er hat gemerkt, dass du aufgebracht warst, und wollte rücksichtsvoll sein."

Eine Minute lang starrt Liz mich an. Offenbar wartet sie darauf, dass ich Jean-Marc erkläre, aber ich finde nicht die richtigen Worte.

Schließlich explodiert sie. „Wie konntest du nur, Mutter! Wie konntest du all das vor mir geheim halten? Was für einen Grund hattest du bloß?"

„Wovon redest du?" Mein Magen dreht sich um, und ich wappne mich für die Antwort.

„Wovon ich rede?!" Liz beugt sich vor. „Irene hat mir ... uns", ihr Blick wandert zu Jeff, „alles erzählt."

„Alles?" Ich fühle, wie der Schweiß mir den Nacken und zwischen den Schulterblättern den Rücken hinunterrinnt. Das Herz klopft mir bis zum Hals.

„Ja. Alles. Sie hat Zeitungsartikel aufgehoben. Fotos. Dinge, die du weggeworfen hast."

Verzweifelt versuche ich mich zu erinnern, was Irene gefunden haben kann, aber Sam war derjenige, der meine Vergangenheit ausgelöscht hatte. An dem Tag, als ich den Umschlag in meinem Kleiderschrank fand, dachte ich, meine Ehe sei vorüber. Hätte es unsere Tochter nicht gegeben, wäre es vielleicht so gewesen. Ich schließe die Augen, während Liz redet, und versuche die Erinnerung an Sams Wut aus meinem Gedächtnis zu löschen ... und an die Blutergüsse, die ich sogar vor Irene verborgen hatte.

„Die Frau, die so getan hat, als hätte sie kein Interesse am Unternehmen, hat *zwei* Abschlüsse! Die Frau, die so getan hat, als wäre sie völlig unmusikalisch, wäre beinahe Konzertgeigerin geworden! Die Eltern, die so getan haben, als würden sie nicht gerne reisen, haben sich in Frankreich kennen gelernt!" Liz schluckt, bevor sie fortfährt: „Du hast all das vor mir geheim gehalten. Und du ... du bist weggelaufen!"

Ich kann nicht erkennen, ob ihre Tränen ein Zeichen der Wut oder des Kummers sind. Welches von beidem auch der Fall ist – ich bin froh, als Jeff ihre Hand nimmt. Liz klammert sich an ihn, noch während sie ihrem Wortschwall freien Lauf lässt.

„Und dann lasse ich alles stehen und liegen, um hierher zu fliegen ... um dir zu sagen, dass es mir leid tut ... um mich mit dir zu vertragen, und du spazierst mit einem französischen ... Begleiter am Arm herein, den du von wer weiß wo abgeschleppt hast!"

„Jean-Marc David ist nicht einfach ein Begleiter, den ich – wie hast du es ausgedrückt? – irgendwo abgeschleppt habe. Er ist ein alter Freund."

Liz zieht die linke Augenbraue hoch, als sie diese Information verarbeitet. Dann murrt sie: „Wie alt?"

Ich sehe sie an und weiche ihrem Blick nicht aus. „Ich kannte ihn, bevor ich deinen Vater kennen lernte."

Liz schließt die Augen. Ihre Nasenflügel beben. „Wer *bist* du?", murmelt sie erschöpft und lehnt sich schwer bei Jeff an. Sie sieht mich nicht an.

Als der Wecker an Jeffs Armbanduhr zu piepsen beginnt, zucken wir alle zusammen, aber das Schweigen geht weiter.

Schließlich sage ich: „Es tut mir leid, dass es so gekommen ist. Aber es tut mir nicht leid, dass ihr Jean-Marc kennen gelernt habt. Ich werde euch von ihm erzählen. Aber nicht jetzt. Ihr seid beide erschöpft, und ihr müsst euch erst vom Jetlag erholen."

„Und du brauchst Zeit, um mit ihm zu reden", murmelt Liz.

Ich nicke. „Wir waren heute Abend gemeinsam essen. Wir waren auf dem Weg hier vorbeigekommen, damit ich mir eine wärmere Jacke holen konnte, und da sind wir unten zusammengestoßen. Ihr müsst schlafen, und ich sehe keinen Grund, warum ich meinen ursprünglichen Plan, einen Spaziergang mit Jean-Marc zu machen, ändern sollte." Ich stehe auf. „Ich bin in Zimmer 314. Ich werde nicht lange wegbleiben, und wenn ihr etwas braucht, dann fragt den Concierge, er spricht fließend Englisch. Solltet ihr Hunger haben, dann kann ich die Teestube nebenan empfehlen, sie machen ausgezeichnete Sandwiches dort. Aber wenn ihr schlau seid, werdet ihr nur etwas Leichtes essen, wenn überhaupt."

Ich deute auf etwas, das wie ein Nachttisch aussieht, auf dem der Fernseher steht. „Die Orangeade im Kühlschrank ist gut." An der Tür bleibe ich stehen und blicke zurück zu den beiden, traurig wegen der Gefühle, die unter der Oberfläche brodeln, aber auch stolz auf mich selbst, weil ich die Situation in die Hand genommen habe. „Ich habe euch beide sehr lieb. Morgens trinke ich immer meinen Frühstückskaffee in einem kleinen Café gleich neben dem Platz vor der Sorbonne. Wenn ihr rauskommt und den Hügel hinuntergeht, biegt ihr rechts ab und geht ungefähr einen Häuserblock weit. Dann seht ihr Springbrunnen und eine bronzene Figur zu eurer Rechten. Den Vormittag verbringe ich in der Teestube an diesem Platz. Wenn euch noch nicht nach Reden ist und ihr nicht kommen wollt, dann verstehe ich das."

Ich lächele Jeff zu. „Und wenn du hier bist, mache ich mir keine Sorgen um Liz."

Dann sehe ich Liz an, deren kalter Blick ein wenig wärmer geworden ist. „Jean-Marc muss keine böse Überraschung sein, weißt du." Ich glaube, ich klinge ganz überzeugend. Wenn ich nur mich selbst überzeugen könnte.

* * *

In dem Augenblick, als ihre Mutter die Tür des Hotelzimmers hinter sich geschlossen hatte, sprang Liz von der Couch auf und ging in das andere Zimmer. Sie hievte ihren Koffer aufs Bett, öffnete ihn – und stieß einen Ausruf des Erschreckens und ein wenig damenhaftes Wort aus.

„Was ist los?" Jeff folgte ihr in das Zimmer.

„Das ist nicht meiner", sagte Liz und sank auf das Bett, das Anzughemd eines Mannes in der Hand. „Ich glaube es einfach nicht."

„Fass die anderen Sachen nicht an!" Jeff nahm ihr das Hemd aus der Hand. „Mary sagt, dass der Concierge Englisch spricht. Ich kümmere mich darum."

„Was mache ich denn jetzt? Was ist, wenn die andere Person ..."

„Du", sagte Jeff, nachdem er den Koffer wieder geschlossen und neben sich abgestellt hatte, „vergisst diese ganze Verwechslung erst einmal und gehst schlafen.

Der Besitzer des Koffers hat den Fehler bestimmt inzwischen bemerkt, und wo auch immer er ist, bezweifle ich, dass er Verwendung für schwarze Hosen in Größe 36 hat und was du sonst noch so eingepackt hast."

„Mein Make-up war in dem Koffer", murmelte Liz, während sie die Tagesdecke zurückzog und unter die Bettdecke kroch.

„Ich glaube, Paris ist es egal, ob du Make-up trägst oder nicht, Liebling", sagte Jeff, während er die Gardinen zuzog. „Schlaf erst mal. Mary hat recht. Wir brauchen beide Schlaf." Er ging auf die Tür zu.

Antworten, dachte Liz. *Wir brauchen Antworten.* Sie war eingeschlafen, bevor sie die Worte aussprechen konnte.

* * *

Die Fahrstuhltür öffnete sich, und das Erste, was Jeff sah, war Mary, die neben Jean-Marc David auf einem eleganten Sofa in der Hotellobby saß.

„Ist irgendetwas passiert?" Jean-Marc stand auf.

„Geht es Lizzie gut?" Marys Gesicht zeigte den typischen Besorgte-Mutter-Ausdruck.

„Wahrscheinlich schläft sie schon." Jeff zeigte auf das Gepäck neben sich. „Aber wir haben aus Versehen den Koffer von jemand anderem mitgenommen."

Sofort kramte Monsieur David in der Tasche nach seinen Autoschlüsseln. „Ich fahre Sie. Das kriegen wir schon hin."

„Das ist nicht nötig", sagte Jeff. „Ich bin sicher, der Concierge wird ..."

„Natürlich würde er", unterbrach Jean-Marc ihn.

„Aber lassen Sie mich wenigstens anrufen.“ Er hatte bereits sein Handy aufgeklappt und erkundigte sich nach der Nummer der Lufthansa.

Einen Augenblick lang fragte Jeff sich, woher der Mann wissen konnte, welche Fluggesellschaft er anrufen musste, aber dann sah er den Aufkleber der Flughafenkontrolle an der Tasche. *Ein cleverer Mann.*

„Leider“, sagte Jean-Marc, als er nach einem kurzen Gespräch das Handy zuklappte und in seine Tasche schob, „müssen Sie mit Ihren Gepäckscheinen anwesend sein, um den Tausch vorzunehmen, aber wie es aussieht, haben die Leute bei der Lufthansa die andere Tasche – zusammen mit einem Herrn, der sehr darauf erpicht ist, sein Gepäck zurückzubekommen. Bitte, darf ich Sie zum Flughafen fahren? Mein Auto steht in einer Tiefgarage, nur wenige Minuten von hier.“

Dieser Mann bot an, sich die halbe Nacht um die Ohren zu schlagen, um einen dummen Fehler auszubügeln, den jemand gemacht hatte, der noch vor kurzem ausgesprochen unhöflich zu ihm gewesen war. Und Mary sah ihn mit einem Lächeln an, das Jeff noch nie gesehen hatte. Sie sah um Jahre jünger aus. Jeff beschloss, dass Jean-Marc David allem Anschein nach ein anständiger Kerl sein musste. Er würde im Zweifelsfalle für den Angeklagten Monsieur David entscheiden. Außerdem begann er allmählich den Jetlag zu spüren. Er war zu müde für die Anstrengung, ihn nicht zu mögen.

* * *

Ich liege im Dunkeln wach und sehe zur Decke hinauf. Das, was ein Teil von mir am meisten gefürchtet hat – und zugleich das, was ein anderer Teil von mir sich mehr als alles andere gewünscht hat –, ist geschehen. Ich habe es nicht geplant oder arrangiert. Ich habe es nicht eingefädelt. Eigentlich bin ich sogar von zu Hause weggelaufen, um es zu vermeiden. Seit Sam gestorben ist und je mehr Elizabeth sich von mir zu entfernen schien, desto öfter habe ich überlegt, ob ich das Versprechen, das ich Sam gegeben habe, nämlich nie etwas von Paris zu sagen, brechen soll. Ich weiß immer noch nicht genau, was ich tun soll. Letzten Endes ist einer Mutter doch nur wichtig, nehme ich an, was das Beste für ihr Kind ist. In diesem Moment weiß ich einfach keine Antwort auf diese Frage.

Es ist das erste Mal, seit ich ein kleines Mädchen war, dass ich ein eigenes Gebet formuliere. *Lieber Gott … wenn du jemals überlegt hast, ob du in mein Leben eingreifen sollst … dann wäre das jetzt ein guter Zeitpunkt.*

Kapitel 22

Beten war gar nicht so einfach. Er konnte so gut singen wie alle anderen – schließlich kam er aus dem Land, das der Welt *Madame Butterfly* und *La Bohème* beschert hatte. Er las gerne, und so war das Bibellesen schnell ein normaler Teil seines Alltags geworden, so grundlegend wie das Schuheanziehen oder die erste Tasse Kaffee am Morgen. Aber Beten? Beten war etwas anderes, vor allem, wenn man keine Wirkung sah, keine Antwort erkennen konnte. In Bezug auf Menschen, die er nicht jeden Tag sah, war es sogar noch schwieriger. Und deshalb, vermutete Luca Santo, hatte er seinen alten Freund Jean-Marc David im Gespräch mit Gott so lange nicht erwähnt. Aber dass er den Grund kannte, verringerte nicht seine Schuldgefühle, die ihn seit Jean-Marcs Wiederauftauchen quälten. Wenn Gott sich solche Mühe gegeben hatte, Jean-Marc wieder in sein Leben zu bringen, dann musste er etwas mit ihm vorhaben. Er hätte nie mit dem Beten aufhören sollen. Luca hoffte, dass er Gottes Plan vorantreiben konnte und das, was Gott vielleicht tat, nicht behinderte.

Vielleicht war es aber schon zu spät dafür, wurde ihm klar. Jean-Marc hatte bereits das Abendessen und ein mittägliches Treffen abgesagt, das sie geplant hatten. Luca zermarterte sich das Hirn, aber er wusste nicht, was er Falsches gesagt haben könnte. Weswegen wollte Jean-Marc nicht mehr Zeit mit ihm verbringen? Das Einzige, was ihm einfiel, war seine harmlose Bemerkung über Gottes Güte in Bezug auf Sophias Tod. Aber das konnte den Mann doch unmöglich verjagt haben, dachte Luca. Nein, er hätte nicht aufhören dürfen zu beten.

„Hier bin ich, Vater", sagte Luca beim Frühstück. „Und ich weiß nicht, wie ich für meinen Freund beten soll. Es ist so viele Jahre her, dass ich wegen ihm zu dir gekommen bin. Du weißt doch noch, wie er reagiert hat, Vater. Er hat mir das, was ich über dich gesagt habe, um die Ohren gehauen. Er meinte, es sei nur eine Krücke, dass ich mich an dich wende – etwas, das mir geholfen hat, nicht verbittert zu werden, als ich die Rennfahrerei aufgeben musste. Und er hat gesagt, Religion sei etwas für Männer, die mit dem Leben nicht selber fertig würden. Ich weiß nicht, ob er diese Wut immer noch mit sich herumträgt. Ich will ihn nicht wieder verscheuchen. Wenn du mich dafür ausgesucht hast, mit ihm zu sprechen ... dann gib mir die richtigen Worte ein, und ich sage sie. Er hat schon zweimal abgesagt. Jetzt habe ich ihn noch einmal zum Essen eingeladen, und er sagt, er will kommen. Er sagt, es gebe jemanden, den ich kennenlernen soll. Ich fürchte, es ist wieder mal eine Frau."

Luca goss heiße Milch in seinen Kaffee und rührte um. Er musste Gott nichts von Jean-Marc Davids Ruf in Sachen Frauen erzählen. Aber auf der anderen Seite, ermahnte Luca sich selbst, war das schon eine ganze Weile her. Vielleicht hatten die Dinge sich geändert.

Er sah aus dem schmalen, hohen Küchenfenster und freute sich über den blauen Himmel. Zu viele graue Tage verursachten in ihm ein ruheloses Gefühl, so als ob irgendetwas mit der Welt nicht stimmte. Er seufzte, trank einen großen Schluck von seinem Milchkaffee und schlug die Bibel auf.

Das Telefon klingelte.

„Es tut mir leid, aber es ist was dazwischengekommen – eine unerwartete Ankunft. Ich fürchte, Mary und ich können nicht ..."

Also war es tatsächlich eine Frau, die ihn von den Essensverabredungen abgehalten hatte. Luca wollte mehr wissen. Der Name Mary ... bedeutete etwas. Aber was? Es konnte ja kaum ...

„Mary, hast du gesagt? Aber nicht *die* Mary – das kann doch nicht sein, oder?"

Am anderen Ende der Leitung blieb es einen Moment lang still. Noch bevor Jean-Marc etwas sagte, wusste Luca Bescheid.

„Doch. Meine alte Freundin. Meine erste Liebe. Kannst du dir das vorstellen? Sie hat mir vor einiger Zeit geschrieben, um mir zu sagen, dass sie für einen Besuch nach Paris zurückkehren würde. Aber plötzlich sind ihre Tochter und deren Verlobter aufgetaucht." Jean-Marc machte eine Pause. „Mary hat sie nicht erwartet ... und sie mich erst recht nicht. Ich weiß nicht, was passieren wird, aber wir ..."

„Bring sie mit." Luca sprach die Worte aus, noch bevor sein Verstand protestieren konnte. *Was um alles in der Welt sagst du da, du Wahnsinniger?*

„Was?"

„Bring sie mit", wiederholte er seine Einladung. „Bring sie alle mit. Wenn du meinst, dass es hilft, einen alten Freund als Puffer dabeizuhaben ... Ist es das, was du brauchst?"

„Ich habe keine Ahnung, was ich brauche", sagte

Jean-Marc. „Die Tochter ist ... na ja, nicht gerade begeistert von meiner Anwesenheit, wie es scheint. Ihr Verlobter ist ganz nett. Ich habe ihn gestern Nacht noch zum Flughafen gefahren. Es gab irgendeine Verwechslung mit dem Gepäck."

„Du hast ihn zum Flughafen gefahren?"

„Ja. Ich bin verrückt."

Verrückt danach, einen guten Eindruck zu machen, dachte Luca. Er sah hinaus in den Stadtverkehr. „Also, ich will mich ja nicht einmischen, aber ich würde wahnsinnig gerne die Frau kennenlernen, wegen der Jean-Marc David nie mehr nach Paris kommen wollte."

„Ich will keine Last sein."

„Ich mache nur Pasta und Salat. Ist kein Problem, etwas mehr zu machen. Es wäre mir eine Ehre, sie hier zu haben. Bring etwas Brot und Wein mit. Wir feiern Wiedervereinigung."

Jean-Marc zögerte und versprach, ihn wieder anzurufen. Nachdem er aufgelegt hatte, ging Luca zum Fenster zurück und starrte erneut auf den Verkehr. Manchmal war es ziemlich schwer zu glauben, dass Gott wirklich groß genug war, um alle Menschen, die auf seiner Erde herumliefen, im Blick zu behalten. *Herr, ich glaube ... hilf meinem Unglauben*. Luca warf das Gebet gen Himmel und fügte eine weitere Bitte für Jean-Marc David, Mary, ihre Tochter und deren Verlobten hinzu. Und für sich selbst. „Weisheit, Vater. Ich brauche Weisheit. Und ein bisschen Hilfe beim Kochen könnte auch nicht schaden."

Mit einem Schmunzeln ging Luca ins Wohnzimmer und öffnete den Schrank, in dem er Sophias Lieblingsgeschirr aufbewahrte. Die fröhlichen Farben des toskanischen Steinguts waren genau das Richtige, um dem öden Raum das nötige Flair für eine Wiedersehensfeier zu geben. Als er den Tisch von der Wand abzog und Teller darauf verteilte, kam ihm die Idee, Enzo einzuladen. Der Junge hatte gute Arbeit geleistet, um ihn für die Reparaturen an Arnauds Motorrad zu bezahlen. Er würde von Jean-Marc David beeindruckt sein. Und ein zusätzlicher „Puffer" am Tisch konnte nicht schaden.

* * *

Sie würde den Mann nicht mögen, egal, was er sagte.

Aber dann zwinkerte Jean-Marc David ihr über den Tisch hinweg zu und machte eine Bemerkung über ihre Schönheit. Obwohl Liz versuchte, darüber hinwegzugehen, konnte sie nicht verhindern, dass sie rot wurde.

Sie würde den Mann auf keinen Fall mögen, egal, was er tat.

Aber dann gab er von dem Hauptgericht erst Mary, bevor er selbst etwas nahm, und als Mary ihn anlächelte, wurde Liz bewusst, dass zum ersten Mal seit ... *immer* die Augen ihrer Mutter lächelten.

Sie würde den Mann nicht mögen, unter gar keinen Umständen.

Aber dann stellte Monsieur Santo eine Frage über die *Sea Cloud* und gab Jean-Marc damit das Stichwort für eine ganze Reihe von Seemannsgeschichten. Und für Liz öffnete sich ein Fenster zu einer Welt, von der sie nichts wusste. Jeff stellte Fragen. Der junge Enzo war fasziniert. Monsieur David war charmant – und sogar bescheiden. Es war schwierig, sich nicht einwickeln zu lassen. Und es machte sie verrückt.

Während des gesamten Essens, während sie die italienische Art kennen lernte, Pasta mit der Gabel aufzuwickeln, und sich an einer lebhaften Debatte über französische contra italienische Weine beteiligte, suchte sie nach etwas, das sie an Jean-Marc David kritisieren konnte.

Er redete mit den Händen. Liz bemerkte, dass ihre Mutter angefangen hatte, das auch zu tun. Es ärgerte sie.

Er schien ein ganz besonderes Lächeln für Mary zu haben. Was, wie Liz vermutete, wohl Teil seiner Rolle als charmanter Europäer war. Das ganze Essen hier war nur ein Täuschungsmanöver. Eine Show. Aber mit der Zeit begann sie an ihrer Einschätzung zu zweifeln.

War es nur Täuschung und Show gewesen, als Monsieur Santo sich verneigt und ihr die Hand geküsst hatte? War es nur Täuschung und Show gewesen, als er dasselbe bei Mary getan hatte? Nein, beschloss Liz, das war einfach die Freundlichkeit von Monsieur Santo. War es ein Täuschungsmanöver gewesen, dass er von Marys Besuch in seinem Ducati-Geschäft erzählte und es einen Wink des Schicksals nannte? Nein. Es war nur eine charmante Reaktion auf einen Zufall. Und war es ein Täuschungsmanöver gewesen, als Monsieur Santo einen Toast auf Mary ausgebracht hatte, nachdem Enzo ihre Fahrt auf dem Motorrad beschrieben hatte? Nein, gab Liz zu. Monsieur Santo war einfach ein guter Gastgeber und wollte, dass seine Gäste – auch wenn ihre Mutter knallrot geworden war, so peinlich war es ihr – sich wohl fühlten.

Aber als Monsieur David ebenfalls eine kleine Rede hielt, verkrampfte Liz sich. Sie schalt sich selbst. Vielleicht war es unfair, so kritisch zu sein. Sie musste zugeben, dass er für einen alten Mann ausgesprochen attraktiv war. Auf den Ohrring konnte sie jedoch verzichten.

Im Laufe des Abends beobachtete Liz ihre Mutter. Es schien so, als gebe es eine Menge stillschweigender Gespräche zwischen Mary und Monsieur David. Gute Gespräche. Gerade begann sie zu glauben, dass Monsieur Davids Gegenwart im Leben ihrer Mutter vielleicht eine positive Wirkung haben könnte, da legte er den Arm über ihre Stuhllehne. Liz musste sich beherrschen, um nicht entrüstet aufzuspringen. Was bildete dieser Kerl sich eigentlich ein?! Sie war verheiratet. Na gut, dachte Liz, sie war Witwe. Aber trotzdem ...

Jeff spürte ihre schlechte Laune, und als Mary aufstand, um Monsieur Santo beim Abräumen des Tisches zu helfen, beugte er sich vor und flüsterte: „Entspann dich, Bitsy!“

„Ich kann nicht“, flüsterte Liz zurück.

Enzo fragte gerade etwas über die Zeit, die er als „die frühen Jahre der Motorradrennen“ bezeichnete – und als eine Zeit, in der es nicht viel Wettbewerb gegeben habe.

Monsieur Santo ließ das nicht auf sich sitzen. „Nicht viel Wettbewerb? Hast du noch nie etwas von Agostini gehört? Oder von Walter Villa?“ Einen nach dem anderen nannte er berühmte Rennfahrer seiner Zeit, und bei jedem erzählte er, wie entweder er selbst oder Jean-Marc David sich in diesem oder jenem Rennen durchgesetzt hatte. Die Männer unterhielten ihr Publikum wie zwei gut eingespielte Komiker mit perfektem Timing. Gegen ihren Willen hörte Liz gebannt zu. Zusammen mit den anderen, die um den Tisch saßen, lachte sie Tränen, als Jean-Marc selbstironisch ein Rennen schilderte, das er verloren hatte. Anschließend hatte sie einen Schluckauf, der nicht aufhören wollte.

„Tut mir *hick* leid *hick*", japste sie. „Das ist mir *hick* schon eine Ewigkeit nicht *hick* mehr passiert. *Hick.*"

„Ich kenne das Problem", nickte Jean-Marc. Er stand auf, ging in die Küche und kam mit Salz und einer Plastiktüte zurück. „Salz auf die Zunge und dann aus der Tüte einatmen."

„Und das *hick* funktioniert wirklich?", fragte Liz.

„Keine Spur", sagte Jean-Marc. „Aber es lenkt vom Schluckauf ab." Seine blauen Augen funkelten.

Sie lachten noch mehr ... und dann bekam auch Jean-Marc einen Schluckauf, und er und Liz lachten und hicksten zusammen, bis ...

Du liebes bisschen. Szenen des Abends fügten sich plötzlich zusammen. Dinge, die Monsieur David tat. Bestimmte Gesten. Wie er den Kopf hielt. Einmal war sie fast sicher gewesen, dass sie ein Foto des Mannes gesehen hatte. Er schien so vertraut. Sie wusste nicht, warum. Selbst jetzt konnte sie nicht glauben ...

Liz schlug sich die Hände vor den Mund und wünschte, der Erdboden würde sich auftun und sie verschlingen.

Monsieur David sah sie mit einem seltsamen Lächeln an.

Liz blickte zu ihrer Mutter hinüber, die gerade aufstand, um noch eine Runde Kaffee auszuschenken.

Jeff schien nicht zu merken, dass etwas nicht stimmte. Wie konnte er so blind sein? Vielleicht irrte sie sich ja. Doch ein Band umklammerte ihre Brust und wurde immer enger. Sie trank einen Schluck Wasser. Es half nicht. Kaffee. Keine Veränderung. Schließlich stand sie auf, die Hand an der Kehle.

„Bitte entschuldigen Sie mich", sagte sie. „Aber ich fürchte, es ist doch mehr als nur ein Schluckauf. Ich fühle mich wirklich nicht besonders."

Luca Santo sprang auf. „Was ist los? Kann ich irgendwie helfen?"

Jeff erhob sich und legte den Arm um sie. „Was hast du denn, Schatz?"

Liz murmelte etwas, von dem sie hoffte, dass Monsieur Santo es als Entschuldigung akzeptieren würde, und stützte sich auf Jeff. „Wir müssen gehen. Jetzt." Als ihre Mutter das Wort ergriff, warf Liz ihr einen wütenden Blick zu. „Lasst euch nicht stören." Ihr Blick wanderte zu Monsieur David und anschließend zu Mary zurück. Liz zuckte mit den Schultern und zog eine Augenbraue in einer Weise hoch, die sie immer für eine typische Davis-Eigenart gehalten hatte – bis zu diesem Abend. Sie sah wieder Jean-Marc an. Mary wurde blass. Liz nickte leicht. „Genießt ihr ruhig eure Wiedersehensfeier."

Sie riss sich von Jeff los, winkte ab, als Luca Santo ihr helfen wollte, und stolperte durch die Tür, die Treppe hinunter und hinaus auf die Straße. Sie konnte Jeffs eilige Schritte hinter ihr hören. Unten angekommen, lehnte sie sich an die Scheibe des Ducati-Schaufensters.

„Was ist los? Es lief doch alles prima, und dann ..." Jeff legte eine Hand auf ihre Schulter. „Und ich weiß, dass du nicht wirklich krank bist, also sag mir, was los ist."

Liz schüttelte den Kopf. Sie schluckte und platzte dann damit heraus: „Wie konnte sie das nur tun?"

„Wer?"

„Meine Mutter." Es klang wie ein Schimpfwort.

„Wie konnte sie *was* tun?"

„Mich in dieses Zimmer setzen. Mit ihm." Sie zwang sich, aufrecht stehen zu bleiben. „Und mich einfach ..." Sie schloss die Augen und schüttelte den Kopf. „Ich kann es nicht glauben. Es kann einfach nicht wahr sein."

„Liz, wovon in aller Welt redest du?"

„Es ist, als wäre ich in einer Zeitschleife gefangen. Als würde ich in eine andere Dimension gesogen." Sie lehnte den Kopf gegen das Glas der Scheibe. „Ich *kenne* die Frau da oben nicht."

Jeff nickte. „Es ist nicht gerade die Mary Davis, die wir kennen, oder?"

Liz schnaubte verächtlich. „Das ist wohl die Untertreibung des Jahres."

„Es ist nur ein Teil von ihr, den wir nie gesehen haben. Aber ich habe sie heute Abend beobachtet, und ... ich meine, hast du sie dir mal richtig *angesehen*? Hast du ihr *zugehört*? Wann haben wir sie jemals so lächeln gesehen? Wie lange ist es her, dass du sie richtig lachen gehört hast? Als Monsieur Santo die Geschichte erzählte, als er und Monsieur David ihrem Rennfahrerkollegen einen Streich gespielt haben, lachte sie so sehr, dass ihr die Tränen kamen."

„Das würde es erklären", sagte Liz.

„Was erklären?"

„Du hast Mutter beobachtet." Sie sah Jeff an und in ihren Augen standen die Tränen. „Ich habe *ihn* beobachtet."

„Wen? Luca? Jean-Marc?"

„Seit wann ist er denn für dich ‚Jean-Marc'?", wollte Liz wissen.

Jeff zuckte mit den Achseln. „Er hat gesagt, ich soll ihn so nennen. Du warst doch dabei." Er fasste sie an den Schultern, sah ihr in die Augen und schüttelte sie sanft. „Was ist los, Elizabeth?"

„Ist alles in Ordnung?" Luca Santo hatte ein Fenster im zweiten Stock geöffnet und rief auf die Straße hinunter.

Jeff sah hinauf. „Es geht ihr schon besser. Wir kommen gleich wieder rauf."

Santo nickte und schloss das Fenster.

„Du kannst ja zurückgehen, wenn du willst", sagte Liz. „Ich fahre ins Hotel. Und nach Hause. Sobald ich einen Flug bekomme."

„Hör auf, einen solchen Unsinn zu reden."

„Gut." Liz hob das Kinn und starrte ihn durch einen Tränenschleier an. „Wie wäre es, wenn du hinaufgehst und eine Weile Jean-Marc David beobachtest. Sieh dir mal die Farbe seiner Augen an." Liz zeigte auf ihre eigenen Augen. „Dieser merkwürdige Farbton, über den jeder eine Bemerkung gemacht hat, als ich klein war. Und wenn du schon mal dabei bist, achte auch auf seine Angewohnheiten. Und dann überleg mal, ob sie dich an jemanden erinnern."

„Was willst du damit sagen?"

Er hatte die Frage kaum ausgesprochen, als Liz sah, dass er allmählich zu begreifen anfing. Er sah sie fassungslos an. „Das kann nicht sein."

„Kann es nicht?" Liz machte sich von ihm los.

„Aber du bist doch ..."

„Im September geboren, genau. Ein Frühchen, haben sie immer gesagt. Und meine Eltern haben im Januar davor geheiratet. Jedenfalls haben sie da ihren Hochzeitstag gefeiert“, sagte Liz. „Wer weiß, wie das Datum auf der Trauungsurkunde lautet?“ Ihre Stimme zitterte. „Mein ganzes Leben ist eine Lüge.“

Jeff hielt sie im Arm, bis sie sich ein wenig beruhigt hatte. „Ich gehe hinauf und erkläre ihnen, dass dir nicht gut ist. Ich werde Luca bitten, ein Taxi für uns zu rufen.“

„Ich will nicht, dass meine Mutter herunterkommt und versucht, alles auszubügeln“, sagte Liz.

„Keine Sorge“, sagte Jeff. „Dafür sorge ich schon.“

Während er fort war, ging Liz in Gedanken noch einmal den Abend durch. Sie hatte die ganze Zeit versucht, Jean-Marc David nicht zu mögen. Stück für Stück hatte er die Mauer, die sie um sich errichtet hatte, erklommen und ihren Widerstand überwunden. Sie schloss die Augen und baute die Mauer wieder auf. Sie würde den Mann nicht mögen. Egal, was alle anderen sagten oder taten. Am wenigsten ihre Mutter.

Liz ging zur Straßenecke und betrachtete den Triumphbogen.

Ein junges Pärchen rauschte auf einem Motorrad vorbei.

Ein Stück weiter die Straße hinauf wankte ein alter Mann über den Bürgersteig und ertastete sich seinen Weg mit einem Stock.

Der Pariser Charme war verflogen. Als sie den Blick zum Himmel hinaufrichtete, ließ sie ihren Tränen freien Lauf.

* * *

Mary

Ich stolpere die Treppe von Luca Santos Wohnung auf die Straße hinunter.

„Nein. Bitte, Jean-Marc, ich möchte allein gehen. Ich rufe dich morgen an."

„Vielen Dank für Ihre Gastfreundschaft, Monsieur Santo."

„Liz? Ich bin sicher, es wird ihr bald wieder besser gehen. Sie wissen ja, wie das mit dem Reisen ist. Alles ist anders. Da rebelliert der Körper manchmal. Danke für Ihr Verständnis."

„Natürlich sage ich Bescheid, wenn wir einen Arzt brauchen. Sie sind zu freundlich – herzlichen Dank noch einmal für die Einladung."

Es ist ein langer Weg von hier bis zum Quartier Latin. *Man kann nicht nach Hause zurück.* Ich wünschte, der Satz wäre mir nie eingefallen. Ich wünschte, Liz wäre nicht hergekommen. Wünschte – nein, das nicht. Es tut mir nicht leid, dass ich den Brief geschrieben habe. Und ich bereue auch nicht, dass Jean-Marc wieder Teil meines Lebens ist. Mit einem Seufzer mache ich mich auf den Weg. Vielleicht mache ich auf dem Rückweg zum Hotel in Notre Dame Station und zünde eine Kerze an. Es kann sicher nicht schaden. Ob es vielleicht sogar hilft?

* * *

Nachdem auch Enzo gegangen war, räumten Jean-Marc und Luca Santo noch die letzten Dinge vom Tisch und brachten Lucas Wohnung wieder in Ordnung. Sie spülten das Geschirr, ohne viel zu sagen. Schließlich sagte Luca. „Ich mache einen Kaffee. Bleibst du noch?"

Die beiden Männer setzten sich an die Tür, die zu dem schmalen Balkon auf der Rückseite der Wohnung führte. Das Schweigen wurde gebrochen, als Jean-Marc durch das eiserne Balkongitter hindurch auf eine Kulisse blickte, zu der die beiden identischen Türme von Notre Dame und die verschwommene, aber dennoch sichtbare Silhouette des Eiffelturms gehörten, und sagte: „Einen solchen Ausblick hätte ich nicht erwartet."

Luca ignorierte die Ereignisse des Abends. „Ich hatte nie vor, über dem Geschäft zu wohnen. Aber als Sophia diese Aussicht sah, weigerte sie sich, irgendeine andere Wohnung anzusehen." Er seufzte und reckte sich. „Wir hatten ein gutes Leben." Er wartete ab, ob Jean-Marc etwas sagen würde, aber sein Freund schwieg. Er schien in Gedanken zu sein.

„Deine Mary ist eine wunderbare Frau."

Jean-Marc lächelte und schüttelte den Kopf. „Sie ist nicht *meine* Mary. Das war sie nie." Er nippte am Kaffee und sah dann wieder hinaus.

„Und was für ein merkwürdiger Zufall, dass sie Enzo bereits kannte und in meinem Laden gewesen war."

Obwohl es offensichtlich war, dass Jean-Marc mit den Gedanken woanders war und kein Interesse an einer Unterhaltung hatte, gab Luca nicht auf. „Sag mir bitte, hat es dich gestört, dass ich vor dem Essen gebetet habe?"

Mit einem Achselzucken sagte Jean-Marc: „Natürlich nicht. Warum sollte es mich stören?"

„Religion ist eine Krücke für schwache Menschen. Wenn du irgendwann noch mal etwas anderes machst als in die Kirche zu gehen, sag mir Bescheid."

„Autsch!" Jean-Marc tat so, als weiche er einem Geschoss aus. „War ich so hart?"

„Das warst du."

Jean-Marc öffnete den Mund, um zu sprechen, dann schloss er ihn wieder und räusperte sich. „Sag mir eins, Luca." Er holte tief Luft und platzte dann damit heraus. „Das Mädchen. Elizabeth. Ich dachte – wahrscheinlich bilde ich es mir nur ein, aber ..."

„Ja?", ermunterte Luca ihn.

„Du weißt, was ich sagen will, oder?" Seine Stimme bebte. „Ich habe Angst, es laut zu sagen."

„Ob du es sagst oder nicht – du kannst sowieso an nichts anderes denken. Ich nehme an, ihr geht es genauso."

„Es ist etwas an ihrer Art – wie sie den Kopf schief legt, wenn sie wütend ist." Jean-Marc sah zu Boden und dann wieder aus dem Fenster. „Und sie hat meine Augen."

Kapitel 23

Mary

„Das kannst du mir nicht antun!“, schreit Liz. Sie sitzt wie ein verwundeter Vogel auf dem Rand des Sofas in ihrer Suite, die Arme um sich geschlungen und leicht nach vorne gebeugt. Als ich die Hand ausstrecke, um sie zu berühren, schlägt sie meine Hand zur Seite und springt auf. Sie rauft sich die Haare, rennt zum Fenster, reißt es auf und schreit in die Nacht hinaus.

„Elizabeth.“ Jeff geht zu ihr, packt sie an den Schultern und zieht sie an sich, während er das Fenster schließt. „Hör auf damit.“

Liz hat ihre Hände zu Fäusten geballt und schlägt gegen seine Brust. Sie brüllt: „Sag mir nicht, dass ich aufhören soll. Meine Mutter hat mir gerade gesagt, dass mein Leben eine Lüge ist. Ich bin nicht die Tochter von Samuel Davis. Mein Vater ist ein vagabundierender Seemann, der ...“

„Nein“, unterbreche ich sie. „Dein Vater ist Samuel Frederick Davis. Daran hat sich nichts geändert.“

„Ach so. Und das hier sind *seine* Augen, nehme ich an.“ Sie schüttelt den Kopf. „Wenn man bedenkt, dass die Leute sich immer gefragt haben, woher die Farbe kommt.“ Sie sieht mich vorwurfsvoll an. „Und du hast eine abenteuerliche Geschichte von einer Ur-Ur-Großmutter erzählt und von einem Gemälde, das zerstört wurde, als das Dach undicht war.“

„Diese Geschichte stammt von deinem Vater, nicht von mir.“

„Und wahrscheinlich war es auch seine Idee, mich mein ganzes Leben lang anzulügen, ja?“

„O Lizzie“, flehe ich. „Bitte hör auf damit. Diese ... Information ... ändert doch eigentlich nichts. Dein Vater konnte keine Kinder haben. Als ich ihm von dir erzählte, waren wir schon verlobt. Er war schockiert. Aber er war auch begeistert. Er hatte doch noch eine Chance bekommen, Vater zu sein. *Er* war da, als du geboren wurdest. *Seine* Arme haben dich gehalten. *Sam* war es, der dir all seine Liebe und Aufmerksamkeit geschenkt hat. Nichts kann daran etwas ändern. Nichts.“

„Nichts außer einem kleinen Abendessen unter alten Freunden in Paris.“

Ich will mich verteidigen. Ich will ihr alles sagen. Aber das werde ich nicht tun. Ihr alles zu sagen, würde sie nur noch mehr verletzen. Sie sieht ihren Vater mit dem verklärten Blick eines kleinen Mädchens, und das will ich ihr nicht nehmen. Ich schließe die Augen und versuche die Kraft zu finden, damit ich nicht zu meiner Verteidigung Lizzies Erinnerung an Sam beschädige. *Gott. Bist du da? HILFE!*

„Weißt du was, Schatz?“, sage ich und staune, weil meine Stimme so ruhig klingt. „Ich will alle Fragen beantworten, wenn ich kann. Aber nicht so. Nicht jetzt.“ Ich sehe Jeff an. Er nickt zustimmend, und ich fahre fort. „Ich bin in meinem Zimmer. Lass dir Zeit. Sprich mit Jeff darüber. Wenn du dich beruhigt hast – wenn du ein bisschen geschlafen hast –, ruf mich. Ich komme dann sofort.“

„Wenn du nicht gerade eine Verabredung hast.“

Der Sarkasmus in ihrer Stimme tut mir weh. Ich ignoriere den Angriff. „Ich werde nicht bei einer Verabredung sein. Ich werde kommen. Ich liebe dich, Lizzie, und nichts wird daran jemals etwas ändern. Ich liebe dich und ..." Meine Stimme bricht weg. Ich ermahne mich zu atmen. *Gott. HILFE!* „Ich würde alles dafür geben, wenn du nicht nach Paris gekommen wärst. Wenn du das hier nicht herausgefunden hättest. Aber du bist hergekommen. Und du hast Jean-Marc getroffen. Du hast ein Geheimnis entdeckt, das ich bewahrt habe, weil ich deinem Vater gehorchen wollte. Diese neue Information ändert nichts an dir und deinem Papa oder an der Liebe, die ihr füreinander empfunden habt, oder an dem Vermächtnis, das er dir hinterlassen hat. Vielleicht erweist es sich ja mit der Zeit als etwas Gutes."

„Was will er von dir?" Ihre Stimme klingt schrill.

„Ich weiß nicht, was du meinst."

„Was will er? Was hat er davon, dass er nach dir fahndet? Und das nach all der Zeit?"

Es dauert einen Augenblick, bis ich aufnehme, was hinter ihrer Frage steht. „Wie du aus unserem Gespräch beim Essen entnehmen konntest, ist Jean-Marc David der Kapitän einer ziemlich berühmten Jacht namens *Sea Cloud*, Liz. Er braucht das Davis-Geld nicht, falls du das meinst. Und außerdem hat er mich nicht gesucht, sondern *ich* habe ihm geschrieben."

Ich rede weiter, aus Angst, ich könnte verstummen, wenn ich nachdenke. „Ich war so ... unglücklich, Lizzie. Manchmal sogar verzweifelt. Es gab eine Nacht, da war ich allein in meinem Zimmer und – ja, ich hatte eine Flasche mit Schlaftabletten." Ich schäme mich und sehe zu Boden. „Es schien einfach, als wäre mein Leben so ... sinnlos. Du brauchtest mich nicht, dein

Vater war nicht mehr da. Ich hatte keinen festen Boden mehr unter den Füßen. Und ich hatte die Tabletten, aber ich hatte Angst. Statt die Pillen zu schlucken, habe ich also einen Brief geschrieben. An einen alten Freund."

Als ich Liz ansehe, gleicht ihr Gesicht einer Maske. Sie sieht mich nicht an. „Vor langer Zeit habe ich Jean-Marc verletzt. Schrecklich verletzt. Jahrelang hat mir das keine Ruhe gelassen. Und seit dein Vater tot ist, haben die Schuldgefühle mich sogar noch häufiger heimgesucht. Der Gedanke festigte sich in mir, dass ich, wenn ich hierher zurückkomme – wenn ich die Uhr zurückdrehe und jenen Teil meiner Vergangenheit kläre –, dass ich dann vielleicht nach vorne sehen könnte. Wieder die Kraft hätte, das Leben in Angriff zu nehmen. Also schrieb ich den Brief. Ich hatte keine Ahnung, ob er ihn überhaupt bekommen würde. Aber er hat ihn erhalten, und er ist hierher gekommen." Ich halte inne. „Du solltest überhaupt nichts damit zu tun haben. Es ging auch gar nicht um dich."

„Ich wäre ja zu gerne dabei gewesen, als du es *ihm* erzählt hast", sagt sie.

„Als ich ihm *was* erzählt habe?" Doch schon als ich die Frage ausspreche, wird mir klar, was sie meint. „Ich habe ihm nicht von dir erzählt. Ich habe deinem Vater versprochen, dass ich dir nie von Paris erzählen würde *und* dass Jean-Marc nie von dir erfahren würde." Ich spüre eine Welle des Gefühls in mir aufsteigen, als ich den Grund für Jean-Marcs Schweigsamkeit zu begreifen beginne, nachdem Liz das Abendessen verlassen hatte. *Ist er jetzt irgendwo in Paris und fragt sich, ob er eine zweite Tochter hat?*, überlege ich. Bestimmt hat er keinen Verdacht geschöpft. Warum sollte er auch. Es sei denn, er hat all das, was Liz aufgefallen ist, ebenfalls bemerkt. *Gott. HILFE!*

Schließlich sieht Liz mich an. „Willst du behaupten, dass Monsieur David nichts davon weiß?" Ihre blauen Augen sind kalt. Berechnend. Ich weiche ihrem Blick nicht aus.

„Ich ... ich weiß es nicht. Vielleicht hat er es erraten. Aber ich habe nichts gesagt. Wie oft muss ich es dir noch sagen? Das ist nicht der Grund, warum ich den Brief geschrieben habe. Und auch nicht der Grund, warum ich nach Paris gekommen bin." Ich würde sie so gerne in den Arm nehmen, aber ich weiß instinktiv, dass sie mich zurückstoßen würde, und das würde mir das Herz brechen. Ich fühle mich so zerbrechlich ... und doch merke ich irgendwie, dass ich stärker bin. Stark genug, diesen Streit endlich zu beenden.

* * *

28. Dezember 2003
Ich habe Lizzie gesagt, dass ich nicht nach Paris gekommen bin, um Jean-Marc von ihr zu erzählen. Stimmt das wirklich? Oder gab es hinter dem bewussten Gedanken doch einen versteckten Beweggrund, den ich mir selbst nicht eingestanden habe? Ich muss nachdenken. Wenn ich eine Weile einfach aufschreibe, was mir in den Sinn kommt, kann ich vielleicht etwas Ordnung in das Chaos der Informationen bringen. Das Telefon hat nicht geklingelt. Es gibt auch keine Nachrichten für mich. Ich weiß nicht, ob das bedeutet, dass Jean-Marc nicht so scharf-

sinnig ist wie Liz … oder ob es bedeutet, dass er Bescheid weiß und um sein Leben rennt. Ich würde ihn gerne anrufen, aber ich glaube, das sollte ich nicht tun. Wenn er es erraten hat, braucht er Zeit. Und wenn nicht, möchte ich nicht erklären müssen, warum Liz sich so verhalten hat. Jedenfalls nicht heute Abend. Deshalb …
Ich bin nach Paris gekommen, weil …

Ich zögere. Denke nach. Die Antwort ist einfach. Ich bin nach Paris gekommen, weil ich fünfzig Jahre alt bin und glauben möchte, was der dumme kleine Spruch sagt, den ich zu Hause auf dem Alten Markt gefunden habe. Ich möchte gerne glauben, dass es nie zu spät ist, das zu werden, was ich hätte sein können.

Also ist die logische Frage …

Was hätte ich sein können?
1. Geigerin. Ich wollte keine Solistin werden. Ich wollte nur, dass Musik ein Teil meines Lebens ist. Aber weil er wusste, dass Jean-Marc mich gerne Geige spielen hörte, wollte Sam auf gar keinen Fall, dass sie Teil meines Lebens ist. Ich nehme an, er hatte Angst, dass ich beim Spielen an Jean-Marc denken würde. Das Tragische ist, dass ich beim Spielen immer an höhere Dinge wie Meereswellen, den Flug der Vögel, Dinge aus der Natur oder auch Engel dachte. Manchmal sogar an Gott. Die Musik verband mich nicht mit Jean-Marc. Aber Sam glaubte mir nicht, und er ließ nicht locker. Eines Tages wurde er so wütend, dass er meinen Geigenbogen zerbrach …

Ich halte inne. Diesen Teil meiner Vergangenheit werde ich nicht noch einmal durchleben. Er ist nicht mehr da. Ich kehre zu meinen Gedanken über die Gegenwart zurück.

2. Abenteurerin. Die Welt ist so aufregend. Ich mag die Vorstellung, etwas über neue Kulturen zu lernen. Ich möchte nie aufhören. In mancher Hinsicht bin ich schließlich doch noch zu meinem Abenteuer gekommen, obwohl es nicht das Abenteuer ist, das ich erwartet habe. Das Leben von Sam Davis war ganz bestimmt wie ein fremdes Land für mich. Ich habe eine Menge über einen Teil der Gesellschaft gelernt, zu dem ich nie gehörte. Und ich möchte gerne glauben, dass ich es gut gemacht habe. Sam war auf seine Weise stolz auf mich. Er sagte es nur nicht laut.

3. Ehefrau eines Seemanns. Das ist verrückt. Ein Grund, warum ich zu Sam ging, war die Erkenntnis, dass Jean-Marc David mit seinen einundzwanzig Jahren nicht der Typ war, der sich von Frau und Kind anbinden ließ. Es macht mich traurig, wenn ich höre, dass er zweimal verheiratet war und es beide Male nicht funktioniert hat. Wünsche ich mir jetzt eine ernsthafte Beziehung mit ihm? Ich weiß es nicht. Vor neunundzwanzig Jahren wurde ich von den romantischen Umständen überwältigt. Jetzt sehe ich mit mehr Reife, was für eine gute Ehe nötig ist. Aber mein Herz schlägt noch immer schneller, wenn er mich anlächelt. Und sein Kuss … na ja, wie es aussieht, gibt es in mir immer noch ein Feuer, das entzündet werden kann. Das zu wissen ist sowohl aufregend als auch beängstigend.

4. Vagabundin. Es tut mir leid, dass Jean-Marc sich nie wirklich irgendwo niedergelassen hat. Ich meine nicht, dass er die See hätte aufgeben sollen. Aber er hätte so etwas wie Wurzeln schlagen können, die er hätte mitnehmen können, wohin auch immer die Sea Cloud ihn brachte. Als wir jung waren, machte die Vorstellung von einem Vagabundenleben ihn möglicherweise attraktiver für mich. Aber jetzt scheint er traurig darüber zu sein, dass er so bindungslos ist. Vielleicht zwänge ich ihm nur meine Gedanken auf. Aber ich glaube, ich wollte nie ein Vagabund sein. Und ich glaube, das will Jean-Marc heute auch nicht. Er spricht von seiner Tochter – seiner anderen Tochter, Celine – mit einer herzzerreißenden Wehmut.

5. Geschieden. Das hätte ich auch sein können ... zweimal. Ich hätte Jean-Marc unglücklich gemacht. Und es hätte sein können, dass ich Sam nicht gerecht werde. Aber so habe ich Jean-Marc nicht lange unglücklich gemacht ... und Sam habe ich auch nicht im Stich gelassen. Gott sei Dank.
Ich weiß eigentlich nicht, was ich von Paris erwartet habe. Es kommt mir vor, als ob alle mir nachsehen, dass ich sie verlassen habe. Jean-Marc hasst mich nicht. Genau genommen mag er mich sogar immer noch. Und ich bin noch immer gerne mit ihm zusammen. Aber ich will mehr als eine wieder entfachte Romanze. Ich will die Musikerin und die Reisende und all die anderen Seiten an mir wieder entdecken, die ich für Sam aufgegeben habe. Ich will keine Zeit mehr darauf verschwenden, verbittert zu sein. Was ich getan habe, habe ich getan, und ich habe es so gut gemacht, wie ich konnte. Ich war Sam eine gute Ehefrau, und Liz bin ich eine gute Mutter. Ich weiß nicht, was ich

als Nächstes sein möchte. Wer weiß, vielleicht werde ich ein besseres ICH, als ich es war. Es würde mir gefallen, wenn dazu auch gehören könnte, dass ich die Freundin – zumindest eine Freundin – eines französischen Seemanns bin. Aber wenn Liz recht hat und Jean-Marc erraten hat, dass sie seine Tochter ist, dann habe ich diese Möglichkeit vielleicht gar nicht.
Würde ich wieder nach Paris kommen, wenn ich wüsste, dass dies alles geschieht?
Ja. Die Musik ist in mein Leben zurückgekehrt. Ich habe wunderbare neue junge Freunde. Ich spiele mit dem Gedanken, mir eine Geige zu kaufen. Wer weiß, vielleicht nehme ich sogar Monsieur Santos Angebot an und lerne, wie man eine Ducati fährt.
Was will ich? Ich möchte Liz und Jeff mit nach Arcachon nehmen und ihnen zeigen, wo ich studiert habe. Ich möchte, dass wir alle Jean-Marcs Freunde sind. Und ich möchte, dass Liz und Jeff nach Hause fahren und mir etwas Zeit geben – eine Zeit ohne Schuldgefühle und ohne Sorgen.

Ich lege den Stift nieder und massiere mein rechtes Handgelenk, das während der Stunde meiner „Bewusstseinsfluss"-Schreibübung taub geworden ist. Vielleicht werde ich noch eine richtige Tagebuchschreiberin. Als Sam starb, schlug Meredith vom Club vor, ich solle Tagebuch führen. Das war vielleicht der einzige vernünftige Rat, den Meredith je gegeben hat. Ich hätte auf sie hören sollen. Wenn ich mir noch einmal durchlese, was ich gerade geschrieben habe, scheint es mir, als hätte ich eine neue Form von Klarheit und Frieden erlangt. Es ist erstaunlich – und vielleicht bezeichnend – dass ich einen Besuch auf der *Sea Cloud* mit keinem Wort erwähnt habe. Ich sage, dass ich mit Liz nach Arcachon fahren möchte ... aber offensichtlich denke ich, dass Jean-Marcs Schiff kein notwendiger Bestandteil einer Offenbarung von Mary Davis ihrer Tochter gegenüber ist. Interessant.

Ich sehe zum Telefon hinüber und lächele müde, als ich an Snoopy denken muss und daran, wie unglücklich er aussah, als er sagte: „Ein Futternapf, den man anstarrt, füllt sich nie.“ Oder etwas in der Art. Wenn man ein Telefon anstarrt, klingelt es auch nicht.

Ich bin erschöpft. Ich streife meine Schuhe ab und lege mich auf die Couch. Meine letzten Gedanken, die langsam verschwimmen, gelten Luca Santo und seinem Tischgebet an diesem Abend. Er erinnerte mich an den Pastor der kleinen evangelischen Kirche. Das Gebet nach dem Motto: „Hallo Gott, hier ist dein Kumpel.“ Es fasziniert mich. Ich bin nicht so weit, dass ich auf eine religiöse Entdeckungsreise gehen will, aber ich würde dem Pastor gerne ein paar Fragen über die Bibel stellen, die er mir bei meinem letzten Besuch in seiner Kirche gegeben hat. Und vielleicht mit Luca Santo über seinen Glauben sprechen. Wenn er für eine solche Diskussion offen ist. Wenn er es nicht für unhöflich hält. Wenn ...

Kapitel 24

Mary

Ein klirrendes Geräusch reißt mich aus tiefem Schlaf, dringt aber nur halb in mein Bewusstsein. Ich wünschte, wer immer es ist, würde damit aufhören – und dann wird mir klar, dass es nicht nur ein Geräusch ist, sondern das Telefon. Stöhnend setze ich mich auf und reibe meinen Nacken, dem die Nacht auf dem kleinen Sofa nicht gerade gutgetan hat. Es ist noch dunkel draußen.

„Hallo?“

„Hier Jean-Marc.“

„Ja.“

„Würdest du dich bitte im Garten mit mir treffen? Bitte. Ich kann nicht schlafen.“

Er weiß es.

Ich zögere einen Augenblick und denke an Liz zwei Stockwerke über mir. Schläft sie inzwischen oder geht sie im Zimmer auf und ab? Konnte Jeff sie beruhigen? Sollte ich nachsehen ... oder sie in Ruhe lassen? Ich erinnere mich an ihren Sarkasmus – als ich sagte, ich würde für sie da sein, *es sei denn*, ich hätte eine Verabredung.

„Ich bin schon unterwegs.“ Ich lege auf, kritzele eine Für-den-Notfall-Botschaft auf ein Stück Papier, schnappe mir meinen Mantel und den Zimmerschlüssel und mache mich auf den Weg nach oben.

Zuerst reagiert niemand auf mein Klopfen, aber nach einer Weile kommt Jeff an die Tür.

„Sie schläft“, sagt er und fügt schnell hinzu: „Ich habe auf der Couch geschlafen ... für den Fall, dass sie ...“

Ich unterbreche ihn. „Gut. Dann kannst du das hier wegwerfen.“

Jeff liest den Zettel, auf dem steht: *Ich bin im Jardin du Luxembourg spazieren. Bin bald wieder da.*

„Jean-Marc hat angerufen. Er hat nichts gesagt, aber ich vermute, dass er dieselbe Entdeckung gemacht hat wie Liz.“

Jeff nickt. Nachdem er einen Blick ins Zimmer geworfen hat, tritt er hinaus auf den Flur und lehnt die Tür hinter sich an. „Mary, ich weiß nicht, wie sich das hier weiterentwickeln wird, aber du sollst wissen, dass nichts von all dem meine Gefühle dir gegenüber ändert. Auch nicht Monsieur David gegenüber. Ich mag ihn, und ich respektiere dich.“

„Du respektierst mich? Nach dem ganzen Chaos, das ich verursacht habe?“

Er schüttelt den Kopf. „Dieses *Chaos*, wie du es nennst, ist nicht deine Schuld. Und ich bewundere dich dafür, dass du dabei stärker wirst anstatt zusammenzuklappen.“

„Du bist wirklich lieb, aber das Chaos *ist* meine Schuld. Die Sünden deiner Jugend holen dich eben wieder ein. Sogar nach beinahe dreißig Jahren.“ Tränen steigen mir in die Augen.

„Du wolltest nicht, dass Liz es herausfindet. Ich glaube dir. Wenn es irgendetwas in dieser bewegten Zeit deines Lebens gibt, das konstant bleibt, dann ist es deine Liebe zu Liz und deine Loyalität ihr gegenüber. Und wenn sie den Schock erst einmal verarbeitet hat, wird sie das auch erkennen.“ Er streckt die Hand aus und legt sie mir auf die Schulter. „Ich bin nach wie vor auf deiner Seite, Mary. Die Dinge werden sich schon fügen.“

Ich habe keine Ahnung, wie die Dinge sich fügen werden, aber das sage ich nicht. Ich danke Jeff nur und laufe die Treppe hinunter. Ich höre, wie die Tür zu Liz' Zimmer sich hinter mir schließt, und danke Gott, dass sie nicht allein nach Paris gekommen ist.

In den letzten paar Wochen in Paris habe ich mehr über Gott nachgedacht als in den vergangenen dreißig Jahren in Omaha. Als ich an dem Café vorbeikomme, wo ich jeden Morgen seit meiner Rückkehr gefrühstückt habe, und Jean-Marc entgegengehe, erinnere ich mich daran, wie ich Gott mit einem Stoßgebet um Hilfe gebeten habe. Wenn dies seine Vorstellung von Hilfe ist, bin ich nicht sicher, ob ich Gott in meinem Leben haben will. In einem Augenblick theologischer Klarheit wird mir bewusst, dass Gott, wenn er wirklich Gott ist, natürlich sowieso in meinem Leben ist, ob ich ihn anerkenne oder nicht. Wenn er sich nicht in das Leben eines Menschen einmischen kann, ohne eingeladen zu werden ... hätte dann nicht die Schöpfung das Sagen? Und was wäre das dann für ein Gott – der sich dem menschlichen Willen unterordnet? In einem Durcheinander der Verwirrung und Unkenntnis gebe ich es auf, darüber nachzudenken.

Jean-Marc ist vor mir im Garten angekommen. Ich sehe ihn von weitem, wie er neben dem massiven Betonbecken steht, das im Frühling mit Wasser gefüllt und von den Modellschiffchen lebhafter Kinder bevölkert sein wird. An diesem Morgen jedoch ist das Becken leer, und es sind keine Stimmen zu hören.

Er hört meine Schritte und dreht sich um. Als ich so nahe herangekommen bin, dass er die Stimme nicht erheben muss, sagt er: „Sie hat meine Augen."

Ich nicke.

Er holt tief und bebend Luft. „An dem ersten Abend im Hotel habe ich es nicht bemerkt." Er schüttelt den Kopf. „Seltsamerweise waren es nicht einmal ihre Augen, die mir als Erstes auffielen. Sie neigt den Kopf auf eine ganz bestimmte Weise, wenn sie sich auf etwas konzentriert. Wenn sie eine Frage stellt. Plötzlich dachte ich an Celine. Und von da an habe ich genauer hingesehen. Und dieser Schluckauf ..." Er hält einen Moment lang inne. „Warum hast du es mir nicht gesagt?"

Ich seufze. „Ich war jung. Und hatte schreckliche Angst. Ich dachte, du würdest die Verantwortung nicht wollen. Und ich wollte nicht, dass du irgendetwas nur aus Pflichtgefühl tust."

„Du hast mir nicht vertraut", sagt er.

Ich versuche dieses Wort zu umgehen. „Ich wusste erst, dass ich schwanger war, nachdem Sam mir einen Antrag gemacht hatte. Ich war entsetzt. Ich habe meine Schwangerschaft benutzt, um ihm einen Rückzieher zu ermöglichen, aber dann hat er mich überrascht. Er sagte, es sei ihm egal. Dass er das Baby wie sein eigenes aufziehen wolle, wenn ich alle Verbindungen zu dir trennen würde." Ich zucke mit den Schultern. „Du warst schon fort."

Jean-Marc sinkt so plötzlich auf den Rand des Beckens, dass ich eine Hand ausstrecke und sie auf seine Schulter lege. Er nimmt meine Hand, küsst sie und zieht mich zu sich herunter. „Du hattest recht, als du mir nicht trautest. Ich wäre weggelaufen. Irgendwann."

„Meine Rückkehr hat nichts mit all dem zu tun. Ich wusste nicht, dass Liz kommen würde, und es war ganz sicher nicht meine Absicht, dass sie es jemals herausfindet. Ich wollte nur um Verzeihung bitten. Wissen, wie es dir geht, und dann wieder meiner Wege gehen. Es tut mir so leid, Jean-Marc. Ich hatte nie vor, dir wehzutun. Es tut mir furchtbar leid."

Er schüttelt den Kopf. „Wir haben unsere Verletzungen im Fluss davontreiben lassen, weißt du noch?" Er sieht zum Himmel hinauf. „Vielleicht hätte ich dich geheiratet ... aber du hast recht. Irgendwann hätte ich mich eingesperrt gefühlt. Vielleicht nicht sofort, aber mit der Zeit." Er gibt mir einen sanften Stups mit der Schulter. „Du bist nicht für das Seemannsleben geboren, Mary McKibbin. Du brauchst Wurzeln, und ich war noch nie der Typ, der welche geschlagen hat." Er lächelt. „Elizabeth ist reizend. Begabt, intelligent. Sie macht dir alle Ehre."

„Was sie ist, verdankt sie größtenteils Sams Engagement." Ich versuche, Jean-Marc die Beziehung von Elizabeth und Sam, so gut es geht, zu erklären. Während ich erzähle, versuche ich, Sam nicht in ein schlechtes Licht zu rücken, aber anscheinend habe ich etwas von meinem eigenen Gefühl der Verletzung und Entfremdung offenbart, denn Jean-Marc nimmt meine Hand, während ich spreche.

Als ich endlich verstumme, sagt er: „Sie hat eine Menge verpasst, weil sie dich nicht besser kennen gelernt hat. Jetzt, wo sie hier ist, kann ein Garten in Paris vielleicht mehr symbolisieren als nur zwei junge

Liebende, die alte Freunde geworden sind. Vielleicht wird er Zeuge eines Neuanfangs zwischen Mutter und Tochter." Er tätschelt meine Hand. „Wenn diese Bäume reden könnten, meine Liebe, hätten sie viele Geschichten zu erzählen. Vielleicht gibst du ihnen eine weitere Geschichte über ein Wiedersehen und einen Neubeginn."

Meine Augen füllen sich mit Tränen, und eine tiefe Traurigkeit erfasst mich. „Ich wünschte, ich könnte dir glauben. Aber ich habe keine große Hoffnung, dass sie über diese Sache hinwegkommt." Ich hole mit einem Seufzer Luft. Jean-Marc legt den Arm um mich. Ich lehne mich an.

„Ich bin also nicht der Einzige, dem beim Essen ein Licht aufgegangen ist", murmelt er.

Ich schüttele den Kopf und wische die Tränen von der Wange.

Er drückt mich an sich und zieht mich auf die Füße. Während wir uns in Bewegung setzen, sagt Jean-Marc: „Luca Santo sagt, dass Gott den Menschen oft mehr als eine Chance gibt."

„Mehr als eine Chance wozu?"

„Glück. Verständnis. Vergebung. Die unausgesprochenen Bedürfnisse, die ein Mensch hat. Gott der zweiten Chancen, so nennt Luca seinen Gott." Während die frühe Morgensonne die Palastmauern in ein warmes Licht taucht, ist mir alles um uns herum ganz bewusst. Auch die Autos, die gleich hinter dem eisernen Zaun, der das Grundstück und den Palast im Jardin du Luxembourg umgibt, auf der Straße vorbeifahren, nehme ich wahr.

Wieder entschuldige ich mich. „Ich wollte nie ..."

„Sch …“ Er legt einen Finger auf meine Lippen. „Die letzte Blume – die Blüte, die du nicht den Fluss hinunterschicken wolltest …“

„Ja. Bedauern darüber, dass du Elizabeth nie kennenlernen würdest. Dass sie dich nie kennen sollte. Dass sie ihr Leben damit verbringen würde, so sein zu wollen wie Sam … und nie erfahren würde, was du ihr hättest beibringen können, das Sams Schwächen vielleicht ausgeglichen hätte.“

„Dazu brauchst du mich doch nicht“, sagt er. Dann dreht er sich um und legt mir die Hände auf die Schultern. „Gib du ihr diese Dinge, *chérie*. Zeig ihr das Mädchen, das du all die Jahre versteckt hast. Lass sie der Musik lauschen … und das Lachen hören, an das ich mich erinnere … und die Gischt im Gesicht spüren.“ Bei der Erwähnung des Meeres lächelt er. „Wenn sie mich lässt – wenn sie mitkäme –, könnten wir ihr zusammen das Meer schenken.“ Er hält inne. „Würde sie mit auf die *Sea Cloud* kommen?“

Ich schüttele den Kopf. „Ich bezweifle es.“

„Weißt du, Mary, als dein Brief ankam … habe ich ihn fünf Tage lang in meiner Tasche herumgetragen. Und dann fuhr ich zur Düne hinaus. Ich wollte ihn zerreißen und ins Meer werfen.“ Er zuckt mit den Achseln. „Du bist nicht die Einzige, die verletzt wurde. Und nicht nur Gott ist bereit, zweite Chancen zu geben. Sollte sie mitkommen … oder egal, ob sie mitkommt oder nicht, würde ich mich sehr freuen, wenn du in diesem Frühling mit mir an Bord der *Sea Cloud* kämest. Und vielleicht auf eine Reise nach Italien, um Celine und meine Enkel kennen zu lernen.“

„Was wird Celine von all dem halten?“

Er seufzt. „Ich habe keine Ahnung. Sie wird genug Zeit haben, es zu verdauen, bevor du kommst."

„Ich muss zurück ins Hotel."

Er stößt einen tiefen Seufzer aus. „Natürlich. Ich bring dich hin."

„Danke, aber ..."

Er nickt. „Ich verstehe." Er umfasst mit beiden Händen mein Gesicht und flüstert: „Um der alten Zeiten willen." Dann küsst er mich. Er schlingt die Arme um mich, aber es ist eine freundschaftliche Umarmung, keine leidenschaftliche. Bevor er mich loslässt, sagt er: „Ich frühstücke mit Luca Santo zusammen. Wenn du deine Meinung änderst und dich zu einem Besuch entschließt, wird Luca alle nötigen Informationen haben, damit du mich Tag und Nacht findest."

Ich murmele ein Dankeschön, dann küsst er mich noch einmal. „Dieser", sagt er, „war um der Zukunft willen." Er lächelt und zwinkert mir zu. Er ist immer noch der charmante Seemann, und ich reagiere auf seine Leidenschaftlichkeit noch immer mit erhöhtem Blutdruck.

Ich sehe Jean-Marc nach, als er geht, aber ich bin nicht versucht, ihn zurückzurufen. Er hat gesagt, dass er warten wird. Ich glaube, dieses Mal tut er es wirklich. Ich drehe mich um und gehe zu dem Hotel, in dem ich wohne ... *in dem ich wohne*. Ich mag die Vorstellung. Ich wende meine Aufmerksamkeit wieder Elizabeth zu.

Ich habe keine Ahnung, was ich heute sagen werde. Was ich tun werde. Ob meine Tochter mit mir kommen wird – oder ob sie für immer davor weglaufen wird. Als ich allein zum Hotel zurückgehe, klingt eine

Formulierung immer wieder in meinen Gedanken nach. *Ein Gott der zweiten Chancen.*

Kapitel 25

Mary

Erneut werde ich von einem Geräusch aus tiefem Schlaf gerissen, aber diesmal ist es nicht das Telefon. Es ist vielmehr ein Klopfen an der Tür. Ohne auch nur auf die Uhr zu sehen, stehe ich auf, ziehe mir eine Hose und ein schlabberiges Hemd über und wanke zur Tür, barfuß und mit müden Augen.

„Ja?"

„Wir sind wieder da! Und wir haben Neuigkeiten!"

Ich öffne die Tür, und herein stürzen Annie Templeton, Arnaud und Enzo.

„Wir haben dich aufgeweckt. Tut mir leid, wir kommen später wieder." Annie will gleich wieder in den Flur hinausgehen, aber ich bin froh, dass meine jungen Freunde zurückgekehrt sind und mich von der Erkenntnis ablenken, dass Elizabeth Davis nicht nach ihrer Mutter gerufen hat ... und es ist beinahe Mittag.

„Nein, wartet! Gebt mir nur ein paar Minuten." Ich ziehe mich ins Schlafzimmer zurück und schließe die Tür hinter mir. Mein persönlicher Rekord beim Zurechtmachen ist zehn Minuten. Diesmal schaffe ich es in drei.

Als ich mich gerade wieder zu meinen jungen Freunden im Wohnzimmer meiner Suite gesellt habe, klopft es wieder an der Tür. Diesmal sind es Liz und Jeff – Liz mit roten Augen und blass, Jeff mit seinem aufmunternden Lächeln. Ich hoffe zumindest, dass ich es richtig interpretiert habe.

Die Begrüßung von Fremden, durch die unser letztes Aufeinandertreffen etwas an Wirkung verliert, hilft Liz offenbar, die Fassung wiederzuerlangen. Sie begrüßt die drei jungen Leute und lächelt Arnaud zu. „Du bist also der Typ, der meine Mutter zu einer Paris-Spritztour auf dem Motorrad überredet hat?“ Sie legt eine Hand auf meine Schulter, als sie das sagt, und ich staune wieder einmal über ihre Fähigkeit, von persönlicher Unsicherheit auf höfliche Gesellschaft umzuschalten. Niemand könnte ahnen, dass wir alles andere als eine harmonische Mutter-Tochter-Beziehung führen.

„Ihr habt Neuigkeiten?“, frage ich Annie. Sie lächelt zu Arnaud hinauf und sieht dann wieder mich an. „Könnt ihr alle“ – sie schließt Liz und Jeff in die Einladung mit ein – „mit in die Teestube kommen? Wir haben etwas zu feiern und möchten, dass ihr dabei seid!“

„Was gibt es denn zu feiern?“

„Eine Überraschung ... in der Teestube.“ Arnaud sieht mich mit einem verschwörerischen Lächeln an. Dann wandert sein Blick zu Jeff und Liz. „Es ist toll, dass ihr da seid, denn ein Teil der Überraschung ist für Mary.“

Ich bin völlig verwirrt. Ich zögere, aber dann ergreift Liz das Wort und nimmt die Einladung für uns alle an – was mich ein bisschen an zu Hause erinnert, aber ich beschließe, dass es in diesem Fall eine gute Sache ist. Vielleicht sind ein paar menschliche Puffer in den nächsten Stunden keine schlechte Idee. Vielleicht weiß Gott, was er tut, und vielleicht ist Annies Rückkehr eine Antwort auf meine Bitte um Hilfe. Noch während ich das denke, mache ich mich über die Absurdität meiner Überlegungen lustig. Ein Gott, der Kaffeekränzchen organisiert. Ha!

Wir trennen uns – Liz, Jeff und ich, um uns fertig zu machen, die anderen, um vorzugehen und vorzubereiten, was immer auch als Überraschung auf uns wartet.

* * *

Die Teestube ist voller Mitglieder des Musikensembles. Ich sehe auch einige Gesichter, die ich nicht kenne, aber dies ist offensichtlich eine geplante Feier, und ich bin tief berührt, weil ich mit einbezogen werde.

Arnaud steht auf, dankt allen für ihr Kommen, wird mit ein paar gutmütigen Späßen bedacht und nimmt dann Annies Hand und sagt ganz einfach: „Wir haben uns verlobt."

In der Teestube brechen Hochrufe und Pfiffe aus, die Leute stampfen wild mit den Füßen und fordern Arnaud lautstark auf, eine Rede zu halten, was er auch tut. Er schließt mit einem Gedicht, das er für Annie liest. Im Raum wird es still, und als er endet und seine Verlobte ansieht, tut er es mit einer solchen Innigkeit, dass die Teestube beinahe hörbar seufzt. Ich sehe, dass Jeff Liz' Hand ergriffen hat, während das Gedicht vorgelesen wurde.

Als Enzo einen Witz macht, ist der Bann gebrochen. Einige der Musiker öffnen ihre Instrumentenkoffer – ich hatte die Instrumente nicht einmal bemerkt, als wir ankamen –, und bald erfüllt Musik die Luft. Diesmal ist es kein klassisches Wunder, das ich von diesen jungen Leuten gewohnt bin, sondern es klingt eher nach Folk oder Blues – etwas, das ich nicht recht einordnen kann. Als Annie ihren Geigenkasten öffnet und mir das Instrument in die Hand drückt, schüttele ich den Kopf und versuche es zurückzuschieben.

„Bitte", sagt sie. „Schenk es uns zur Verlobung!"

„Ich kann nicht", sage ich, als mir plötzlich bewusst wird, dass Liz mich ungläubig anstarrt mit etwas, das ich für ein missbilligendes Stirnrunzeln halte. „Vielleicht ein andermal."

Aber der Rest der jungen Leute ist jetzt auf die Szene aufmerksam geworden, und plötzlich stehe ich im Mittelpunkt der Aufmerksamkeit. Wenn ich mich weigere, wird Annie gekränkt sein. Wenn ich zustimme, werde ich mich blamieren. Ich sehe in Annies Gesicht und beschließe, dass es besser ist, mich zu blamieren, als ein Mädchen bei seiner Verlobungsparty zu enttäuschen. Also lege ich nach einigen selbstironischen Scherzen das Instrument ans Kinn, schließe die Augen und greife, wie ich hoffe, den ersten Akkord einer Volksweise, die ich vor Jahren gelernt habe.

Meine Finger zittern, ich lege den Bogen falsch an und die Geige quietscht. „Siehst du?", sage ich und versuche Annie das Instrument zurückzugeben.

„Siehst du *was*?", lächelt Annie. Sie wendet sich an Liz. „Ist sie immer so, wenn du sie bittest zu spielen?"

Liz murmelt etwas Unverständliches.

„Wir haben sie seit Jahren nicht spielen hören", sagt Jeff. Er wirft mir einen wissenden Blick zu. „Bitte, Mary. Spiel etwas!"

Es ist eine verschwommene Melodie, und während ich sie aus der Vergangenheit ausgrabe und versuche, Annies Geige zum Klingen zu bringen, schließe ich wieder die Augen und versuche, die Menschen im Raum und meine Nervosität und mein ungeübtes Ohr zu vergessen. Ich erinnere mich besser, als ich erwartet habe. *Gar nicht so schlecht,* denke ich. Aber auch nicht gut. *Einfach Mittelklasse.* Es ist Jahre her, dass mir diese Formulierung das letzte Mal eingefallen ist. Sams Mutter – die ursprüngliche Elizabeth – gebrauchte diesen Ausdruck oft, wenn es ums Kochen oder um Gesellschaften ging. *„Du darfst nicht einfach Mittelklasse sein, Mary McKibbin"*, sagte sie immer. *„Du bist jetzt eine Davis."*

Die jungen Leute klatschen trotz meiner Mittelmäßigkeit, und ich zucke verlegen mit den Schultern und gebe Annie ihr Instrument zurück. „Ich habe doch gesagt, dass es nicht gut ist. Es ist einfach zu lange her."

„Es war wunderschön, Mimi", sagt Liz.

Ich sehe sie an und bin wie vor den Kopf geschlagen – weil sie mich mit dem Kosenamen angeredet hat, den sie früher für mich hatte ... und weil sie Tränen in den Augen hat.

„Das hast du mir immer vorgesungen, als ich klein war." Sie runzelt die Stirn. „Aber dann hast du damit aufgehört. Und hast es nicht mehr gesungen, auch wenn ich dich gebeten habe. Warum hast du aufgehört?"

„Papa mochte es nicht", sage ich.

Enzo ergreift das Wort. „Es ist ein altes provenzalisches Wiegenlied. Sehr alt." Er sieht mich an. „Wann haben Sie es gelernt?"

„Vor Papas Zeit", sagt Liz. Sie sieht mich an, aber ich kann nicht erkennen, wie es ihr geht.

Ich nicke und sage zu Enzo: „Jean-Marcs Mutter hat es immer gesungen."

„Ah", grinst Enzo. „Die berühmte *Maman* David."

Ich schüttele den Kopf, schlage die Hände vors Gesicht und versuche mein Lachen zu verbergen.

„Was ist?“, fragt Liz.

„Das musst du uns erklären“, verlangt Annie.

Enzo sieht Arnaud an, der mit den Schultern zuckt. Offenbar ist das seine Art zuzustimmen, denn Enzo beginnt: „Die Legende, die Onkel Luca uns erzählt hat, als wir Kinder waren, besagt, dass Hélène David – also Jean-Marcs Mama – entführt wurde, als sie klein war. Als sie dreizehn war, brannte sie mit einem Zirkus durch.“

Die Zuhörer johlen und pfeifen.

„Ihr könnt sagen, was ihr wollt“, beharrt Enzo. „Es stimmt. Mein eigener Onkel Luca Santo hat es mir erzählt. *Maman* David war eine bekannte Sängerin, bis sie Jean-Marcs Vater kennen lernte und sich verliebte. Sie heirateten und ließen sich in Arcachon nieder, und *Maman* David weigerte sich, irgendetwas von ihrer Vergangenheit zu erzählen, bis sie sehr alt war – abgesehen von diesem einen Lied, das sie für ihren Sohn und bis an ihr Lebensende auf Provenzalisch gesungen hat. Jetzt liegt *Maman* David in der Erde, und das Lied und diese Geschichte sind alles, was von ihr noch übrig ist.“ Enzo schließt die Geschichte mit einer schwungvollen Handbewegung und einer tiefen Verbeugung.

Wir sind bereits seit mehr als einer Stunde in der Teestube, und allmählich gehen die Musiker einer nach dem anderen. Schließlich müssen auch Annie und Arnaud gehen. Während sie ihre Geige einpackt, beugt Annie sich zu mir herüber und sagt: „Jetzt kann ich dir von der anderen Überraschung erzählen, die

Arnaud erwähnt hat. Ich war so frei, einen Termin für dich zu machen. Bei Monsieur Rousseau."

Ich erkläre Liz und Jeff: „Monsieur Rousseau hat ein kleines Geschäft gegenüber von Notre Dame. Ich dachte daran, mir eine Geige zu kaufen." Ich wende mich an Annie. „Aber ich bin mir nicht mehr sicher. Ich sage dir Bescheid."

„Geh", sagt Liz plötzlich. Jeff nimmt ihre Hand. Sie nickt. „Und vielleicht – wenn du nichts dagegen hast – kann ich ja mitkommen?"

Mein erster Gedanke ist, dass es vielleicht doch einen Gott der zweiten Chancen gibt.

* * *

„*Sì?*" Aus seinen Gedanken gerissen, antwortete Luca Santo auf das Türklingeln in seiner Muttersprache, als er die Gegensprechanlage betätigte.

„*Sono io, Jean-Marc.*"

„*Vieni su, caro amico.*" Luca ließ den Knopf los und ging zum Küchentisch zurück, um die Bibel außer Sichtweite zu verstauen, doch dann zögerte er und ließ sie liegen, wo sie war. *Wenn ich ihm auf die Nerven gehe, dann lass es mich wenigstens aus den richtigen Gründen tun, Herr.*

Jean-Marcs Gesicht zeugte von einer durchwachten Nacht.

„Du siehst furchtbar aus."

Jean-Marc zuckte nur mit den Achseln und fiel beinahe in den abgewetzten Polstersessel neben der Balkontür.

„Kann ich dir einen Kaffee bringen?"

„*Grazie.*" Jean-Marc stand auf und folgte Luca in die Küche. Er zog einen Stuhl heran und setzte sich. Dann zeigte er auf die Bibel. „Du liest andere Sachen als früher."

„*Sì.*"

Nachdem er den Kaffee gemahlen und abgemessen und Wasser in die Espressomaschine gefüllt hatte, entschuldigte Luca sich, um Tassen und Untertassen aus Sophias Geschirrschrank im anderen Zimmer zu holen.

Als er wieder in die Küche kam, hatte Jean-Marc die Bibel aufgeschlagen vor sich liegen und zeigte auf Sophias Namen – in Lucas Handschrift geschrieben – am Rand des Textes.

„Was bedeutet das?", fragte Jean-Marc.

Luca beugte sich vor und spähte durch den unteren Teil seiner Brille auf den Abschnitt. Er handelte von Christus, der vom Himmel herabkam. Er grunzte. „Ein Versprechen an mich, dass ich meine Sophia wiedersehen werde." Noch während er sprach, begann der Espresso auf der Herdplatte zu brodeln, und Luca goss ihnen von dem schwarzen Getränk ein. Er sog den Duft des frisch gebrühten Kaffees ein. „Gibt es einen besseren Geruch auf der Welt als das Aroma von frischem Espresso?" Er grinste zu Jean-Marc hinüber. „Ich weiß, ich weiß. Du denkst an Meer und Fisch."

„Eigentlich", erwiderte Jean-Marc, „habe ich zuerst an den Boden um Celines Haus gedacht, wenn er im Frühling frisch umgegraben wird." Er schlug die Bibel zu und schob sie zur Mitte des Tisches, um Platz für die Tasse zu machen, die Luca vor ihm abstellte. „Ich habe Mary gebeten, im Frühling mit mir dorthin zu fahren. Und Elizabeth und Jeffrey mitzubringen."

„Dann reist du also ab." Es war eine Feststellung, keine Frage.

„Meinst du, ich sollte nicht gehen?"

Luca zuckte mit den Achseln. „Ich weiß nicht."

„Du glaubst, ich mache denselben Fehler noch einmal und laufe wieder weg."

„Das habe ich nicht gesagt." Luca füllte seinen Kaffee mit heißem Milchschaum auf. „Ehrlich gesagt weiß ich nicht, was ich glaube, alter Freund. Abgesehen davon wünsche ich mir, du könntest dir vorstellen, Gott um Rat zu fragen. Auch wenn du das nicht glaubst, ist er viel mehr als nur eine Krücke für Schwächlinge. Obwohl ich zugeben muss, dass *ich* mich ihm erst richtig zugewandt habe, als ich so schwach war wie nie zuvor." Als Jean-Marc nichts erwiderte, fuhr Luca fort: „Es erstaunt mich immer wieder, aber so scheint Gott vorzugehen. Er nimmt die Schwäche von Menschen und verwandelt sie in Stärke." Er deutete auf die Bibel. „Da steht es sogar drin: *Wenn ich schwach bin, ist er stark.*"

„Was für ein Gott ist das, der Schwäche will? Was hätte er davon?"

Luca lächelte. „Ich weiß, es klingt unmöglich. Aber es stimmt. Menschen kommen zu ihm mit Schwächen und leeren Händen und einem Leben ohne Sinn. Er macht sie stark und erfüllt ihr Leben mit sich selbst."

„Ich habe weder leere Hände noch ein sinnloses Leben", sagte Jean-Marc schnell.

„Das dachte ich auch", stimmte Luca zu. „Bis ich mein Leben mit den Augen Gottes ansah."

„Und dann?"

„Dann habe ich in diesem Buch gelesen – *selbst unsere allerbesten Taten sind unrein wie ein schmutziges Kleid.*" Luca lehnte sich zurück und zwang sich, einen Schluck Kaffee zu trinken. Im Stillen betete er um die richtigen Worte. „Ich hatte nichts, was ich Gott hätte geben können. Ich musste akzeptieren, dass meine Zukunft letztendlich von ihm abhing ... und nicht von mir."

„Du hast gesagt, dass Gott Menschen eine zweite Chance gibt", sagte Jean-Marc.

„Ich glaube", erwiderte Luca, „dass er uns hundert Chancen gibt, wenn es nötig ist, um unsere Seele zu retten."

Jean-Marc spähte aus dem winzigen Fenster über dem Küchentisch hinaus. Lange tranken die beiden Männer Kaffee, ohne etwas zu sagen.

Als Jean-Marc schließlich das Schweigen brach, erzählte er Luca von seinem Gespräch mit Mary. „Und jetzt endet es genauso wie vor dreißig Jahren. Ich kehre ohne etwas in der Hand nach Arcachon zurück. Und hoffe, dass das Mädchen sich meldet." Er lachte gezwungen. „Wahrscheinlich habe ich auch nichts anderes verdient." Er sah Luca an. „Tue ich das Richtige?"

„Das weiß nur Gott", sagte Luca.

„Ich habe Mary gesagt, ich würde dafür sorgen, dass du weißt, wo sie mich finden kann." Jean-Marc zog seine Brieftasche aus der Tasche. Zwischen den Scheinen lag ein Stück Papier. Er legte es auf den Tisch, bevor er aufstand. Die Männer gaben sich die Hand. Auf dem Weg zur Tür fragte Jean-Marc: „Sag mir bitte noch eins, Luca. Wenn ich mir Gedanken über den Gott der zweiten Chancen machen will ... wie fange ich das am besten an? Sollte ich wieder zur Messe gehen?“

Luca zögerte. „Das kannst du natürlich. Aber leider sind viele unserer wundervollen Kirchen heute nur noch Mausoleen – Gebäude voller Traditionen, die einem Menschen oft wenig helfen, einem persönlichen Gott zu begegnen.“ Innerlich widerstrebte es ihm, das zu tun, von dem er spürte, dass Gott es ihm auftrug. Doch dann gab er nach und ging in die Küche zurück, um seine Bibel zu holen.

„Ich glaube“, sagte er, „es gibt einen einfachen Weg, wie du etwas herausfinden kannst, mein Freund. Sieh nach, was Gott über sich selbst sagt.“ Er drückte Jean-Marc das Buch in die Hand. „Fang am besten beim Johannesevangelium an. Mal sehen, was du davon hältst.“ Lächelnd schlug er seinem alten Freund auf den Rücken und folgte ihm zur Tür. „Du kannst immer bei einem klapprigen alten Rennkumpel in Paris vorbeischauen, wenn du über das diskutieren willst, was du gelesen hast.“

Jean-Marc nahm die Bibel an und musterte Luca dann vom Kopf bis zu den Zehen. „Du bist nicht so klapprig, wie ich erwartet hatte“, sagte er. „Obwohl ein bisschen Sonne dir guttun würde. Vielleicht kommst du ja auch mal in den Süden.“

„Sei vorsichtig!“, grinste Luca. „Du wirst noch wahnsinnig, wenn alle Leute, die du eingeladen hast, dich tatsächlich besuchen kommen.“

„Vielleicht“, erwiderte Jean-Marc, „ist es Zeit, aus der Höhle herauszukriechen.“

Als Jean-Marc die Treppe zur Straße hinunterstieg, rief Luca hinter ihm her: „Weißt du, Jean-Marc, Gott hat nicht nur in dem Buch über sich geschrieben. Er hat überall Nachrichten hinterlassen. Du hattest nur nicht den Blick dafür. Halt mal nach ihm Ausschau, wenn du das nächste Mal mit der *Sea Cloud* unterwegs bist!"

Jean-Marc sah von unten hinauf. „Vielleicht mache ich das."

Luca wünschte seinem Freund eine gute Reise und schloss mit einem Seufzer des Bedauerns die Tür. Schon jetzt vermisste er das Buch, das ihn durch die dunkelsten Stunden seines Lebens getragen hatte. Er ließ sich in seinen Lieblingssessel fallen, sah auf die Stadt hinaus und wünschte, er hätte die Dinge klarer ausgedrückt. Er hoffte, dass Jean-Marc seine geliebte Bibel nicht in den ersten Mülleimer warf, an dem er auf der Straße vorbeikam. Dann fragte er sich, wie es Elizabeth Davis und ihrer Mutter wohl ging. Er war sich sehr wohl bewusst, dass seine Sorge und sein Interesse mehr der Mutter als der Tochter galten. *Was bedeutet das, Vater?*

Kapitel 26

Mary

Es ist Zeit für das Abendessen in Paris. Jean-Marc hat die Stadt verlassen, aber nicht, ohne einen Umschlag beim Concierge abzugeben. Er enthält eine Nachricht für mich und einen Brief an Liz, von dem er sagt, dass ich ihn ihr geben kann oder auch nicht. *Was immer du für das Beste hältst.* Während ich zu schätzen weiß, dass er rücksichtsvoll und vorsichtig mit seinem neuen Wissen umgehen will, ärgere ich mich über die Verantwortung, die er mir damit übertragen hat. Und die Tatsache, dass er geflohen zu sein scheint.

Seine Nachricht an mich ist einfach. Er ist froh, dass wir einander wieder gefunden haben, er möchte die Frau, die ich geworden bin, kennenlernen, und er hofft, dass der Garten in Paris ein Anfang war ... und kein Ende. Wieder frage ich mich: Wie kann etwas anfangen, wenn die Beteiligten weglaufen? Ich beschließe, seinen Brief an Liz nicht zu lesen, sondern ihn ihr über den Hotelconcierge zukommen zu lassen, dann soll sie entscheiden, was sie damit macht.

Gestern war Annies und Arnauds Feier in der Teestube. Den größten Teil des heutigen Tages verbringe ich damit, auf eine Nachricht von Liz zu warten. Als ich nichts von ihr höre, gehe ich spazieren. Zurück in den Garten, zurück zur Kathedrale, durch Klein-Athen und schließlich in eine sehr alte und schlichte Kirche namens St. Severin. Sie hat nichts von der Bleiglaspracht einer Kathedrale, aber der Chor übt in einem nahe gelegenen Raum, und der Gesang hallt in der leeren Kirche wider. Als ich die Augen schließe, werde ich von dem Wunsch überwältigt, den Gott kennen zu lernen, der Menschen zu einer solchen Musik inspiriert.

Wer bist du ... wo bist du ... ? Ich möchte dich kennenlernen.

Auf meinem Weg zurück ins Hotel beschließe ich, dass ich Gott vielleicht heute nicht finde, aber ich kann versuchen, meine Tochter zu finden. Ich nehme den Hörer ab und wähle die Nummer von Liz' Zimmer, während ich unbewusst ein ungeschicktes Gebet formuliere. *Hilf mir. Bitte. Ich verdiene es nicht, aber wenn du wirklich da bist und ich dir wirklich etwas bedeute ... dann hilf mir bitte!*

* * *

Die Fahrt nach Arcachon war länger, als Jean-Marc David sie in Erinnerung hatte. Er kam erschöpft an und entschied sich, nicht nach Hause, sondern zum Jachtclub zu fahren. Wie immer schienen ihm die Sorgen der Welt weniger erdrückend, sobald er den Fuß auf das Deck seines Schiffes gesetzt hatte. Unter Deck schloss er seine Kajüte auf, warf sich aufs Bett und schlief sofort ein. Stunden später wachte er auf, als er etwas hörte, das wie das Trampeln von Kinderfüßen auf dem Holzdeck klang. Er hatte sich gerade erst aufgesetzt, als es an der Tür klopfte, begleitet von vertrauten Stimmen, die nach ihrem „*Grand-père*" riefen.

„Euer Großvater ist nicht hier", rief Jean-Marc. „Ich habe bei Sonnenaufgang mit ihm gekämpft und ihn in den Kochtopf gesteckt. Jetzt bin ich der Kapitän dieses Schiffes." Er stand auf und versuchte wie ein Pirat zu klingen, als er die Tür aufriss und mit erhobenen Armen brüllte: „Buhuuuu!"

Xavier und Olivier kreischten vor Vergnügen, dann drehten sie sich um und rannten auf die Treppe zu. Jean-Marc erwischte sie, als sie gerade die ersten Stufen erklimmen wollten, und packte sie, mit jedem Arm einen. Dann schleppte er sie in seine Kajüte zurück und warf sie auf sein Bett. Er sprang hinterher und kämpfte und kitzelte, bis sie um Gnade winselten. Die gewährte Jean-Marc erst, als er die tadelnde Stimme seiner Tochter hörte.

„Papa! Den Kindern wird noch schlecht!"

Er spähte um ein Kissen herum, das die Kinder ihm ins Gesicht gedrückt hatten. „Aber sie waren dabei zu gewinnen!", protestierte er und sah zu den beiden Jungs und dann zu Celine. „Sie sind so stark geworden, ich kann es kaum glauben! Wirklich, wenn du mich nicht gerettet hättest ... dann hätten sie gewonnen."

Triumphierend reckten Xavier und Olivier die Arme in die Höhe und ließen sich auf ihren Großvater fallen, der am liebsten mit dem Ringkampf weitergemacht hätte. Doch Celines Anblick hielt ihn davon ab. Sie stand dort, die Hände in die Hüften gestützt und mit einem nachsichtigen Kopfschütteln. Jean-Marc kletterte aus dem Bett und küsste Celine auf beide Wangen. „Ich bin so froh, dass ihr gekommen seid. Habt ihr schon gefrühstückt?"

„Vor drei Stunden."

Jean-Marc nahm den Hut, der neben der Tür an einem Haken hing, und drückte ihn sich auf den Kopf.

„Mensch“, sagte er und rieb sich die Augen. „Dann habe ich länger geschlafen, als ich vorhatte.“ Er wandte sich an die Jungs: „Gebt eurem Opa Zeit zum Anziehen. Und dann gehen wir zusammen ... Mittagessen?“ Er warf Celine einen fragenden Blick zu. Sie lächelte achselzuckend, bevor sie den Kindern ein Zeichen gab, mit ihr zu kommen. So plötzlich, wie der Lärm begonnen hatte, hörte er auch wieder auf, als Jean-Marc die Tür schloss und nach seinem Koffer griff. Er zog eine khakifarbene Hose und einen grauen Pullover an und darüber einen dunkelblauen Blazer. Er beschloss, sich nicht zu rasieren. Der örtliche „Veteran der Meere“ zu sein, hatte auch seine Vorteile. Man *erwartete* von ihm, dass er „interessant“ aussah. Bevor er an Deck ging, nahm er ein kleines Päckchen aus der Seitentasche seines Seesacks. Er wickelte es aus und legte Luca Santos Bibel auf einen Stapel Seekarten.

* * *

Celine

Ich weiß nicht, was mit ihm geschehen ist, aber irgendetwas ist passiert. Ich glaube, es ist etwas Gutes, aber es kommt so plötzlich, dass ich erst einmal skeptisch bin. Die offensichtlichste Veränderung ist, dass ihm Olivier und Xavier wirklich wichtig zu sein scheinen. Nicht dass er vorher nicht nett zu ihnen gewesen wäre, aber ich hatte immer das Gefühl, dass es mehr eine Pflichtübung war, anstatt echter Freude an seinen Enkeln. Jetzt wirkt er anders. Ich ertappe ihn dabei, wie er sie beobachtet, ganz konzentriert, fast als wolle er ihre Bewegungen auswendig lernen.

Er hat in den vergangenen Tagen auf dem Schiff gewohnt, was an sich nicht ungewöhnlich ist, aber Paul Garnier sagt, dass Papa die meiste Zeit in seiner Kajüte verbringt und liest. Er taucht zweimal am Tag auf, einmal zum Mittagessen und dann noch mal nach dem Abendessen. Dann fährt er zum Haus hinauf, fragt nach den Jungs und ... *spielt* anschließend mit ihnen. Karten. Gesellschaftsspiele. Manchmal geht er mit ihnen zu Pinelli Eis essen. Die Kinder gewöhnen sich daran und erwarten ihn schon. Also hoffe ich, dass die Veränderung von Dauer ist, denn es wird ihnen wehtun, wenn dieser Mann, den sie so heiß und innig zu lieben beginnen, plötzlich beschließt, wieder zu seinem alten Wesen zurückzukehren. Damit meine ich, dass er wegsegelt und sich lange nicht bei ihnen meldet.

Auch im Umgang mit mir hat er sich verändert. Er hat nichts von seiner Zeit in Paris erzählt, außer dass der Verkehr schrecklich war und er nicht weiß, wie irgendjemand es aushalten kann, dort zu leben. Er hat auch seinen alten Rennfahrerfreund erwähnt – er heißt Luca Soundso – und gesagt, dass sie gemeinsam gegessen haben. Aber wegen eines Abendessens mit einem alten Freund wäre er nicht so lange in Paris geblieben. Ich würde ihn gerne fragen, habe mir aber fest vorgenommen, es nicht zu tun. Wenn ich ihn bedränge, bevor er zum Reden bereit ist, zieht er sich nur noch mehr zurück. So ist er nun mal.

* * *

Jean-Marc widerstand dem Ruf der See länger als jemals zuvor, aber schließlich bekam das Meer doch seinen Willen. Er sagte sich, er würde nur einen Kurztrip die Küste hinauf machen und vor Sonnenuntergang zurück sein. Also rief er Paul Garnier an und bat ihn, ihm zu helfen. Gemeinsam lenkten die beiden Männer die *Sea Cloud* durch die Bucht und freuten sich wieder einmal an dem klatschenden Geräusch, als der Wind erst in eins und dann in das nächste Segel blies. Jean-Marc stand am Ruder und schloss die Augen, während er das leise Rauschen genoss, mit dem der Bug durch das kalte Wasser glitt. Sein Herz füllte sich mit Stolz, denn er war sich sehr wohl bewusst, dass an Land hinter den hohen Fensterscheiben des Jachtclubs eine Gruppe von Bewunderern versammelt war und zusah, wie die *Sea Cloud* langsam am Horizont entschwand.

Während sie durch die Mündung der Bucht fuhren und sich auf die offene See zubewegten, nickte Paul in Richtung Horizont. Jean-Marc blinzelte, als er die dunklen Wolken sah. „Wir lavieren etwa eine halbe Stunde nach Süden und segeln dann mit der Strömung", sagte er. „Bevor aus denen irgendetwas wird, haben wir schon lange wieder festgemacht."

Fünfzehn Minuten später, als der Wellengang heftiger wurde, beschloss Jean-Marc, die Fahrt abzukürzen und den Hafen anzusteuern. Noch eine halbe Stunde später ließen die beiden Männer die Segel laufen und zogen ihre Rettungswesten an. Jean-Marc warf den Motor an und segelte nur mit einem kleinen Sturmsegel vor dem Wind, während Paul an Bord herumhuschte und alles, was nicht befestigt war, verstaute, Schränke verschloss und Luken dichtmachte. Als der

Wind zu heulen begann und sie einander nicht mehr hören konnten, verständigten sie sich mit Gesten, die sie in den vielen Jahren gemeinsamen Segelns gelernt hatten. Während Jean-Marc zu verhindern versuchte, dass die Jacht sich seitwärts gegen Wind und Wellen drehte, beobachtete Paul abwechselnd unter Deck den Radarschirm und an Deck das Meer um sie herum auf der Suche nach anderen Schiffen.

Denke nie, dass du das Meer beherrschst. Wenn du dir deiner Sache zu sicher bist, wird es dich das Leben kosten. Wie oft hatte er den jungen Seglern im Jachtclub diese Rede gehalten?, überlegte Jean-Marc. Als die düsteren Wolken sich über ihm zusammenballten, fragte er sich, ob er nun selbst den Beweis für seinen eigenen Vortrag antreten würde. *Aber nicht Paul. Bitte, Gott! Nicht Paul!*

Stundenlang, wie es schien, kämpften die Männer gegen Wellen und Wind. Und dann ließ der Sturm so plötzlich nach, wie er begonnen hatte. Als hätte eine riesige Hand am Himmel sie zur Seite gezogen, rissen die Wolken auf und ließen die feurigen Lichtstrahlen der untergehenden Sonne hindurchströmen, sodass ein Mosaik aus Licht auf dem Wasser rund um die *Sea Cloud* tanzte.

„Das", sagte Paul mit einem erleichterten Seufzer, „ist das Merkwürdigste, was wir je erlebt haben."

Jean-Marc nickte, während beide ihre Rettungswesten abstreiften.

„Da denkst du, du weißt, was du tust, und dann trifft dich unerwartet eine Laune der Natur." Paul wischte seine feuchten Hände an den Hosenbeinen ab. „Einen Augenblick lang dachte ich, wir ..."

„Ja", unterbrach Jean-Marc ihn. „Das dachte ich

auch." Er zögerte, entschloss sich dann jedoch, die Frage zu stellen, die ihn seit Tagen beschäftigte. „Wärst du bereit gewesen?"

„Bereit?"

„Wenn das in dem Wind Gott gewesen wäre, der deine Seele zur Rechenschaft zieht, was hättest du dann gesagt?"

Paul zuckte mit den Achseln und lachte nervös. „Darüber will ich gar nicht nachdenken. Komm, wir bringen das Schiff an den Pier." Er schnappte sich ein Tau und blickte dann hinauf zu einem Segel, das sich weiß leuchtend vor den dunklen Sturmwolken im Hintergrund blähte.

Jean-Marc drehte das Steuerruder herum und hoffte, dass Paul nicht bemerkte, wie seine Hände zitterten, als er die *Sea Cloud* in ihren Heimathafen lenkte. Zum ersten Mal seit Jahren hatte das Meer den Aufruhr in seinem Innern nicht besänftigen können. Es hatte vielmehr seine Gefühle widergespiegelt und ihn und die *Sea Cloud* hin und her geworfen wie ein Spielzeug, das der Willkür der Naturgewalten ausgeliefert ist.

In der Ferne zuckten Blitze vor der dunklen Wolkenwand, die sich immer weiter entfernte. *In wenigen Stunden wird es in Paris schütten, wenn die Front hält.* Wo, fragte er sich, war Mary heute? Und Elizabeth? Würde sie sich ihrer Mutter zuwenden ... oder in den nächsten Tagen und Wochen auf Distanz gehen? Er hatte diese Art der Entfremdung mit Celine erlebt. Gott bewahre, dass Mary das ertragen müsste.

Gott. Die Vorstellung von Gott begann sich in sein philosophisches Gedankengebäude einzuschleichen. Immer noch widerstrebte ihm der christliche Glaube als eine allzu simple Lebensphilosophie. Aber während er sich fragte, ob Elizabeth mit den Enthüllungen der vergangenen Tage jemals fertig werden und ob Mary jemals glücklich werden würde, hätte er gerne den inneren Frieden gespürt, der bei jedem Gespräch mit Luca Santo zum Ausdruck kam.

Während er die *Sea Cloud* geschickt nach Hause manövrierte, dachte Jean-Marc über diese neue Entwicklung in seiner Lebensgeschichte nach. Er wollte eine Antwort auf die Frage, die er Paul gestellt hatte. Was wäre gewesen, wenn der Tod auf jenen Wellen geritten wäre und seine Seele gefordert hätte ... was dann? Er hatte immer geglaubt, dass der Tod das Ende wäre. Er hatte immer gesagt, dass jeder Glaube an etwas anderes nur eine Krücke für schwache Menschen sei, die sich für besser hielten als andere. Seit er den Glauben in Lucas Leben gesehen hatte – und seit seiner Lektüre des Johannesevangeliums –, war er sich da nicht mehr so sicher. Der Mann, dem er in Lucas Bibel begegnet war, hatte mit dem schwachen, leidend aussehenden Wesen, das er von so vielen Kunstwerken kannte, nichts gemeinsam.

Als Paul an Land sprang und die *Sea Cloud* festmachte, kamen Celine und die Jungs auf den Steg gerannt. „Wir dachten ... du ...“ Celine brach in Tränen der Erleichterung aus.

Überrascht, weil er selbst feuchte Augen bekam, nahm Jean-Marc seine Tochter in den Arm und drückte sie fest. „Aber natürlich geht es mir gut.“ Er lehnte sich zurück und wischte ihr mit seinem schmutzigen Daumen die Tränen von den Wangen. Dann verwuschelte er Xavier und Olivier die Haare und machte einen Witz. Aber hinter dem Lachen entdeckte er etwas Neues. Eine Art Offenbarung. Ihm wurde plötzlich klar, dass er diese kleine Familie sehr liebte und nicht länger wollte, dass das Meer seine Geliebte, seine Familie, sein Leben war. Jean-Marc David wollte mehr.

Kapitel 27

Mary

So wie Jean-Marc und ich Blüten in die Seine geworfen haben, lerne ich, die Fehler der Vergangenheit loszulassen und eine Gegenwart zu schaffen, die eine Zukunft mit weniger Fehlern ermöglicht. Ich bin zu sehr Realistin, als dass ich hoffen würde, *keine* Fehler mehr zu machen, aber ich bin definitiv dabei, an der Gegenwart zu arbeiten.

Ich weiß nicht, ob Gott meine Bitte um Hilfe beantwortet oder ob ich einfach wieder Glück habe, aber in jedem Fall ist Liz da, als ich es wieder in ihrem Zimmer versuche. Und sie willigt ein, als ich vorschlage, sie und Jeff zum Abendessen einzuladen. Wir treffen uns in der Hotellobby und gehen schweigend den Boulevard Saint-Michel entlang. Als wir an dem inzwischen vertrauten eisernen Zaun der römischen Bäder vorbeikommen, bleibt Liz stehen, um das Schild zu lesen.

„Mein Französisch ist eine Katastrophe", sagt sie. „Ich kann mich an kaum etwas erinnern. Würdest du es für mich übersetzen?"

Das tue ich und deute mit dem Kopf zu dem Museum neben der Stätte hinüber. „Das Cluny ist ein wunderbares Museum."

„Ist es morgen geöffnet?", fragt Liz. „Wir könnten doch hingehen – zusammen. Wenn du willst. Ich meine, wenn du keine anderen Pläne hast. Mit Annie oder jemand anderem."

Noch nie hat Elizabeth Davis so unsicher geklungen. Ich hasse den Gedanken, dass ich diejenige bin, die ihr den Boden unter den Füßen weggezogen hat. Aber gleichzeitig frage ich mich, ob ihr klar ist, dass ich mich so, wie sie sich jetzt fühlt, fast mein ganzes Leben lang gefühlt habe. Ich beschließe, diesen Gedanken nicht auszusprechen. „Ich habe Pläne. Und zwar will ich ins Cluny-Museum gehen. Mit dir." Ich freue mich da-rüber, dass sie und Jeff offenbar nicht vorhaben, nach Hause zu flüchten – denn damit hatte ich gerechnet.

Wir schlendern über die Straße und in das Gebiet von Klein-Athen hinein. Jetzt rufen die Ladenbesitzer Elizabeth hinterher, worauf sie rot wird. Jeff legt beschützend den Arm um sie, und ich erwidere die Bemerkungen der Ladenbesitzer. *„Elle est belle, n'est-ce pas? C'est ma fille."* Ich wende mich an Elizabeth. „Sie wollen nichts von dir. Es ist nur ein Spiel."

Wir kommen zu einer kleinen Crêperie, in die ich die beiden einlade. Ich habe mich gegen *Les Argonauts* entschieden, weil es hier ruhiger, intimer ist, und ich hoffe, dass die Atmosphäre es uns leichter macht, miteinander zu reden – wenn Liz reden will.

Die Crêpes sind vorzüglich, die Stimmung an unserem Tisch abwartend. Ich warte darauf, dass Liz über Jean-Marc spricht oder über das, was geschehen ist. Aber sie tut es nicht. Sie will jedoch wissen, wie ich Annie und Arnaud kennen gelernt habe. Ich schließe meine Geschichte, indem ich meine Einladung wiederhole, am nächsten Tag ins Cluny zu gehen.

„Aber du warst doch schon dort", protestiert Liz. „Du wirst dich bestimmt fürchterlich langweilen."

„Das kann ich mir nicht vorstellen“, sage ich. Wir verabreden eine Zeit.

* * *

Nach dem Vormittag im Cluny nehme ich Jeff und Liz in das lebhafteste Café mit, das ich kenne – *La Lutèce* auf dem Boulevard Saint-Michel. Wir essen Steak und Pommes und beobachten die Passanten. Irgendwann während des Essens scheinen wir uns alle drei einig – ohne die Worte auszusprechen –, dass wir jegliche Entscheidungen über Jean-Marc David auf unbestimmte Zeit vertagen wollen. Wir beschließen, Paris zu genießen. Später am Abend essen wir im *Mamalina* Pizza. Ich prahle gegenüber dem zahnlosen Kellner mit meiner schönen Tochter und ihrem Verlobten und gebe mir Mühe, alles für Liz und Jeff zu übersetzen.

Auch wenn mein eigenes Bedürfnis, die Kunst zu entdecken, erst einmal gestillt ist, merke ich, dass jetzt alles anders ist, weil ich nicht mehr so tun muss, als hätte ich sie noch nie gesehen. Ich kann die Anekdoten erzählen, die ich von Professor Max habe, und noch vieles mehr. Wir machen die verschiedenen Touren. Durch das Musée d'Orsay, den Louvre, Giverny, Versailles. Selbst durch den winzigen Dachboden, wo der Komponist Erik Satie in einem Zimmer so groß wie eine Abstellkammer schrieb und lebte.

Eines Nachmittags begleiten Annie und Arnaud uns. Wir tummeln uns am Montmartre und gehen im *Le Consulat* essen. Es gibt Live-Musik dort, und gemeinsam mit Annie und Arnaud singen wir laut und erheben die Gläser öfter, als wir sollten.

Und wie es so oft bei Menschen ist – während Liz und ich uns langsam näher kommen, vernachlässige ich die Lektüre meiner kleinen Bibel und fühle mich nicht gedrängt zu beten – bis zu dem Tag, an dem wir drei, nachdem wir lange im Regen angestanden haben, die Wendeltreppe zu der winzigen Sainte Chapelle hinaufsteigen. Ich sehe das Fenster an, das die Kreuzigung Jesu zeigt. Gerade in dem Augenblick, als ich mich zu fragen beginne, warum Gott seinen Sohn einen so grausamen Tod sterben lassen wollte, erleuchtet die Sonne das Fenster neben dem, das ich betrachte. Ich sehe hinüber, und der Sonnenstrahl wird breiter. Immer breiter, bis die Sonne hinter den Wolken hervorbricht und eine ganze Seite der Kapelle plötzlich in einem Feuer aus Farben und Licht erstrahlt. Die Touristen um mich herum machen *Ooh!* und *Aah!*, und ich habe das Gefühl, mitten in einen Rubin getreten zu sein. Ich lasse Zeit und Ort hinter mir. Wieder steigt der Wunsch in mir auf, den Glauben zu verstehen, für den die Apostel alles gaben – und bereit waren, Verfolgung und sogar den Tod in Kauf zu nehmen. Mir wird bewusst, dass ich niemals so für jemanden oder etwas empfunden habe – ausgenommen Elizabeth vielleicht. Staunend stehe ich da. Ich möchte es gerne verstehen.

Ich zögere, meine religiösen Fragen Liz gegenüber zu erwähnen. Warum, weiß ich eigentlich nicht. Vielleicht will ich nach all den Jahren der Entfremdung nicht noch mehr Barrieren errichten. Und ich will nicht, dass sie mich wieder als schwach ansieht. Es hat Zeiten gegeben, als sie sich über Irene Baxters Bemerkungen über den „guten Gott“ fast schon lustig gemacht hat. Wenn das zu Hause passieren würde, könnte ich mit Irene reden.

Ich denke wieder an Luca Santo und sein Tischgebet, das so frisch und persönlich wirkte. Aber ich habe von ihm nichts mehr gehört, seit Jean-Marc Paris verlassen hat, und ich werde ihn sicher nicht anrufen. Er könnte es missverstehen. Schließlich ist er ein attraktiver Witwer. Gut gebaut, mit tollen Haaren und – wie auch immer, ich habe schon mehr bemerkt, als ich dachte.

Wenn Gott Gott ist und er wirklich hinter mir her ist und wenn Luca Santo Antworten auf einige meiner Fragen hat, dann kann Gott ihn auch mit seinen Antworten zu mir schicken, ohne dass ich ihm dabei helfe.

Wenn du mit mir reden willst, Gott, werde ich versuchen zuzuhören.

* * *

Beim Frühstück am nächsten Morgen erkläre ich Liz und Jeff: „Mein Termin im Geigengeschäft ist heute Vormittag um zehn. Wollt ihr immer noch mitkommen? Annie hat gestern Abend angerufen und gesagt, dass sie Monsieur Rousseau dazu gebracht hat, mir ein paar von seinen besseren Instrumenten zu zeigen."

Wir vereinbaren, dass wir uns um halb zehn in der Lobby treffen.

Als ich wieder in meinem Zimmer bin, ziehe ich die Bibel heraus. Ich schäme mich, weil ich so wenig über eines der größten Werke aller Zeiten weiß. Es dauert eine ganze Weile, bis ich die vier Abschnitte gefunden habe, die vorne vermerkt sind – die Abschnitte, von denen der Pastor offenbar glaubt, dass sie für sich selbst sprechen. Ich nehme ein Stück Papier zur Hand und formuliere mit eigenen Worten, was sie mir zu sagen scheinen. Schade, dass es keine englische Bibel in der Nachttischschublade gibt, wie es sie in einem Hotel zu Hause geben würde.

* * *

„Du bist eifersüchtig auf Annie Templeton", sagte Jeff nach dem Frühstück.

„Sei nicht albern", widersprach Liz. „Ich dachte nur, dass Mutter in dieser Familienkrise vielleicht darauf verzichten könnte, eine Geige kaufen zu gehen ... mit Annie." Sie fügte hinzu: „Man sollte meinen, sie hätte nur Sinn für ..."

„Dich?"

„Die Situation."

„Ich finde, sie macht es genau richtig. Sie drängt dich nicht. Sie versucht, dir Zeit zu lassen. Wäre es dir lieber, wenn sie von dir verlangen würde, dass du bis – sagen wir – morgen Mittag deine Gefühle offenlegst und alles mit ihr klärst?"

„Das meine ich nicht."

„Oder soll sie die ganze Zeit im Hotel sitzen und darauf warten, dass wir entscheiden, wie wir über die Sache denken? Soll sie aufhören zu leben? Noch einmal?"

„Was meinst du mit ‚noch einmal'?"

„Das war es doch, worüber du dir vorher Sorgen gemacht hast, oder? Dass sie aufhört zu leben. Mir scheint, sie versucht, so gut sie kann, zu verhindern, dass deine Einstellung ihr Leben zerstört, und ihren Weg zu finden ..."

„Einstellung? *Meine* Einstellung?"

„Jetzt fang nicht an zu streiten, Liz. Denk doch mal nach. Man braucht kein Genie zu sein, um zu sehen, dass du Zeit brauchst, um dich an einige Dinge zu gewöhnen. Aber während du das tust, sind wir immerhin in *Paris*. Und Mary tut genau das, was wir uns wünschen können. Sie wird sich über ihre eigenen Entscheidungen klar und baut sich ihr eigenes Leben auf. Schließt neue Freundschaften. Geht aus. Deshalb noch mal mein Rat: Sei nicht eifersüchtig! Hilf deiner Mutter, eine Geige auszusuchen."

* * *

Mary

„Ah!", sagt der alte Mann. Er wackelt scherzhaft mit dem Finger und zwinkert mir zu. „Sie haben das Gefühl dafür, *madame*. So weich wie Samt."

Als ich den Bogen über die Saiten der Geige ziehe – eine von rund einem Dutzend, die in dem kleinen Laden in einer Seitenstraße abseits von Notre Dame ausgestellt sind –, bin ich zugleich erleichtert und überrascht. Der Respekt in den Augen von Monsieu Rousseau scheint echt zu sein.

„Sie hat seit fast dreißig Jahren nicht mehr richtig gespielt", sagt Annie Templeton.

Die Augenbrauen des alten Mannes schießen nach oben.

„Aber sie war Konzertmeisterin", sagt Annie.

Ich merke, wie ich rot werde, und protestiere: „Einmal. Bei einer städtischen Aufführung. Das ist alles."

Annie flüstert dem Ladenbesitzer etwas zu, der daraufhin lächelt und quer durch den Raum zu einer einzelnen Geige geht, die in einem verschlossenen Glaskasten ausgestellt ist. „Normalerweise muss man einen förmlichen Antrag stellen, aber für die amerikanische Freundin von Miss Templeton mache ich eine Ausnahme." Er zeigt auf die Violine. „Möchte *madame* vielleicht die Amati ausprobieren?"

Ich schüttele den Kopf „Danke, aber ..."

Liz hat aus dem Fenster zur Straße hinausgesehen, während ich erst eines, dann die anderen handgearbeiteten Instrumente im Laden angespielt habe. Als Monsieur Rousseau die besondere Geige erwähnt und ich zögere, sieht sie zu uns herüber. „Mach dir keine Gedanken wegen des Geldes, Mutter."

„Es geht nicht um das Geld", erwidere ich.

Liz durchquert den Laden, um durch das Glas einen Blick auf die Violine zu werfen. „Der Lack scheint mir nicht ganz in Ordnung zu sein", sagt sie.

„Das ist die Patina", erklärt Annie.

„Wie viel kostet sie?"

Als Monsieur Rousseau den Preis nennt, bleibt Liz der Mund offen stehen.

Annie sagt: „Er hat eine Guarneri im Safe."

„Willst du sie ausprobieren?", fragt Liz mich.

Ich schüttele den Kopf. „Auf keinen Fall. Man probiert nicht einfach so ein Instrument dieser Klasse. Dafür gibt es besondere Sicherheitsmaßnahmen, ich brauche eine Empfehlung – was weiß ich."

Während ich Liz das erkläre, geht der Ladenbesitzer zum Eingang, verschließt die Tür und zieht die Jalousie herunter. Dann geht er zu dem Tresen neben dem Glaskasten, zieht ein dickes Stück schwarzen Filz darunter hervor und faltet es auseinander. Er nimmt den Schlüsselbund, den er an seinem Gürtel befestigt hat, und schließt den Kasten auf. Dann holt er mit der Ehrfurcht eines Priesters, der eine heilige Flamme entzündet, die Amati heraus, stimmt sie und legt sie auf den schwarzen Filz. Er hält sie mir hin. „Eine einmalige Chance, *madame*. Zusammen mit einem großen Meister Schönheit zu erschaffen."

Mein Herz klopft, als ich die Amati an mein Kinn lege und den Bogen ansetze. Ich schließe die Augen und denke an all die Musiker vergangener Jahrhunderte, die dieses bezaubernde Instrument berührt haben, und ich bin von jedem von ihnen ganz eingeschüchtert. Der süße Klang, als ich das provenzalische Wiegenlied einmal, dann noch einmal und ein drittes Mal spiele, treibt mir die Tränen in die Augen.

Monsieur Rousseau nickt. „Sie verstehen."

Ich lasse den Bogen sinken und gebe ihm die Violine zurück.

„Du nimmst sie nicht?", sagt Liz erstaunt. „Aber du ... du liebst sie!"

„Das stimmt. Aber ich verdiene sie nicht." Ein letztes Mal streichele ich den Geigenkörper. „Sie verdient eine Anne-Sophie Mutter oder einen Isaac Stern ... und nicht eine Mary Davis aus Omaha." Ich hole tief Luft und wende mich an Monsieur Rousseau. „Ich danke Ihnen für das Privileg, sie berühren zu dürfen."

Er legt das Instrument wieder in seinen klimatisierten Glasbehälter.

„Kommt, wir gehen", sage ich. „Ich kann mich unmöglich heute entscheiden. Nicht, nachdem ich eine

Amati berührt habe – und im selben Raum mit einer Guarneri war."

Der Ladenbesitzer verneigt sich. Er schließt die Tür auf und öffnet das Geschäft für die Passanten. Und er versucht nicht, mich zum Kauf seiner Amati zu überreden.

* * *

Wir verlassen den Geigenladen und gehen den Quai entlang. Annie verabschiedet sich, weil sie eine Probe mit dem Streicherensemble hat. Liz und ich wandern die Seine entlang und stöbern halbherzig in den Kunstdrucken und alten Büchern, die die *Bouquinisten* zum Verkauf anbieten. Wir überqueren den Pont Neuf und bleiben in der Mitte stehen, um einem kleinen Boot beim Navigieren auf der Seine zuzusehen.

„Annie ist nett", sagt Liz.

„Sie ist ein Schatz", stimme ich ihr zu.

„Jeff sagt, ich sei eifersüchtig auf sie."

Ich runzele die Stirn und sehe sie an. „Und, bist du es?"

„Ich glaube, ich bin neidisch – ein bisschen jedenfalls – auf die ... Leichtigkeit in eurer Beziehung. Die Vorstellung, dass es keine Spannungen gibt."

„Aber wenn man bedenkt, was ich dir in den letzten Tagen alles zugemutet habe, ist es ein mittleres Wunder, dass wir überhaupt zusammen hier auf der Brücke stehen, würde ich sagen – und dass es ganz normal ist, dass es zwischen uns Spannungen gibt."

Plötzlich entfährt es Liz: „Darf ich dir eine Frage stellen?"

„Natürlich."

„Warum bist du hierher zurückgekommen? Wieso wolltest du ihn wieder sehen?"

„Das habe ich dir doch gesagt. Ich habe ihn verletzt. Ich wollte mich wohl entschuldigen."

„Du hättest ihm einen Brief schreiben können." Ihre Stimme klingt traurig.

„Ja. Ich hätte in dem Brief sagen können, dass es mir leid tut, und es dabei belassen können." Ich hole tief Luft. „Also muss es noch etwas anderes geben. Ich glaube, ich habe nach einem Weg gesucht ... das Mädchen wieder zu finden, das ich einmal war."

„Die Geigerin?"

„Weniger sie als vielmehr das Mädchen, das Musik in seinem Kopf gehört hat ... und getanzt ... und gelacht." Ich halte inne.

Ich spüre, dass Liz mich ansieht. „Warst du denn jemals glücklich? Nur mit Papa und mir?"

Der Schmerz in ihrer Stimme, als sie das fragt, treibt mir die Tränen in die Augen. „Aber ja. Das erste Mal, als du ‚Mimi' gesagt hast. Als du deine ersten Schritte getan hast. Deine erste Tanzvorführung. Jedes Mal, wenn du mich gebeten hast, dir eine Geschichte vorzulesen. Als du deinen Abschluss gemacht hast ..."

„Und mit Papa ...?"

„Du musst Papa nicht loslassen, um etwas über mich zu erfahren", versichere ich ihr. „Er war ein sehr guter Mann. Ich habe gelernt, ihn zu lieben."

„Aber er hat verlangt, dass du einen Teil von dir begräbst", sagt sie. „Wie konnte er das tun?"

„Ich glaube, im tiefsten Innern war er mir sehr ähnlich – er hatte Angst, irgendwie nicht zu genügen. Ich glaube, er hat sich von dem gut aussehenden Abenteurer Jean-Marc bedroht gefühlt – bedroht von der Vorstellung, dass ich mit einem modernen Piraten davonsegeln könnte. Deshalb hat er sich schließlich auch gefürchtet, mir meine Musik zu lassen und damit einen Teil meines alten Lebens. Er hatte Angst, es würde mich unweigerlich von ihm fortziehen."

„Er war egoistisch", sagt Liz.

„Er war ein *Mensch*", erwidere ich. „Und ja, er war auch egoistisch. Aber das bin ich auch."

„Wie?" Sie dreht sich um und sieht mich an.

„Ich lasse dich nicht so einfach davonkommen, Elizabeth Davis. Du bist zwar die Tochter von Samuel Davis, aber du bist auch meine Tochter. Und ich werde um dich kämpfen."

„O Mimi", sagt sie und beginnt zu weinen. „Du musst nicht um mich kämpfen. Ich gehe nirgendwohin."

Und dann liegen wir uns in den Armen und weinen beide.

Kapitel 28

„Man sieht wirklich nicht, dass etwas dran war“, sagte Arnaud, als er um die Ducati herumging, die Hände in die Seiten gestützt. Er pfiff anerkennend und nickte. „Gute Arbeit.“

Enzo zuckte mit den Achseln. „Danke nicht mir. Ich habe nur für die Reparatur bezahlt. Onkel Luca hat es repariert.“

„Das war ich nicht“, ertönte Lucas Stimme hinter seinem Schreibtisch am vorderen Fenster. „Das war Donato. Er ist in der Fabrik in Bologna extra ausgebildet worden. Bedank dich bei ihm.“

Arnaud schwang ein Bein über sein Motorrad, drehte den Schlüssel im Schloss, zündete den Motor und ließ ihn aufheulen, bevor er ihn wieder ausmachte. „Und, was sagst du? Ist es das richtige Bike für mich? Ich habe mich für ein paar Trainingsrunden auf der Rennbahn im nächsten Frühling angemeldet.“

Luca sah von seinen Büchern auf und zog eine Grimasse. „Du redest ja immer noch von der Rennfahrerei. Sind dir deine schmerzenden Knie und steifen Schultern keine Lehre?“

„Nur insofern, dass ich vorsichtiger sein sollte ... und mich nicht auf eine Rivalität einlasse, wie Sie sie mit Jean-Marc David hatten“, erwiderte Arnaud.

„Was macht ihr, du und deine Verlobte, eigentlich Silvester?“, wechselt Luca abrupt das Thema.

„Wissen wir noch nicht.“

„Ich habe Karten fürs Ballett.“

Arnaud hielt die Hände hoch. „Fragen Sie uns nicht. Bitte!"

„Es ist in der Opéra Garnier, Arnaud", schwärmte Luca. „Dem schönsten Opernhaus der Welt. Ihr werdet …"

„Nicht an Silvester, Monsieur Santo. *Bitte!*"

„Na gut", gab Luca lachend nach. „Ich werde euch nicht quälen."

Enzo ergriff das Wort. „Wieso fragst du nicht Mrs Davis?"

„Ich habe vier Karten", sagte Luca zu seinem Neffen. „Ich vermute, dir geht es so wie Arnaud?"

Enzo grinste und nickte.

Arnaud stimmte ihm zu. „Mrs Davis war Musikerin. Eine sehr gute sogar. Sie hat sich Geigen in dem kleinen Laden beim Quai de la Tournelle angesehen." Auf Lucas fragenden Blick hin erklärt Arnaud: „Handarbeit. Die besten Instrumente für die besten Musiker. Und entsprechend teuer. Mrs Davis würde bestimmt gerne zum Ballett gehen. Sie sollten sie fragen. Ihre Tochter und deren Verlobter sind auch noch hier. Das macht vier."

„Ich weiß nicht, was Jean-Marc dazu sagen würde. Ich will nichts tun, das Ärger verursachen könnte."

„Wie bitte? Du magst Mrs Davis?" Enzos Stimme klang hoffnungsvoll.

Luca drohte seinem Neffen mit dem Zeigefinger. „Bring mich nicht auf dumme Gedanken. Ich bin zu alt für solchen Unsinn." Er hob das Kinn und zuckte mit den Schultern. „Aber blind bin ich nicht. Eine attraktive Begleitung und nette Gesellschaft für Silvester würden mir schon gefallen."

„Laden Sie sie ein!", bekräftigte Arnaud noch einmal. „Ihrem Freund können Sie ja erzählen, dass Sie nur sichergehen wollten, dass seine Dame am Silvesterabend nicht allein ist."

„Genau, Arnaud", grinste Enzo. „Ich würde für dich übrigens das Gleiche tun. Ist Annie Silvester noch zu haben?", lachte er.

„Das ist nicht dasselbe", bekam er zu hören. „Wir sind verlobt. Mrs Davis und Monsieur David ..."

„Okay, ihr zwei, das reicht jetzt." Luca erhob sich von seinem Schreibtischstuhl und brachte sie mit einer Handbewegung zum Schweigen. „Genug diskutiert. Ich glaube, ich bin alt genug, um meine Silvesterfeier selbst zu organisieren. Ich werde sie fragen. Wie hieß das Hotel noch mal, Arnaud?"

* * *

Mary

Als das Telefon klingelt, erwarte ich Jeffs Stimme, nicht die von Luca Santo. Ich stottere wie eine Idiotin, und er versteht das falsch. Sofort schaltet er von Französisch auf Englisch um.

„Der Freund meines Neffen, Arnaud, hat gesagt, Sie seien Musikerin", beginnt er.

„Arnaud ist zu freundlich", protestiere ich. „Ich spiele gerne Geige, aber von irgendwelchem besonderen Können kann gar nicht die Rede sein."

„Trotzdem. Arnaud dachte, dass Sie und Ihre Tochter vielleicht Lust hätten, mit ins Ballett zu kommen. Ein Kunde hat mir vier Karten für Silvester besorgt.

Würden Sie mir die Ehre erweisen? Zusammen mit Ihrer Tochter und deren Verlobtem? Es ist eine Nachmittagsvorstellung. Ich könnte Sie dort treffen ..." Er erklärt den Weg mit der Metro, und plötzlich wird mir bewusst, dass er von der berühmten Opéra Garnier reden könnte, obwohl ich das kaum glauben kann.

„Entschuldigen Sie ... Monsieur Santo?"

„Luca. Bitte."

„Gut, dann Luca. Verstehe ich Sie richtig? Sie wollen uns in die Opéra Garnier einladen?"

„Ja, natürlich. Entspricht das nicht Ihren Vorstellungen?"

„Ich ... ich weiß nicht, was ich sagen soll. Es war schon immer mein Traum, einmal eine Aufführung dort zu sehen, aber sind die Karten nicht immer schon lange im Voraus ausverkauft?"

Ich höre förmlich, wie er lächelt. „Es würde Ihnen also gefallen?"

„Mehr, als Sie sich vorstellen können."

„Ist es in Ordnung, wenn ... Sie drei mich dort treffen? Ich habe kein Auto, wissen Sie, deshalb ..."

„Das ist prima. Wunderbar. Ich weiß gar nicht, wie ich Ihnen danken soll."

Als ich Liz davon erzähle, versteht sie mich nicht.

„Liebling", sage ich, „es ist die Oper. Napoleon hat sie erbaut ... Die Einrichtung ist wegen ihrer Schönheit legendär. Es wird so sein wie ... oh, ich weiß nicht einmal, wie ich es ausdrücken soll. Ich habe bisher nur Bilder von den Räumen gesehen, aber ich wollte schon immer hingehen." Ich fasse ihre Hand. „Wir müssen einkaufen gehen!"

* * *

„Wow!"

Jeff steht in der Hotellobby, wo er auf uns gewartet hat, und als Liz und ich aus dem Aufzug treten, betrachtet er uns von oben bis unten.

„Findest du, dass es zu jugendlich ist?" Ich bin mir immer noch unsicher, was das schmale, bodenlange Kleid aus weich fallendem schwarzem Stoff betrifft, zu dem Liz mich überredet hat. Ich sehe mich aus dem Augenwinkel im Spiegel auf der anderen Seite des Flures, und mir gefällt es, wie die Strasssteinchen über meine linke Schulter den Ärmel hinunterzufließen scheinen und die Ohrhänger an meinem Hals funkeln. Trotzdem habe ich Zweifel, ob eine Frau in meinem Alter etwas so Auffälliges tragen sollte.

Jeff küsst mich auf die Wange. „Du siehst fantastisch aus!" Ich entspanne mich ein bisschen.

„Und du!" Er berührt Liz' Ellenbogen und betrachtet sie gründlich von Kopf bis Fuß in ihrem trägerlosen dunkelblauen Kleid. „Wow."

Mit einem Blick zu Jeff geht der Concierge zur Tür und sieht hinaus. Dann kommt er zurück und sagt uns, dass unser Taxi da sei. Es ist eine Limousine. Ich sehe Jeff an, der zwinkert und mit den Schultern zuckt. „Ein kleiner Gefallen von unseren Freunden", sagt er. Als wir losfahren, sieht der Concierge mich an und hält den Daumen hoch.

Die Opéra Garnier, erzähle ich Liz und Jeff, als unser Auto sich durch die Straßen, über die Seine und auf den Place de l'Opéra zuschlängelt, stammt aus der Zeit Napoleons III. „Sie ist über einem unterirdischen Wasserreservoir gebaut. Erinnert ihr euch an *Das Phantom der Oper*, das mit seinem Boot unter der Bühne entlangfährt? Und die Einrichtung – mit Gold und Marmor – und die Treppe!" Als wir ankommen, sind die Säulen des Gebäudes vom Flutlicht angestrahlt und die goldenen Figuren zwischen den Säulen glänzen.

„Wahnsinn!", ist alles, was Liz sagen kann.

„Ja", stimme ich zu, während mein Blick hinaufwandert. Ich seufze. „Wahnsinn."

Jeff spricht mit dem Fahrer, der uns sagt, wo er uns nach der Vorstellung wieder einsammeln wird, und als wir uns umdrehen, um die Treppe hinaufzuschreiten, tritt Luca hinter einer der Säulen hervor. Er trägt einen Smoking und darüber einen eleganten Mantel. Der weiße Seidenschal, der unter den Kragen des Mantels gesteckt ist, hat Fransen, die zu beiden Seiten der Mantelknöpfe herabhängen. Ich bin überrascht, mit welcher Selbstverständlichkeit er einen Smoking trägt. Er ruft meinen Namen und streckt eine Hand aus. Dann bietet er mir den Arm, während er Liz und Jeff begrüßt, und führt uns hinein und die beeindruckende Treppe hinauf. Wir kommen an der berühmten Skulptur *La Danse* vorbei. Mit offenem Mund bestaune ich die herrliche Decke, den Mosaikfußboden und die schmuckbehangene und offensichtlich wohlhabende Gesellschaft, in der wir uns befinden. Ich frage mich, ob es Einbildung ist oder ob Luca tatsächlich die bewundernden Blicke der Damenwelt auf sich zieht.

Oben gehen wir auf die rechte Seite, wo Luca einem Platzanweiser die vier Karten aushändigt. Wir werden zu einer Tür geführt, die man extra für uns aufgeschlossen hat, und treten in einen winzigen Vorraum, der nur eine Chaiselongue und eine Garderobe beherbergt. Luca hilft mir aus meinem Mantel und führt mich durch den samtenen Vorhang, und erst dann wird mir klar, dass wir uns in einer privaten Loge befinden und einen wunderbaren Blick auf die Bühne haben. Ich sehe zu dem Kristallkronleuchter hinauf, der durch *Das Phantom der Oper* so berühmt wurde.

Der Vorhang hebt sich, das Orchester beginnt zu spielen, und dann vergehen die Minuten wie im Flug, und schon ist Pause. Wir vier verlassen unsere Loge und gehen hinaus auf den Gang und folgen Luca zu einer Galerie, wo Erfrischungen serviert werden.

„Es ist, als würden wir in Versailles essen", sagt Liz und stößt Jeff mit dem Ellenbogen an, der ihrem Blick hinauf zur Decke und zu einem weiteren Fresko-Kunstwerk folgt.

„Jemand sollte ein Buch schreiben", sagt Jeff. „*Die Decken von Paris.*"

Luca lacht und nickt. „Das gibt es wahrscheinlich schon. Man könnte eine Reihe daraus machen, wissen Sie. Wenn ich in aller Bescheidenheit daran erinnern darf, dass die größten Meister dieser Dinge aus meinem Heimatland stammen. Das Sie unbedingt einmal besuchen sollten. Vor allem Florenz." Er hebt sein Glas und trinkt aus, dann sieht er mich an. „Ich habe dort in der Nähe eine Villa." Er lächelt Liz an. „Sie sind alle herzlich willkommen, wann immer Sie mögen. Oktober kann ich sehr empfehlen. Dann sind die Touristen fort – und die Hitze auch." Er zögert. „Vielleicht können wir Jean-Marc überreden, den Hafen von Pisa anzulaufen ... obwohl er Livorno lieber mag. Beides wäre möglich."

„Siehst du, Mary“, neckt Jeff mich. „Du kannst dich von deinem gebrochenen Bein in einer Villa in der Toskana oder an Bord der *Sea Cloud* erholen. Beides klingt so, als solltest du es unbedingt einplanen.“

Luca versteht die Bemerkung natürlich nicht, deshalb beeilt Jeff sich, sie zu erklären, trotz meiner Versuche, ihn zum Schweigen zu bringen. „Sie plant ein paar Ducati-Tage mit Annie und Arnaud.“

Ich verstecke mein Gesicht hinter einer Hand, weil ich spüre, dass ich knallrot geworden bin. „Bitte, Jeff, das ist furchtbar peinlich.“

„Aber warum sollte Ihnen das peinlich sein?“, widerspricht Luca. „Ich kann nur sagen, dass ich ein wenig gekränkt bin, weil Sie nicht zu mir gekommen sind, nachdem ich Ihnen angeboten hatte, Sie zu unterrichten.“

Die Pause ist vorbei, und unser Gespräch wird vom Gong unterbrochen. Ich bin froh, dass wir zu unserer Privatloge zurückkehren. Als die Menschen uns von allen Seiten bedrängen, fordert Luca mich auf, meine Hand unter seinen Arm zu schieben. „Damit Sie nicht verloren gehen“, erklärt er.

* * *

Nach der Vorstellung wartet die Limousine am verabredeten Ort. Die Höflichkeit gebietet es, dass wir Luca zu seiner Wohnung fahren, und als wir dort sind, ist Luca natürlich so höflich, uns alle auf einen Drink einzuladen – oder zum Espresso, wenn uns das lieber ist.

„Von meinem Balkon aus“, sagt er, „werden Sie eine wundervolle Aussicht ins neue Jahr haben. Es wäre mir eine Ehre.“ Er reicht dem Fahrer eine Banknote, dieser betrachtet mit einem Lächeln die Zahl in der Ecke des Scheines und tippt sich an die Mütze. Er wird warten, sagt er, und wünscht uns ein frohes neues Jahr.

Zuerst reden wir über das Ballett, aber dann gehen wir zu anderen Gesprächsthemen über, und kurz darauf erzählt Luca Santo von Italien.

„Erzählen Sie uns von sich“, bitte ich ihn. „Haben Sie Kinder?“

Nein, sagt Luca mit einem Kopfschütteln. Kinder waren ihm und Sophia nicht vergönnt. Er seufzt. „Wir haben das oft mit Gott diskutiert. Aber er hat immer Nein gesagt. Ich habe gelernt, das zu akzeptieren. Aber trotzdem bedauere ich es.“

Einen Augenblick lang herrscht Schweigen, dann explodiert vor dem Fenster ein Feuerwerkskörper.

„Es ist so weit!“, sagt Luca und springt auf. Er zieht die Vorhänge zurück und öffnet die Tür. Wir quetschen uns alle auf den Balkon und bestaunen das Feuerwerk über der Stadt.

Ich bemerke, dass Jeff den Arm um Liz’ Taille legt und sie sich in seine Umarmung hineinlehnt. Plötzlich ist mir sehr bewusst, dass Luca hinter mir steht und vorgibt, den Himmel zu betrachten. Ich glaube bemerkt zu haben, dass er mich aus dem Augenwinkel ansieht, aber dann schelte ich mich, dass ich mir das bestimmt nur einbilde. Außerdem habe ich ein ziemlich schlechtes Gewissen, weil ich mich zu dem Mann hingezogen fühle. Ich bin doch nach Paris gekommen, um Jean-Marc zu treffen. Und die Dinge sind noch lange nicht geregelt. Mein Leben ist schon kompliziert genug, auch ohne irgendwelche Fantasien in meinem

Alter. Schon ermahne ich mich, erwachsen zu werden. Irgendwann wird es wieder ruhig in der Stadt, abgesehen von gelegentlichen bunten Lichtern hier und dort oder dem einen oder anderen Knaller in den Hinterhöfen.

„Wenn es Ihnen nichts ausmacht ... ich möchte Sie nicht vor den Kopf stoßen", sagt Luca schließlich, „aber ich habe es mir zur Gewohnheit gemacht, das neue Jahr mit einem kurzen Gebet zu beginnen. Würden Sie sich mir anschließen, bevor Sie gehen?"

Er streckt die Hände aus, und Liz und ich ergreifen sie und auch Jeffs, so dass wir zu viert einen Kreis bilden. Wir neigen die Köpfe. Luca betet: „Danke, Vater, dass du uns durch die schwierigen Tage der vergangenen Woche gebracht hast. Danke für die vielen schönen Dinge, die wir erlebt haben. Wir bitten dich, mit uns in dieses neue Jahr zu gehen. Und bitte, Vater, gib uns genug Kummer, damit wir dir darin einen Schritt näher kommen. Dasselbe bitten wir dich für die Freunde, die jetzt nicht bei uns sind. Amen."

Beim Amen drückt Luca meine Hand. Als ich ihn ansehe, sagt er: „Gottes Wille geschehe an Land und zu Wasser, nicht wahr?"

* * *

Als ich am ersten Morgen des neuen Jahres aufwache, geht mein erster Gedanke zu Jean-Marc. Ich habe in der Nacht von ihm geträumt und bin versucht, ihn anzurufen. Ich drehe mich im Bett um und lasse den kleinen Raum auf mich wirken. Mein schwarzes Kleid vom vorigen Abend liegt in einem Haufen auf dem

Boden, daneben die schwarzen, hochhackigen Schuhe und die winzige Abendhandtasche. Ich denke an meinen Abend in der Oper zurück und registriere mit Freude, dass ich trotz meiner hohen Schuhe nicht so groß war wie Luca Santo. Was, wie ich mich gleich darauf ermahne, überhaupt nichts zur Sache tut. Abgesehen davon, dass er mir seine Villa in der Toskana angeboten hat. Wieder einmal zähle ich in Gedanken die Gründe auf, warum ich mich vor Luca Santo in Acht nehmen sollte, als das Telefon klingelt und seine Stimme mich begrüßt.

„Ich bin gerade aufgestanden und habe Kaffee gemacht, und ich dachte, was für ein schöner Jahresanfang es wäre, wenn ich ihn nicht allein trinken müsste." Er beeilt sich hinzuzufügen: „Also habe ich mich gefragt, ob meine neuen amerikanischen Freunde mir Gesellschaft leisten wollen? In der Stadt wird es heute Morgen ruhig sein. Das ist eine seltene Gelegenheit, Paris einmal von einer anderen Seite kennen zu lernen."

Ich überlege ... aber nur anderthalb Sekunden. „Ich rufe Liz und Jeff in ihren Zimmern an und sage Ihnen Bescheid. Ich selbst komme gerne."

„Sie brauchen nicht zurückzurufen", sagt Luca. „Ich treffe Sie im Garten beim Place de la Concorde. Wenn das nicht zu weit ist. Die Metro und die Busse sind heute vielleicht nicht pünktlich."

Ich trete ans Fenster und ziehe den Vorhang zurück. Die Sonne scheint. „Es ist ein wunderschöner Tag", sage ich. „Und ein langer Spaziergang scheint mir genau das Richtige zu sein."

* * *

„Keine Kinder?", fragt Luca, als er sieht, dass Liz und Jeff nicht mitgekommen sind.

Ich schüttele den Kopf. „Sie wollten ausschlafen – und einen Tag für sich haben, glaube ich." Ich frage mich, ob Luca die Tatsache, dass ich allein erschienen bin, falsch interpretieren könnte, und bin plötzlich schüchtern.

„Ich bin an einem kleinen Café vorbeigekommen, das geöffnet hat. Sie machen eine hervorragende heiße Schokolade."

Wir haben uns kaum gesetzt, da fragt Luca: „Haben Sie von Jean-Marc gehört?"

Ich schüttele den Kopf.

„Ich sollte Ihnen vielleicht erzählen, dass er vor seiner Abreise in meiner Wohnung vorbeigekommen ist." Luca rührt in seiner Schokolade, dann leckt er den Löffel ab, bevor er fortfährt. Er sieht mich an und lächelt. „Natürlich wusste ich schon von der schönen Mary McKibbin aus unserer Jugendzeit. Aber jetzt erzählt Jean-Marc mir ...", seine dunklen Augen sind freundlich, als er weiterspricht, „von Ihrer Elizabeth."

Ich weiß nicht, was ich sagen soll. Ich schlucke und sehe verlegen auf meine Tasse.

Seine Stimme klingt sanft, als er sagt: „Ich erzähle Ihnen das nur, damit Sie sich in meiner Gegenwart nicht unwohl fühlen, und um Sie zu bitten, dass Sie mir sagen, wenn ich irgendetwas für Sie tun kann. Auch wenn es nur beten ist."

„Beten ist gut", erwidere ich. „Antworten wären noch besser." Ich schließe die Augen und kämpfe gegen die Müdigkeit an, die mich zu überwältigen und mich zum Weinen zu bringen droht.

Luca versteht meine Reaktion falsch. „Bitte verzeihen Sie, ich wollte nicht den Finger in eine Wunde legen, die mich nichts angeht."

„Ich bin nicht aufgebracht. Jedenfalls nicht aus dem Grund, den Sie vielleicht annehmen." Ich lehne mich auf meinem Stuhl zurück und fahre mir mit den Händen durch die Locken. „Liz hat auf ihre Art Frieden damit geschlossen. Zumindest im Moment." Ich lächele gezwungen. „Obwohl ich nicht weiß, wie ein Mensch das nach einem Leben voller falscher Annahmen kann."

Als Luca antwortet, klingt seine Stimme warm und überzeugt. „Geben Sie Gott Zeit zu wirken. Dafür ist es nie zu spät."

„Sie wissen offensichtlich viel mehr über Gott als ich."

Er zuckt mit den Achseln. „Ich habe einen festen Glauben, aber ich lerne immer neue Sachen über Gott."

„Jean-Marc sagt, Religion sei nur ..."

„Eine Krücke für schwache Menschen." Luca lächelt. „Ja. Das habe ich ihn viele Male sagen hören. Stimmen Sie ihm zu?"

Ich schüttele den Kopf. „Ich glaube nicht. Aber ich finde, es ist eigentlich egal, ob es Schwäche ist, die einen Menschen dazu bringt, Gott anzurufen. Wir sind alle auf irgendeine Weise schwach. Manche von uns können sich einfach besser verstellen." Ich überlege einen Augenblick. „Ich habe das dreißig Jahre lang getan. Und was Liz betrifft, so würde ich es immer noch tun, wenn sie mir nicht hierher gefolgt wäre." Ich erzähle ihm von der Frau, die ich in der Kirche habe beten sehen. „Was macht es schon, dass sie Schwäche gezeigt hat? Sie hat die Kirche mit einem inneren Frieden verlassen, das sah ich ihrem Gesicht an." Als Luca nickt, als Zeichen, dass er versteht, wie es mir scheint, bitte ich: „Erzählen Sie mir, wie Sie Gott kennen gelernt haben."

„Die lange oder die kurze Geschichte?"

„Egal", sage ich, „was Ihnen lieber ist."

Er schont sich nicht bei dem Bild, das er von sich zeichnet. Ich verstehe genau, was er meint, als er sagt: „Wer hätte gedacht, dass Gott Interesse an einem solchen Mann hat? Es war mutig von dem Arzt, mir ins Gesicht zu sagen, dass meine Karriere vorüber sei. Wenn ich an die Szene zurückdenke, sehe ich immer noch sein Lächeln vor mir, als er sagte: ‚Wenn Sie ihn lassen, kann Gott dieses Ende nehmen und daraus einen neuen Anfang machen. Dieser Crash erweist sich vielleicht als das Beste, was Ihnen je passiert ist. Ich glaube eigentlich nicht an Unfälle, wissen Sie.' Als er das sagte, hätte ich ihm am liebsten etwas an den Kopf geworfen. ‚Glauben Sie, dass Gott mich aus der Kurve und gegen diese Mauer geworfen hat?', habe ich geschrien. Und der amerikanische Arzt stand einfach nur lächelnd da und fragte: ‚Hat er Ihre Aufmerksamkeit bekommen?'" Luca schweigt einen Moment lang. „Er ging hinaus. Und kam erst am nächsten Tag wieder. Als er kam, stellte ich ihm noch mehr Fragen. Irgendwann hörte ich dann auf, mich zu wehren. Ich sagte Ja zu Gott. Und das hat alles verändert."

„Inwiefern hat es alles verändert?" Ich möchte es so gerne verstehen.

Luca denkt lange über meine Frage nach, bevor er antwortet. Dann klingt er fast entschuldigend. „Ich weiß nicht, ob das für Sie einen Sinn ergibt“, sagt er. Er legt eine Hand auf seine Brust. „Die Veränderungen haben hier drinnen stattgefunden. Ein Selbstbewusstsein, ohne angeberisch zu sein. Ein Gefühl des Friedens, dass Gott zuhört. Dass ich ihm wichtig bin. Ein Wunsch, ihm zu gefallen. Und eine Last, die von mir genommen wurde.“ Er macht mit beiden Händen eine schwungvolle Bewegung, sodass seine Handflächen schließlich nach oben zeigen. „Einfach weg.“ Er grinst mich an. „Es ergibt keinen Sinn. Aber der Arzt hatte recht. Der Crash damals war das Beste, was mir je passiert ist.“ Er zuckt mit den Achseln. „Sie sollten mit jemand anderem reden. Einem Pastor vielleicht.“

„Ist diese ... Veränderung ... ist sie auf einmal passiert?“

Er schüttelt den Kopf. „Langsam. Ich bin immer noch Luca Santo – und viele Dinge können noch verbessert werden.“

Als ich nichts sage, fragt er: „Also ... Sie denken jetzt, dass dieser Mann gefährlich nah am Abgrund des Wahnsinns steht und Sie sich aus dem Staub machen sollten, oder?“

Ich schüttele den Kopf. „Nein. Ich denke, dieser Mann könnte von Gott kommen.“ Als er mich mit einem zweifelnden Blick ansieht, sage ich: „Und haben *Sie* jetzt Zeit für eine Geschichte?“ Ich erzähle ihm mehr, als ich eigentlich will, und als ich fertig bin, kennt Luca Santo den größten Teil meiner Lebensgeschichte, er weiß eine Menge über meine Schwierigkeiten mit Elizabeth und alles über meine jüngste Suche nach Gott.

„Was die Probleme mit Elizabeth und die Frage nach unserem Freund Jean-Marc angeht – da kann ich nur beten", sagt Luca. „Aber die Suche nach Gott – dabei kann ich Ihnen helfen." Ganz einfach geht er mit mir durch das, was die Bibel sagt und was ich schon von den Versen gelernt habe, die der Pastor mir vor einigen Wochen mitgegeben hat. Und genauso einfach endet meine Suche nach Gott nicht in einer Kathedrale ... sondern in einem Café in Paris.

Kapitel 29

Jean-Marc lächelte, als er das kleine Päckchen in seinen Seesack schob. Lange hatte er sich den Kopf über den Brief zerbrochen, der Luca Santos Bibel auf dem Weg zurück zu ihrem Besitzer begleiten sollte. Er würde gerne das Gesicht seines alten Freundes sehen, wenn er die Zeilen las. Doch sie würden sich wiedersehen ... irgendwann. Im Moment hielt er sein Versprechen, mehr Zeit mit Celine und den Jungs zu verbringen. Und es gab noch einen Brief, den er schreiben musste. Wenn er sich erst einmal in Celines Gästehaus in der Nähe ihrer Villa eingerichtet hatte, war dazu Zeit genug. Das Grummeln des Donners in der Ferne erinnerte ihn an den heraufziehenden Sturm.

„Celine!", rief er die Treppe hinauf.

„Noch fünf Minuten, Papa!", rief seine Tochter zurück.

Ein Blitz lenkte seinen Blick zum Wintergarten. Er ging den Flur hinunter und setzte sich an das alte Klavier. Seine Gedanken wanderten zurück zu dem Morgen im Winter, als er genau an demselben Platz gesessen hatte, den Brief von Mary Davis in der Brusttasche. Wieder steckte ein Brief – eigentlich war es nur eine Nachricht – in dieser Tasche. Während der Regen gegen die Fenster schlug und die Sicht auf die Bucht versperrte, zog Jean-Marc das neue Schreiben hervor und las es.

Lieber Jean-Marc,
bitte verzeih, dass ich dich mit deinem Vornamen anspreche. Es soll nicht respektlos klingen. In dieser Situation erscheint mir „Monsieur David“ einfach zu förmlich. Du kannst sicher verstehen, dass ich dich nicht „Papa“ nennen kann.
Dies ist mein Versuch, eine Tür zu öffnen. Ich habe Angst davor und bin doch zugleich gespannt, wie sich die Dinge weiter entwickeln. Mutter und ich haben stundenlang geredet, seit du Paris verlassen hast. Ich bin gar nicht sicher, ob ich alles begreife, was geschehen ist, aber ich bin nicht bereit, die Hoffnung aufzugeben, dass irgendwann alles wieder gut sein wird zwischen all denen, die von den jüngsten Entdeckungen betroffen sind.
Ich wünsche dir alles Gute, und obwohl ich noch nicht weiß, ob Jeff und ich deine Einladung annehmen und dich im Frühling besuchen werden, möchte ich dir meine Adresse geben und, wie Mutter in letzter Zeit häufig sagt, sehen, was Gott daraus machen kann.
Jeff und ich fliegen heute Vormittag nach Omaha zurück. Mutter hat mir versprochen, dass sie diesen Brief für mich abschickt. Ich überlasse es ihr, dir von ihren eigenen Neuigkeiten zu erzählen.

Meine besten Wünsche für dich und deine Familie,
Liz Davis

P. O. Box 1121
Omaha, Nebraska 68313-743A
oder, wenn dir das lieber ist:
esdavis@davisenterprises.com

Nachdem er den Brief noch einmal gelesen hatte, ermahnte Jean-Marc sich, nicht zu viel in die Worte hineinzulesen. Er durfte sich nicht mit Dingen quälen, die ohnehin nicht in seiner Macht standen. Elizabeth hatte ihm eine Adresse gegeben und eine Tür geöffnet. Er würde auf der Schwelle stehen bleiben und hoffen, dass man ihn hereinbat.

Als er Xavier und Olivier die Treppe hinunterrennen hörte, faltete Jean-Marc den Brief zweimal zusammen und schob ihn in die Tasche zurück. Dann suchten seine Finger wieder die Töne einer vertrauten Melodie, des Wiegenliedes, das seine Mutter immer gesungen hatte. *Ich sollte es für die Jungs spielen,* dachte er und fragte sich, ob Celine ein Klavier besaß. Wenn nicht, sollte es das Erste sein, womit er die Familie bereichern würde. Vielleicht konnte er die Kinder selbst unterrichten. In Zukunft wollte er, dass sie sich an mehr von ihrem Großvater erinnerten als nur daran, wie er von ihnen fortsegelte.

„Wir sind so weit, Papa!“, rief Celine vom Treppenabsatz nach unten.

Jean-Marc ließ das Lied ausklingen und ging zur Hintertür.

„Soll ich nachsehen, ob vorne abgeschlossen ist?“, fragte Celine. „Ist alles ausgeschaltet?“

„Paul kommt heute Nachmittag vorbei und sieht noch mal nach“, sagte Jean-Marc. Er kritzelte eine Notiz und befestigte sie an dem Haken, an dem der Schlüssel für den Triumph hing. *Benutzen Sie ihn, als wäre es Ihrer!*

Celine sah den Zettel und hob erstaunt die Augenbrauen.

„Er ist ein guter Mann“, sagte Jean-Marc achselzuckend. „Er sollte das Leben ein bisschen mehr genießen.“

Als sie etwa eine Autostunde von Arcachon entfernt waren und Xavier und Olivier bereits auf dem Rücksitz schliefen, ergriff Celine das Wort. „Ich will mich ja nicht einmischen, Papa ... aber ich bin einfach zu neugierig. Was ist denn nun in Paris geschehen?“

„Das habe ich dir doch erzählt“, sagte Jean-Marc. „Ich habe einen alten Freund getroffen.“

„Monsieur Santo?“

„Genau.“ Er räusperte sich. „Übrigens: Danke, dass du mir verziehen hast. Dass ich die Jungs enttäuscht habe. Das will ich von jetzt an nicht mehr tun. Ich werde versuchen, es an ihnen wieder gutzumachen. Und an dir.“ Er suchte ihre Hand und drückte sie kurz. „Ich war nicht immer ein guter Vater, oder?“

„Du warst einfach du selbst, Papa.“

„Eine diplomatische Antwort“, sagte Jean-Marc. Nach einigen Augenblicken fragte er: „Glaubst du immer noch, dass ich gelogen habe, was Dominique Chevalier betrifft?“

Celine seufzte und sah zum Fenster auf der Beifahrerseite hinaus. „Ich weiß, dass du nicht gelogen hast. Sie hat angerufen, als du weg warst.“ Sie schwieg eine Weile und deutete dann mit einer Kopfbewegung auf die Kinder hinten im Wagen. „Brich ihnen nicht das Herz, Papa. Bitte. Ich habe lange gebraucht, bis ich gelernt hatte, dass es besser ist, dich nach deinen Bedingungen zu lieben, als überhaupt keinen Vater zu haben. Mir wäre es lieb, wenn die Jungs in Bezug auf ihren Großvater nicht diese Entscheidung treffen müssten.“

„Das tue ich ihnen nicht an", sagte Jean-Marc.

„Das sagst du jetzt", erwiderte Celine. „Aber du hast vielleicht vergessen, wie klein das Häuschen bei meiner Villa ist. Von den Hügeln dort kannst du nicht das Meer sehen. Und früher oder später wird es dich rufen. Du wirst weggehen. Und du wirst ihnen das Herz brechen."

Über ihnen krachte ein Donnerschlag. Die Himmel öffneten sich und überschwemmten die Straße mit einer Regenflut. Eine Weile konzentrierte Jean-Marc sich darauf, das Fahrzeug zu lenken, und sagte nichts. Als der Wolkenbruch nachließ, sagte er: „Die Zeiten, als ich wochenlang einfach verschwand, sind vorbei. Wenn ich weg bin, werde ich E-Mails schicken. Und ich rufe jeden Freitag an, um mit deinen Jungs zu sprechen." Er schluckte. „Sie werden so schnell groß. Das will ich nicht verpassen. Ich weiß, du glaubst wahrscheinlich nicht, dass dieser Sinneswandel anhält, und ich nehme es dir auch nicht übel, aber du wirst schon sehen."

„Und ich frage noch mal", beharrte Celine. „Was ist in Paris geschehen?"

„Ein Wiedersehen", sagte Jean-Marc, „und ein Neuanfang. Zumindest glaube ich, dass es ein Anfang ist. Das wird sich mit der Zeit herausstellen."

„Und du willst nicht mehr darüber reden", sagte Celine. „Gut, Papa, ich werde dir nicht auf die Nerven gehen. Was – oder wer – auch immer dahinter steckt, ich bin ihm dankbar. Soweit ich das beurteilen kann, hat Paris dir sehr gutgetan."

Jean-Marc nickte. „Und es hatte nichts mit Dominique Chevalier zu tun."

„Oh ... ich glaube, ich brauche mir keine Sorgen mehr zu machen, dass sie ihre Nase noch mal in unsere Angelegenheiten steckt“, sagte Celine.

„Wirklich? Lässt mein Charme etwa nach?“

„Es hat nichts mit deinem Charme zu tun“, erwiderte Celine. „Ich habe sie richtig geärgert. Sie hat einfach aufgelegt.“

„Was hast du denn gesagt? Ich versuche seit Monaten, sie dazu zu bringen, dass sie auflegt“, grinste Jean-Marc.

„Ich habe gesagt, dass du keine zweite Tochter brauchst.“

* * *

Mary

Der Himmel leuchtet in einem strahlenden Blau, als ich Liz und Jeff zum Flughafen begleite, von wo aus sie zurück nach Omaha fliegen.

„Danke für dein Verständnis“, sage ich und nehme meine Tochter in den Arm.

„Ich wünschte fast, wir könnten auch noch länger bleiben“, antwortet sie.

„Ich denke, es ist gut, dass wenigstens eine der Frauen an der Spitze der Samuel-Frederick-Davis-Stiftung genug Verantwortungsbewusstsein hat, um sich um die Geschäfte zu kümmern.“

„Ich habe heute Morgen Millie Patton angerufen und sie um einen abschließenden Bericht von der Gala gebeten. Die Auktion hat genug eingebracht, sodass wir im Frühjahr den ersten Spatenstich tun können." Liz lächelt. „Vielleicht können wir dieses Ereignis mit einer Toskanareise verbinden."

Jeff schlingt seine Arme um mich und drückt mich kräftig.

„Würdest du bitte etwas für uns erledigen?", fragt Liz mich. „Könntest du einen Blumenstrauß besorgen und ihn Annie bei ihrer Aufführung überreichen? Sag ihr, dass wir an sie denken. Und wenn sie beim Sinfonieorchester von Omaha vorspielen möchte, sprechen wir mit George Kincaid. Wenn ich das richtig verstanden habe, kennt er den Leiter ganz gut."

Jeff zieht den Griff an Liz' Rollkoffer heraus.

„Ich weiß. Wir müssen gehen." Sie nimmt die Tasche und umarmt mich ein letztes Mal mit ihrem freien Arm. „Ich liebe dich, Mimi", flüstert sie. Ich bin überrascht, wie emotional ihre Stimme klingt und dass sie Tränen in den Augen hat.

„Ich liebe dich auch, Lizzie-Mädchen."

Ich bitte Jeff, gut auf mein kleines Mädchen aufzupassen, und steige dann wieder ins Taxi ein. Dem Fahrer sage ich, dass er mich in den äußersten Norden der Stadt fahren soll, wo ich den Rest des Tages damit verbringe, durch ein nicht enden wollendes Labyrinth aus Antiquitätenläden auf dem Markt in Clignancourt zu streifen.

* * *

Annie Templetons Violinkonzert ist ein Triumph. Das Streicherensemble ist da, aber die jungen Musiker sind nicht die Ersten, die nach dem letzten Ton aufspringen, um ihr lautstarken Beifall zu zollen. Ihr Professor ist es, und die anderen Lehrkräfte vom Fachbereich Musik schließen sich ihm gleich an. Sobald sie ihr Instrument abgelegt hat, springt Arnaud auf die Bühne und überreicht ihr die Blumen, die ich in Liz' Auftrag gekauft habe. Alle machen sich auf den Weg zur Teestube, um zu feiern, und ich sitze schließlich neben Luca Santo, der wieder auf die Motorradstunden zu sprechen kommt. Als ich mich in der Teestube umsehe, überfällt mich ein nostalgisches Gefühl. Ich werde diese jungen Leute vermissen, wenn ich in ein paar Tagen wieder nach Omaha zurückkehre. Es beunruhigt mich, als mir klar wird, dass ich auch Luca Santo vermissen werde. Jean-Marc hat sich nicht gemeldet, seit er Paris verlassen hat. Ich frage mich, warum.

„Sie sind ganz woanders", sagt Luca und holt mich in die Gegenwart zurück.

Ich nicke und rühre in meinem Tee.

„Würden Sie mir einen Gefallen tun?", fragt er.

„Natürlich."

„Ich habe mir Wohnungen hier in der Nähe angesehen, als Investition. Da ist eine, die mir gefällt, aber sie ist teuer, und ich bin nicht sicher, was einige Gestaltungsaspekte angeht. Würde es Ihnen etwas ausmachen, sie sich anzusehen und zu sagen, was Sie davon halten? Die Meinung einer Frau würde mir da helfen."

Wir gratulieren Annie noch einmal, dann begleitet Luca mich zurück zum Hotel und sagt, dass er sich wegen der Besichtigung bei mir melden wird. Zum Abschied küsst er mich auf beide Wangen und ich gehe summend hinauf in mein Zimmer.

* * *

An dem Morgen, als ich mit Luca verabredet bin, um die Wohnung zu besichtigen, hat das Wetter umgeschlagen. Der Himmel ist trüb und ein eisiger Wind weht trockene Blätter mit Schwindel erregender Geschwindigkeit die Straße entlang. Als Luca eintrifft, ist er vom Wind ganz durchgeweht und friert. Wir gehen in die Hotellobby und trinken einen Kaffee. Während ich ihm gegenübersitze, versuche ich, die Sanftheit in seinen graublauen Augen und den Kontrast seiner grauen Haare mit der olivfarbenen Haut zu ignorieren. Es gelingt mir nicht. Er will mir noch immer das Motorradfahren beibringen und besteht darauf, dass ich die Ducati 650 lieben werde. Wir unterhalten uns beinahe eine Stunde lang. Ich habe noch Fragen über Gott. Und über Motorräder.

Als wir das Hotel verlassen, bemüht Luca sich, mich gegen den Wind zu schützen. Wir sind einige Blocks gelaufen, und schließlich bleibt er vor einer kleinen Tür in einer riesigen Holzwand stehen, die einen entzückenden Innenhof vom Lärm der Straße abschirmt. Es ist ruhig und windstill dort. Sorgfältig gepflegte Bodendecker und ein Weinstock, der an der gegenüberliegenden Mauer hochrankt, erwecken den Eindruck eines geheimen, verzauberten Gartens.

„Hier entlang", sagt Luca und führt mich über den Hof zu einer Tür auf der anderen Seite. „Die Wohnung hat einen eigenen Eingang", sagt er, als er den Schlüssel aus der Tasche zieht und die Tür aufschließt.

„Aah ..." Bewunderung und Entzücken ist alles, was ich zum Ausdruck bringen kann.

„Diese Farbe", sagt er und zeigt auf das leuchtende Gelb im Eingangsbereich. „Wenn ich die Wohnung nehme, soll ich die dann überstreichen?"

„Nein. Es ist wunderbar so." Ich liebe den Kontrast zwischen den gelben Wänden und dem weiß gestrichenen Holz. Die Treppe führt hinauf zu einer Galerie, wo die früheren Besitzer ihr Schlafzimmer hatten, wie Luca erläutert. Geradeaus geht es in einen Wintergarten mit hohen Fenstern und einer doppel-flügeligen Tür, die auf einen Balkon hinausführt, der mit einem kunstvoll verzierten schmiedeisernen Gitter versehen ist.

Erst als ich den Wintergarten betrete, sehe ich, dass ein Musiker dort gelebt hat – oder leben wird –, denn ein Flügel steht auf der einen Seite unter der Treppe. Sofort überlege ich, dass man ihn zum Fenster schieben sollte. Und im gleichen Augenblick sehe ich den Geigenkasten, der auf der glänzend schwarzen Oberfläche des Flügels ruht.

Ich sehe ihn an, dann wandert mein Blick zu Luca, der mit verschränkten Armen und einem Lächeln am Fenster lehnt.

„Was ist das?", frage ich.

Er zuckt mit den Schultern. „Sehen Sie selbst."

Ich spüre einen Kloß in der Kehle. Ich öffne den Geigenkasten. Vor mir liegt die Amati.

„Es hat einige Überredungskunst gekostet", erklärt Luca. „Aber zusammen konnten Annie, Elizabeth und ich Monsieur Rousseau schließlich dazu bewegen, sich von seinem Schatz zu trennen."

Ich berühre die Violine nicht. Stattdessen drehe ich mich um und sehe Luca an. „Aber ... warum?" Mit einer Handbewegung beziehe ich alles, den leeren Raum, die hohen Decken, die Aussicht in meine Frage ein.

Luca lächelt. „Ich gestehe eine kleine Unwahrheit. Sie würden dazu wohl Notlüge sagen. Die Farbe der Wände ist ... na ja, sie ist kein Fehler. Sie ist genauso, wie Ihre Tochter sie haben wollte.“ .

„Meine Tochter?“

„Ich habe mich tatsächlich nach Eigentumswohnungen umgesehen. Aber nicht direkt als Investition. Mehr, weil ich Ihrer Elizabeth helfen wollte.“

„Liz ...?“

„*Sì*. Elizabeth. Sie hat diese Wohnung für Sie gekauft.“ Luca deutet mit einem Nicken auf die Geige. „Aber lesen Sie die Nachricht. Sie erklärt Ihnen alles.“

Ich zittere, als ich den Zettel herausziehe, den Liz unter die Saiten der Amati geklemmt hat. Ich lese ihn, und dann ist Luca neben mir, ganz Gentleman, und reicht mir ein Taschentuch, damit ich die Tränen abwischen kann, die mir über die Wangen rinnen.

Siehst du, Mimi – es ist nie *zu spät, das zu werden, was du hättest sein können.*

Weitere Romane bei FRANCKE

Kristen Heitzmann
Das Schweigen der Nacht
ISBN 978-3-86827-021-1
528 Seiten, Paperback

Es war die große Liebe – doch der falsche Zeitpunkt.

Jill und Morgan hatten kaum ihren Schulabschluss in der Tasche, als das Leben – und ihre Eltern – die Teenager auf grausame Weise auseinanderrissen. Inzwischen sind sie erwachsen, doch die Wunden der Vergangenheit sind nie wirklich geheilt.
Morgan ist ein erfolgreicher Geschäftsmann. Er hat wie kein Zweiter die Gabe, Probleme zu erkennen und zu lösen. Doch sein eigenes Leben bekommt er nicht in den Griff. Zu tief hat der Verlust seiner Jugendliebe ihn verletzt.
Jill ist Lehrerin und schenkt ihren Schülern all ihre Liebe. Insgeheim sehnt sie sich jedoch nach einem anderen Leben. Als ein unerwarteter Brief Jills geregeltes Leben ins Wanken bringt, bleibt ihr keine andere Wahl: Sie muss sich Morgan stellen und ihm gestehen, was vor all diesen Jahren wirklich geschah. Doch wie wird er reagieren, wenn er erfährt, dass sie sein Kind geboren und weggegeben hat?

Ein wunderbarer Roman über zwei gebrochene Herzen, die sich nach Heilung sehnen. Und die lange brauchen, um zu erkennen, dass Gott Gutes für sie bereithält – trotz all ihrer Fehler.

Charles Martin
Das Zirpen der Grillen
ISBN 978-3-86122-984-1
416 Seiten, Paperback

Zwanzig Dollar für ein Glas Limonade?
Reese Mitch wird stutzig, als er den Erfolg bemerkt, den die kleine Annie Stephens mit ihrem Limonadenverkauf erzielt. Vor allem aber interessiert ihn die Narbe, die sich über ihren Brustkorb zieht, erinnert sie ihn doch an ein dunkles Geheimnis in seiner Vergangenheit. Vor Jahren hat Reese sich in die Idylle am Lake Burton geflüchtet, verfolgt von den Erinnerungen an seine Frau Emma. Mit ihr verband ihn eine einzigartige Liebe, die alles ertrug, alles glaubte, alles hoffte und allem standhielt. Die Begegnung mit der zauberhaften Siebenjährigen stellt Reese vor die Entscheidung seines Lebens: Will er dem Mädchen helfen, muss sich der Mann mit dem gebrochenen Herzen seiner geheimnisumrankten Vergangenheit stellen. Wird er den Mut dazu finden und in seinem Herzen Raum für Annie und ihre faszinierende Tante Cindy schaffen, bevor es zu spät ist?

Karen Kingsbury & Gary Smalley
... denn er weiß nicht, was er tut
Die Wege meiner Kinder – Band 1
ISBN 978-3-86122-874-5
416 Seiten, Paperback

Ein anonymer Anruf genügt und Kari Baxter weiß von der Affäre ihres Mannes Tim. Er geht aufs Ganze und treibt die Scheidung voran. Kari jedoch will sich an den Ehebund halten, den sie vor Gott und der Gemeinde geschlossen hat. Wie aber soll sie es einordnen, dass mitten in ihren Kämpfen ausgerechnet der Mann auftaucht, mit dem sie einmal so viel verband – Ryan? Plötzlich gerät alles ins Rollen ...

Karen Kingsbury & Gary Smalley
... denn er weiß um dein Gestern
Die Wege meiner Kinder – Band 2
ISBN 978-3-86122-936-0
432 Seiten, Paperback

Niemand weiß, was geschehen ist, als Ashley Baxter aus Paris zurückkehrt – mit einem Baby unter ihrem Herzen und einem Eispanzer um ihr Herz. Doch ihr Job öffnet ihr die Tür zurück ins Leben. Sie merkt, wie heilsam es sein kann, seine Zeit mit Menschen zu verbringen, die einem am Herzen liegen. Nur bei Landon Blake fällt ihr das schwer. Seit ihrer Schulzeit ist der Feuerwehrmann in Ashley verliebt. Sie aber fürchtet ein langweiliges Leben an der Seite dieses Mannes mit festen Prinzipien. Oder ist es ihre dunkle Vergangenheit, die sie zweifeln lässt? Ein dramatischer Zwischenfall stellt plötzlich all ihre Bedenken in Frage ...

Karen Kingsbury & Gary Smalley
... denn er vergibt dir deine Schuld
Die Wege meiner Kinder – Band 3
ISBN 978-3-86122-978-0
384 Seiten, Paperback

Luke Baxter hat sich ausgeklinkt. Zum Kummer seiner Eltern kehrt er nicht nur der Familie den Rücken, sondern auch Gott. Mit seiner Freundin Lori führt er eine offene Beziehung, doch unter der Oberfläche brodelt es. Eines Tages landet Lori mit lebensbedrohlichen Krankheitssymptomen ausgerechnet auf der Station von Dr. Baxter, Lukes Vater. Der Befund überrollt Luke wie eine Lawine. Wo wird der „Verlorene Sohn" Halt finden? Und welche Rolle spielt dabei die attraktive Reagan, seine große Liebe aus vergangenen Tagen? Sie hütet ein Geheimnis, von dem niemand wissen darf. Als sie endlich den Entschluss fasst, sich einem Menschen anzuvertrauen, stellt sie nicht nur für sich die Weichen ins Glück ...

Karen Kingsbury & Gary Smalley
... denn am Morgen wird Freude sein
Die Wege meiner Kinder – Band 4
ISBN 978-3-86827-020-4
352 Seiten, Paperback

Brooke Baxter hat alles erreicht, was die Welt zu bieten hat: Eine beeindruckende Karriere, ein schönes Zuhause und zwei wunderbare Kinder. Ihr kürzlich wiedergefundener Glaube gibt ihr Kraft und Lebensfreude. Doch dann ereignet sich ein dramatischer Unfall. Das Leben ihrer dreijährigen Tochter hängt an einem seidenen Faden, und Brooke macht ihren Mann Peter dafür verantwortlich. Wird ihre Ehe diese Krise überstehen, kann ihr neuer Glaube dem Druck standhalten, und erwartet sie am Ende dieser Dunkelheit tatsächlich ein freudiger Morgen?

Karen Kingsbury & Gary Smalley
... denn er ist ihre Stärke
Die Wege meiner Kinder – Band 5
ISBN 978-3-86827-064-8
416 Seiten, Paperback

Es soll eine einzigartige Familienfeier werden, die die Wege der Baxters nach so vielen Windungen und Bergstrecken wieder zusammenführt. Alle wollen kommen: Ashley, deren Leben an Landons Seite eine ganz neue Richtung einschlagen könnte, Kari, Luke, Brooke und auch Erin, die mit der Adoption eines Babys Licht und Hoffnung zum Greifen nahe sieht. Grund genug zum Feiern gibt es für jeden von ihnen. In die Vorbereitungen platzt jedoch eine Nachricht, die jeden Neubeginn grausam infrage stellen könnte – wenn Gott nicht ein Wunder tut. Und doch gehen die Baxters unbeirrt auf ein Fest zu, das der Liebe gewidmet sein soll. Und dem, der auch in den dunkelsten Nächten dieser Welt gegenwärtig ist ...

Karen Kingsbury
Schatten des Ruhms
Boulevard der Träume – Band 1
ISBN 978-3-86827-135-5
320 Seiten, Paperback

Was hat es mit den Briefen auf sich, die Ashley Baxter im Nachlass ihrer Mutter findet? Warum nur hütet ihr Vater sie so eifersüchtig?
Ashley ahnt nicht, dass Dayne Matthews den Schlüssel zu dem Geheimnis kennt. Der Hollywoodstar ist nach der ersten Begegnung mit seiner sterbenden Mutter nach Los Angeles zurückgekehrt. Für seinen neuen Film sucht er eine unverbrauchte Hauptdarstellerin. Ausgerechnet im verschlafenen Bloomington, dem Heimatort der Baxters, wird er fündig: Katy Hart kann das Casting für sich entscheiden.
Dabei hatte sie ihre vielversprechende Schauspielkarriere wegen eines Todesfalls an den Nagel gehängt und das christliche Kindertheater zu ihrer Sache gemacht. Katy beeindruckt den Produzenten mit ihrem Talent. Und sie fühlt sich zu dem attraktiven Dayne hingezogen. Aber ist das wirklich Gottes Weg mit ihr? Soll sie den millionenschweren Vertrag unterschreiben?

Ann Tatlock
Die Büchersammlerin
ISBN 978-3-86827-140-9
ca. 320 Seiten, Paperback

Die leidenschaftliche Büchersammlerin Elizabeth Gunnar hätte nie gedacht, dass sie Jahre nach ihrem Abschluss an ihr altes Internat zurückkehren würde – diesmal als Lehrerin. Unzählige Erinnerungen stürzen auf sie ein, sobald sie die Schwelle von Seaton überschreitet. Erinnerungen an schöne Zeiten mit guten Freunden, aber auch Erinnerungen an Ereignisse, die Elizabeth bis heute nicht loslassen. Wie zum Beispiel das mysteriöse Verschwinden ihres früheren Englischlehrers ... Ob es wirklich so eine gute Idee war, sich ausgerechnet in der einstigen Heimat niederzulassen?
Ihre alten Freunde nehmen Elizabeth freudig in ihrer Mitte auf. Und auch ihre Jugendliebe ist mehr als begeistert über ihre Rückkehr. Als Elizabeth in ihrer Schülerin Satchel dann noch ein Gegenüber findet, das Bücher beinahe ebenso sehr liebt wie sie, scheint alles perfekt. Doch wie ihre Lehrerin so trägt auch Satchel schwer an schmerzlichen Erinnerungen aus ihrer Vergangenheit. Werden die beiden den Mut finden, sich ihren Ängsten zu stellen, nach vorne zu blicken ... und zu leben?

Lynn Austin
Im Sand der Erinnerung
ISBN 978-3-86827-057-0
384 Seiten, Paperback

Abigail MacLeod sehnt sich nach einem Neuanfang. Ihre Ehe ist gescheitert und Gott scheint ihr ferner denn je. Wo könnte die begeisterte Hobby-Archäologin besser Abstand gewinnen als bei Ausgrabungen in Israel? Ein Mord, der ihren Weg ins Heilige Land überschattet, verheißt nichts Gutes. Doch bald findet sie Halt in der Freundschaft zu Dr. Hanna Rahov, der Leiterin des Ausgrabungsprojektes. Deren dramatische Lebensgeschichte berührt Abigail zutiefst, ebenso wie die Vermächtnisse einer Frau aus dem ersten Jahrhundert, die sich in den Ruinen auftun. Sie bringen Abigail dazu, neu über ihr eigenes Leben nachzudenken und sich auf den Weg zu machen. Auf den Weg zu dem Ort, wo die Quellen der Vergebung entspringen ...

Die Australien-Saga von Patricia Hickman

Reise ohne Wiederkehr – Band 1
ISBN 978-3-86122-664-2
368 Seiten, kartoniert

Als Taschendieb verurteilt, entgeht George Prentice nur knapp dem Tod am Galgen. Stattdessen erwarten ihn Jahre der Zwangsarbeit in der Strafkolonie Australien. Was er nicht weiß – auch seine Frau teilt sein Schicksal! Tapfer macht sich ihre Tochter Katy auf den Weg über das weite Meer, einen Herzschlag weit weg von ihren Lieben und doch so unendlich fern ...

Engel in der Wildnis – Band 2
ISBN 978-3-86122-699-4
384 Seiten, kartoniert

Sieben Jahre Verbannung in der Wildnis Australiens gehen zu Ende und Rachel Langley ist frei. Doch ihr Start in eine bessere Zukunft droht zu scheitern, als ihre einzige Freundin ermordet wird. Rachel findet Unterschlupf bei Pfarrer Whitley und Arbeit auf der ärmlichen Farm der Prentices. Bald aber lockt man sie in eine Falle, die auch die Familie Prentice in ihrer Existenz bedroht ...

Flammen der Sehnsucht – Band 3
ISBN 978-3-86122-941-4
272 Seiten, kartoniert

Kelsey MacBride, die junge irische Verbannte in der Strafkolonie Australien, verzehrt sich vor Sehnsucht nach ihrer Heimat. Da taucht mit dem ersten Donnergrollen eines irischen Aufstandes ein sympathischer Mann auf, der Hilfe verspricht. Nun muss sie sich entscheiden: Für ihre Heimat oder für eine neue Liebe ...

An stürmischen Ufern – Band 4
ISBN 978-3-86827-026-6
304 Seiten, kartoniert

Die junge Lehrerin Bailey Templeton kommt nach Sydney Cove, um dort die freigewordene Stelle an der kleinen Schule anzutreten. Es stellt sich heraus, dass sie aufgrund eines Irrtums nach Australien gerufen wurde, war der Arbeitsplatz doch für einen Mann vorgesehen. Aber Bailey stellt sich der Herausforderung.
Ihre Entschlossenheit ruft den Widerstand einiger Eltern hervor. Es kommt zu spektakulären Zwischenfällen, und bald sieht sich die junge Frau üblen Nachstellungen und Drohungen ausgesetzt. Welche Rolle spielt dabei der attraktive Marineoffizier Grant Hogan?

Auf der Suche nach dem Glück – Band 5
ISBN 978-3-86122-840-0
608 Seiten, kartoniert

Rogan Farell ist auf dem besten Weg, ein guter Architekt zu werden, als man ihn grundlos einer Unterschlagung bezichtigt. Er kann seine Unschuld nicht beweisen und ist auf Gedeih und Verderb einem tyrannischen Richter ausgeliefert. Doch Annie, die Nichte des Richters, stellt sich auf seine Seite – Grund für ihn, den Kampf ums Überleben aufzunehmen. Erst als in Australien der Goldrausch ausbricht, dringt ein Hoffnungsschimmer in das Gefängnis ihrer verzweifelten Lage ...

Beverly LaHaye/
Terri Blackstock
Ein Geschenk des Himmels
ISBN 978-3-86827-027-3
368 Seiten, kartoniert

In dem kleinen Ort Cedar Circle scheint die Welt noch in Ordnung. Dabei werden auch hier Herzen gebrochen, Ehen geprüft und Träume zerstört. Aber genauso werden Hoffnungen geboren, Werte geformt und Glaube neu entfacht ... oder erstmals entzündet.
Tory, Cathy, Sylvia, Brenda – vier ganz unterschiedliche Frauen, die mit ihren eigenen Problemen zu kämpfen haben. Doch als Brendas neunjähriger Sohn plötzlich schwer erkrankt, beschließen sie, gemeinsam um das Leben des Kindes zu kämpfen. Es wird ein schwieriger Kampf, voller Niederlagen und Rückschläge – aber auch voller Hoffnung. Schließlich wird den Frauen ganz neu bewusst, dass jeder einzelne Moment des Lebens ein Geschenk des Himmels ist.

Angela Hunt
Die Notiz
ISBN 978-3-86122-838-7
416 Seiten, kartoniert

Die Katastrophe: Ein Jumbo verglüht über der Küste Floridas, 261 Menschenleben sind ausgelöscht. Dann aber spült das Meer einen Zettel an Land, der eine schlichte Botschaft enthält:

T – Ich liebe dich. Alles ist vergeben – Dad.

Ein Fund, der herzergreifender nicht sein kann. Das begreift auch die Journalistin Peyton MacGruder. Mitten im beruflichen Überlebenskampf fällt ihr diese Notiz in die Hände und sie erkennt ihre letzte Chance. Sie muss den Adressaten dieses erschütternden Dokuments finden und die Story, die dahintersteht. Für die Trauernden, die Zeitungsleser und die Suchende selbst beginnt eine dramatische Reise an die Bruchstellen ihres Lebens.